江南三部曲 之三

春尽江南

格 非◇著

上海文艺出版社
Shanghai Literature & Art Publishing House

弁　言

[illegible]有了创作三部曲的打算，随后立即着手收集资[illegible]自己的零星思考记录下来备用。其后因工作调动，杂事纷乱而颓唐，写作小说的念头也就日渐淡薄了。到《人面桃花》[illegible]经是2003年的初春了。所谓的“十年磨一剑”，不过是一个自欺欺人的说法罢了。2007年，《山河入梦》出版之后，我已经对三部曲的构架和写作的旷日持久感到了厌烦，甚至对于要不要再写第三部，也颇费踌躇。所以，《春尽江南》的写作动力之一，恰恰是来自终于可以卸下一件沉重负担的期盼。现在，三部曲在上海文艺出版社总算出齐了。曹元勇先生建议我跟读者说一说此书写作的缘起，但三部曲的写作耗时既久（前后竟长达十七年），加之构思屡经改易，抚存感往，据今追远，所谓的创作初衷也如泥牛入海，变得很不真确了。

台湾在出版前两部作品时，曾冠以“乌托邦三部曲”的名目。“乌托邦”这个概念，在最近的一二十年间，其含义经过多重商业演化，已经变成了对它自身的讽刺，当然不宜再用。网络上也有读者给它取了不少名字，比如“桃源”、“寻找桃花源”、“花家舍”等等。如果一定要给这三部书一个统一的名称，我个人倾向于将它称为“江南三部曲”。书中的人物和故事都取材于江南腹地，同时，对我而言，“江南”不仅仅是一个地理名称，也是一个历史和文化概念。另外，我全部的童年生活，都在长江南岸的一个小村庄里度过。它是我记忆的枢纽和栖息地。记得小时候跟着母亲过江北上，去外婆家过年，外婆家的茅屋前、竹林边总有江北人驻足遥望并奔走相告：江南来人了！语调中的那份喜悦和清新，至今让我魂牵梦绕。

《人面桃花》刚一出版，就有读者和朋友指出了书中的不少脱漏和舛误，《山河入梦》的情况也相仿佛。这两本书在大陆和台湾虽有诸多版本行世，但书中的错漏一仍其旧。《人面桃花》在英、法、德、韩等多种语文的翻译过程中，仅法译本（伽里玛出版社今年于巴黎出版）作了文字上的修订。在《春尽江南》
上海文艺出版社计划将三部曲
会来订正三部作品
部分文句进行了调整和修改。在此，我谨向多年来所有关心此书写作的读者和朋友们，致以诚挚的谢意。

格　非

2012 年 1 月

目　录

第一章

招隐寺

1

“现在,我已经是你的人了。”

秀蓉躺在地上的一张草席上，头枕着一本《聂鲁达诗选》，满脸稚气地仰望着他。目光既羞怯又天真。

那是仲秋的夜晚。虫声唧唧。从窗口吹进来的风带着些许凉意。她只有十九岁，中学生的音容尚未褪尽，身体轻得像一朵浮云。身上仅有的一件红色圆领衫，已经被汗水浸得透湿。她一直紧抿着双唇，闭上眼睛，等待着他的结束，等待着有机会可以说出这句话。她以为可以感动天上的星辰，可对于有过多次性爱经历且根本不打算与她结婚的端午来说，这句话简直莫名其妙。既幼稚又陈腐，听上去倒更像是要挟。他随手将堆在她胸前的圆领衫往下拉了拉，遮住了她那还没有发育得很好的乳房,然后翻身坐起,在她边上抽烟。

他的满足、不屑和冷笑都在心里,秀蓉看不见。

他们有好长一段时间没有说话。窗外的月亮又大又圆。院子里的颓墙和井台，被月光照得白白的，就像下了一层霜。更远一点的暗夜中，有流水的霍霍声。秀蓉将脸靠在他的膝盖上，幽幽地对他说，外面的月亮这么好,不如出去转转?

他们来到了院外。

门前有一个池塘，开满了紫色的睡莲。肥肥的莲叶和花朵挤挤簇簇，舒卷有声。池塘四周零星栽着几棵垂柳。可惜秀蓉既不知道莫奈，也从未听过德彪西的《贝加莫斯卡》。吃惊之余，端午又多了一个可以看轻她的理由。秀蓉想当然地沉浸在对婚后生活的憧憬之中。木槿编织的篱笆小院；养一只小狗；生一对双胞胎；如果现在就要确定结婚旅行的目的地,她希望是西藏。

她的絮絮叨叨开始让端午感到厌烦。她对眼前令人心醉的美景视而不见，可谓暴殄天物。只是可惜了那一塘莲花。不过，端午对她的身体仍然残留着几分意犹未尽的眷恋。每走几步就停下来与她拥吻。不论他要求对她做什么，不论他的要求是多么的过分和令人难堪，她都会说：随便你。欲望再度新鲜。她的温和和慷慨，把内心的狂野包裹得严严实实。

到了后半夜，秀蓉发起高烧。虽然端午不是医生，可他立即用不容置疑的口吻对她作出诊断，宣布那是由于浮凉和疲劳而引起的普通感冒，而感冒是可以被忽略的。凌晨时分，端午趁着秀蓉昏睡不醒的间隙，悄然离去，搭乘五点二十分的火车重返上海。临走时，他意识到自己身无分文，就拿走了她牛仔裤口袋里所有的钱。这当然不能算偷。在上世纪八十年代，诗人们的日常生活中，从别人的口袋里拿钱,不仅不是一种冒犯,相反是一种友谊和亲密的象征。

他留下了一首没有写完的诗，只有短短的六行。题为《祭台上的月亮》。它写在印有“招隐寺公园管理处”字样的红栏信笺上。不过是临别前的胡涂乱抹，没有什么微言大义。秀蓉一厢情愿地把它当作临别赠言来琢磨，当然渺不可解。但诗中的“祭台”一词，还是让她明确意识到了自己作为“牺牲者”的性质，意识到自己遭到抛弃的残酷事实。而那个或许永远消失了的诗人，则既是祭司，又是可以直接享用供品的祖先和神祇。

但端午并没能消失很长时间。

一年零六个月之后，他们在鹤浦新开张的华联百货里再度相遇。谭端午装出不认识她的样子，但没有成功。

又过了一个月，他们迫不及待地结了婚。

婚姻所要求的现实感，使得那个中秋之夜以及随后一年多的离别，重新变得异常诡异。双方的心里都怀着鬼胎。他们尽量不去触碰伤痛记忆中的那个纽结，只当它根本就没有发生过。

后来，在连续两次人工堕胎之后，面对妇产科大夫的严厉警告，夫妻俩一致同意要一个孩子。

“也就这样了。”这是他们达成的对未来命运的唯一共识。

再后来，就像我们大家所共同感觉到的那样，时间已经停止提供任何有价值的东西。你在这个世界上活上一百年，还是一天，基本上没有了多大的区别。用端午略显夸张的诗歌语言来表述，等待死去，正在成为活下去的基本理由。彼此之间的陌生感失去控制地加速繁殖、裂变。

随着孩子一天天长大，秀蓉会如何去回忆那个夜晚，端午不得而知。但端午总是不免要去猜测在他们分别后的一年零六个月中，秀蓉到底出了什么事。这给他带来了怀旧中常有的恍惚之感。

他甚至有点怀疑，那天在华联百货所遇见的，会不会是另外一个人。

2

约在两个多月前，家玉去了北京的怀柔，参加律师行业协会的一个司法研讨班。正逢“五一”长假，儿子被送到了梅城的奶奶家。难得的清静，不像他原来想象的那样美妙。除了可以无所顾忌地抽烟之外，妻子离开后留给他的自由，并没有派上什么实际的用场。

端午将两个枕头叠在一起，把后背垫高。这样，他就可以透过朝东的窗户，看到伯先公园的溜冰场，看到更远处的人工湖面和灰暗的天空。那些在空中盘旋的乌鸦，铁屑一般。看不见明澈的蓝天并不让他吃惊。偶尔看见了，反而会触目怵心。他一支接一支地抽烟，将烟灰弹在床头柜上昨晚吃剩的速冻饺子上。

家玉原本学的是船舶制造，但她在毕业后很长一段时间中却满足于摆地摊，倒卖廉价服装。她还开过一家专卖绿豆糕的小店，很快就倒闭了。谭端午用一瓶假茅台作诱饵，艰难地说服了文联的老田，想让家玉去实际上已摇摇欲坠的《鹤浦文艺》当编辑。家玉最终还是拒绝了。她已经摸到了时代跳动的隐秘脉搏，认定和那些早已被宣布出局的酸腐文人搞在一起，不会有什么好结果。经过高人指点和刻苦自学，她如愿取得了律师执照，与人合伙，在大西路上开办了一家律师事务所。尽管谭端午至今仍然弄不清律师如何赚钱，但家庭经济状况的显著改善，却是一个不争的事实。当他们家的富裕程度已达到需要两台冰箱的时候（另一台专门用来储存茶叶和咖啡），端午开始感到了眩晕。

一天傍晚，家玉在未事先告知的情况下，开回了一辆红色的本田轿车。端午按照妻子的吩咐，从楼下的杂货铺买了一大捆鞭炮，在小区门口麻木地燃放。家玉什么时候学会了开车，并不重要。重要的是，她在追赶成功人士的道路上跑得太快了，已经有了跑出他视线的危险。接着，家里有了第一位保姆（家玉习惯上称她为佣人）。很快，他们只用农夫矿泉水泡茶。很快，他们的儿子以全年级排名倒数第二的成绩，转入了全市最好的鹤浦实验小学。很快，他们在市郊的“唐宁湾”购买了一栋带花园的住房。谭端午以一种冷眼旁观的态度被动地接受着这一切，似乎这些变化都与他无关。他仍在鹤浦地方志办公室上班，只要有可能就溜号。每月两千多一点的工资只够他抽烟。他仍然在写诗，却羞于拿出去发表。对家玉骂他“正在一点点烂掉”的警告充耳不闻。

两个多月前，家玉为要不要去北京参加研讨班颇费踌躇。她辗转反侧,依违难决,转而征求丈夫的意见。

端午“唔”了一声,就没有了下文。

家玉追到他的书房，明确要求丈夫对开会一事发表意见，端午想了一会儿,字斟句酌地回答道：

“不妨去去。”

已经过了上午十点。墙角的矮柜上，搁着一只养热带鱼的玻璃缸。紫色的照明灯一直亮着。自从妻子离开后，他就没给鱼喂过食。换气泵像是被水草塞住了，原本静谧的泄水声中，混入了微型电机刺耳的嗡嗡声。那尾庞家玉特别疼爱的、取名为“黄色潜水艇”的美人鲨已死去多日。

他看了一会儿欧阳修的《新五代史》。

他赖在床上迟迟不肯起身，并非因为无事可干，而是有太多的事等待他去处理。既然不知道先做哪一件,那就索性什么都不做。

4S店的一位工作人员通知他，妻子的那辆本田轿车已经脱保。对方催促他去与保险公司续约。不过，既然妻子已经离开了鹤浦，车辆实际上处于闲置状态,他完全可以对他们的威胁置之不理。

母亲昨晚在电话中再次敦促他去一趟南山。他的同母异父的哥哥王元庆，正在那里的精神病防治中心接受治疗。以前母亲每次打来电话，端午都骗她说已经去过了，可这一次的情形有点不同。母亲向他哭诉说，哥哥在春节前，出现了令人担忧的自残行为。端午当即给精神病院的周主任打电话核实，却被证明是无稽之谈。母亲酷爱编故事。

他要去一趟邮局。福建的“发烧友”蔡连炮给他寄来了一对电子管。那是美国西电公司(West Electric)1996年生产的复刻版的300B。端午是古典音乐的爱好者，对声音的敏感已经到了病态的程度。他意识到了自己的病态，却无力自拔。他打算用西电的这对管子，来取代原先湖南产的“曙光”。据说西电生产的300B，能够极大地增加扬声器低中频的密度，并提升高频的延展性。蔡连炮在电子邮件中吹嘘说：

> 用我这对管子听舒伯特的《冬之旅》，结像效果会让你目瞪口呆！你几乎能够看得见迪斯考的喉结；听海顿的《日出》，你甚至可以闻到琴弦上的松香味。你能感觉到日出时的地平线，晓风拂面。而瓦尔特报纸版的“贝六”又如何呢？急者凄然以促，缓者舒然以和，崩崖裂石，高山出泉，宛如风雨夜至。

这当然有点言过其实，不过端午还是宁愿相信他。每天听一点海顿或莫扎特，是谭端午为自己保留的最低限度的声色之娱。

每天堕落一点点。

他还要去一趟梅城，将儿子从母亲家接回来。“五一”长假就要结束了。而在此之前，他还得去同仁堂替母亲买点药。她的便秘已持续三周。端午向她推荐的芹菜汁疗法没有什么作用。

起风了。黄沙满天。屋外的天色再度阴沉下来，似乎又要下雨。他最好立即动身，否则等雨下起来，他也许根本打不到出租车。

当然，在所有的这些琐事之外，还有一件更为棘手的麻烦在等着他。

他家在唐宁湾的房子被人占了。这件事虽然刚刚发生，但其严重程度却足以颠覆他四十年来全部的人生经验。他像水母一样软弱无力。同时,他也悲哀地感觉到,自己与这个社会疏离到了什么地步。

他躺在床上，把这件事翻来覆去地想了好几遍，直到听见有人按门铃。

这是一个冒失的来访者。既按门铃，又敲门，想以此来强调事情的紧迫程度。

3

来人名叫骆金祥，自称是庞家玉的乡下表叔。他来自鹤浦所属长洲新区的官塘镇。此人面容苍老，却又染了一头乌发，使端午很难判断他的实际年龄。他的一个儿子死了，另外一个儿子和一个姑娘则被派出所的人抓了进去。

“我那姑娘是一个哑巴，你是知道的（端午其实并不知道）。国胜是从六楼的阳台上摔下来的，他的舅舅是一个杀猪的。而事情坏就坏在那个从新加坡回来的大学生身上。医院的外科主任一口咬定，毛毛处于植物人状态，可以随意处置。毛毛不是别人，正是庞家玉的小学同学。小时候，两家的大人还提过娃娃亲。国胜叫庞家玉的父亲为岳父大人,村里至今还记得这段老话。”

老骆一会儿眼泪汪汪，一会儿强作笑颜，把事情说得颠来倒去。他倒不是故意的。

长洲一带是下江官话与吴方言的混合区，老骆的话音很不好懂。他根本不理会端午递过去的餐巾纸，而是将眼泪和鼻涕偷偷抹在自己的裤裆里。为了弄清楚整个事情的原委，谭端午不得不多次打断了老骆的陈述，通过不断的提问，将那些片言只语，小心翼翼地缝合在一起,使它们符合时间上的先后关系和逻辑上的因果链。

老骆的二儿子名叫骆国胜(小名或许叫毛毛)，起先在长江上经营挖沙的生意。有了一笔积蓄之后，就在长洲镇上买了一套两室一厅的商品房。拿钥匙的那天，国胜办了一桌酒席，将父母、哥哥和妹妹都请来吃喜酒，一家人欢天喜地的。饭后，兄弟俩靠在卧室的阳台上抽烟闲聊，趁机消化一下满腹的食物，以及乔迁新居所带来的喜悦和妒忌。国胜是一个大胖子，阳台的镀铬栏杆吃不住他的体重。它悄悄地松动，变形，乃至垮塌。国胜在完成了一套业余的高台跳水动作之后，从六楼栽了下来。他被送到医院后，并未马上死去。医院财务室对账单上的债务已经超过了十万，可他还在那硬挺着，不肯离开这个世界。

有点不太懂事。

最后，极富道德感和同情心的外科主任也有些看不下去了。他把骆金祥夫妇，还有国胜那过门不到一年的新媳妇叫到了监护室门外的走廊里，对他们暗示说，即便最后能抢救过来(这样的概率微乎其微)，也是植物人无疑。这样拖下去，银子哗啦啦地流走，什么意思嘛?

听他这么一说,国胜他娘一连晕过去了三次。

最后出面解决问题的是国胜的大舅。他是个杀猪的，心硬如铁。他走到国胜的床边，捋了捋袖子，趴在他外甥的耳边，平生第一次用温柔的语调对他说：国胜啊国胜，你这么硬撑着，有意思吗?俗话说，甜处安生，苦处花钱，你上路去吧。这事不要怨你舅舅，实在是你娘和你媳妇的主意。说罢，他抱住那“讨债鬼”的头和脚，往中间一窝，老二抖了抖腿,这才咽了气。

本来这事就算完了。可偏偏在这个时候，村里的一个大学生从新加坡回来探亲。他听说了这件事，就对国胜的哥哥献计说，新建商品房的阳台栏杆经人轻轻一靠，就塌了个屌了，这在文明程度如新加坡一般的国家，是断然不能想象的。毫无疑问，开发商负有不可推卸的责任。大儿子一听，脑子一热，连夜就叫齐了一百多人，将开发商的销售中心围了起来。他们在门外喊了一夜，也没能见到开发商的半个人影,倒是把派出所的人招来了。

“派出所与狗日的开发商是勾着的，这个你晓得的？”端午摇头，表示他并不晓得。老骆最后道：“警笛一响，一百多号人一哄而散。可怜我那老大，还有哑巴姑娘，都被派出所捉了进去。人到现在还没放。”

老骆的故事，与互联网上类似的社会新闻相比，实在没有多少新意。端午连茶也没给客人泡，心里暗暗盼望着他早点离开。他心烦意乱地告诉老骆，他的妻子庞家玉此刻并不在鹤浦。她到北京学习去了。而他本人，则“对法律一窍不通”。随后，他刻意地保持沉默。一声不吭，是他的绝招。他知道骆金祥支持不了多一会儿。他的冷漠和心烦意乱都不是装出来的,因而更加令人生畏。

老骆带来的礼物，一网兜品相不好的水果、一袋黑芝麻、两瓶“蓝色经典”洋河白酒,庄重地搁在淡蓝色的玻璃茶几上。

两个人僵持了一阵，老骆并没有感到任何不自在。他不无夸耀地提到了农村的新变化。正在进行的大规模的拆迁。新建的航空工业园外。甚至停着一架报废的麦道82飞机。八车道宽敞的马路，三个小时可达杭州。亚洲最大的造纸厂。镇上的瑞典籍工程师。他甚至还提到了在四星级宾馆门前公然拉客的妓女。说起这些变化，老骆的脸上不无骄傲之色。端午只得明确地提醒他，自己一会儿还得出门办事。

金祥临走前，再次提到了死者的那个舅舅。他想出来的解决办法是，由他（舅舅）出面，将国胜的遗体从医院的太平间取出来，在夜幕的掩护下，将它悄悄地运到派出所，堵在派出所的门口。诈他娘的一回尸。舅舅的见识是：派出所再厉害，也不太可能拘留尸体，等到他们找上门来，事情的主动权说不定会悄然易手。金祥让端午帮他合计合计，这样做会不会有什么不可控制的后果。

端午想了半天，字斟句酌地回答道："也不妨试试。"

"你确定？"老骆马上反问道。

端午疑心自己一旦说出"确定"二字，对方的"恭喜你，答对了！"就会脱口而出。看得出，老骆对中央电视台"快速抢答"一类的综艺节目，早已谙熟于心。

看见金祥一只脚在门里，一只脚在门外，眼巴巴地望着自己，端午不禁动了恻隐之心。他认真地把舅舅的计划想了一遍，建议作出如下改动：

"你们不妨大张旗鼓地为死者办丧事。殡仪馆的灵车绕道至派出所的门口，由母亲出面，恳请派出所准许你的大儿子和哑巴姑娘参加葬礼。必要的时候，可以下跪。只要人放出来，事情就可了结。"

"你的意思是不是说，等办完了丧事，我们再把人还回去？"金祥问。

端午的心一下就揪紧了。他有点不太相信自己的耳朵。看来，中国社会正在发生的巨大变革，已经远远地超出了骆金祥们的理解力。

4

两年前，母亲张金芳就正式地向端午提出来，她们要从梅城搬到鹤浦来住。她要让孙子若若在她的视线中长大成人。母亲所说的她们，除了张金芳本人之外，还有一个安徽籍的保姆小魏。当端午试着与妻子商量这件事的时候，庞家玉不假思索地断然拒绝："想都别想！你让她趁早死了这个心吧。"

家玉当时就是这么说的。

端午只能劝母亲"缓一缓"。张金芳虽说远在梅城，可她闭上眼睛都能想象出"缓一缓"这三个字背后隐藏着什么样的关节。她知道，又是"那个屄"在作怪。她并不着急。她有的是修理儿媳妇的祖传秘方。随便使出一两手阴招，庞家玉很快就招架不住了。

"要不，我们另买一套商品房给他们住？"家玉终于退了一步，主动提出了她的折中方案。"南京，上海，甚至苏州的房子，都快涨疯了。鹤浦这边暂时还没什么动静。即便从投资的角度考虑，也是一个不错的时机。你说呢？"

事情就这样定下来了。去银行办理按揭，以及接下来的装修，都由庞家玉一手操办。她知道端午指望不上。用她的话来说，端午竭尽全力地奋斗，不过是为了让自己成为一个无用的人。一个失败的人。这是她心情比较好的时候所说的话。在心情不那么好的时刻，她的话往往就以反问句式出现，比如：

"难道你就心甘情愿，这样一天天地烂掉？像老冯那样？嗯？"

她所说的老冯，是端午所供职的地方志办公室的负责人。他是一个鳏夫，有点洁癖，酷爱庄子和兰花。他有一句名言，叫做：得首先成为一个无用的人，才能最终成为他自己。句式模仿的是马克思，弹的还是"君子不器"一类的老调。

与谭端午相反，家玉凡事力求完美。她像一个上满了发条的机器，一刻不停地运转着。白天，她忙于律师事务所的日常事务，忙于调查、取证和出庭；到了晚上，她把所有的精力都用来折腾自己的儿子。她逼儿子去背《尚书》和《礼记》，对儿子身上已经明显表露出的自闭症的兆头却视而不见。她自学奥数、华数和概率，然后再回来教他。她时常暴怒。摔碎的碗碟，已经赶上了顶碗杂技训练的日常消耗。她的人生信条是：一步都不能落下。

家玉所挑选的楼盘位于西郊的北固山下。家玉很满意“唐宁湾”这个名称，因为它是从英文Downing演化而来的。另外，她也没来由地喜欢英国。尽管至今没去过，但她已经开始频繁地浏览英国各大学的官方网站，为将来送儿子去剑桥还是牛津犹豫不决。

新房是个底层带花园的单元。没有家玉所厌恶的“穷光蛋回迁户”。周围五公里范围内没有化工厂和垃圾焚烧站。楼上的住户姓白，是个知识分子家庭。不养狗，不打麻将，据说儿子还在中央电视台工作，可惜名字不叫白岩松。

还好，一切都称心如意。

可是，当新居装修完毕，夫妻二人准备将老太太接到鹤浦来住的时候，张金芳却冷冷地要求他们“再等一等”。她的理由合情合理，不容辩驳：装饰材料和新家具里面暗藏着甲醛、二甲苯和其他放射性物质，半衰期长达七年，“假如你们不想让我早死的话，就将房子空关个一年半载再说”。那些复杂的化学名词与专业术语从母亲的嘴里毫不费力地说出来，让夫妻二人面面相觑。看来，母亲成天躲在阴暗发霉的卧室里，手握遥控器，控制着那台25寸电视机的屏幕时，她实际上也在控制着整个世界。

眼看着就到了家玉去北京学习的前夕。临走前，家玉琢磨着房子空关在那儿有点可惜，就嘱咐丈夫，不如将它先租出去。一个月的租金就按两千五百算，一年下来就是三万。端午把自己的那点可怜的工资与期待中的租金一比较，没有任何底气去反驳妻子的建议。

“这事就交给我来办吧。”他主动承担了这一重任。在妻子离开后的第二天,就去北固山一带漫无目的地转悠去了。

他还真的发现了一家经营房屋租售的公司，名为“颐居”。就在唐宁湾小区的边上。简易的活动板房，白色的墙板，蓝色的屋顶。几个小青年正在里边嗑瓜子，打扑克。接待他的业务员是个女孩，亲热地称呼端午为“谭哥”。他喜欢她的小虎牙，喜欢她暧昧、艳冶的笑容，很快就和他们签订了代租合同。月租金果然是两千五，每三个月支付一次。

当他办完了手续回到家中，双腿搁在茶几上，舒舒服服地欣赏贝多芬的晚期四重奏时，才猛然想起房产证忘在了颐居公司。小虎牙将它拿去复印，忘了还给他。看看天色还早，他打算听完了贝多芬的那首升C小调的131，就回去取。其间他接到了三个电话，其中两个是骗子打来的，另一个则来自他的同事小史。小史知道他老婆不在，她那轻松而无害的调情,旁逸斜出,没完没了。

当他再次想起房产证这回事,已经是三个星期以后的事了。

他去牙科医院拔智齿。回家的途中，趁着麻药的劲还没过，就让出租司机绕道去了唐宁湾小区，打算取回他的房产证。可颐居公司忽然不见了。白墙蓝顶的简易房早已不知去向。原先活动板房所在的地方，如今已变成了一块新修的绿地。一个白发苍苍的老头，手握橡皮水管，正在给新铺的草皮浇水。看来，社会发展得太快，效率太高,也不总是好事。

当时，谭端午也没有意识到问题有多么严重。他捂着隐隐作痛的脸颊，来到唐宁湾B区的新居前，发现自己的钥匙已经无法插入门上的锁孔了。他按了半天门铃，无人应答。他只得绕到单元楼的南边,透过花园的蔷薇花丛,朝里边窥望。

自己家的花园里，齐膝深的茅草已被人割得整整齐齐。花园中央还支起了一把墨绿色的太阳伞,伞底下的木椅上坐着一个戴墨镜的女人。她正在打电话。

端午吓了一跳，下意识地猫下腰来，躲在了邻居家蔷薇花丛的后边，似乎做了什么见不得人的亏心事。

他没有立刻把这件事告诉远在北京的庞家玉，而是首先向他在《鹤浦晚报》当新闻部主任的朋友徐吉士求助。吉士让他不要慌。他在电脑上飞快地查了一下，很快就回电说，鹤浦的确有一家名叫颐居的房屋租售中介公司，只是两个电话都无人接听。公司的总部在磨刀巷2号。

“没什么可以担心的。”吉士安慰他道，“你把房子租给了中介公司，公司又将房子租给了别人。这很正常。我没觉得有什么问题。”

“可我的感觉不太好。”端午道。他又补充说，在这个时代，不好的感觉总是要被应验，成了一条铁律。

吉士拿他的感觉没办法。

傍晚时分，两人心急火燎地赶往磨刀巷，正遇上拆迁户撒泼闹事。一家老小浑身上下浇满了汽油，威胁自焚。大批的警察在巷子口设立了安全线，他们根本进不去。根据徐吉士的分析，既然整个巷子都在拆迁，颐居公司自然也不会正常办公。他们决定重返唐宁湾小区，找租家先问问情况再说。

他们在门口守候了两个小时，堵住了下班回家的女主人。这个女人是个高个子，从一辆现代“索纳塔”轿车上下来，胳膊上挽着一只冒牌的LV坤包。她的态度十分蛮横，根本不爱搭理他们俩。她说，房子是她从“某公司”合法租下的，并有正式合同。她预先付清了两年的房租。

两年。她说得清清楚楚。

徐吉士低声下气地问她，能不能去家里略坐片刻，双方好好沟通沟通，那女人反问道：“可我凭什么让你们进屋？现在的社会治安这么乱，我知道你们是什么人？”

吉士早已将自己的名片掏了出来，恭恭敬敬地双手递给她。那女人看都不看，眼神中透着嫌恶和不屑。于是，此刻已变得有点气急败坏的徐吉士，腆着脸问她的“贵姓”，在哪里上班，那女人就猛地摘下墨镜，将头发早已谢顶，状态颇显猥琐的徐吉士打量了半晌，用纯正的北方话对他道：

“你他娘的算是哪根葱啊？装他妈的什么大尾巴狼？”

趁徐吉士被吓得一哆嗦，稍一愣神的工夫，那女的早已进了屋，门“砰”的一声就撞上了。

唐宁湾小区边上，有一家扬州人开的小馆子。很脏。他们在那吃了晚饭。啤酒泛出杯沿，都是泡沫碎裂的声音。吉士说，那女的长得有点像孙俪，只可惜脸上多了几个雀斑。端午根本不知道孙俪是谁，但他知道吉士喝多了。吉士又问他，有没有留意她臀部很大，腰却很细。他越说越下流，猥亵。他喜欢脸上有雀斑的女人。他说，到目前为止，他最大的遗憾是，还没有和脸上有雀斑的女人上过床。

第二天下班后，端午再次来到了磨刀巷 2 号。颐居公司所在的那栋老楼，已拆掉了一半。黑黑的椽子外露，像 X 光片下的胸肋。

5

骆金祥走后，端午把莫扎特的那首《狩猎》又听了一遍。感觉不像以前那么好。太多的烦心事像枯叶一样堆积在他的内心。他知道，痛苦从根本上说，是无法清除的，只能用一个新的来盖住那个旧的。为了把自己从这样一个有毒的心绪中解救出来，他决定立即动身去梅城接儿子。

梅城原是鹤壁专区所属的一个县，由于发电厂、货运码头和备战船厂的修建，1962年拆县建市，成为计划单列市。1966年至1976年，梅城先后更名为永忠市和东方红市。1988年，梅城重新划归鹤壁管辖，成为一个新型化工区。鹤壁也和临近的浦口合并在一起，改名为鹤浦市。

1976年10月，十四岁的谭端午陪伴母亲和哥哥，将父亲谭功达的遗体送去火化。那是他记事后第一次看见父亲。从梅城模范监狱到城外的火葬场，只有不到八公里的路程，他们竟然走了差不多整整一天。滂沱大雨淹没了狭窄的煤屑公路，也多少冲淡了装载尸体的平板车上发出的阵阵恶臭。平板车被一辆熄了火的运煤大卡车挡住了去路。那时,他们已经能够看见火葬场的烟囱了。

它被一道绚丽的彩虹映衬着,显得壮美无比。

端午愿意用他尚未充分展开的一生作抵押，渴望大雨停止，渴望尽快抵达那里，渴望早一点摆脱那具正在腐败的死尸。在以后的日子里，每当他想到火葬场，心中奔腾着的情感竟然首先是渴望抵达的朦胧希望。或者不如说，它就是希望本身。母亲除了用恶毒的语言高声咒骂父亲之外，也显得束手无策。哥哥王元庆尽管与父亲没有血缘关系，却在关键时刻扮演了救世主的角色。他将父亲已经有点腐烂的尸体从板车上卸下来，背在背上，趟水步行，终于在太阳落山之前，将父亲送进了火葬场的焚尸炉。王元庆也就此确立了自己作为未来家长的牢固地位。

在他面前，母亲开始变得柔眉顺眼，迅速地蜕变成一个受他保护的小女孩。

这座殡仪馆仍在原先的位置。它位于鹤浦至梅城高等级公路的正中间。高大的烟囱依然摄人心魄，只是记忆中的彩虹不再出现。在殡仪馆的正前方，一座现代化的妇婴保健医院正在拔地而起。虽说殡仪馆早已废弃不用，但尚未来得及拆除的烟囱仍以一个睿智而残酷的隐喻而存在：仿佛呱呱坠地的婴孩，刚一来到人世，就直接进入了殡仪馆的大门，中间未作任何停留。

刚过了五月，天气就变得酷热难当了。出租车内有一股陈旧的烟味。司机是个高邮人，不怎么爱说话。道路两边的工厂、店铺和企业，像是正在疯狂分裂的不祥的细胞，一座挨着一座，掠窗而过，将梅城和鹤浦完全焊接在一起。

金西纸业。梅隆化工。华润焦化。五洲电子。维多利亚房产。江南皮革。青龙矿山机械。美驰水泥。鹤浦药业。梅赛德斯特许经销店……

虽然是晴天，端午却看不见太阳的位置。它在，你却看不见它。也看不到一只鸟。他听见手机响了起来，却未马上接听。他在心中反复斟酌，艾略特那首广为人知的《The Waste Land》，究竟应该译作《荒原》，还是《被废弃的土地》？好像这事真的很要紧。

庞家玉从北京打来了电话。端午问她，为什么闹哄哄的？他什么也听不清。

"我和朋友正在中关村的沸腾鱼乡吃饭。我出来了。现在听得清楚吗？"家玉似乎有点兴奋。

她提到了上午听过的一个报告。报告人是一个姓余的教授。他讲得太好了。从全国各地来的学员们在吃饭时仍在争论不休。报告的题目似乎叫做《未来中国社会的四大支柱》。

由于夫妻二人本来可聊的话就不多，再加上庞家玉在明显的激动中情绪亢进，端午只得假装自己对所谓的"四大支柱"发生了强烈的兴趣。

"哪四大支柱啊？能不能简单地说说？"

"第一是私人财产的明晰化，第二是宪法的司法化，第三是……

后面两个，怎么搞的？我这猪脑子，等我想想。”

“是不是代议制民主和传媒自由啊？”端午提醒她。

“没错，没错。就这两条。咦，你是怎么知道的呀？神了，你又没听过上午的报告。”

“狗屁不通的四大支柱。不过是食洋不化的海龟们的老生常谈。”端午刻薄地讥讽道，“你可不要瞎激动，人家余教授的支柱可是美国福特基金会。”

听他这么说，家玉在电话那头立刻就不做声了。短暂的静默过后，家玉问他房子被占的事有没有进展。端午说，他前天下午又去了一趟唐宁湾，那个脸上有雀斑，长得像孙俪的女人威胁说，如果他胆敢再去敲门，她就立刻报警。

就好像那房子原本就是他们家的。

“这事你就别管了，一切等我回来再说。别忘了去梅城接孩子。早晨要看着他把鸡蛋吃完。还有，你每天都要检查他的作业。仔仔细细地检查，尤其是奥数……”

端午告诉她，此刻他就在赶往梅城的出租车上。

若若的肩头站着一只虎皮鹦鹉。绿色的羽毛像铜锈，红色的冠顶像鸡血。它叫佐助。端午不知道儿子为什么要给它取上这么一个古怪的名字，也懒得去打听。若若正在给它喂瓜子。小魏手里捏着一把香葱，从厨房里出来，朝他怯怯地一笑。

这个小姑娘来自安徽的无为，是家玉从家政公司雇来的保姆。端午不能容忍在写作时有人在他眼前晃悠，就在张金芳七十大寿那天，将她作为生日礼物转让给了母亲。每次见到她，端午都会有一种莫名其妙的悲怜之感。她伺候母亲还不到两年，孩子气的口吻，眼中亮晶晶的光芒，身体里掩藏不住的活力，都一并消失不见了。嘴角的线条变得僵硬而锋利,小动物般的眼神既警觉又卑怯。

母亲在卧室里用扑克牌算命。电视机开着。桌上的茶盘里放着几块饼干。看到端午走进来，她就用遥控器调小了电视机的音量，立即向他抱怨起自己的肚子来。她的肚子胀得像一面鼓。敲上去咚咚响，拉出来的屎一粒一粒，硬硬的，就像羊屎豆一样。还得小魏一点一点地替她往外抠。除了便秘之外，她也健忘得厉害，刚说的话，一眨眼就忘记了。

“家玉怎么没一起来？”母亲问道。

“她去北京了，还得有一个月才能回来。她刚刚给我打过电话，还让我代她问你好。”

“那就多承她这份好心。”母亲不冷不热地道，“你去看过元庆了吗？”

“过阵子就去。”端午说，“这两天太忙了。”

“总是忙。也难怪，你们年轻人都有自己的前程。我不妨碍你们。到了我这把年纪，活一天，算是两个半天，迟早是个死。你们不用放心上。就当是家里养了条老狗。有人定时喂点食,我就知足了。”

端午见她越说越不是滋味，眼见得又要哭哭啼啼，只得赶紧找话来打岔。

“昨天晚上我又梦见元庆了，”母亲说，“真是日鬼。他不是你爹亲生的，每走一步，都踩着那个疯子的脚印。人站在地上，脑子却飘在云头里，真是日鬼。当初我就不高兴他出钱去修什么精神病院，结果呢？精神病院盖好了,他自己头一个住了进去。”

母亲说着那些不着边际的话，朝正在门口探头的若若招了招手：“快过来，你老子要带你走了，过来亲亲奶奶。”说着，她扶着桌沿，艰难地站起身来。

若若朝她跑过去，一头扑在她怀里，差点把她撞倒。母亲俯下身子,搂着他,将脸侧过来让他亲了一下。

"不行！两边的脸都要亲。"母亲笑着又把脸转向另一侧。

出租车开出去很远了。坐在后排的若若隔着防护栏，用手指捅他的肩膀。

"老爸,恐怕我们还得原路返回。"

"为什么呢？又要作什么怪？"端午扭过身去。若若肩头上的那只虎皮鹦鹉,正在威严地望着自己。

"我的 PSP 游戏机忘在奶奶家了。"儿子说。

"没关系，忘了就忘了吧。过几天我们还要过来。你正好收收心。"端午不假思索地说。不知为何,他害怕再见到母亲。

"可是,老爸,你最好还是回奶奶家一趟吧。"儿子不紧不慢地说。

"到底怎么回事？快说！"

"因为，PSP 是装在书包里的呀。"

"你是说,你把书包也落在奶奶家了？"

"本来就是。"

端午只得叹了口气,苦笑着,吩咐司机掉头。

当出租车来到母亲家小区的大门口时，他看见小魏正提着儿子的书包,在马路边四处张望。

6

1985 年 7 月，谭端午从上海一所师范大学的中文系毕业，留在了该校的第三附属中学教语文。当时，他作为诗人的名声已经给他的恋爱带来了不小的便利。不断更换女友的原因，据说是为了找到自命不凡的爱情，可其中夹杂着多多少对肉体的迷恋和贪婪，也只有他自己知道了。很长一段时间中，他始终找不到比性交更好的事。

一天下午，他去校门口的银行取钱。在窗口排队等候时，他遇见了自然辩证法研究所（简称自辩所）的一位教授。谭端午在本科阶段苦读《资本论》时，曾多次登门向他求教。此人已离开了自辩所，成了新创建的哲学系的系主任。他极力怂恿谭端午离开三附中，报考他的研究生。那时的端午还未学会拒绝别人的好意，就一口应承下来，进入了哲学系，攻读硕士学位。

等到毕业答辩的那个学期，发生了一件席卷全国的大事。他每天只睡三四个小时，在任何时候都显得情绪亢进、眼睛血红、嗓音嘶哑。他以为自己正在创造历史，旋转乾坤，可事实证明，那不过是一次偶发的例行梦游而已。从北京回来不久，他就开始了颇为夸张的自我放逐（不管从哪个角度来考虑，此举都完全没有必要）。北上陕甘宁，南下云贵川，折腾了半天，最后回到了他的老家梅城。

母亲张金芳差一点没认出他来。在听了儿子的离奇经历后，张金芳眼睛里含着激动的泪光，一遍遍地抚摸着儿子的肩胛骨，笑道：“儿啊，你都快要变成姚佩佩那个小瘟屄了。”

当时，谭端午对于母亲口中的这个姚佩佩不甚了了，也根本没有心思去刨根问底。他在鹤浦的诗友徐吉士和陈守仁一路打听，来到了家中，力邀他前往鹤浦暂住。因为那里“相对比较安全”。陈守仁的母亲是鹤浦园林局的副局长，很容易就在南郊的山坳里为他找到了一处隐身之地。

他所居住的那个行将坍塌的小院，名为听鹂山房，是古招隐寺的一部分。吉士说，一千七百年前，昭明太子萧统也曾在这个小院中编过《文选》。竹篁清绝，人迹罕至。院外有一方宽阔的池塘，养着睡莲，四周长满了芦荻和菖蒲。白天，他在炎炎夏日的蝉鸣和暴雨中酣睡。晚上的时间，则用来阅读他心爱的聂鲁达和里尔克。

吉士和守仁很少来看他。据说也是为他的安全着想。

那是他一生中最愉快的三个月。这种甜蜜和愉悦，不仅来自城市山林的清幽阒寂、风物幽美，不仅受惠于晨昏颠倒的无拘无束和无所事事，也来自于他对人生的全新领悟：他置身于风暴的中心，同时又处于风暴之外。端午甚至于暗暗期盼着，能一直在这里生活下去。夏去秋来，朝雨暮云；花发花落，直至终老。当然他也知道，如果没有外力的强制，这几乎是不可能的。当时，他已经在痛苦地思考这样一个令他震惊的悖论：没有强制，其实根本就谈不上任何自由。

仲秋的蒙蒙细雨很快将他拽回到现实之中。离开鹤浦的前一天，徐吉士口袋中揣着一瓶“双沟大曲”，前来向他告别。他的手里拎着一只血水淋漓的芦花鸡，他还带来了鹤浦船舶工程学院的两个女生。一个略胖，一个清瘦。据说，她们都酷爱写诗。

那天下午，端午领着三位客人，把招隐寺所有的遗迹都转了个遍。但端午很少说话，女孩们的出现，使得依依惜别的情感愈发浓郁。另外，仔细地比较这两个女生的气质与长相，也耗费了他太多的精力。最后，他们来到一条快要干涸的溪流边。徐吉士命令两个女生转过身去，以便他们对着“梦溪秋泛”的摩崖石刻撒尿。两个女生都捂着嘴笑。在她们转过身去的时候，吉士神秘地对端午小声说道：

“如果在这两个女孩当中，你可以留下一个过夜，无需考虑后果，你会挑谁？”

端午当时并未清楚地意识到，自己在抖裤子的一刹那，未来的命运就此改变，而是虚伪地推托说：“这怎么可以？我连她们的名字都还没记住呢。”

两个女孩都很迷人。选择一个，就等于是放弃另一个。他还是更钟情于长得略胖的那个。至少看上去颇为开放，言谈举止有一种成熟的、落拓不羁的美。她穿着暗红色花格子西装短裤。裸露的大腿已无需验证。另一个女孩，一说话就脸红，稚气未脱，面目清纯。哪怕是动一动“不好”的念头，都给人以一种很强的犯罪感。

既然谭端午一直表白自己不好意思，徐吉士只得替他挑选。从端午那些发表的诗歌来看，吉士断定端午对“纯洁”有着非同一般的迷恋。于是，傍晚时分，在浓密的树林中，徐吉士带着胖女孩(后来端午知道，她叫宋蕙莲)“突然失踪”。

后来，端午也知道，徐吉士离开招隐寺后，就带她去看电影了。在光线昏暗的电影院里，徐吉士有些突兀的试探很不成功。看上去“很好弄”的宋蕙莲，在给了他一记凶狠的耳光之后，还用刺耳的苏北话当众骂了他将近十五分钟，迫使印度电影《奴里》的放映一度中断。

与此同时，在招隐寺池塘边的小院里，李秀蓉坐在电炉前，正在为钢精锅盛不下一只芦花鸡而发愁。她一脸茫然地望着谭端午，笑道：“把鸡头按下去，鸡腿就顶了出来，怎么办？”

端午就借机把脸凑向她的耳边，用一种他自己也觉得陌生的古怪腔调对她说：“我这里，也有什么东西要顶出来了……”

秀蓉一时没听懂他的流氓话。她转过脸来，仰望着他，冒失地问道：“什么东西？能不能让我看看？”

话音刚落，她的脸一下就红了。眼睛里露出惊骇和难以置信的表情。端午就把她手里紧紧拽着的一双筷子拔了出来，顺手扔进了墙角，然后抱住了，她。

她的挣扎也在他意料之中。他知道，她的羞耻心和道德感坚持不了多长时间。他紧紧地搂着她，一声不吭。在悲哀和怜悯中，等待着她僵硬的身体慢慢变软。等待着她双唇微启，双目紧闭，喘息声一点点加剧，任由他摆布。

事情比他预想的还要顺利得多。可他并没有就此忘掉另一个女孩。即便是在进入她身体的那一刻，他的脑子里仍想象着夕阳中闪闪烁烁的花格子红短裤。甚至，他有些冷酷地想到，要是换成了另一个女孩,会不会感觉更好。

他问她疼不疼,秀蓉的回答让他不由得一阵揪心：

“不用管我！”

事后，她有些撒娇地将手掌摊在灯光下给他看。端午在拔去她手中筷子的时候，由于用力过猛，竹棱竟然在掌心上留下了一条长长的口子。好在伤口不深，流出来的一点血，也早已凝固。端午就顺便夸她的手好看。不知为什么,秀蓉的眼泪一下子就涌了出来：

“好不好看,反正它已经是你的了。”

端午听她这么说，猛不丁地吓了一跳。他心里一直犹豫着，要不要将自己第二天一早离开鹤浦的事告诉她。直到秀蓉再次把头靠在他的膝盖上,对他说：“外面的月亮这么好,要不要出去走走？”

于是，他们出了院门，来到门外的荷塘边。她那只受了伤的手，一直在他的口袋里与他十指相扣。初秋的风，冷却他发烫的脸。他甚至能听见紫色的睡莲在夜间开放的声音。

在返回上海的火车上，一种深深的担忧沉重地压在他的心头。他无法假装不知道，秀蓉还在发烧。他从她牛仔裤口袋里掏出来的钱，还剩下十二块零八角。他买了一瓶矿泉水，第一次意识到自己的手在发抖。他从这些钱币中还发现了一张小纸条。纸条上写着他的名字和地址。

昨天下午，他们刚一见面，胖姑娘宋蕙莲就向端午索要上海的通讯地址。秀蓉明显地犹豫了一下，大概是觉得自己如果不也要一个，似乎有点不太礼貌，就勉强地提出了她的要求。现在，这张写有自己名字和地址的纸条，又回到了端午的手中。这就意味着，假如秀蓉意识到自己被遗弃之后,甚至无法给他写信。

“难道我还希望她给我写信吗？”端午克制不住地一遍遍问着自己。经过意志力的反复作用，答案显然是否定的。她不过是一个小地方的女孩子。一切都结束了。两个人未来的道路，没有交汇点。

学校里一切如常，就像是什么事都没发生过。没人追究他长达四个月的神秘失踪；没人向他问起他在那场暴风雨中究竟扮演了怎样的角色；没有人让他写检查，或协助审查；甚至就连自己的导师，对他的突然失踪，也只字不提，讳莫如深。

又过了两个月，论文答辩在延期了半年后终于再次举行。他顺利地拿到了哲学硕士学位。导师让他在继续攻博，或者去上海教育出版社就职之间做出选择。很不幸，这一次谭端午对导师的真实意图作出了错误的判断。他开始全力以赴地准备第二年四月份的博士考试，对师兄弟们旁敲侧击的善意提醒置若罔闻。最后，他以笔试总分第一的成绩，在最后的面试中败北。导师将来自黑龙江的一位女进修教师纳入自己帐下。

不过，导师总算没有忘记他。

在“五一”节的家庭便宴上，已升为副校长的导师又提出两个单位，供他挑选。一个是上海博物馆，另一个则是宝钢集团的政策研究室。谭端午一直都想找个机会与导师决裂，便当着众人的面，坚决地予以拒绝。随后，师徒二人发生了激烈的争吵。端午完全失控，“暮年心炽，不忘荣宠”一类的蠢话，也连带着脱口而出，连他自己都觉得有点过分。导师的脸被气得煞白，训斥他的时候，连脏话都带出来了：

“册那！侬格小赤佬，哪能格能副样子！侬以为侬是啥宁，弗来三格！”

管他来三弗来三，既然端午已决定不食周粟，不接嗟来之食，拂袖而去，只能是最终的选择了。他后来四处投递简历，都没有回音。他还两次去过用人单位的招聘会，都没有获得面试的机会。很快，宿舍的管理员领着保卫处的两个彪形大汉，来到他的寝室，责令他在一个星期之内,从第一学生宿舍消失。

他偶尔也会想起秀蓉。想起她略带忧戚的清瘦面容。她那清澈的眼神。她那天穿着的红色的圆领汗衫。还有，那只受了伤的手。她在招隐寺池塘边跟他耳鬓厮磨时说过的话，像流水一样漫过他的全身。百感交集之中,亲人般的情愫,哽在他的喉头。

事实上，他也曾给徐吉士打过一次电话，询问秀蓉的近况。吉士因为宋蕙莲的指控(她坚持认为，吉士在电影院中侵犯她的私密之处，并非乳房，而是乳头)，在派出所待了十五天。端午一提起秀蓉，吉士就马上用“往事不堪回首”一类的话来搪塞。他显然被吓坏了。端午还尝试往鹤浦船舶工程学院寄过一封信,可很快就被退了回来。

到了这年的六月初，他的桥牌搭档，中文系古代文献专业的唐伯高，向他透露了一个重要讯息。鹤浦矿山机械厂要到他们系来招一位中文秘书，待遇优渥，可没人愿意去。伯高说，有人漏夜赶科场，有人风雪还故乡，你既是鹤浦人，与其在这里飘着，不如归去来辞个他娘的毬的。端午心里纵有一百个不愿意，也只得答应试试看。事情进展之顺利,远远超出了他的预想。

一个月后，他已经在学校的办公楼，办理户口和粮油关系的转移手续了。所有的人都对他笑脸相迎，所有的办事员都手执圆头图章，身体后仰,随时准备在他送上的表格上给予重重的一击。

只有当他想起秀蓉，沉浸在与她共处一个城市这样虚幻的亲切感之中时,他的心里才略微好受一些。

矿山机械厂位于鹤浦市三十公里外的一个荒僻的小镇上。到处尘土飞扬。除了每天陪厂长喝酒之外，基本上无事可干。他向吉士抱怨说，他来到的这个鬼地方，似乎并不是就业，简直就是被劫持，跟蹲监狱没什么本质的差别。陈守仁和徐吉士使出了吃奶的力气，才将他的档案关系转到了鹤浦地方志办公室。

端午来到鹤浦之后，并未立即去找秀蓉，甚至也不想这么做。吉士尝试着要给他介绍新的女友，端午也没有拒绝。直到一年后，他与秀蓉在华联百货二楼的周大福金店再次相遇。当时的秀蓉已经改名为庞家玉了。

当时，端午已经清楚地意识到，秀蓉在改掉她名字的同时，也改变了整整一个时代。

7

这是周末的一天。吃过晚饭，端午将儿子叫到餐桌边坐下，一边抚摸着他那柔软的头发，一边郑重其事地告诉他，自己要出去一会儿,可能很晚才能回来,问他能不能一个人“勇敢地”待在家中。

“那我能玩 PSP 吗？”儿子提出了他的交换条件。

“当然可以。你想玩多久,就玩多久。”

“我能不能看《火影忍者》？”

“看吧。”

“那,我能不能带上佐助,去戴思齐她们家……”

“不行，绝对不行！”谭端午斩钉截铁地打断他，“你不能出门，也不能让任何人到家里来。爸爸带着钥匙。无论什么人按门铃，你都必须装作听不见。你还记得去年冬天咱们小区 13 号楼发生的灭门案吗？一家五口,包括不到两岁的……”

端午没再说下去，因为他发现儿子下意识地搂紧了那只鹦鹉，眼睛里早已流露出明显的惊恐之色。

徐吉士下午打来一个电话，告诉他晚上在“呼啸山庄”有一个聚会。而且，国舅也会到场。“你们可以好好谈一谈。既然你找不到颐居公司，不如让国舅来弄她。”端午不知道国舅是谁，也不太清楚吉士为何要让他们见面。正想问个明白,吉士匆匆就将电话挂了。

“呼啸山庄”是陈守仁建在江边的别墅。离废弃的船坞码头不远。守仁总能窥见市政府的底牌。他知道五年后的船坞码头一带会变成什么样子，就以极低的价格从江边的渔民手里买下了大片的宅基地，凿池引水，盖楼圈地，忙得不亦乐乎。他和主管城建的一位副市长去了一趟意大利，就异想天开地要让江边肮脏的棚户区变成另一个苏莲托。前年冬天，别墅刚落成的时候，端午和家玉就曾去过。他也时常去那儿钓鱼。不过，那一带暂时还看不出什么灯红酒绿的样子。芦蒿遍地,荒草丛生,加上江风怒吼,野兔出没,让人更觉凄凉。

端午在马路边一连拦了三辆出租车，可没有人愿意去那个“鬼地方”。最后，在一旁窥望多时的一个摩的司机，推着摩托车来到他跟前,阴沉着脸对他道：

“日你妈妈！来噢,五十块钱,阿去啊？”

端午犹豫了一下，只得上了他的车，搂着他那肥肥的啤酒肚，朝江边码头方向疾驰而去。

与前一次来的时候相比，守仁的庄园还是有了不小的变化。“呼啸山庄”这个名称似乎可以改成“画眉田庄”了。花园的东南角新建了一座八角凉亭。凉亭边有一座太湖石堆砌的假山，只是刚栽的紫藤和茑罗还没来得及将它覆盖。凉亭与别墅之间，有一条用鹅卵石铺成的小径，小径旁甚至装上了蘑菇状的路灯。草坪大概刚刚修剪过，端午还能从草香中闻到阳光特有的味道。花园里原先有一个挖了一半的水坑，守仁曾想修一个露天游泳池，现在则在四周砌上了青石,养起了莲花。

紧挨着东边铁门的铁蒺藜院墙边，密密地栽了几排泡桐。虽说才一年多，泡桐已经长得很高了。吉士说，守仁当初栽下这些泡桐的目的，就是图它长得快，希望这些泡桐长成一道密不透风的树篱，将他的别墅与不远处混乱肮脏的棚户区隔开。守仁崇尚病态的“唯美”和“虚静”。那些打着赤膊的穷光蛋，让他一看就心烦。这些人的存在,会严重地干扰守仁“静修”时的心境。

园子的西边有一大块空地，一直延伸到过江的高压线塔的边上。守仁将他的乡下老婆小顾，从泰州接了过来，在那片空地上种植“绝对不用农药和化肥”的有机蔬菜。黄瓜、大豆、番茄、扁豆、茄子、大蒜，应有尽有。除了供应一日三餐之外，还能分赠好友。家玉曾用小顾送来的韭菜做了一次春饼,结果由于吃得太多,反而拉起了肚子。

小顾在灯光幽暗的门廊下迎候他。尽管端午再三表示自己已吃过晚饭了,可守仁还是执意让夫人给他下了一碗湾仔馄饨。

下沉式的大客厅里坐了一屋子的人。烟雾缭绕。他们分成几拨在聊天。除了文联主席老田和几位鹤浦画院的画家之外，端午基本上都不认识。其中或许不乏当地的政府官员，因为他们要么不说话，要么净说一些不着调的废话，末了还感叹：“现在的老百姓，真是不太好弄。”

当守仁向老田感慨说，这年头还是保命要紧时，老田突然把身体向沙发上猛地一靠，笑道：“日你妈妈！这命，是你想保就能保得住的吗？”

他们正在探讨养生经。水不能喝，牛奶喝不得。豆芽里有亮白剂。鳝鱼里有避孕药。银耳是用硫黄熏出来的。猪肉里藏有 β2 受体激动剂。癌症的发病率已超过百分之二十。相对于空气污染，抽烟还算安全。老田说，他每天都要服用一粒儿子从加拿大买来的深海鱼油,三粒复合维生素,还有女儿孝敬他的阿胶。

端午问守仁,怎么没看见吉士?

守仁大概是没听见，正向老田推荐他最近研制的养生新配方：用冬虫夏草、芡实、山药、莲子和芝麻磨成粉，用燕窝、蜂浆和骆驼奶调匀了，放在蒸锅里蒸。

老田问他，是单峰骆驼还是双峰骆驼，旁边坐着的一个身穿开襟毛衣的女孩，“扑哧”一声就笑了起来。她的脸上，有一种令人伤心的抑郁，也有一种让中年男人立刻意识到自己年华虚度的美。

守仁还是听见了端午刚才的问话。因为他此时笑着对那个女孩说：“绿珠啊，你到楼上去，把徐叔叔叫下来。”

原来，吉士正在楼上打牌。

很快，徐吉士醉醺醺地从楼上下来了。他的身后跟着一个身穿黑西装的人。此人长得又矮又胖，却十分敦实。留着小平头，基本上没脖子。大概他就是吉士在电话中提到的那个“国舅”了。

吉士没有朝客厅这边过来。他站在楼梯口的一缸棕榈树下，向端午招手。

那个叫绿珠的女孩没有跟他们下楼来。

三个人出了别墅的大门，径直走到了对面的凉亭里。吉士让端午将唐宁湾房子被占的事向国舅说一说，让国舅带人“扑过去”，替他把那个长得像孙俪的女人轰走。端午倒不是怀疑国舅的能力，而是觉得这样做过于鲁莽。他犹犹豫豫地刚开了个头，国舅就很不耐烦地打断了他。

“这种事情大同小异。你不说吾也晓得呢！不要说这些乱七八糟的东西。她怎么占了你的房子，吾没得屌兴趣。这样好不好，你直截了当，你妈告诉吾，你想怎么弄她？”国舅手里捏着一支粗大的雪茄，在鼻孔下面转动，手上戴着的那枚方方的大戒指十分显眼。

端午瞅了瞅国舅，又求援似的看着吉士，怔在那里，一时不知如何作答。

“你妈！这世上就没得王法了。你发个话，想怎么弄她就怎么弄她，吾要么不出动，一出动就是翻天覆地。你发个话吵！”国舅仍在那里催促他。

徐吉士见状赶紧对国舅道：“你妈妈，事情还不曾做，不要先把人吓死掉。房子的事,就由你去摆平,让他们滚蛋就行,以不伤人为原则。”

国舅道：“这个吾晓得呢,有数呢,没得事的。”

正说着，忽然看见小顾沿着鹅卵石小径，朝这边急火火地走过来。小顾说，守仁请了两个评弹演员前来助兴，出租车在经过棚户区的沈家巷时，轧死了一条小狗，被村民们围住了。小顾让国舅赶紧过去看看。“多把人家几个钱,先把人给领回来。”

“屌毛！”国舅一听，就从石凳上蹦了起来，一边掏出手机打电话，一边骂骂咧咧地跟着小顾走了。

“国舅这个人，今天喝了点酒，有点激动。”国舅走后，吉士对端午道。

“这事最好不要进他插手。”端午正色道，“家玉这个人，你是知道的，平常最看不惯吆五喝六的人。她还有一个月就从北京回来了，此事等她回来再做商议。事情还没到那个火烧眉毛的程度。无非是损失几个房租罢了。万一火上浇油，国舅这边再生出什么事来，反而不好收拾。”

听端午这么说,吉士又想了想,道：“那就先缓一缓？”

“缓一缓。”端午道，“你们怎么叫他国舅？他是个什么样的人？”

“嗨，他本名叫冷小秋，是鹤浦一带有名的小混混，近来靠上了守仁这棵大树。平常手下养着七八十号人马，一旦房屋拆迁遇到麻烦，房地产商往往会来请他去‘主持正义’他就指挥着手底下的那帮小喽啰，一哄而上，见鸡杀鸡，见狗杀狗。当地百姓都怕他。去年，他还被全市的房地产行业评为‘拆迁能手’。其实，地方上有时候也暗中找他帮忙。”

徐吉士笑了笑，又接着道：“他有个妹子，上高中时与我和守仁同班，人长得漂亮，有个外号叫‘杨贵妃’。她既然是皇妃，小秋不就成了国舅了吗？”

“我怎么从没听你说起过？那个杨贵妃后来如何？”

“嫁给一个复员军人，两口子都依着守仁，在他公司里做事。听说守仁还跟贵妃生过一个儿子,也不知真假。”

两个人在凉亭里又聊了一些别的事。吉士起身，仍旧去楼上打牌。

端午很想早一点离开，又苦于打不着出租车，只得回到客厅找老田，想让他的那辆破“奥拓”捎他一段。可老田却没有立刻就走的意思。他眯缝着眼睛,对端午道：

“唱评弹的两个小妞,不是还没到吗？”

不知什么时候，守仁已经离开了。客厅里剩下的几个人，正围着两个军迷，讨论歼-14的挂弹量，未来航母的舰载机型号，99型主战坦克的作战性能，以及万一南海发生战事，是先打越南，还是先打菲律宾。端午对军事一窍不通，也没什么兴趣，硬着头皮听他们聊了一会儿，就有点后悔把儿子一个人放在家里。他给家里打了一通电话，没人接。他只得假设若若已经在床上睡熟了。

国舅已经去了很长时间，可还是没有立竿见影地把那两个评弹演员救回来。可见他也没有自己所吹嘘的那么神通。

8

循着一缕幽暗的桂花香，端午把走廊墙上挂着的油画逐一看了个遍。不觉中，他已走到了大厅西侧的厨房。小顾正在指挥着两个厨子做夜宵。厨房里水汽缭绕。小顾竟然也听说了唐宁湾房子被占的事。她熟练地搓着糯米小圆子，裹上白糖和桂花，放到油锅里去炸。随后,又将一只装有酒酿的玻璃瓶子递给端午,让他帮忙打开。

端午一边和小顾说着闲话，一边装出对烹调很有兴趣的样子，不时问上一两个连他自己都深感无聊的问题。比如豆沙馅里为何要拌入猪油？这个季节哪来的桂花？等等。他看见厨房里有一扇通往北边花园的小门,就从那儿踱了出去,来到了屋外。

“呼啸山庄”建在江边一个平缓的草坡上。顺着青石板铺成的小路往前走，可以一直走到草坡底端。那里有一片幽光粼粼的水面。它不过是长江的内江，为泄洪而开凿的人工河。河边有一把收起的遮阳伞，两张木椅。那是平时守仁钓鱼的地方。端午和吉士偶尔也来凑趣,在那儿垂钓、喝茶。

内河中有一道被青草覆盖的拦水坝，通往对面的长江大堤。黑暗中,河水有一股难闻的腥味。他能听见鱼的唼喋声。

端午拂去木椅上的露水，正准备在那儿坐一会儿，忽然看见对面的江堤上站着一个人,正在向他挥手。

当他沿着拦水坝，朝对岸走去的时候，身后的别墅里终于传来了咿咿呀呀的唱评弹的声音。只是琵琶声听不太真切。拦水坝上有泄水漫过,水流的声音把它盖住了。

“你带烟了吗？”那人蹲在大堤上,朝他远远地喊道。

此时，端午已经认出她来，就站在水坝中央，对她说：“你的意思是不是说,假如我没有带烟的话,就可以原路返回了？”

绿珠就咯咯地笑了起来。

她和守仁沾着点亲。她叫小顾姨妈，却奇怪地称守仁为“姨父老弟”，不知为何。平常聚会的时候，守仁也偶尔带她过来。端午和绿珠从来没有说过话。她有一点目空一切的矜持，不爱搭理人。她眼中的任何人都是另一个人。用守仁的话来说，仿佛一心要掩盖自己的美貌，她总是故意将自己弄成邋里邋遢、松散随便的样子，永远是一副睡不醒的神态。

在点烟的时候，火光照亮了她的脸。她的眼眶红红的，似有泪光闪烁。端午只当没有看见。两个人隔着两三米远的距离，并排坐在江堤上,看着江面。地上散落着几只细长的白色烟蒂。

端午问她为何一个人待在这里,她也不答话。

“据说这一带就是过去看广陵潮的地方。”绿珠忽然道，她的声音里还夹杂着童稚的清亮。

“长江从这里入海,”端午道，“这一带,过去就叫海门。”

江面上起了雾。江堤往下，是大片的芦苇滩和几块漂浮在江边的沙洲，似乎一直延伸到江中心的水线处。看不到过往的船只。噼噼啪啪的引擎声和低沉的汽笛，在暗雾中远远地传来。黄色的雾霭隔绝了对岸的城市灯火，甚至就连对岸发电厂的三个高耸入云的大烟囱,也变得隐隐绰绰。

没有月亮。

“你看见前面那片渔火了吗？”绿珠朝远处指了指，“会不会是江边的渔民正在下网捕鱼？”

顺着她手指的方向，端午果然看见江堤的西边有灯火闪动。像夏夜的荧光一样,似有若无,闪烁不定。

“想不想去看看？”

“那地方看着近，实际上远得很。”端午道，“都说看山跑死马，说不定走到天亮,我们也走不到那儿。”

“反正也没事嘛。”绿珠此刻已经站起身来，“你要不来，我一个人可不敢去。”

端午听见她说话嘟嘟囔囔的,就问她嘴里吃着什么。

“口香糖，你要不要？”她把口香糖递给端午的同时，顺手把他从地上拉了起来。她的手凉凉的。

他们沿着江堤,往西走。

绿珠的老家在泰州。父母都是生意人，分别经营着各自的电解铝和硫酸铜公司。父亲死后，她在十七岁那年与母亲大吵一架，开始离家出走。游遍了大半个中国之后，她到了甘肃的敦煌。她不想往前走了。她喜欢戈壁滩中悲凉的落日。她唯一的伴侣就是随身携带的悲哀。她说，自从她记事的时候起，悲哀就像一条小蛇，盘踞在她的身体里，温柔地贴着她的心，伴随着她一起长大。她觉得这个世界没意思透了。

那年夏天，守仁利用他从德国拷贝来的技术，在西宁投资了一家生产塑钢门窗的企业。他和小顾处理完西宁的业务，闲来无事，就去了一趟鸣沙山的月牙泉。途中经过一个名叫“雷音寺”的戈壁古刹，无意中撞见了绿珠，彼此都吓了一大跳。当时，绿珠正和一个从峨眉山来的“游方僧”在香烟袅绕的天井里悠闲地喝茶。他们连哄带骗，将绿珠带回了鹤浦。

当小顾喜滋滋地拨通姐姐的电话，向她请功卖好的时候，绿珠的母亲只说了一句“我没这个丫头”,就把电话给挂了。

“知我如此,不如无生。”绿珠囔着鼻子道。

他们已经走到了一处废弃的船坞边上。空气中弥漫着一股甜腥的铁锈味。她随便就能引用《诗经》里的句子，让端午不由得暗暗吃惊。

“你当时待在雷音寺，是想出家吗？”端午拉着她的手，从巨大的钢梁的缝隙中穿过，以防她不慎掉入深不见底的坞槽之中。她的经历听上去那么荒诞不经,更像是一个传奇。

“我对出家没什么概念，”绿珠道，“我只是想找个干净的地方死掉。我喜欢那里的深房小院，喜欢地上的青苔和大树的浓荫。院子的墙角有一丛木槿花，那不过是很普通的花。在我们老家，家家户户都用木槿来编织院子里的篱笆。正因为它太普通了，我从来没有好好地看过它，其实它挺漂亮的。乳白色的花瓣，花底有黑斑，像蝴蝶的翅膀。那天下午，雷音寺里正好没什么游人，我就一个人站在那儿傻看。一个光着脚的峨眉僧人打那儿经过。他老得不成样子，忽然对我说了一句话。这句话，让我哭了好半天。后来我就想，出家也许真是一件挺不错的事。”

“那个和尚跟你说了什么活？”

“他先是嘿嘿地笑了一下。我回头看看，发现他嘴里的牙齿都掉得差不多了。嘴巴瘪塌塌的。他说，松树千年朽，槿花一日歇。我开始没听清楚，想让他再说一遍，那老头早已走远了。”

她说，当她在雷音寺遇见“姨父老弟”时，游方僧已经答应收她为徒，并给了她一个法号：舜华。她特别喜欢这个法号。因为在《诗经》中，舜华正是木槿的别称。

绿珠跟着守仁回到鹤浦。没待几天，冷静下来的母亲还是从泰州赶了过来。她倒没有执意将绿珠领回去，而是将她托付给了妹妹小顾。临走时，给她留了一张银联卡。后来，守仁就和小顾商量，用卡里的钱送她去澳大利亚的一所会计学校读书。绿珠在墨尔本只待了不到半年，就去了欧洲。当她把银联卡里的钱花得差不多时，就又回到鹤浦来了。她说国外也没劲。哪儿都他妈的没劲。

守仁只得给她在公司安排了一个职位。可绿珠从不去公司上班，有兴致的时候，就陪着她的姨妈，侍弄那一园子的花草和蔬菜。

他的手机响了。

虽然端午心里早有准备，可家玉的态度之严厉，还是超过了他的估计。他不想当着绿珠的面与她吵架，不由得压低了声音，故作轻松地与她周旋。这显然进一步激怒了家玉。

“你在哪儿？我是问你现在在哪儿？和谁在一起？什么朋友？叫什么名字？你现在是越来越有出息了！嗯？你竟然把孩子一个人留在家里！都快十二点了，还不回家！什么是啊是啊！你别装糊涂。我告诉你，在美国，你这是违法的！你知不知道？”

最后这一句话把端午惹火了。

去你妈的美国。他在心里骂了一句，对家玉的怒骂答非所问地敷衍着，嘴里说着“好啊好啊，以后再谈”，随后就关掉了手机。

他们已经沿着江堤走了好长一段了。当他们回过头去，已经看不见刚才经过的船坞的铁塔了。很快，他就闻到了一股刺鼻的臭味，而且越往前走，臭味就越加浓烈。端午几次建议她原路返回，可绿珠却兴致不减：

“就快要到了嘛！快到了，再坚持一会儿。说不定，我们还能从渔民手里买点活鱼带回去，说不定还有螃蟹呢！”

他们最终抵达的地方是一个巨大的垃圾填埋场。就在长江堤坝的南岸，垃圾堆成了山，一眼望不到边。没有张网捕鱼的渔民。没有鲜鱼和螃蟹。想象中的渔火，就是从这个垃圾填埋场发出的。通往市区的公路上，运送垃圾的车辆亮着大灯，排起了长队。在垃圾山的顶端，几十个人手拿电筒，穿着长筒的胶靴，挤成一堆，在那酬拣垃圾。离他们不远的堤坝下，是一个用垃圾围成的场院，里面有一家小吃店。几个垃圾清运工正在露天围桌而坐，大声地说着话，喝着啤酒。

绿珠并没有显露出大失所望的样子。她向端午要了一根烟，在江堤上坐了下来，呆呆地望着那几个正在喝酒的司机。

端午也只得强忍着难闻的臭气，挨着她坐下来。不知道哪一个念头触动了她的伤情，绿珠的情绪再度变得抑郁起来。端午正想着找什么话来安慰她,忽听见她低声地说了一句：

“妈的,就连这几个非人,也过得比我好。”

“什么叫‘非人’？”

“就是烂人。”

“人家好端端的，又没惹你。”端午笑了起来，“另外，你怎么知道他们过得比你好？”

“他们至少还能及时行乐……”

“难道你就不嫌臭吗？”过了一会儿,端午像哄小孩一样地问她。

“我无所谓。”绿珠说。

“难道我们就守着这个垃圾场,一直待到天亮？”

“我无所谓。真的,怎么都无所谓。”她还是那句话。

“就像《红楼梦》里的林黛玉和史湘云？”他开玩笑地对绿珠说。

这时,绿珠抬起泪眼婆娑的脸,飞快地看了他一眼,笑道：

“只可惜,没有妙玉来请我们喝茶。”

9

端午从呼啸山庄回到家中,已经是第二天早上五点多了。

守仁亲自开着他那辆凯迪拉克，一直将他送到家门口的单元楼下。守仁还送给他两条“黄鹤楼”牌香烟，一袋黑龙江“五大连池”的大米，当然，也少不了小顾为他准备的一大网兜新鲜蔬菜。他在灰蒙蒙的晨曦中向守仁道别时，忽然觉得这个呵欠连天的老朋友，也不像他以前想象的那样俗不可耐。

他在灯下补写昨天的日记。开头的一句竟然是：

美好的事物扑面而来。

紧接着的一句话与第一句毫无关联：

最使人神往的，莫过于纯洁和宁静以及对生死的领悟。

连他自己看了，都觉得莫名其妙。

他在给儿子准备早餐的时候，若若已经刷完了牙，正在给鹦鹉喂食。自从家玉从川西的藏区带回了这么个宝贝之后，儿子就一次也没有睡过懒觉。他担心佐助饿着。他给它喂松仁、葵花子、南瓜子、黄小米，给它喝蔬菜汁。为了给它增加营养，他还时不时在瓜子、松仁的外面裹上一层烤化的黄油。

“老爸，本来，我昨天想替你说谎来着。可惜失败了。”在餐桌上，若若把煎鸡蛋塞在面包里，讨好地对他说。

“什么意思？”

“昨晚老妈九点钟打来一个电话。我撒了个谎，说你正在洗澡。她说那好吧，就挂了。可问题是，她在十一点多又打来一个电话……”

“那又怎么呢？”

“我还说你在洗澡。”儿子不好意思地笑了，“老妈就说，嗯？他两个小时都还没把澡洗完吗？”

“然后呢？”端午摸了摸他的头，又替他把脖子上的红领巾拽了拽，问道。

“我说了实话，老妈发了飙。”

儿子的话让他再度陷入到令人厌恶的烦闷之中。他不得不考虑，如何向家玉解释昨晚的事。虚构故事，已经让他感到深深的厌倦。当然，他也意识到，与绿珠相识所带给他的那种灵魂出窍的魔力,正在一点一点地变得迟钝。

送走儿子之后，端午仍然毫无倦意。他靠在客厅的沙发上，听了会儿音乐。巴赫的平均律。自从换上了蔡连炮寄来的胆管之后，古尔德的钢琴声果然更加饱满，且富有光泽。他甚至能够看见遗世独立的古尔德，坐在一张母亲为他特制的小矮凳上，夸张而古怪地弹着琴，旁若无人地发出多少有些病态的哼唱。端午喜欢一切病态的人。他想起两年前，他曾和欧阳江河去蒙特利尔参加一个诗歌节。旅途中，同行的诗人没有一个人知道古尔德。他们最关心的，是寻找白求恩的雕像。

可他没能听多一会儿，就睡着了。十点多，单位的同事小史给他打来电话。她压低了声音对他说："刚才冯老头到资料室来找你。他来过两次了,好像有什么急事。我替你说了一个谎,说你去文管会了。"

"别老说去文管会啊。我还可以去别的单位啊，比如文物局啊，计委啊，发改委啊，当然，必要的时候，我还是可以生病的。"端午笑着对她道。

她说的谎并不比儿子高明多少。

"冯老头刚走，老鬼就来了。他中午要请我去天天渔港吃刀鱼，你说怎么办？"

"那就去呗！"端午笑道。

小史"呸"了一声,就把电话挂了。

10

地方志办公室所在的那栋三层灰色小洋楼，位于市政府大院的西北角。房子年久失修，古旧而残破。不知何人所修，不知建于何年何月。灰泥斑驳，苔藓疯长，墙上爬满了藤蔓。它是各类小动物天然的庇护所:老鼠，蟑螂，白蚁，壁虎，七星瓢虫，不一而足。自从有一天一条被当地人称为“火赤练”的无毒花蛇被发现以后，原先在这里驻扎的妇女联合会决定连夜搬家，给正发愁无处栖身的方志办腾出了地方。

端午刚来的时候，因单位没能提供宿舍，他被默许临时住在办公室过夜。那年冬天，他用电炉煮面条时，不小心烧穿了木地板。刚刚出生的小老鼠一个接着一个从焦黑的地板洞里钻了上来，一共五只，颤颤巍巍地爬到了端午的棉鞋上。那些肉色的、粉嫩的、楚楚可怜的小家伙，让他彻底改变了对于老鼠的不良印象。他还从中挑了一只最小的，养在笔筒里，每天喂以残菜剩饭，希望它像传说中的隐鼠一样，为他舔墨。明显是营养过剩，小老鼠被他养得又肥又壮。等到它有足够的力气顶翻笔筒上盖着的那本《都柏林人》，便逃之夭夭，不知了去向。

那是一段寂寞而自在的时光。百无聊赖。灰色小楼里的生活，有点像僧人在静修，无所用心，无所事事。在这个日趋忙乱的世界上，他有了这么一个托迹之所，可以任意挥霍他的闲暇，他感到心满意足。唯一困扰着他的，是一种不真实感，他觉得自己有点像《城堡》中的那个土地测量员。

那么，鹤浦市政府到底需不需要一个地方志办公室这样的常设机构？自从1990年8月他从鹤浦矿山机械厂调到这里的那天起，端午就一直为这个问题感到困惑，迄今为止，没有答案。

除了李斗的《扬州画舫录》和刘侗的《帝京景物略》等有限的几本书之外，端午对于方志掌故一类的文献，并没有多少了解。他只是隐约地知道，过去的地方志通常是由个人编撰的，如被称为“淮左二俞”

的俞希鲁和俞阳。这就给他造成了一个错觉：他调入地方志办公室，是给地方上的某个“村野学究”当助手。完全没想到的是，它竟然是一个地方上的局级单位。在编的工作人员就多达二十余名。不仅有主任、副主任，还下设编审科、编撰一科、编撰二科、档案科、资料科等诸多部门。

一般来说，地方志差不多三十至五十年才会重修一次，这是惯例。可市政府最近创造性地提出了所谓“盛世修志”的设想，将修志的间隔缩短为二十年。但即便如此，在无志可修的年月里，这么多人挤在那座阴暗潮湿的小楼里，如何打发时间？

好在还有“年鉴”一说。

既然中国发展得那么快，新鲜事那么多，每时每刻都在变化的统计数字，又那么的庞杂和激动人心，社会发展的成就，自然需要在年鉴中得到反映。再说，年鉴的编辑和整理，也可以为日后大规模地重修地方志准备必要的资料。

尽管这里的工资待遇甚至还比不上矿山机械厂：尽管除了他本人之外，办公室的其他人员一律在五十岁以上，且心理状态都有些不太健康；在小史调来之前，方志办竟没有一位女性；当他每次去市政府的各个职能部门组织年鉴编写时，对方的神色既愤怒又不屑；尽管，每当家玉与他吵架时，都会讽刺他“正在那个小楼里一点点地烂掉”，可是说实在的，端午倒有点喜欢这个可有可无、既不重要又非完全不重要的单位，有点喜欢这种“正在烂掉”的感觉。

他慢慢地就习惯了从堆积如山的书卷和纸张中散发出来的霉味。一到下雨天，当他透过资料科办公室的南窗，眺望着院墙外那片荒草丛生的滩涂，眺望那条乌黑发亮、臭气逼人的古运河，以及河中劈波斩浪的船只，他都能感觉到一种死水微澜的浮靡之美——它也在一定程度上哺育并滋养着他的诗歌意境。

地方志办公室的主任已换过三个。去年刚来的这一位，名叫郭杏村，原来是市文化局的局长。因为一件闹得沸沸扬扬又无法查证的风化案，他不得已同意了市里平级调动的方案。和他差不多同时调入方志办的小史，虽说人有点笨，但作为这里唯一的年轻女性，还是颇得郭主任的青睐。老郭经常来资料科，找她畅谈人生。有时候，据说半夜里还把她从床上叫起来,去茶室打牌。

小史在背地里叫他“老鬼”。

老郭既然是主要领导，肖然就有理由什么事都不做。真正业务上的负责人是鹤浦一中的一位退休的语文教研组长。他是方志和年鉴实际上的主编和终审，名叫冯延鹤。这是一个做事一丝不苟、性格古怪的小老头。

他有一种病态的洁癖。为照料办公室里的几盆兰花，为毫无必要地定期清理他的房间，耗去了太多的精力。他常年戴着一副洗得发白的蓝色袖套，因担心别人将细菌传给他，从不跟人握手。他又担心别人说话时会将唾沫星子溅到他脸上，因此按照不成文的规矩，每一个向他汇报工作的下属走到他身边时，都必须自动后退两步，他才跟人家慢条斯理地说话。端午还曾为他写过一首诗，题为《鹤浦方志办的古尔德先生》。

可惜他不会弹钢琴。

冯延鹤对下属的业务能力很不信任。他从来不屑与端午说话。半年前，趁着一年中最为空闲的夏秋之交，他将全体工作人员召集到会议室，见样学样地搞了几次“集体学习”。他从鹤浦师范学院请来了一位研究古汉语的副教授，说是要给大家补一补古文字方面的课。没有人把这种小学生过家家似的学习当回事。第一次上课，就有超过一半的人趴在桌上睡大觉。冯延鹤的脸上有些挂不住了。他中断了教授的讲课，亲自走过去，把正在睡觉的人一一推醒，然后，他随手在小黑板上写下了一组古代的人名，诸如伍员、皋陶、郦食其、万俟离之类，向在场的每一个人宣布说：如果有人全部正确地读出这些人名，那么他现在就可以回家睡觉，而且以后也无须参加这一类的集中学习……

在小史的竭力怂恿和推搡之下，在恶作剧的掌声之中，谭端午浑浑噩噩地站了起来，忐忑不安地把黑板上的那些名字读了一遍。他读完了之后，全场鸦雀无声。只有小史低声地对他表达了自己愚蠢的担忧：

“亲爱的,我怎么觉得你把每个人的名字都念错了呀？”

当冯延鹤宣布端午全对，并询问他毕业于哪个大学时，小史的脸红得像发了情的鸡冠,恼羞成怒地在他的胳膊上狠狠地拧了一下。

虽然端午获得了立刻离开会议室的权利，可他并不打算将它兑现，而是颇为谦恭地缩在会议室的一个角落里，乖巧地望着他的领导。这就给了冯延鹤一个错觉，误以为他是一个谦虚好学、要求上进的好青年,并从此对他关爱有加。

当然，通过这一次集体学习，冯延鹤也确立了自己毋庸置疑的绝对权威。仿佛握有别人案底似的，可以一劳永逸地从下属们自惭形秽的银行中,支取稳定的利息。

其实冯延鹤十分健谈，也喜欢下围棋。虽说他自称是业余三段，可谭端午以业余初段的棋力，想要故意卖个破绽输给他，都要颇费一番脑筋。有一次，下完棋复盘的时候，冯老头让他“无所顾忌，直言无隐”地谈一谈对方志办工作的看法。端午头脑一热，就大发了一通牢骚,并认为方志办根本没有必要存在,应予以取缔。

冯延鹤皱起了眉头。他建议端午好好地去读一读《庄子》。因为，“凡事都是一个‘混沌’它禁不住刨根问底。”他给端午讲了一番勿必、勿我、勿固、勿执的大道理，随后，又开始大段引用庄子的语录。

什么天下莫大于秋毫之末啦；什么醉者坠车，虽疾不死啦；什么以天下为沉浊，不可与庄语啦，诸如此类。

尽管端午是中文系毕业的，对他的那些话也听得似懂非懂。但最后那句话，他听得十分清晰，而且悄悄地将它记在了心里：

"无用者无忧，泛若不系之舟。你只有先成为一个无用的人，才能最终成为你自己。"

冯老头六十多岁了，可记忆力却十分强健。每次端午去闲聊，老冯都要跟他谈上半天《庄子》。奇怪的是，冯老头每次所引用的内容都不一样，绝少重复。这样一来，不到半年，端午等于是将《庄子》重读了一遍。

依照端午的观察，尽管冯老头嘴上说得好听，张口闭口不离《庄子》，可圣贤的那些话对他做人的修养，却没有发生什么实际的效用。这也是让端午感到绝望的地方。下棋的时候，每当端午吃掉他三五个子，要将死子从棋盘中提去的时候，冯老头就会本能地去抓端午的手，不让他动，好像是挖了他心肝似的。至于悔棋，更是家常便饭。有一次在食堂打饭，端午借了他两块五毛钱的菜票，冯老头两个月之后竟然还记得催他还钱。

不过，端午还是很喜欢这个精瘦的小老头。

他隔三差五地不去上班，躲在家里读书、写诗或干脆睡大觉，冯延鹤从来不闻不问。而郭主任因为常常要去找小史谈理想，嫌他碍手碍脚，因此对他的无故旷工，也乐得视而不见。即便是碰到负责考勤的副主任来查岗，小史只要替他撒个谎，事情就对付过去了。

每年的年终考评，端午竟然都是"优秀"。

久而久之，在方志办，端午渐渐就成了一个地位十分特殊的人物。在这个恶性竞争搞得每个人都灵魂出窍的时代里，端午当然有理由为自己置身于这个社会之外而感到自得。

11

谭端午走进那座灰色的砖搂，正碰上小史和“老鬼”从楼上下来。已经到了吃午饭的时间，看来他们正打算去天天渔港吃刀鱼。“老鬼”拿着手机，正和什么人通话，端午就有了不和他打招呼的借口小史却可怜巴巴地望着他，眼睛中露出了猎物落入陷阱时的那种恐惧的清光,仿佛在无声地央求他一块去。

这当然是不现实的。

上楼的时候，端午又回过头去打量了小史一眼。他发现，至少从她颀长而性感的背影来看，“老鬼”不惜花费巨资，请她去品尝刚刚上市的刀鱼,还是有些道理的。

他没有去资料科的办公室,而是径直去了二楼的总编室。

冯延鹤站在书架前，一边哼着小曲，一边将书架上那些厚重的书籍取下来，用湿抹布小心地拭去灰尘。他听不清冯老头呜噜呜噜哼着什么曲子，反正十分难听就是了。似乎是淮剧，仔细一听又像是沪剧或扬剧，可当他走近了才、发现，原来他们领导唱的，竟然是“洪湖水浪打浪……”。

端午担心吓着他，就轻轻地咳嗽了一声。没想到，还是把冯老头吓得直打哆嗦。

“鬼呀！一点声音都没有。吓我一跳！”冯老头将手里的抹布向他挥了挥，“你先坐。我这里一会儿就完事。”

他将最后几本书仔仔细细地擦干净了，不紧不慢地将抹布放在脸盆的清水里搓洗，然后平平整整地将它摊在窗台上去晒。他在放了一个婉转的响屁之后，端起脸盆，拿了一块肥皂，去了盥洗室。

倦。当然，他也意识到，与绿珠相识所带给他的那种灵魂出窍的魔力，正在一点一点地变得迟钝。

送走儿子之后，端午仍然毫无倦意。他靠在客厅的沙发上，听了会儿音乐。巴赫的平均律。自从换上了蔡连炮寄来的胆管之后，古尔德的钢琴声果然更加饱满，且富有光泽。他甚至能够看见遗世独立的古尔德，坐在一张母亲为他特制的小矮凳上，夸张而古怪地弹着琴，旁若无人地发出多少有些病态的哼唱。端午喜欢一切病态的人。他想起两年前，他曾和欧阳江河去蒙特利尔参加一个诗歌节。旅途中，同行的诗人没有一个人知道古尔德。他们最关心的，是寻找白求恩的雕像。

可他没能听多一会儿，就睡着了。十点多，单位的同事小史给他打来电话。她压低了声音对他说："刚才冯老头到资料室来找你。他来过两次了，好像有什么急事。我替你说了一个谎，说你去文管会了。"

"别老说去文管会啊。我还可以去别的单位啊，比如文物局啊，计委啊，发改委啊，当然，必要的时候，我还是可以生病的。"端午笑着对她道。

她说的谎并不比儿子高明多少。

"冯老头刚走，老鬼就来了。他中午要请我去天天渔港吃刀鱼，你说怎么办？"

"那就去呗！"端午笑道。

小史"呸"了一声，就把电话挂了。

10

地方志办公室所在的那栋三层灰色小洋楼，位于市政府大院的在班上不说太好吧，也在十名之内，了重点中学，我那孙女呢，竟被分到说它了，没想到上学第一天，她就被学到操场边的树林里，将她身上的几个零用事啊！我那小孙女，平常胆子就小，经这么一学了。我那儿媳妇，就带着她找到鹤浦来了，让一中替她想想办法——”

就是从鹤浦一中出来的吗？”端午不解地问道。

这。”冯老头苦笑了一下，又接着道：“都以为我是鹤浦，还当过语文教研组长，如今呢，不管真的假的，又被返聘工作，好像我有什么通天的能耐！其实呢，你知道的，我有法！鹤浦一中的校长是新调来的小年轻，我腆着这张老脸，去求情，你晓得那畜生跟我说什么？他说，你也是做教师的出身，如此为老不尊，带头坏了学校的风气。倘若人人都像你这样，还谈什么公平公正？谈什么教书育人、师道师德、和谐社会？这畜生，呸！也配跟我谈师德！从他嘴里冒出来的排比句，刀刀见血，扎得我浑身上下都是血窟窿。后来就有那晓事的跟我说：这事也怨不得校长，找他通门路的条子，装了满满一抽屉，他也没得办法。这事要能成，你这张老脸没用，非得有狠人出面不可。”

说完，冯延鹤眼巴巴地看着端午。

端午被他盯得莫名其妙，尴尬地低了头，不无讥讽地对老冯道：“你看我这样一个人，够得上你说的‘狠人’的级别吗？”

“这个我自然清楚。”冯延鹤忙道，“你跟我一样，都是这个社会的绝缘体，百无一用。不过，若是尊夫人肯出面帮忙，打个招呼，也就一两句话的事。”

“要说狠人吧，她平常在家，对我倒是挺狠的。”端午其实已经提前知道，冯老头要说什么了，甚至也知道他会以怎样的方式去说。但他还是硬着头皮，勉强笑道：“她不过是一个律师，你让她跟谁去打招呼？”

冯延鹤的眼神飘忽不定，渐渐地就生出一丝同情来。他的眉毛轻轻往上一挑，笑道：“你懂的！”

他没有说出口的话，有太多的皱褶需要展开。像松松垮垮堆在腹部的脂肪，藏污纳垢。仿佛他略过不提的那个名字，是一个人人都该明了的平常典故。笑容像冷猪血一样凝结在端午的脸上。

这一类的话端午倒也不是第一次听说。徐吉士曾收到过一封蹊跷的读者来信，写信人指名道姓地检举家玉为了让儿子进入鹤浦实验学校，“用金钱或金钱以外的特殊方式”，向教育局的侯局长行贿。这封信当然被吉士压了下来。不过，同样的话，被这个成天嚷嚷着“修德就闲，居于北海之滨，以待天下之清”的冯延鹤暗示出来，似乎更为猥亵。端午不免惭怒交加，没有理会冯延鹤递过来的饼干桶。

略微定了定神，端午还是故作轻松地向他的上司表示，他可以给家玉往北京打个电话。试试看。

片刻的沉默过后，冯延鹤走过来拍了拍他的肩膀，问他是在他办公室睡一会儿，还是回资料室去睡？

这个问题，倒是很容易回答的。

回到资料科的办公室，端午拉上窗帘，将几张椅子拼在一起，在脑袋底下垫了两本年鉴，躺了下来。可他一分钟也没能睡着。满脑子都是家玉一丝不挂的样子。

他想起了那年在华联百货再次见到她的情景。那时，她的一只手插在别人的口袋里，脑袋撒娇般地靠在那人肩头，在一种静静的甜蜜中，打量着玻璃柜中琳琅满目的珠宝。她的脸比以前红润了一些。

马尾辫上扎着一条翠绿色的丝绸缎带。她身边的那个男人，长得十分彪悍，即便是背影，也让人不寒而栗。他们也许正在挑选结婚用的戒指。男人搂着她，手里举着一枚铂金戒指，在灯光下细细地察看。家玉忽然就僵住不动了。她从墙上一块巨大的方镜中看见了端午。惊愕地张大了嘴。然后，那个男人缓缓地转过身来，也看到了他。他的块头那么大,而家玉的身体却是那么单薄。

一种他所谙熟的怜惜之感攥住了他的心。

端午看着镜子中的那张脸，看着她那疑惑、明亮而惊骇的眼神，同时也看到了命运的玄奥、诡秘和壮丽。

他装出没认出她的样子，迅速转过身去，消失在了自动扶梯旁拥挤的人流中。

在以后的婚姻生活中，夫妻二人对这个邂逅的场景很少提及。端午还是忍不住会让自己的回忆一次次停留在那个时刻。因为正是在那一时刻，他的世界再次发生了重要的倾斜、错乱乃至颠倒。其实，不论是庞家玉，还是从前那个羞怯的李秀蓉，他都谈不上什么了解。前者因为熟悉而正在一天天变得陌生起来，而后者，则在他的脑子里蜕变为一个虚幻的暗影……

一阵劣质香水的气息，漂浮在午后滞重的寂静之中。他知道，小史回来了。她捏他的鼻子,歪着脑袋,望着他笑。

她告诉他，单位又发食用油了，她刚才路过工会，帮端午也领了一桶。

“怎么样？全身而退？”端午从椅子上坐起来,对她道。

他让小史赶紧去把窗帘拉开。要是老郭冷不防闯进来，感觉就有点暧昧。

“暧昧一点怕什么？”小史咧着嘴傻笑，“反正你老婆也不在家。”

这是一个没心没肺的傻丫头。喜欢跟他逗闷子。她跟端午几乎无话不谈。比如，在一次关于伟哥是否有用的争论中，小史为了证明自己的观点，得意地向端午炫耀说，她的第二个男朋友，绰号叫“小钢炮”的，因为服用伟哥过量，一个晚上与她“亲热”的次数竟达六次之多。她这样说，多少有点让人心惊肉跳，从而生出不太健康的遐想。虽说她有口无心，但这一类的谈笑，使本来轻松无害的神情，有了腐败变质的危险。

“怎么这么高兴？不会是老郭又给了你什么新的许诺了吧？”

“你还别说。”小史已经回到自己的办公桌前，手里举着一面小圆镜，正在补妆。镜子反射出一个圆圆的光斑，在墙上跳动着。她侧了一下脸，又抿了抿红红的嘴唇，接着道：“我问老鬼能不能借钱给我开饭店，他说，可以考虑考虑。”

“你要真的能把饭店开起来，我就辞职跟你去端盘子，怎么样？”

“端盘子这样的事，哪舍得叫你去做？”小史道，“不如跟我合伙吧。你出一半的钱，坐地分赃怎么样？我在大市街还真的看中了一间店面，月租金只有四千多一点。我想把它盘下来，可以先开一家鱼餐厅，你晓得我爸爸……”

“端盘子还可以接受，”端午打断了她的话，笑道，“合伙当老板就算了吧。”

“那有什么分别吗？”

“这年头，做个小老板，基本上跟判无期徒刑差不多啊。”

“那你在这个单位死耗着，就不是无期徒刑啊？”

“那不一样，”端午成心逗她，“至少，从理论上说，我还是自由的，可以随时辞职啊。”

“你是说，从一所监狱，跑到另一所监狱？”

端午一时语塞，倒也想不出用什么话来反驳她。她能说出这样的话，证明小史或许也不像自己想象的那么傻。

自从来方志办上班的第一天，小史就嚷嚷着要在鹤浦开一家饭馆。这是她这辈子最大的梦想。她的家在江边的渔业巷。父亲是个打鱼的，每天出没于长江的风波浪尖之上。如果能开一家餐厅，至少鱼是不用发愁的。开饭店的念头，在她的心里扎了根，成了她的一块心病。她曾发誓赌咒般地对端午说，如果哪位有钱人愿意给她的饭店投资，她就毫不犹豫地嫁给他。可在端午看来，她显然把这当中的逻辑关系弄反了。因为，对于有钱人来说，“嫁给他”，早已不是一种恩惠，反而成了一种威胁。而且，嫁给一位有钱人，要比在鹤浦开一家饭馆困难得多。

“噢，对了，冯老头今天早上那么着急上火地找你，到底是什么事？”小史剪完了指甲，用指甲刀的反面挫着手指的棱角，不时地用嘴吹一下。

“一个老鬼还不够你烦的吗？别管这么多闲事行不行？”端午沉下脸来，语调多少有点生硬。他抓起电话，让楼下的“永和豆浆”店给他送外卖。

包子。油条。还有豆浆。

“你说冯老头那个人，这么大岁数了，真能干出那样的事来？”半晌，小史又道。

端午一愣，转过身去，吃惊地望着她：

“你是说什么事？”

“妈的。你也有好奇心！是不是？”小史冷笑道，目光有点锋利。过了一会儿，又接着说：“我看他病怏怏的，连撒泡尿都费劲，真不信还能生出儿子来。”

端午被她一激，终于没好意思再问。不过，他对于正在单位风传的那些闲言碎语，也并非没有耳闻。

12

转眼间就到了六月中旬。阳光并不是很炽烈，太阳被云层和烟霾遮住了，远远看上去就像一张曝光过度的底片。空气污染带来的好处之一,就是你在任何时候都可以直视太阳而不必担心被它灼伤。

天气仍然又闷又热。

大概正是麦收时节，郊区的农民将麦秸秆烧成灰做肥料。烟雾裹挟着尘埃，笼罩着伯先公园，犹如一张巨大的毯子，悬停在旱冰场的上空。伯先公园内仅有的鸟类，乌鸦和麻雀，在肮脏的空气中飞来飞去，坚忍不拔地啁啾。蝉鸣倒是格外地吵闹，在散发着阵阵腥臭的人工湖畔的树林里响成了一片。

假如是在冬天，每当西伯利亚的寒流越过蒙古草原和江淮平原，驱散了鹤浦化工厂那肮脏的空气，扫荡着数不清的灰尘、烟霾和悬浮物，送来清冽的寒风，伯先公园的天空将会重新变得高远，将会重现绿宝石般的质地。

现在是夏天，他能指望的，只有天空滚过的雷声和不期而至的暴风雨。暴雨过后，烙铁般的火烧云会将西山衬得轮廓分明，近在咫尺,仿佛触手可及。

在那个时刻，即便站在自己卧室的阳台上，端午都能看见山上被行人踩得白白的小径,看见上山烧香拜佛的老人。

每当这个时候，端午总会贪婪地呼吸。仿佛长久憋在水中的泳者，抬头到水面上换气。他的内心，会涌现出一种感激的洪流——那是一种他习以为常的偷生之感,既羞愧,又令人庆幸。

这天傍晚，儿子从学校放学回来，一进门就对他说，他们的班主任鲍老师想请他去学校做一次演讲。

“这么说，你们的班主任也知道我？”沉睡在他心底的虚荣心，再度苏醒、泛滥，令他感觉良好。

“那当然！”儿子此刻已经把佐助脚上的铁链子解了下来。他让鹦鹉趴在自己的肩头，轻轻地拍打着它那绿松石一般的羽毛。“是暴君亲口对我说的。”

他们的班主任姓鲍，学生们都管她叫暴君。

“那么，什么时间呢？还有，你们老师让我讲什么题目？”端午想搂住儿子亲一下，却引起了佐助的嫉妒心，它的尖喙毫不犹豫地啄向端午的手背。

“这我就不知道了。要不，你给暴君打个电话问问？”有一种亮晶晶的光芒。在儿子的眼中飞快地闪了一下。

可若若并不知道鲍老师的手机，他只记得办公室的电话。

因担心老师们下班，端午犹豫了半天，还是决定往办公室打个电话。

接电话的是一个老头。他说鲍老师正存隔壁的会议室，给参加全省奥林匹克竞赛的队员们作报告。不过，他还是决定去隔壁叫她。

“您哪位？”鲍老师的声音冷冰冰的，为自己的报告被打断而露出明显不悦的口气。

“我是谭良若的家长，我叫——”

“您有什么事？”她的声音明显更为严厉，而且不客气地打断了端午的自我介绍。这清楚地表明，她对他的名字没有什么兴趣。

端午的心猛地往下一沉，不由得回过头去，打量起自己的儿子来。若若此刻正在用一种崇敬而期盼的目光望着他。他的眼珠黑黑的，亮亮的，眼神中半是畏葸，半是狡狯。端午只得硬着头皮和暴君周旋，一心盼望着，尽快结束与她的通话。

“没有哇，我们何曾请你来演讲……这孩子，没影子的事，怎么能胡编乱造？再说了，现在学校都快放假了，我这边又要忙着送孩子去南京比赛，没有时间安排你来演讲。我忙得，唉，忙得连上厕所的时间都没有。不过——”

“大概是孩子弄错了。”这一次轮到端午打断她的话了。“那就算了吧。鲍老师，再见。”

“哎，你等等——”在电话的那一端，暴君试图阻止他挂断电话。与此同时，她的声音也变得稍微柔和一些了：

“你孩子无端说谎，这可不是小事！这学期，我们的确邀请了几位家长来学校演讲，可那都是成功人士。你不在被邀请之列，也许你儿子会觉得受到了冷落。他希望你到学校来露露脸，这可以理解，但不能无中生有。我明天会找他来办公室谈话。如果有必要，他还得写检查。关于这一点，希望家长配合我们。不过，虽然我们事实上没打算请你来演讲，既然您自告奋勇地打来了电活，我们倒不妨给你安排一场演讲。我想问一问，你是学什么的？”

尽管端午当时大脑一片空白，既羞愧又愤懑，但他清醒地意识到，他正在面对的不是别人，而是儿子的班主任。他必须克制自己，忘掉他那个自命不凡的自我，忘掉这个世界上还有羞耻二字。

“我是学文学的。”他嗫嚅道。同时，他龇牙咧嘴，使得整个脸部的肌肉彻底变形，借此自我解嘲，缓解压力。

“我的意思是，你能讲什么？你来给孩子们讲讲童话怎么样？等等，让我再想想，孩子们都喜欢张晓风和郑渊洁，你选一个，给孩子们谈谈你的阅读体会可以吗？喂，可以吗？那就这么定了。明天上午十点半，我把我的一节语文课让给你。因为要准备期末考试，我们只能给你一节课的时间。”

“可是，我，鲍老师，本来——”

“你就别谦虚了。明天上午见。我这里正忙着呢，对不起，我先挂了。”

晚上，庞家玉打来电话检查儿子的家庭作业，并让他在电话中背一下司马迁的《报任安书》。

端午跟她说了第二天要去学校演讲的事。

“那多好啊！”家玉兴奋地对他喊道，“你终于肯出山了。太好了。正好借机与鲍老师沟通沟通。几次开家长会，你都不肯去。这是一个难得的机会。太好了。颜颜的爸爸刚去过，他是个大画家，上星期去讲过人物素描；淘淘的爸爸是工商银行的副行长，刚开学的时候，他就去学校作了一个关于如何使压岁钱增值的报告；丫丫的爸爸是博物馆的馆长，他将孩子们带到博物馆参观，给他们讲解青铜器；露露的爸爸是国资委的……哎，他们请你去讲什么呀？不会是诗歌吧？这至少说明，你还是有点影响的，是不是？”

端午只得将傍晚与鲍老师通电话时极为尴尬的情景，向家玉说了一遍。

他不想去。因为这种自己找上门去的感觉太过恶劣。更何况，他既不喜欢张晓风，也不喜欢郑渊洁。没什么道理。就是反感。他们的作品，他连一个字也没读过。家玉半天没说话，她在想什么，端午并不清楚。过了好一会儿，他听见妻子轻轻地叹了口气，对他说：

“你这个人太敏感了。这个社会什么都需要，唯独不需要敏感。要想在这个社会中生存，你必须让自己的神经系统变得像钢筋一样粗。不管怎么说，这是一次很好的机会。不要老想着你的那点面子，那点自尊心。它像个气球一样，鼓得很大，其实弱不禁风，一捅就破。既然鲍老师跟你说定了演讲的时间，你得去。无论如何都得去。俗话说，宁可得罪十君子，不能得罪一小人，宁可得罪十个小人，也不能得罪孩子的班主任。学期快要结束了，今年上半年的礼还没送，我担心等我回来，学校大概早已放假了。趁着明天去演讲，你快想一想，给老师带点什么礼物好？”

庞家玉提到了几个化妆品的名字。CD。兰蔻。古奇和香奈儿。可她又担心，像鲍老师那样死抱住韩国品牌不放的人，不一定能知道这些化妆品的真正价值。既然鲍老师那里要送，数学老师和英语老师也不能怠慢。否则的话，万一穿了帮，就不好办了。可数学老师是个男的，送他香水和化妆品，显然不合适。所以，还没等端午发表什么意见，家玉自己就把香水方案否决了。

那么，送加油卡又如何呢？

鲍老师开着一辆“奇瑞”，送加油卡倒是挺合适的。可问题是，另外两个人是否开车却不很清楚。如果他们没车，加油卡还得没法变现，这等于是给人家添了一堆麻烦。他们心里一烦，礼物也就失去了原有的价值。所以，这个方案也不太可行。当然，直接送钱也不太好。因为，在这三位老师之中，假如有一位道德感尚未最终泯灭（家玉补充说，这样的可能性事实上很小），那么，在面对赤裸裸的金钱时，总会或多或少地有一点犯罪感……

家玉提出了她的最终方案：去家乐福超市购买三张购物卡，每张卡充值一千五百元。

“家乐福超市九点钟要关门，你得赶紧去。如果你放下电话就打车去的话，应当还来得及。”

既然端午已打定主意不去家乐福，也不打算给暴君他们带什么礼品（因为假如是那样的话，演讲反而就变成了一个送礼的借口，这是他无论如何不能忍受的），就爽爽快快地答应了她。

吃过晚饭，他开始在互联网上搜索张晓风和郑渊洁的作品。儿子竟然不用人督促，自己就去洗了个澡，还把自己最喜欢的SNOOPY图案的T恤衫从衣柜中翻了出来，穿在身上，对着镜子，梳了半天的头。

好像第二天要去学校演讲的，正是他本人。

端午的感受正好相反。他在某种意义上正在变成瘦弱的儿子。想象着儿子对这个世界所抱有的小小希望和好奇心像泡沫那么璀璨而珍贵，他只能徒劳地期望这些泡沫，至少晚一点碎裂。

当他坐在电脑前苦读张晓风的作品时，儿子早已歪在床边睡着了。他张着嘴，鼾声应和着海顿四重奏的节奏，使一种神秘的寂静，从潮湿而闷热的夜色中析离出来。他忽然有些明白，为什么中国古代就有“丝不如竹，竹不如肉”的说法。海顿的音乐再好听，也比不上儿子在黑暗中绵延的呼吸让他沉醉。

他觉得自己为儿子付出的所有的煎熬、辛劳乃至屈辱，都是值得的。

这样一想，就连张晓风或郑渊洁的文字，仿佛也陡然变得亲切起来，不像他原先想象的那般不可卒读。

直到海顿的那首《日出》放完，端午才意识到，自己在床边看了儿子多久。

第二天上午，下起了小雨。他乘坐16路公共汽车来到儿子的学校，在门口接受保安礼貌而又严格的询问和检查。

这期间，绿珠给他发来了一条短信，约他在一个名叫“荼靡花事”的地方见面。他听徐吉士说起过这个地方，可从来没去过。他简单地回复了一个“好”字。就把手机关了。

沿着空荡荡的走廊，端午探头探脑地来到了六年级五班的教室门口。鲍老师正在给学生训话。她梳着齐耳短发，脖子又细又长，可脸上的下颌部居然叠着三层下巴。时间已经过了十一点。他站在教室门口，透过窗户，目光依次扫过学生们的脸。在最后一排的墙角里，他发现了自己的儿子。若若也在第一时间看见了他。为了让父亲看见自己，若若从座位上猛地直起身子，可是他担心这一举动遭到老师的责骂,又迟疑地坐了下去。

他的脸,被前排的一个高个子女生挡住了。

鲍老师终于讲完了话，从教室里走了出来，严肃地将端午从头看到脚，眼神就有点疑惑。她还是冲他点了点头，轻轻地说了声："开始吧。"然后,就抱着她的那台笔记本电脑,回办公室去了。

教室里一片静穆。因为意识到留给自己的时间已经不多了，端午临时决定将自己精心准备的不乏幽默的开场白省去，开始给学生讲课。

儿子若若突然像箭一般地冲上了讲台,把他的父亲吓了一跳。

原来是黑板没擦。

端午转过身，看见黑板上密密麻麻地写满了英文单词。若若的个子还太小，就算他把脚踮起来，他的手也只能够到黑板一半的高度。端午朝他走过去，在他耳边轻轻地说了句"爸爸来吧"，可若若不让。他坚持要替父亲擦完黑板。够不到的地方，他就跳起来。端午的心头忽然一热，差一点坠下老泪。他知道，孩子是为自己感到骄傲。可若若还不知道的是，他为父亲感到骄傲的那些理由，在当今的社会中已经迅速地贬值。"诗人"这个称号，已变得多少有点让人难以启齿了。

在讲课的过程中，他望见儿子一直在笑。儿子不时得意地打量着周围的同学们，揣摩着他们对父亲讲课的反应。他不时地将身体侧向过道的一边，以便让父亲能够看到他——可在讲课的过程中，端午根本不敢去看他。

他的心里沉甸甸的。

等到他终于讲完了课，走到教室外的走廊里，发现鲍老师已经在那儿等他了。端午有些回忆不起来，刚才在他讲课的时候，鲍老师是否一直站在窗外，远远透过窗户，注视着教室内的一举一动。鲍老师说，因为这次演讲是临时安排的，不在学校的计划之内，她无法说服财务科给他支付报酬，不过：

“我刚刚出版了一本小书，你就留着它做个纪念吧。”她把书递给端午，端午赶紧夸张地道谢并佯装欣喜。

书名挺吓人的：《通向哈佛的阶梯》。

雨忽然下大了。

鲍老师又问他，有没有时间听她“汇报”一下孩子最近的表现。鲍老师原本打算请他去办公室谈，端午将手机向她晃了一下，抱歉地对她说，他约了一个朋友，恐怕没有多少时间了。事实上也是如此，绿珠一连发了六条短信来催他。

“你见过驴拉磨吗？”鲍老师对他的推脱未予理会，忽然笑着问他。

“没有啊。”端午不解地答道。

即便这会儿没有短信过来，他还是不时地查看手机的屏幕，故意显出心不在焉的样子。

“我的意思是说，你知道为什么驴在拉磨的时候，我们通常要给它蒙上眼睛？”

“不知道啊。不过，为什么呢？”

“首先，你给驴子蒙上眼睛，它在拉磨时就不会犯晕。这一点我们都知道。其次，蒙上了眼睛，驴子在工作中就更为专注。一旦眼睛蒙上了，它会把所有的心思都放在拉磨上，就不会发现自己其实一直在原地打转。这样，驴子的工作就更有效率。你晓得的，一旦驴子发现自己是在重复地做一件枯燥乏味的事情，它马上就会厌倦的。而蒙上了眼睛，它会误以为它在走向通往未来的富有意义的道路。只要它愿意，它甚至会任意地想象沿途的风景：山啦，河流啦，花花草草啦……”

端午发现，鲍老师的嘴角两侧各有一团唾沫，挤成两个圆圆的小球，浮在嘴角，但就是不掉下来。而且，据他观察，她的脖子特别细长。也就是说，假如有人要去掐它，很适合把握。

他揣摩鲍老师的意思，是不是在暗示自己，也要像对付拉磨的驴子那样，把孩子们的眼睛蒙上？可又不敢问。

好在鲍老师马上就向他解释说，这不过是一个小小的比喻而已。也许不很贴切。但随后，她又自相矛盾地补充说，不仅仅是孩子，其实我们做大人的。眼睛也应该蒙上。

13

“荼靡花事”是一家私人会所，位于丁家巷僻静的旧街上，由一座古老的庭院改建而成，大门正对着运河。店名大概是取宋人王琪“开到荼靡花事了”之意，当然，也有可能直接来源于《红楼梦》。

大雨将街上的垃圾冲到了河中，废纸、泡沫塑料、矿泉水的瓶子、数不清的各色垃圾，汇聚成了一个移动的白色的浮岛。河水的腥臭中仍然有一股烧焦轮胎的橡胶味。不过，雨中的这个庭院，仍有一种颓废的岑寂之美。

“荼靡花事”几个字，刻在一块象牙白的木板上。字体是红色的，极细。门前的檐廊下，有一缸睡莲，柔嫩的叶片刚刚浮出水面。花缸边上，搁着一个黑色的伞桶。墙角还有一丛正在开花的紫薇。院中的青石板,让雨水浇得锃亮。

庭院的左侧是一座小巧的石拱桥，通往西院。过了季的迎春花垂下长长的枝蔓，几乎将矮矮的桥栏完全遮住了。店中没有什么客人，一个身穿旗袍的姑娘替他打着伞，领他穿过石桥，走过一个别致的小天井。

他看见绿珠正趴在二楼的窗槛上向他招手。

绿珠今天穿着一件收腰的棉质白衬衫——领口滚着暗花，衣襟处有略带皱褶的饰边，下身是一条深蓝色的丝质长裙。看上去，多了几分令他陌生的端庄。那张精致而白皙的脸，也比以前略显丰满，添了一点妩媚之色。端午还是第一次这么近地打量她。不知道为什么,他还是喜欢她过去的那副随心所欲的慵懒样子。

桌上有一盆烤多春鱼，一块鹅肝。几片面包装在精致的小竹篮里。桌子中央有一个青花的香碟，插着一支印度香，香头红红的。袅袅上升的淡淡香气,很容易让人一下子静下来。

"怎么，你要出远门吗？" 端午瞅见她身边的墙角里，有一个深黑色的尼龙登山包,便立刻问她。

"和姨父老弟闹翻了。"绿珠纤细的手指捏着一片柠檬，将汁挤在多春鱼上。桌上的一瓶白葡萄酒已喝了差不多一半。"我们昨晚大吵一架。我以后再也不回那里去了。"

"是不是因为,姨父老弟对你动手动脚？"

本想开个玩笑，可话一出口，端午就后悔了。刚见面坐定，就和她开这样的玩笑，不免给人以某种轻浮之感。好在绿珠不以为意，她冷冷地笑了一声，给端午斟上酒，然后端起杯子，抿了一口，道："他的伪装,甚至没能保持二十四小时。"

端午听出她话中有话，就不敢再接话。朋友间的秘密，总让他畏惧。可绿珠既然开了口,她是没有任何忌讳的：

“跟你说说也无所谓。从雷音寺的僧房里遇见他和姨妈，到他在火车上要搞我，前后不到二十四小时。我晚上起来解手，他就把我堵在了厕所里。我谎称自己来了例假，他说他不一定非要从那儿进去。我说我不喜欢乱伦的感觉，他说那种感觉其实是很奇妙的。还说什么，越是不被允许的，就越让人销魂。我就只得提醒他，如果我大声叫喊起来并报警的活，火车上的乘警，是不会认得他这个董事长的……”

“这个地方真不错。”端午环顾了一下这个幽寂的房间，有意换个话题，“树荫把窗子都遮住了。要是雨再大一点,似乎更有味道。”

“这是鹤浦最美的地方。”绿珠果然丢下了关于姨父老弟的恐怖故事，忧悒地笑了笑，喃喃道，“深秋时更好。迟桂花的香气酽酽的，能把你的心熏得飘飘欲仙。完全可以和西湖的满觉陇相媲美。人在那种气氛下，就觉得立刻死去，也没有什么遗憾的。我常常来这儿喝茶,读点闲书,听听琵琶,往往一坐就是一个下午。”

“你打算去哪儿？回泰州老家吗？”

“去你家呀！”绿珠用挑逗的目光望着他，“你老婆不是去北京学习了吗？”

他以为绿珠是在开玩笑。可她那目含秋水的眼睛一直死盯着他，似乎是期待着他有所表示。端午感觉到自己心房的马达正在持续地轰鸣，身上的某个部位肿胀欲裂。他已经很久没有这样的感觉了。

“她很快就要回来了。当然，我家也不是不能住。但这，不是什么长久之计。”他的声音很轻,带着让他自己都感到厌腻的羞怯。

“我不会白住的。”绿珠不依不饶。稍稍停顿了一会儿，她更加露骨地对他说：“你也用不着假装不想跟我搞。”

“这地方,还真是不错。”端午再次环顾了一下房间。

“这话刚才你已经说过一遍了。”绿珠诡谲地笑了笑，提醒他。

端午脸憋得通红，有些不知所措。他将那本被雨水淋得湿乎乎的《通向哈佛的阶梯》朝她晃了晃，正打算换个话题，跟她说说去儿子学校演讲的事，手机滴滴地响了两声。

有人给他发来了一条短信。

端午飞快地溜了一眼，脸色就有些慌乱。当然，绿珠也将这一切都看在了眼中。

“老婆来的吧？”

“不不，不是。”端午忙道，“天气预报，天气预报。”

“逗你玩的啦。你放心好了。我才不会住到你家去呢！”绿珠咯咯地笑个不停，给他的盘子里夹了一条多春鱼。“刚才我已经打电话订好了一家酒店，你不用担心。我最不喜欢你们五六十年代出生的这帮人。畏首畏尾，却又工于心计。脑子里一刻不停地转着的，都是肮脏的欲念，可偏偏要装出道貌岸然的样子。社会就是被你们这样的人给搞坏的。”

穿旗袍的女服务员来上菜，端午就问她洗手间在哪儿。

“在楼下的花园边上，我这就领你去。”服务员朝他嫣然一笑，声音极轻，听上去竟然也有几分暧昧。

端午从洗手间出来，回到楼上，看见桌上的酒瓶已经空了。绿珠正在吃药。她将抗忧郁的药片小心翼翼地抖在瓶盖里，数了数，又从里边捡出一粒，仍放回瓶中，然后就着杯中的一点葡萄酒，一仰脖子就吞了下去。不一会儿的工夫，她几乎完全变了个人，就像阳光在草地上突然投下的一片云影，笼了一片灰暗的阴翳。

“我现在就靠它活着。”绿珠的眼神有点迷离，“早晨吃完药后，就一心盼着五六个小时的间隔赶紧过去。”

“为什么？”

“好再吃第二次啊。这药和毒品没什么两样。”

“你吸过吗？”

“什么？”

“毒品啊。”

“海洛因之类的，我没试过。”绿珠点了一根香烟，“我只吸过大麻，两三次而已。没什么瘾的。”

“有没有想过试着练练瑜伽？”端午道。

“练过。瑜伽，静坐，泡温泉，包括什么饥饿疗法，我都试过，没什么用。”

“我听说有一个日本人，用行为矫正的方法治疗忧郁症。”

“你说的是森田正马？我试过两个月，确实有点效果。但我没耐心，坚持不下去。我知道自己的问题在哪儿。比如说，有一步，你是万万不能跨出去的。跨出去再想收回来，那就难了。我本来也和其他的人一样，假装什么都看不见。安全地把自己的一生打发掉。”

“蒙上眼睛？”

“对，蒙上眼睛。”

绿珠的话，听上去多少有点令人费解。端午几次想问她，所谓的第一步，是怎么跨出去的？在泰州那样的小地方，她与她的父母之间，究竟发生了什么事？但最后他还是克制住了自己的好奇心。

他对她其实并不了解。仅仅是在江边的大堤上散过一次步，发过五六封 Email。如此而已。有过一两次，绿珠把她写的诗发给端午看，都十分幼稚。

雨似乎已经停了。不时有水珠从桂花树上滚落，重重地砸在地面的青石板上，每一声都那么的沉。

“以后打算怎么办？毕竟，你不能一辈子待在酒店里吧？”端午心事重重地看着她，语调中的冷漠和敷衍连他自己都听得出来。

“这个我不知道。”绿珠说，“每天早上我从床上醒来，直到依靠安眠药的作用昏沉沉地睡过去。脑子里一直摆脱不掉一个念头。”

“什么样的念头？”

“你知道的。”

绿珠的声音轻得让人几乎听不到，就如一声叹息。她的目光既哀矜，又充满挑逗。端午误以为她说的是性，其实他想岔了。

“当我把最好的和最不好的死法，全部都想过一遍之后，才会安静下来。不过，我是不会自杀的。最好的死法，就是走在大街上，走在阳光下，走着，走着，脚一软，随随便便倒在路边的什么地方，倒在垃圾桶边上，眼睛一闭，就算完事。”

“那么，最不好的死是什么？”

“死在医院里。”绿珠毫不犹豫地回答道，“你的气管被切开了。里面插满了管子，食物通过鼻子流进胃脏。每隔半小时，让人吸一次痰。大小便失禁——哦，那是一定的。可问题是，你的意识还是清醒的。你知道你的亲人，哪怕是最亲的所谓亲人，耐心也是有限度的。最糟糕的，当漂亮的女护士给你插尿管的时候，模糊的欲望竟然还能使它勃起……”

“喂，我说你能不能不用‘你’这个词？”端午笑着提醒她。

“对不起。我说的不是你，而是我父亲。他当时只有四十三岁。我把他那温热的大便从长满褥疮的股沟之间用纸包起来，握在手里，它就像一段刚刚出炉的烤肠。尽管我愿意自己死上一百次，换回他的生命，但说实话，在那一刻，我心里其实在盼着他早点死掉。”

绿珠忽然不吱声了。

她那白得发青的脖子扭向窗外，回过头来，目光迅速地扫过端午的脸。眼睛中的疑惑和惊骇很快变成了燃烧的愤怒。

端午看见小顾和陈守仁各自拿着一把伞，站在楼下的天井里，正朝楼上望。他们身边还站着一个司机。

“是你告诉他们我在这儿的，是不是？”

绿珠的嘴角浮现出一丝怪异的笑容。

“你刚才接到一个短信，竟然骗我说是天气预报！那时候你已经打定了主意出卖我，是不是？然后你就去了洗手间，你他妈的站在小便池上，一只手忙着手淫，一只手给陈守仁打电话，是不是？你一开始就打定主意要出卖我，是不是？我甚至已经把你看成是朋友，看成是大哥哥，你心里很清楚。陈守仁是一坨什么样的狗屎，他是个什么东西，你心里很清楚。可是，你还是决定要出卖我，是不是？”

绿珠开始了呕吐，把刚刚吃下去、还没有来得及消化的药丸都吐了出来。端午赶紧去扶住她，一边帮她捶背，一边手忙脚乱地从纸盒里取餐巾纸，替她擦嘴。绿珠的脸靠在他肩头。在呕吐物的刺鼻气味中，仍有一缕淡淡的香水味。她脸上的肌肤凉凉的，像绸缎那样光滑。她轻声地朝端午笑了笑：“可你还是想搞我，是不是？最好是我自己扑上去，你不用担任何心事，甚至还可以半推半就，是不是？”

小顾已经上了楼。她将绿珠像婴儿般地搂在怀里，哭道：“珠啊，就为这几句话的事，你就闹成这样！从早上四点到现在，你姨父连饭都没顾上吃一口，人都急疯了呀！珠啊，有话我们回去慢慢说，好不好？”

绿珠根本不搭理她。她一动不动地看着端午。一缕乱发飘散在额前，泪水无声地流过脸颊：

“你已经忘了在Email里跟我说过的话了吗？你这个犹大！你连西门庆都不如。西门庆乱搞女人，至少还有情有义，你呢？最多一个应伯爵，连陈守仁都不如。还有脸谈什么西比尔的笼子，什么艾略特，什么枯草的歌唱，水流石上的轻响，什么画眉鸟隐隐在松林里高歌，淅沥淅沥，沥沥沥，沥你妈个头！陈守仁至少还有勇气作恶，你连这点勇气都没有。一个漂浮在海上死去多年烂得不能再烂的水母!跟在人家后面拣点吃剩的残渣。什么‘命运注定了我们要同舟共济,你妈放屁!”

小顾和司机一边一个,架着绿珠下楼,可她仍不时地扭过头来冲着端午大骂。两个穿旗袍的侍者傻傻地站在楼梯口,其中的一个用手遮住了嘴。脸上、心里都在笑。

“这丫头,有点不太好弄。”守仁望着她,摇了摇头,叹了口气。由于他戴着宽大的墨镜,端午看不见他脸上的表情。

“不是跟你们说好,让我慢慢劝她回去,你们不要出面的吗?怎么还是心急火燎地赶了过来?”端午一脸木然。

“嗨,小顾的性子,你又不是不晓得。她甚至已经通知了公安局和刑警大队,急得像热锅上的蚂蚁。她担心绿珠要是出了鹤浦的地界,这辈子怕是再也找不回来了。一得着你的信,就像房子着了火,拦都拦不住啊!”守仁用餐巾纸将登山包上的呕吐物擦掉,将它背在背上,对端午一晃脑袋,示意他下楼。

“到底因为什么事?你们又闹成这样。”

“请你说话注意用词,好不好?不是又。”守仁字斟句酌地纠正他,“其实这丫头一直跟我们处得挺好。以前我们从没吵过架。唉,这事,一时也说不清,我以后再找机会给你慢慢解释。”

他们来到了楼下的院子里,他看见小顾和司机怎么也无法将绿珠弄到车上去。她拼命地用手捶打着车窗的玻璃。

“这车的玻璃,别说是用拳头,就是用锤子砸,也砸不碎。”守仁嘿嘿地笑了两声,朝门口站着的两个穿制服的小伙子努努嘴。他们立即会意,赶紧过去帮忙。

“这么一折腾,你这个青年导师的形象,可算是彻底破产啦。至少,犹大这个恶名,你这辈子就别想洗清啦。这丫头倔得很。”

过了一会儿，守仁又笑着对他小声道："你也真是的，跟她吹什么牛不好，偏偏要谈艾略特！我提醒你，你这可是班门弄斧啊！这屁丫头，能把《荒原》从头背到尾，不论是查良铮版、赵萝蕤版，还是裘小龙版，都能一字不落，你信不信？"

端午的脑子里空空的。他还在想着绿珠生气时的样子。仿佛从她眼睛里不断涌出的不是泪水，而是她的整个的灵魂。他的心有点隐隐作痛。他看见那几个人已经将绿珠按在了汽车后排的坐垫上。她的双腿仍然在不停地乱踢乱蹬。手忙脚乱之中，蓝色的裙子被搅翻了。端午不经意中看到了白色的衬裙中露出的底裤。尽管只是短短的一瞬，他还是能够清楚地分辨出她大腿根部的肌肤，颜色要深一些。

他赶紧转过身去。

几个人已经成功地将绿珠塞进了车里。小顾退下车窗玻璃，把脑袋伸出来，朝守仁喊了一声"鞋"。

守仁在端午的肩上拍了一下，走到车边，捡起绿珠掉下来的那只红色半高跟皮鞋，看了看，又放在鼻子前嗅了嗅，随后打开车门，坐进了前排。

凯迪拉克轰鸣着飞驰而去，溅起了一片泥浆。

端午茫然若失地站在"荼蘼花事"的檐廊下，手里还捏着那本鲍老师送给他的《通往哈佛的阶梯》。

他经过运河边的街角，顺手将它扔进了一个苍蝇乱飞的垃圾桶里。

14

需要提请有关方面注意：如果我有一天被杀，凶手一定是张有德。

月亮下的金钱,从来未使忙碌的人类有过片刻的安宁。

老实人总吃亏。

幸福是最易腐败的食物,它不值一文。

我们其实不是在生活。连一分钟也没有。我们是在忙于准备生活而成天提心吊胆。

苦县光和尚骨立,书贵瘦硬方通神。

15

这是哥哥王元庆在最近给他的一封信上所写的话。

每隔一段时间，元庆就会给他寄来一封信。这些文字用小楷抄在一张宣纸信笺上。竖写。字迹隽秀，一笔不苟。虽说文字之间缺乏应有的逻辑，但也在一定程度上反映了哥哥目前思想的悸动。端午凭借这些警句格言式的疯话，也能对哥哥的精神病发展到了怎样的程度,进行判断和监控。

他们是同母异父的兄弟。元庆的父亲在上世纪五十年代的一次群体性械斗事件中，失足坠崖而死。关于事件的细节，端午所知不多。据母亲说，元庆的父亲是一个聪明绝顶的木匠。话不多。一生中说过的话，加起来还不如她一个晚上说的多。出事前不久，他给村里的一户人家打了一张婚床，同时，给另一户人家打了一副棺材。按照迷信的说法,这被认为犯了忌。

王元庆继承了父亲的聪慧和沉默寡言，这没有什么好奇怪的。让人有点不解的是，他的秉性中的异想天开和行为乖张，竟然与谭功达如出一辙。他们毕竟没有血缘关系，而且，元庆与谭功达也并无太多的接触(后者生命的最后十年是在监狱中度过的)。母亲将这一切都归咎于上天的安排。这使她更有理由日夜诅咒那个阴魂不散的疯子,并一直拒绝在清明节给他上坟扫墓。

元庆多少有点戏剧性的经历，足以列入地方志的《奇人传》。可事实上,端午对哥哥了解甚少。

在寂静而漫长的小学和中学时代，“拖油瓶”这个绰号一直跟元庆如影随形，如音随身，直至被另一个绰号彻底覆盖，那就是“天才”。全县作文竞赛一等奖的证书，让母亲高兴不起来，反而让她忧心忡忡。在高二那一年，他所写的一个独幕剧，被梅城县锡剧团搬上了舞台,成为轰动一时的新闻。

可元庆不久以后就因肝炎辍学了。

母亲在元庆病愈后，让他跟一个瘸腿的福建裁缝学习缝纫。梅城中学的教导主任三番五次地光顾他的裁缝铺。他可不是来找元庆量身裁衣的，而是希望他重返校园。因为根据他刚刚掌握的小道消息，中断了十年之久的全国高考，将在1977年恢复。他甚至向元庆母亲暗示，要将自己最漂亮的二女儿嫁给元庆，以换取她同意元庆参加高考的允诺。见识短浅的母亲当然不为所动。其中最重要的原因是元庆作为一名裁缝的名望，已经开始给她带来数额不小且相当稳定的收入。母亲当时最大的梦想，就是盼望大儿子有朝一日将裁缝铺从福建瘸子的手里盘过来，自立门户。很快，福建瘸子就“很识趣”地因心肌梗塞而猝死。可元庆也随之对裁缝这一行当失去了原有的兴趣。

元庆开始和县城里的一些不三不四的人交往。用自己改装的短波收音机收听“美国之音”和邓丽君。有的时候，一连数天夜不归宿。后来，他干脆从众人的视线中消失了，直到公安机关将他们的那个自以为是的“秘密组织”一举破获，把他从南京押回梅城。

母亲还得透过那个“死鬼”谭功达的生前好友，去相关部门疏通关节，最后勉强使元庆“免于处置”。

当时，元庆的第一首诗已在《青春》杂志发表。这首诗在端午读书的那所中学悄悄地流传，附带着也使端午异想天开的写诗冲动变得新鲜而迫切。他们同住一个屋檐下，但兄弟俩很少交谈。王元庆那洞悉一切的清澈目光，也很少在弟弟身上停留。因此，他无从得知谭端午对他深入骨髓的崇拜，也无从知道弟弟在暗中对他的一举一动，都在刻意模仿。

1981年，端午考取了上海一所大学的中文系。母亲一高兴，就有点犯糊涂。她问元庆，能不能抽时间，陪伴端午去上海的学校报到。上海那么大，端午又从未出过远门，她担心他一下火车，就会被人贩子拐跑。元庆倒也没有明确拒绝，而是竖起食指，指着自己的鼻尖，像个小流氓似的向母亲步步逼近。他向前迈一步，母亲就向后退一步。

什么？你是说我？让我？让我陪他？去上海？

一连串的疑问句已经很能说明问题。他性格中的褊狭和强烈的嫉妒心，终于露出了苗头。

有一年放暑假，端午从上海回到了梅城。哥哥正为他的长诗被编辑退回一事愤愤不平，就低声下气地将蜡印的诗稿拿给弟弟，请他提提意见。端午粗粗地翻阅一遍，很不恰当地直话直说：

“不怪编辑。写得很差。确实不值得发表。你写的那些东西，确实，怎么说呢？已经过时了。”

“是这样吗？这么说，我已经不行了？确实不行了吗？”

这句话不是当着端午的面说的，而是来自于隔壁洗手间。他一边撒尿，一边发出令人担心的喃喃低语。

从那以后，他日复一日地望着天花板，一言不发。王元庆急剧的衰老速度，一度甚至超过了母亲。端午不假思索地说出的这番话，对元庆的打击超过了他的预料。他甚至不再跟端午说话。等到母亲终于弄清了兄弟俩之间到底发生了什么事，就用哀求的眼神迫使端午改口，对那首长诗重新估价，“反正说两句好话，又不用花什么力气”。端午违心地使用了“杰作”、“伟大”或“空前绝后”一类的字眼，但已为时太晚。

九十年代中后期，元庆曾有过一段短暂的发迹史。他依靠倒卖钢材起家，在梅城拥有了自己的成衣公司和一栋酒楼。随后他开始涉足印刷和水泥业，公司总部也搬到了鹤浦的窦庄。他每年捐给学校和慈善机构的款项，动辄数百万，可从来没有给过端午一分钱。用元庆的话来说，那是出于对知识分子的尊重。

这话怎么听，都有点不太入耳。

后来，他遇到了四川人张有德。两人合伙，把窦庄对面的村庄和大片土地整个盘了下来。这个村庄名叫花家舍。南边临湖，北边就是凤凰岭，原本是一个大庄子，可近年来，随着青壮年外出打工，这个地方日益变得荒凉而破败。两个人以十分低廉的价格将它租了下来，打算将它建成一个与世隔绝的独立王国。

元庆与合伙人对重建花家舍这个项目一拍即合。可是，在制订独立王国未来蓝图并设计它的功能的时候，两个人产生了无法弥合的分歧，甚至连项目名称都无法达成一致。合伙人醉心于水上游乐项目，一心想打造依山傍水的高档别墅区，或者干脆开发娱乐业。原则只有一个：来钱快。他从四川招来了大批的川妹子，有意将花家舍改造为一个合法而隐蔽的销金窟。张有德还给这个项目取了一个名字，就叫伊甸园。

元庆更倾向于“花家舍公社”这个名称。至于这个“公社”未来是个什么样子，元庆秘而不宣，端午也无从知晓。有一天晚上，一家人难得有机会聚在一起吃饭。元庆张口闭口不离花家舍。说起花家舍“大庇天下寒士”的宏伟远景，新婚的家玉不客气地打断_，大伯子的话，笑道：“你眼前就有两个穷光蛋在这儿摆着，什么时候也顺便庇护一下子？”元庆自然没有接话。

哥哥和张有德终于闹到了不可收拾的地步。凡是张有德坚持的，哥哥就坚决反对。反过来，也是一样。元庆的身边，也渐渐地聚起了一班人马，都是当年“秘密组织”的骨干。当时，这些人大都潦倒、失意，满足于在老田主持的《鹤浦文艺》上发表一些“豆腐干”文章，换点稿费贴补家用，对于金钱没有什么抵抗力。他们很快被张有德悉数收编，对哥哥反戈一击，自然也在情理之中。

元庆终于想到了弟弟。他曾找端午谈过一次，劝他离开地方志办公室，跟他去花家舍“主持教育”，助他一臂之力。端午敷衍说，他要好好考虑一下，实际上也是一种委婉的拒绝。

元庆似乎并不把他与张有德的分歧放在眼里。他先后去了安徽的风阳、河南的新乡和江苏的华西，进行了几个月的考察，结果让他大失所望。他对于挂羊头卖狗肉一类的勾当深恶痛绝。最后，他在日本的岩手县，终于找到了一个差强人意的公社范本。当他从日本同来，兴致勃勃地向合伙人展示他所拍摄的照片时，后者已经在考虑如何说服元庆撇资了。

张有德已找到了新的投资人。在元庆云游四方的同时，花家舍的拆迁事实上已经开始了。甚至，从新加坡请来的设计师已经画出了施工草图。四川人暗示元庆撤资，但没有什么效果。只得委婉地请出鹤浦市政府的一位秘书长，向元庆明确摊牌。王元庆当然一口回绝。他连夜找到了刚刚拿到律师执照的庞家玉，请她担任自己的法律顾问,并商量提起诉讼。

眼见得事情越闹越大，张有德便在鹤浦最豪华的“芙蓉楼”，请元庆吃了一顿晚饭，履行“仁至义尽”的最后一个环节。两个人最终还是不欢而散。家玉以法律顾问的身份，参加了那次晚宴。四川人在饭桌上的一番劝慰之词，日后成了庞家玉训斥自己丈夫时随时引用的口头禅：

“老兄，你可以和我作对。没关系。但请你记住，不要和整个时代作对！”

接下来不久,一连串的怪事相继发生。

在戒备森严的公司总部，三个来历不明的黑衣人居然在光天化日之下，冲进了元庆的办公室，打断了他的两根肋骨，迫使他在医院住了四个月。

他收到一封装有猎枪子弹的恐吓信。

紧接着，王元庆莫名其妙地遭到了公安机关的逮捕，虽说两天后被公安机关以“抓错了人”为由平安释放。

元庆从看守所出来的当天晚上，就给合伙人张有德发了一封Email，诚恳地向对方表示，因为“资金周转”及身体方面的原因，他宣布退出花家舍项目。而张有德甚至都懒得去掩饰自己作为幕后指使人的角色。他的回信既张狂又露骨,只有短短的四个字：

早该如此。

据说，公安局的一位警员在送元庆走出看守所大门时，曾微笑着告诫他：放你出去，是为你好。你不要得了便宜还卖乖。我知道你们这些人是怎么起家的。每个人都是有原罪的。原罪你懂不懂？不是能不能抓你的问题，而是什么时候抓你的问题。你人模狗样，牛逼哄哄，其实算个屌。你想让我们道歉，门儿都没有。公安机关向谁道过歉？你脑子进水了。只要我们想查，你就是有问题的。这一次没问题,不等于说下次也没有问题。好好想想。

哥哥的最后一笔投资后来成了人们长时间谈论的话题。他看中了鹤浦南郊“城市山林”附近的一块地。他集中了几乎所有的资金，与鹤浦市政府和红十字会合作，在那儿新建了一所现代化的精神病治疗中心。他认为，伴随着社会和经济的发展，精神病人将会如过江之鲫,纷至沓来,将他的中心塞得满满当当的。

事实证明，他最后的这一决策，颇有预见性。精神病疗养中心落成的同时，他本人就不失时机地发了病，成了这所设施齐全的治疗中心所收治的第一个病人。

16

早晨起来，端午给若若煮了两个粽子，一个咸鸭蛋。粽子和鸭蛋是母亲昨天特地让小魏送来的。满满一篮子。小魏还带来了一些艾草和菖蒲，让他插在门上辟邪。母亲亲手缝制的一双绣有“王”字图案的老虎鞋,显然太小了,儿子就用它来装了硬币。

家玉明天就要从北京回来了。若若一连几天都显得很兴奋。他在出了家门之后，又把门打开，将他那小小的脑袋从门里伸了进来，祝他生日快乐。

端午去单位打了个晃，随后就悄悄地溜出了市府大院。他搭乘

24路公共汽车至京畿街，然后换乘特3路环城观光专线，前往南郊的招隐寺公园。他要去那里的精神病疗养中心探望哥哥。

公园南门外有一个巨大的露天古董市场。地摊上摆着数不清的玉雕、手镯、瓷碗、铜炉、字画以及旧书。卖家和买家都知道，那些东西全是假的，可并不妨碍生意的兴隆火爆。

穿过古董市场往东，是古运河的一段废弃的航道。那里彩旗飘飘，人声鼎沸。“咚咚”的锣鼓声震得地动山摇，大概是正在举行一年一度的龙舟竞渡。大约半个小时之后，当身后的鼓声渐渐地听不见了，端午在路边看到了疗养中心的那个被刻意漆成绿色的指示木牌。

在夹竹桃的树林中，一条柏油马路沿着山体蜿蜒而上，在百十米开外的地方，消失在蓊蓊郁郁的密林之中。山路的右侧是一条深达数丈的山涧。由于正逢雨季，层层叠叠的溪水从乱石和倒伏的枯树中奔泻而出，发出巨大的喧响。燕子在涧底来回穿梭，都是黑色的。这一带最有名的白燕，如今已难得一见。高大的树木一度遮住了天空，浓荫间透出铜钱大小跃动的光斑。山涧上偶尔可以看见一两座朽坏的木桥，覆满了厚厚的青苔。

涧流的另一侧，有一道锈迹斑斑的铁丝网，在葱绿的树木和盛开的夹竹桃掩映之下，很不容易分辨。只有当写有“军事重地，严禁翻越”的牌子出现在视野之内，才会提醒人注意到对面驻军的存在。不过，军分区的营房同样隐伏在密林深处。能够看见的，是山顶上矗立着的雷达站。

除了两个挎着竹篮，头戴绿色方巾的老妇人向他兜售香料之外，端午在这条山路上竟然没有遇见一个游客。山林中有一种神秘的墓园般的寂静。

最近两三年来，随着这片山林被划入了国家森林公园的地盘，这一带成了鹤浦和邻近地区有钱人的集中居住区。数不清的楼盘和私家别墅，挤满了山脚的每一个角落。随着附近的几家钢铁厂、焦化，一和纸浆厂迅速完成了搬迁，南郊也从一个污染重灾区，一夜之间变成了“负氧离子”的同义语，变成了鹤浦童叟皆知的“城市之肺”，变成了原生态宜居的“六朝遗梦”。

每次到这里来探访兄长，端午的心里都会时不时涌现出一股不可遏制的羡慕之情。当然，其中也夹杂着对哥哥毫无保留的敬佩。元庆为自己挑选地方的天才眼光，足以与军分区首长相媲美。他所看中的窦庄，当初只是一处散发着恶臭的蚊蝇滋生地，如今早已成了高档楼盘的代名词，甚至吸引了不少上海和南京的富商；他对南郊的发现,比起一般社会公众,几乎提前了整整十年。

在他神经系统行将崩溃的前夕，他做出了一生中最后一个正确的决定：将自己合法地安置在风光绮丽的山林深处，不受任何打扰地安度余生。在他头脑还算清晰的那些日子里，他一反常态地与市政府签订了一份协议，并对协议的内容字斟句酌。家玉参与了协议制订的全过程，对哥哥的神秘动机颇费猜测。在这份荒唐而古怪的协议中，将近四千万的投资完全不要任何回报，就连市政府的官员都觉得不可思议，以至于在签字之前，他们反过来“好心地”提醒他慎重考虑。

元庆的唯一要求，就是在疗养院给他留个单间，以便“万一哪天得了精神病之后，可以入院治疗”。按照协议，他拥有这个房间五十年的使用权；在他入院后，他将得到免费治疗以及一切相应的照料：即便他本人强烈要求出院,院方亦不得同意。

“这等于说，你哥哥用三四千万替自己买了一个监狱，怎么回事啊？”

那些日子，家玉一直心事重重地对端午念叨着这句话。这件事，已经怪诞到像是霍桑小说中的情节了。等到哥哥真的发了疯，再回过头去琢磨那份协议，倒也没有什么不可理解的地方。元庆不过是提前预知了日后的患病，并为自己安排了一个一劳永逸的容身之地，如此而已。

他的发疯令母亲悲痛欲绝。联想到哥哥在所谓的花家舍项目上所受到的一连串打击，端午不胜唏嘘。家玉却冷漠地将元庆的发病。归因于他的神经系统过于脆弱。她多少有点助纣为虐的口吻，让端午颇感不悦。

穿过一排低矮的松树林，一段深红色的石墙出现在眼前。铸铁的大门两侧各有一块门牌。左边的一块是新加上去的，同样白底黑字：

鹤浦市心理危机干预中心

大门敞开着，院内停着一辆警车。岗亭边的保安无所事事，正在和两位病人家属聊天。他从一位身穿阿玛尼T恤的小伙子手中接过香烟，一个劲儿地向他摆手："没有床位。等着住院的病人已排到三百多名。什么人都进不来了,除非是市里挂号的三无病人……"

端午从大门进去的时候,没有人让他登记或要查看证件。

哥哥住在紧挨着职工宿舍区的一栋小楼里。端午必须穿过收治重症病人的第二病区，以及女病人集中的第四病区。树荫底下的长椅上，三三两两地坐着的，都是正在沉思的病人。他们不约而同地抬头打量端午，促使端午加快了步伐，尽管遭到他们攻击的可能性很小。另外,他也担心,带给哥哥的一包粽子由于天太热而变了味。

在第四病区的院子里，有一排橘黄色的露天健身器材。他看见几个医生和护士正在围捕一名赤身裸体的中年妇女。她绕着健身器材，与医生们捉起了迷藏。护士手里拿着一件斜纹布的套头衫，跑得上气不接下气，不住地用手捶打着胸脯，对她喊道："你儿子没死，等着你去喂奶呢。"

那妇女一听，将信将疑地站住了。她托起沉甸甸的乳房，轻轻地往外一挤,一股乳汁猛地滋了出来。

哥哥住在一座白色三层小楼的底层，屋外还有一个二十平方米左右的小院。院子的围墙上爬满了扁豆藤、丝瓜以及蓝色的牵牛花。房门半开着，一位清洁工正在替他清扫房间。她围着红色的塑料围裙，手臂上戴着黄色的橡胶手套，正在费力地拧着拖布。她告诉端午，王董事长刚出去了"没多一霎"。至于去了哪里，她也说不好。可能是到办公楼找周主任下棋去了。端午将手里的粽子放在进门口的电视柜上,随后就去了办公楼。

哥哥没在那下棋。他绕过护士站的蓝色板房，远远地看见周主任正在住院部门口与两个警察握手道别。周主任很快也认出了他，示意他略等一会儿。他一直将客人送到林荫大道的下坡处，才返身往回走。

周主任一脸沮丧地告诉端午，他几乎一夜没有合眼。昨天晚上，一病区有个人自杀了。他是个复员军人，是在去北京上访的途中被人拦住，直接送过来的。这样的事倒不是第一次发生。不过，什么人都往这儿送,也让他感到十分头疼。毕竟,这里不是监狱。

"那么,这个人到底有没有精神病？"端午问道。

"这话叫我怎么个说法呢？从医生的立场来看的话呢，你就是到大街上随便拉个人来，让我们给他作诊断，你说他精神上一点毛病都没有，那是绝对不可能的。现在的生存压力这么大，你是晓得的。人这个东西，其实脆弱得很。比方说，前些日子来了一个司机，家人说平常好好的，就是一天深夜开车，压了一个黑色的塑料袋。他以为是压了人,就发了病。

“你哥哥当年建这所医院的时候，我是参与论证的。当时的设计床位六百个，很多人都反对，说太大，可现在怎么样呢？我们增加了三百个床位，还是远远不够。每天都有人往这里送条子，走关系，把各色各样的人往这里送。

“可人既然送来了，我们也无权放他走。阿是？前天送来的这位老兄，他的抗拒和不合作，不出我们所料。正因为他的身份特殊，大夫们反而放松了警惕。他是用鞋带上吊的。不过，你哥哥倒是没什么事。”

周主任苦笑着摇摇头，朝远处的一个树林指了指，说道：“他这会儿多半在开放病区打乒乓球呢。要不，我陪你去找他，阿好？”

“不用了吧。我一会儿就得走。”端午赶紧道。

“你哥哥的病，这个东西，叫我怎么个说法呢？好也好不到哪里去，坏也坏不到哪里去。好的时候，和正常人没什么两样。前儿个中午，他来找我下棋，让了我一个马和一个炮，还把我赢了呢。发病的时候呢，也还好，不瞎闹。就是有一点，他老是担心有人要谋害他。”

“老母亲总担心他出意外，怕他吃不好。”

“那就请老太太一千二百个放心，没得事，他不是一般的人。再说了，这座医院都是在他手里建起来的。我们会照顾好他的。在他神智清楚的时候，我这块有什么事委决不下，还找他商量呢。至于你说的意外，首先一点，自杀是不会的。他惜命得很。”

端午也笑了起来。

周主任笑呵呵地接着道：“他在食堂吃饭，都担心有人往他的饭菜里头下毒，这样的人怎么会自杀呢？至于说到其他的暴力行为，大不了就是乒乓球打输了，把球踩瘪了撒气。不碍事。他到这里也已经三四年了，从来没打过人。没什么大不了的。他的性格有点褊狭，这个你是晓得的。”

周主任要留他一起吃饭，见端午再三推辞，也就没再坚持。临走前，周主任叮嘱他，下次来探访的时候，最好多带几本字帖来。哥哥最近迷上了书法。

“他曾经认真地问过我，如果他从现在起就下狠心，每天练上五小时，十年后，他的书法造诣能不能超过王羲之？嘿嘿，这个人还是蛮有意思的，阿是啊？”

与周主任告别之后，端午没有按原路返回山下，而是像往常一样，经由家属区的一个侧门，穿过公园管理处的花圃，进入招隐寺公园。

因为是端午节，窄窄的山道上挤满了去招隐寺焚香的人流。招隐寺的庙宇和宝塔，已被修葺一新，耸立在山巅。远远看上去，就像是浮在绿色的烟树之上的虚幻之物。

“听鹂山房”虽然还在原来的位置，它现在已经被改建成了一个三层楼的饭庄。有人在唱卡拉OK。尖利而嘈杂的《青藏高原》。因结尾的高音上不去，照例是一阵哄笑。

门前的那处池塘似乎比原先小了很多。池塘四周的柳荫下，支着几顶太阳伞。一个大胖子光着上身坐在帆布椅上，一边抠着脚丫子，一边在那钓鱼。浑浊的水面上不时有鱼汛漾动。

没有睡莲。

端午呆呆地站在烈日之下，犹豫着要不要在饭庄里吃饭。

他很快就离开了那里。

第二章

葫芦案

1

庞家玉厌恶自己的婆婆。甚至在心里，暗暗地盼着她早死。从理论上说，婆婆每次生病，都隐含着某种希望。遗憾的是，她的那些病，或轻或重，她总有办法让自己康复。每当家玉被这种恶毒的念头所控制的时候，她都会深陷在一种尖锐的罪恶感之中，并为自己的不孝和冷酷感到恐惧。这种罪恶感在折磨她的同时，也会带来完全相反的效果：家玉会尽己所能，对婆婆表示善意和关心，来抵消自己内心的那种不祥的罪恶感。

这当然显得做作而虚伪。

饱经风霜、目光犀利的张金芳自然不会看不出来。通常的情形是，庞家玉对婆婆越好，她们之间的冷漠与隔阂也就越深。这种压力积累到一定程度，家玉又回到了她的起点——她觉得这样的人，还是早一点死掉的好。

端午曾劝她将婆婆当成她自己的母亲来侍奉，所谓随遇而安，逆来顺受。对此，家玉完全不可接受。

她自己的母亲，在家玉五岁那年就死去了。家玉对她的记忆，仅限于皮夹子中多年珍藏着的一枚小小的相片。母亲永远停在了二十九岁。一度是她的姐姐，近来则变成了妹妹。父亲嗜酒如命，在母亲去世后的第二年，就带着她搬进了邻村一个年轻的寡妇家。后来，通过人工受孕，还给那寡妇生了个儿子。家玉是在呵斥和冷眼中长大的，在任何时候都会有一种无所依傍的碍事之感。她与端午结婚后、父女俩更少来往。每次父亲到鹤浦来看望女儿，仅仅是为了跟她要钱。后来，随着家玉的经济条件大为改观，她开始定期给父亲汇款，父亲基本上就不来打搅她了。

与许多婆媳失和的家庭不同，庞家玉对婆婆的邋遢、唠叨和独断专横都能忍受，最让她受不了的，是婆婆的说话方式。如果与元庆或端午说话，婆婆通常会直截了当，无所顾忌，甚至不避粗口。而对家玉就完全不同了。她总是以一种寓言的方式跟她说话，通常是以“我来跟你说个故事”这样的开场白起始，以“你能明白我说的活吗”来结束。故事的主人公往往都是动物，最为常见的是狗。在大部分情形之下，婆婆那些离奇而晦涩的故事中的“微言大义”，并不容易领会。每次去梅城看望她，家玉都会像一个小学生面对考试一样惶惶不安。那些深奥莫测的故事难以消化，憋在她心里，就像憋着一泡尿，

端午对她的遭遇不仅没有丝毫的同情，反而因此对她冷嘲热讽：“你现在知道了吧，在日常生活中，法律和逻辑其实是解决不了什么问题的。”

在她和端午刚结婚的那段日子里，婆婆就给她讲了一个公狗和母狗打架的故事，沉闷而冗长。根据端午事后的解释，这个故事尽管情节跌宕起伏，枝蔓婆娑，其中的寓言倒也十分简单。母亲的意思无非是说，在家庭生活中，母狗要绝对服从公狗。

另有一次，婆婆跟家玉讲了这样一个故事（主角换成了公羊和母羊）：公羊和母羊如何贪图享受，生活放纵，如何不顾将来，只顾眼前，最后年老力衰，百事颓唐，落得个竹篮打水一场空的悲惨结局。这一次，家玉似乎很快就搞清楚了婆婆的意图，她喜滋滋地把故事向丈夫

复述了一遍,然后得出了她的结论：

“妈妈的意思，会不会是告诫我们，婚后要注意节约，不要铺张浪费,免得日后老了,陷入贫穷和困顿。”

端午却苦笑着摇了摇头，对她道：“你把妈妈的话完全理解反了。”

“那么，她的意思是不是要我们注意环境保护，不要对地球资源过度开发利用？”

“她哪有那么高的见识。”

“那她到底是个啥意思？”

“她的意思,唉,无非是希望我们要一个孩子。”

“妈的！”

家玉轻轻地骂了一句,只能又一次责怪自己的愚昧和迟钝了。

还有一次，家玉去梅城调查一名高中生肢解班主任的案件，顺道去看望婆婆。婆婆将家玉叫到自己的床边坐下，花了足足三个小时，给她讲述了一条老狗被人遗弃在荒郊野岭，“因心脏病发作”无人知晓，最终悲惨死去的故事。由于婆婆那时受健忘症的影响，她把这个故事一连训了三遍。家玉百思不得其解，最后只得向端午求教。端午只听了个开头，就打断了她的复述，笑道：“这个故事同样没什么新意。她是想搬到鹤浦来，和我们一起住。这活她已经跟我提到过好几次了。”

“想都别想！”家玉似乎完全失去了理智，“如果你不想跟我马上离婚的话,就请你老娘趁早打消这个念头吧。”

话虽这么说，家玉心里其实也十分明白：在婆婆那深不可测的大脑中所闪过的任何一个念头，都是不可能“打消”的，需要打消的，恰恰是自己脆弱的自我和自尊。婆婆的惩罚如期而至。这一次，她可不愿意多费口舌，讲什么羊啊狗啊一类的寓言故事，而是干脆对她不予理睬。婆媳之间的“禁语游戏”，竟持续了一年零三个月。甚至在大年初一,家玉去给婆婆拜年时,她照样装聋作哑。

在这之后，庞家玉倒是确实考虑过与端午离婚的事，甚至为离婚协议打了多次腹稿。因为，她觉得自己一分钟都不能忍受了。当她试着向端午提出离婚一事的时候，令她吃惊的是，端午一点都不吃惊。他只是略微沉默了一小会儿,就以极其严肃的口吻对妻子道：

“你这么说,是认真的吗？”

家玉不得不再次收回自己刚才的话，找了个地方痛哭了一场。婆婆惩罚她的手段总是如此高明，往往还未出手，家玉就自动崩溃了。婆婆从不屑于直接折磨对方，而是希望对方自己折磨自己。庞家玉只能屈服。

经过慎重考虑，家玉主动向端午提出了一个替代性方案：在鹤浦另外购置一套住房,把老人家和小魏一起接过来住。

事情总算解决了，可屈辱一直在她的心里腐烂：“为什么自打我出生起,耻辱就一直缠着我不放？没完没了,没完没了……”

这天晚上，家玉蜷缩在端午的怀里喁喁自语。泪水弄湿了他的汗背心。

“亲爱的，要想在这个世界上生存而不感到耻辱，对任何人来说，都是不可能的呀！”端午像对待婴儿一样,轻轻拍打妻子的肩膀。

他的安慰,从来都是这样的不得要领。

在接下来的日子里，每逢双休日，夫妇二人就带着若若去四处看房。庞家玉一度沉浸在即将拥有第二套房子的亢奋之中，对儿子在学校排名的直线下降既痛心又熟视无睹。她几乎将所有的业余时间都用来看房，比较各个楼盘的交通状况、配套设备、容积率、升值潜力、与化工厂的距离、周边环境、有无回迁户……有时甚至通宵达旦。用端午的话来说，好像她要挑选的，不是一个钢筋水泥建成的房子，而是她的整个未来。

的确，几乎没有一个楼盘的名称能让家玉感到满意。什么“维多利亚”啦，什么“加州阳光”啦，“蓝色多瑙河”啦，“南欧小镇”啦，带有强烈的自我殖民色彩，让家玉感到一阵阵反胃；而“帝豪”、“皇都”、“御景”、“六朝水墨”一类的楼盘名称，与它们实际上粗劣的品质恰好构成反讽；至于“秦淮晓月”、“海上花”或“恋恋丽人”一类，则简直有点诲淫诲盗了。

一个月看下来，只有一个楼盘的名称让她勉强可以接受，它的名字叫“金门寺小区”。比较中性。可律师事务所的同事徐景阳却不失时机地提醒她，金门寺三个字与“进门死”谐音，听上去有点吓人。“不要说长期住在里面，就是我到你们家去串个门，都有背脊发凉的感觉，不吉利啊！”经过徐景阳这么一提醒，庞家玉再把那小区看了一遍，也发现了新的问题：那房子的屋顶一律是黑色的，怎么看都像是个棺材盖。她只得放弃。

考虑到婆婆生活的便捷，考虑到自己对园艺的兴趣（婆婆迟早会故去的），特别是自己手头尚不十分宽裕的资金，家玉想挑选一个底层带花园的公寓房。因为她怕狗；因为她讨厌那些面目可疑的回迁户——到了夏天，这些人光着大膀子，在小区里四处晃荡，无疑会增加她对生活的绝望感；因为她厌恶楼上的邻居打麻将：因为她担心地理位置过于偏僻而带来的安全隐患：特别重要的，她害怕化工厂和垃圾处理厂附近的空气和污染的地下水会随时导致细胞的突变，因此，挑选房子的过程，除了徒劳地积累痛苦与愤懑之外，早已没有什么乐趣可言。

四个月之后的一天，她在大市街等红灯。一页刚刚开盘的楼盘广告，由一只油腻肮脏的黑手，通过她的车窗玻璃的缝隙，被塞了进来。她麻木地看着手里这张散发着难闻油墨味的广告，莫名其妙地动了真情。第二天傍晚，家玉下班之后，带着端午和昏昏欲睡的儿子，匆匆赶往这个名为“唐宁湾”的小区。急性子的家玉已经彻底丧失了耐心。

“妈的！难道这么大的一个鹤浦，竟然就找不到一处我中意的房子吗？”她飞快地看了丈夫一眼。

“恐怕情况就是如此。”端午道。

“那好，就它了！”家玉怒气冲冲地说。“无论这个房子事实上如何，就它了。他妈的。唐宁湾。就它了。我再也不想看什么狗屁房子！”

她就像是与自己赌气一样，驾着车在沿江快速路上狂奔。速度之快,甚至撞死了一只麻雀。

家玉决定闭上眼睛。

他们到了空荡荡的售楼处，也不要求看房，也不询问任何与楼盘有关的信息，甚至都没有讨价还价，主动要求支付定金，销售处的工作人员在一连问了两遍“你确定？”之后，脸上梦游般的疑云，久久不去。

在等待端午签约的间歇，家玉坐在一盆绿萝的后面，心情坏到了极点。四个月来对新居的美好憧憬，如今已变成了一堆冰冷的余烬。家玉忽然意识到，购房的经历，也很像一个人漫长的一生：迎合、顺从、犹豫、挣扎、抗争、忧心忡忡、未雨绸缪、凡事力求完美，不管你怎么折腾，到了最后，太平间或殡仪馆的化妆师，用不了几分钟，就会把你轻易打发掉……

当然还有爱情。

她曾经无数次地想象过自己要嫁给的那个人。英姿勃发的飞行员。刘德华或郭富城。中学里年轻的实习老师。去了美国的表哥。

穿着白色击剑服的运动员。可是在招隐寺，当她第一次见到与自己单独相处的陌生人,就毫不犹豫地把自己交了出去。

这个人，此刻，就站在售楼处的柜台边。衬衫的领子脏兮兮的。临睡前从不刷牙。常把尿撒到马桶外边。这个人，像个毫无生气的木偶，又像是一个刚刚进城的农民——售楼小姐纤细的手指指向哪里,他就在哪里签字。

“总算结束了！”在回家的路上，列着暮色四合的江面，端午如释重负地松了一口气。

“结束了。”过了很长时间，家玉猛吸了一口气，哀哀地低声敷衍了一句。

他们决定去汤氏海鲜酒楼吃饭，借此“庆祝”一下。端午点了昂贵的龙虾。可是,除了喜出望外的小东西之外,两个人都高兴不起来。

2

手机铃声突然响起来的时候，家玉赤身裸体地从床上蹦了下来。她迷迷瞪瞪地从地板上那一堆衣物中寻找她的“诺基亚”。她随手用一件丝质的睡袍遮住了下腹，而忘了这样做是否有必要。她的腹部有一个因剖腹产手术而留下的刀疤。它像一条蜈蚣，藏在腹部两道隆起的沟壑之间。

刚才，陶建新对她说，除了这个刀疤之外，她的身体堪称完美无缺。他喜欢年龄大一点的女人，喜欢她的丰腴，喜欢那种熟透了的杏子的味道。他觉得自己已经化了。像一捧雪，化在了深不见底的水井里。

现在,他正靠在床头抽烟。

电话是端午打来的。他告诉家玉，房子倒是租出去了，不过，目前似乎遇到了一些麻烦。很大的麻烦。

“等会儿再说好不好？我现在正在上课。”家玉不假思索地道。

她轻轻地走到窗前，掀开窗帘的一角，看到外面的夜色，暗自吃了一惊。相当长的静默过后，手机中又传来了端午那潮湿而略显沙哑的声音："好吧，那你上课吧。我刚给你发了一个Email，你抽空看看吧。"

“我已经到了走廊上,你说吧。”

端午已经把电话挂断了。

她当然感觉到了端午的声音里淡淡的讥讽味道。她下意识地瞥了一眼桌上的闹钟，觉得丈夫的讥讽是有道理的。问题是，她刚才睡得太沉了。雁栖湖的四周已经亮起了灯。湖面上飘着一缕轻雾。对岸的山谷里，是一片农家小院薄暗的光影。培训部大楼外，有几个学员正坐在楼前的台阶上聊天。声音很大。

“谁来的电话？”建新笑着问她。

“我老公。”

“你不该对他说你正在上课。已经是晚上十一点了。”

“我睡糊涂了。”家玉打了个哈欠，嘟嘟囔囔地道，“怎么会睡得这么沉？我已经有好多年没有睡过这么甜的觉了。不过没关系。”

建新此刻已经在床头柜上的烟缸里掐灭了烟头，精赤条条地下了床。怎么看都像是个大男孩。两腿间的棍子可笑地耸立着。他从背后搂住她，手指夹着她的乳头。他笑着告诉她，从下午五点到现在，他连一分钟都没睡着。不过，这并没有影响到他精力的迅速恢复："我一直在等你醒过来。你饿不饿？"

“是有点。可在怀柔这地方，这么晚了，到哪儿去弄吃的？我这儿有点曲奇,你要不要吃?”

建新没有说话。他把她的脸扳过来，故意显出粗鲁的样子，吻她的嘴。

他知道她喜欢这样。

“我和他,谁好?”建新终于停止了亲吻,在她耳边悄悄地问道。

“你说什么?”

“我和你老公,谁好?”

“你又来了！”家玉故作生气地要推开他，可他的手像铁箍一样紧紧地箍着她,她无法动弹。

建新嘿嘿地笑个不停。因为有了第一次，他觉得自己有足够的理由表现得更加粗野。更加肆无忌惮。他将她抱起来，扔到床上，将她的双腿扛在肩头。

“你老公刚才来电话说什么?”

“唉。房子的事。说有麻烦。鬼知道是什么麻烦事。我在安全期。你用不着戴那个。”

“你会不会把我们的事告诉他?”

“会的。”家玉笑道。

“他会不会来找我玩命?”

“会的。”

“你还没有回答我的问题。我和你老公,到底谁好?”

他不断地击打她。每击打一次，就重复一遍同样的问题，把她的回答弄得支离破碎。

“哎呀，你这个人！你……哎哟……真是烦……烦死了……好好好,你好,行了吧?”

很快他们便不再说话。可家玉的脑子里怎么都赶不走端午的影子。隐隐间有点憎恶。他的电话来得很不是时候。它妨碍了她全身心的投入。她甚至觉得端午正在一旁静静地看着这一幕，不由得心里一阵发酸，也有点怜悯他，沉浸在一种既疯狂又悲哀的快意中。

现在，黑暗中的毒蛇，正在展现出它那斑驳美丽的花纹。有那么一刻，她弄不清笼罩着她的是喜悦还是悲哀，弄不清自己真的是升到了云端，还是正在跌入深渊。不过，两者都让她沉醉。

建新的脸变得很狰狞。他加快了速度，开始用含混不清的语调叫她婶子。他不在乎他那点变态的隐秘。家玉暗暗有点吃惊，但也无意多问。

她闭上眼睛，专心地等待汹涌而至的快感。

严格地说起来，家玉与陶建新真正相识的时间，只有一天，或不到一天。到目前为止，家玉对他的了解，仅限于年龄（二十六岁）、籍贯（石家庄）和毕业的学校（西南政法大学）。这就足够了。

从开班的第一天，家玉就注意到了他。这是一个长得干干净净的年轻人，有着一张精致而大胆的男孩的脸。她觉得只要远远地瞥上他一眼，心里就会掠过一阵畅快的涟漪。男人可以长得这么好看，简直没道理！

这天早上，律师行业协会组织他们去慕田峪长城游玩。天刚亮，大巴就在雾中出发了。尽管车上有的是空座位，他还是选择坐在了她的身边。

这也没有什么不好理解的，因为家玉的前排坐着一个头发谢了顶的老头，也是石家庄人。一上车，他们就没完没了地聊起了股票。家玉购买的“东方集团”和“宏源证券”被套得很深，因此对他们的交谈也颇为留意，并不时插上一两句嘴。她的看法也许有些幼稚，那两个人对她的话完全置若罔闻。

汽车向左边急拐弯，他失去平衡的身体就向右倾斜，一只手很不恰当地按在了她的大腿上。她“噢”地叫了一声。对方立刻向她说“对不起”,家玉也赶紧说了句“没关系”,并朝他微微一笑。

奇怪的是，在后来长达一个多小时的车程中，他们仍然没有任何交谈。家玉只能假装睡觉。通往慕田峪的山路，急拐弯一个接着一个。可建新那只关节毕现的手，紧紧地攥着前排的靠背扶手，身体的右倾再未造成任何肌体的接触。

中午，他们在慕田峪山脚下的一个农家乐吃饭。他们“偶然地”坐在了一起。在通往树林间公共厕所的碎石小径上，他们也曾一度迎面相遇，彼此间也不过是矜持地点一下头而已。他们真正开始交谈，是在一处险峻的山头上。那里的一段单堵墙长城早已倾颓。砖石遍地，荒草丛生。中午炽烈的阳光下，家玉多少有一点昏昏欲睡的眩晕感。建新的同伴，那个来自石家庄谢了顶的老家伙，正站在几百米之外的长城箭垛上向他挥手。他的身后是一大片白云。叫喊声远远地传过来，浮浮的，淡淡的，空阔而虚旷。建新看见同伴在叫喊，可他站在那儿没动。

“这里的桃花,怎么这时候才开？”他望着家玉道。

他身边有一株野桃花,开得正艳。

“是啊。”她举着照相机，朝他走过去，“山里的空气很凉，花开得自然要晚一些。”

她随后就提到了白居易那首广为人知的《题大林寺桃花》。看着对方迷惑不解的样子，家玉就有些卖弄地把这首诗的前两句念了念，没想到建新却扭过头来问她：

“你去过庐山吗？”

“庐山？没去过,怎么啦？”

“大林寺不就在庐山吗？”

他妈的！原来他不仅知道这首诗，而且还知道大林寺在庐山。

家玉有点羞愧。红了脸。他妈的！

当他们重新跨过长城倒坍的垛墙，追赶山顶的队伍时，他不失时机地拉了她一把。他握住她手的时间略微有点长，但也没有长到令人会联想到非礼的程度。在朝山顶攀登的陡峭的台阶上，家玉再次把手伸向他。她真的有点害怕。他们在抵达山顶之前，两个人的手再也没有松开过。

他有些暧昧地叫她姐姐。可她一点都不觉得不自然。

他问她住几号楼，家玉就直接告诉了对方自己的房间号码。建新把嘴凑在她耳边，露骨地对她说："我怎么觉得有点晕？"他嘴里呼出的气息弄得她耳根发痒。他又说，他有点倒不上气来，但不完全是因为体力不支所致。她则放荡地直勾勾地看着他的眼睛，对他暧昧的试探给予明确的鼓励：

"我也是。"

小陶从她房间里离开的时候，已经是凌晨一点多了。庞家玉坐在电脑前，将端午发来的那封Email仔仔细细地读了两遍。她没觉得事情有多严重。她的脑子里还残留着小陶跟她说过的那些话。仿佛又偷着活了一次。斩断了与现实的所有联系，又活了一次。她甚至都记不起来，自己在唐宁湾还有一处房子。她的双腿有点酸痛，乳房尤其如此。

她不是第一次意识到身体的贪婪与狂野，意识到这种对女人而言多少有点难以启齿的感觉。羞耻不仅不会妨碍快感的生成，相反，它成了快乐和放纵的催化剂。

小陶说，她和他的婶子几乎长得一模一样。香水的味道一模一样。既成熟又天真的放荡一模一样。甚至就连高潮来临的速度和节律都一模一样……

她打开了自己QQ的界面，在一大堆好友中寻找端午的图标。那是一个粽子，是家玉帮他选的。那个图标暂时还是黑白的，处于断线状态。尽管她知道丈夫平常睡得很晚，她也不能保证他此刻仍然在电脑前。她试探性地用键盘敲出“在吗”两个字，就开始浏览当天的新闻。没过多久，伴随着一阵悦耳的蟋蟀般的鸣叫，端午的图标陡然变成了彩包，并且开始了持续的闪烁。

家玉赶紧关掉了新浪的界面，通过QQ与丈夫开始了在线长谈，大致内容如下：

秀蓉：在吗？

端午：在。

秀蓉：干吗呢你？

端午：跟你聊天啊。

秀蓉：妈的。

端午：我在看球。

秀蓉：那个孙俪，是不是把你们两个窝囊废都给迷住了？谁让你们去跟她套近乎了？活该。应该首先去找中介公司。

端午：她不叫孙俪。吉士说她长得像孙俪。我们直到现在还不知道她叫什么名字。

秀蓉：从法律的角度来说，你们还是应该去找中介公司。

端午：去过了。

秀蓉：怎么样？

端午：磨刀巷集中了大批的警察，巷子被封了。

秀蓉：为啥？

端午：有人自焚。

秀蓉：KAO。

端午：怎么办？

秀蓉：我想想。若若怎么样？

端午：挺好，睡得挺香的。

秀蓉：你给徐景阳打个电话问问。他很擅长处理这一类的纠纷。他的电话是13910754390。

端午：好，我去把电视关了，你等等。

秀蓉：别把房子的事放心上，实在不行，等我回来再说。这种事对我们做律师的来说，简直是小菜一碟。若若倒是要费点心。他马上就要小升初了，七月中旬有个分班考。你赶紧找人给他补补奥数。

秀蓉：古文和作文，你跟他讲讲就行了。新概念第二册他背到哪儿了？每天背一课，其实并不难。千万别让他再去踢足球了。

秀蓉：每天都要检查他的书包，看看里面有没有香烟壳子，有没有呸呸卡。如有，就没收。你在吗？

端午：在。

秀蓉：PSP要藏好，最好你把它带到单位去，锁在办公桌抽屉里。藏在家里不行，他总有办法找到。对孩子的爱要放在心里，不能放在脸上。总之，你对他要再严厉一些。每小时，每分钟，都要督促他。要是打个盹儿，伸个懒腰，别人就把他超过去了。差一分，就是半操场的人啊。

秀蓉：鹦鹉是个问题，我真后悔当初把它从藏区带回来。你还在吗？

端午：在。

秀蓉：别忘了给金鱼喂食。另外，鱼缸里的水也该换一换了。鱼肚子上如果出现白斑，往往就是生病的信号。你可以去买点微菌治疗剂，一般的花卉市场都有卖的。是进口的，英文是White Spots Fungi Specific Medicines。

端午：晚上十一点钟你还在上课吗？

端午：你在吗？

端午：在吗？

端午：怎么不说话？

秀蓉：我去了趟厕所。

端午：这么长时间？

秀蓉：好像吃了什么不干净的东西。

端午：你那儿有没有氟哌酸或黄连素？

秀蓉：没事。别担心。我有点困了，你呢？

端午：我还好，要不你早点睡觉吧。

秀蓉：那好，我遁了。

端午：拜拜。

秀蓉：拜。

3

早上七点零二分，由北京开往杭州的夕发朝至和谐号列车，正点停靠鹤浦车站。今天是星期六。她没有让端午来接她。外面下着小雨，雷声在很远的山谷里炸响，随后就是一连串沉闷的回声。空气中有一股可疑的怪味道，类似于苹果软化后发出的酸甜味。她的雨伞还在皮箱里。家玉实在不愿意在拥挤的人流中打开旅行箱，就只好冒着雨出了车站的检票口。

五十米之外的出租车站，刚下车的乘客排起了长队。因为下雨的缘故，家玉还是就近上了一辆黑车。这让她多少有点自责：自己作为一名法律工作者的社会道德，还不足以让她多走五十米。尽管她很想在第一时间见到儿子，可她还是决定顺路先去一下律师事务所。一周之前，她合伙人之一的徐景阳跟她通过电话。有两份亟待处理的急件就搁在她的办公桌上，她得尽快把材料取走。景阳的左肺叶有点问题，情况不乐观。要入院开刀。手头的事务只能由家玉代劳了。

家玉在律师事务所楼下的Seven-eleven买了一包方便面、一根玉米、一只茶鸡蛋，外加两包速溶咖啡。她接到了三个手机短信。她红着脸，回复了其中的一个。她的办公室在这幢大楼的六层，可电梯在六楼不停,她必须先上到七楼,然后再从楼梯间走下来。

尽管她离开了近四个月，办公桌上还是纤尘不染，十分整洁。桌子上的那盆茉莉花并未像她担心的那样枝枯叶败，相反，黑亮的枝叶中缀满了白色的繁密花苞，已经有隐隐的香气逸出。在一大摞厚厚的打印材料上面，用订书机压着一张便笺，那是徐景阳给她留下的。他嘱咐家玉，法律援助中心交办的两个案件，必须尽快处理。市里有关部门已经催问过多次了。在等候电脑启动的这段时间中，电水壶的水已经开了。她用泡方便面后多余的水，给自己冲了一杯咖啡。随后，她用餐巾纸小心翼翼地吸干头发上的雨水，一边啃着玉米，一边阅读桌上的材料。

第一个案件没有多少意思。大抵是农村鳏居老人的赡养纠纷。那个老头已年近八旬，有五个儿子，两个女儿，可无人愿意照料他。这一类的事情在鹤浦一带司空见惯，对律师的能力和智商构不成任何挑战。总体上说，既繁琐又乏味。本案的特殊性，倒不在于老人家儿女众多而又得不到赡养，甚至也不在于所有的子女都宣称自己“一贫如洗，病魔缠身。要钱没有要命有一条！”——他们甚至威胁要把老人关进精神病院，或者，用板砖直接拍死他。关键是这个老人脾气火暴，尤其喜欢上访。他已经去过一次北京。为这么一点鸡毛蒜皮的小事，混迹于东交民巷告状者的队伍，就连那些来自全国各地“苦大仇深”的同伴也看不起他。那些人骂他纯粹是吃饱了撑的，瞎起哄。几个好心人则劝他说，这种事情，在当地一纸诉状就可以解决，没有必要到北京来闹事。最后，鹤浦驻京办的人找到了他。他们请他到和平门的全聚德烤鸭店吃了饭，又陪他游览了长城，还给他买了一张返程卧铺票。他穿着那件“不到长城非好汉”的T恤，神抖抖地回来了。

相比之下，第二个案件则要复杂和离奇得多。庞家玉为了尽可能详尽地弄清整个事件的来龙去脉，她在阅读案卷材料的同时，也通过Google在互联网的网页上搜索相关的新闻报道。这件事发生于一年前。

一天下午，父亲像往常一样去学校接儿子。妻子与他离婚后，一直没有下落。他与九岁的儿子相依为命。他看见儿子背着书包。与小伙伴们说说笑笑地从学校的大门里走了出来，同时也看到了正在向他逼近的巨大危险。

一个秃头的中年男子突然从一片树荫里闪了出来，同时从怀里拔出了刀。他意识到自己一定会死，甚至准备接受它。唯一的问题在于，死亡的地点和时机有点不合适。因为儿子，他的命根子，正有说有笑地走出学校的大门。既然这个人当着那么多家长的面公然亮出刀来，说明他并不在乎这件事的后果。本来，歹徒要从十分拥挤的人群中走到他面前并不容易，可家长们不约而同地决定予以配合。他们纷纷闪避，让开了一条不大不小的通道。两个人都在向他走近。一个是化身为秃头的死神，一个是他生命中仅有的慰藉。儿子。

在那个节骨眼上，冷静的父亲表现出了非凡的智慧。这也成了事后人们津津乐道的话题。当儿子带着询问、困惑、惊恐的目光走到他跟前的时候，他朝儿子飞快地眨了眨眼睛，并笑了一下。他的儿子果然聪明绝顶。在歹徒疯狂地将刀捅向父亲的时候，他准确地领会了父亲的期望和意图，并强作镇定。他假装不认识父亲，从他身边一走而过,从而逃过一劫。

庞家玉转过身来，看了看门口正望着她的垃圾清扫工。她根本无法控制自己的泪水。假如此刻若若就在她身边，她一定要将他搂得紧紧的。不管他如何挣扎,也不松开手。

而这个杀人事件,不过是整个案件的起因。

那个幸存者，那个侥幸逃过一劫的孩子，也没有能够活多久。两个月前，他因为白血病，死在了鹤浦第一人民医院的重症监护室里。临死前，他的手里紧紧地抱着他父亲留下的一件旧衬衫。在场所有的大夫和护士都失声痛哭。而他的奶奶则发了疯般在地上乱滚。

从某种意义上来说，奶奶将孙子的死因归咎于医疗事故，而将院方告上法庭，是荒谬而不近人情的，甚至多少有点恩将仇报。院方的愤怒完全可以理解。鉴于孩子的父亲一年前惨遭杀戮，凶手至今没有抓到，大夫们想尽了一切办法来挽救孩子的生命，不仅免除了所有的医药费用，而且还在医院的职工中发起了募捐。虽然捐到的钱并不多，可这在医院的历史上已经是破天荒的事了。老奶奶根本不能接受自己的儿子和孙子相继离去这一事实，抱有“这个世界上的人全部都死光了，我的孙子也不能死”这样的顽固的信条。她缺乏必要的医疗常识，认为只要移植了骨髓，孩子就能康复。另外，她也需要——

钱。

案卷中有一份徐景阳与当事人笔谈记录的打印稿。在这份打印稿上端的空白处，景阳留下了这个老太太详细的家庭住址。她的钱姓邻居家的电话号码。一副草图，简明扼要地标出了村庄的位置和行车路线。图旁还有一行小字：

尽量不要在村里的“华强小吃店”吃饭,那里的面条中有一股怪味,有点像肥皂。

景阳是一个理想的合伙人。周到，细致，温文尔雅，而且充满理性。在这份长达十多页的谈话记录中，那个痛失儿孙的老太太大概是不愿意提到“死”这个字，也未用“故去”、“走了”一类的替代性词汇，每当她提及孙子离去这一事实，她一概使用“牺牲”这个词。比如说，我的孙子，我那宝贝疙瘩，已经牺牲了三个月零十七天了。而一丝不苟,凡事力求客观严谨的徐景阳,对她的话照录不误。

家玉不由得想起她与端午的一次争论。

那时，他刚刚写完一首长诗，题目就叫做《牺牲》。那段时间，端午简直被“牺牲”这个词迷住了。按照端午的看法，每个时代都有难以统计的牺牲者。正是“牺牲”这个词的出现，使得我们司空见惯的死亡的实际含义，发生了某些变化和升华。它所强调的恰恰不是死亡本身，而是它所指向的目标和意义。端午举例说，在远古时代的宗教和巫术活动中，被送上祭坛的牺牲者，不管是动物还是人，都是肃穆而神秘的仪式的一部分。是不得不付出的代价。这些牺牲者在不同的时代之所以会被挑中，据说是因为他们的纯洁无瑕，比较适合神灵的胃口。他们被当作礼物送出去，换来的是风调雨顺，阴阳谐和，四时吉祥。牺牲，本身就是历史的一部分，或者说，是文明的一部分。即便是在革命时代，为了达成某个或具体或虚幻的目标，一茬一茬的牺牲者长眠于地下，化迹于无形，但他们的名字因被写入胜利者的历史而留了下来。即便是那些无名的牺牲者，也得到了恰当的处理。他们往往被吸纳于一个概念性的符号(比如烈士和纪念碑)中，而得到缅怀和纪念,从而象征性地融入到历史之中。

而在今天,牺牲者将注定要湮没无闻。

形形色色的个人，因为形形色色的原因而不明不白地死去。不幸的是，他们都死在历史之外。属于某个偶发性事件的一个后果。甚至没有人要求他们作出牺牲。他们是自动地成为了牺牲品。究其原因,无非是行为不当,或运气不好。

没有纪念。

没有追悼。

没有缅怀。

没有身份。

没有目的和意义。

用端午的话来说，就像水面上的气泡，风轻轻地一吹，它“啵”的一声就破了。有时甚至根本听不到任何声音。他们的牺牲强化了幸存者的运气。他们的倒霉和痛苦成了偷生者的谈资。而牺牲者只有耻辱。

在端午看来，正因为今天的牺牲者没有任何价值，他们才会成为真正意义上的牺牲者。这句话有点不太好理解。

实际上，家玉完全不同意丈夫的看法。她认为端午成天躲在阴暗的角落里思考着这些阴暗的问题，对健康没有什么益处。而且，丈夫对社会的观感过于负面和消极。好像中国随时都会崩溃。

“崩溃了吗？”她严厉地质问端午。

“没有。”她自己作出了回答。

丈夫之所以这样悲观，其实完全是因为他拒绝跟随这个时代一同前进；为自己的掉队和落伍辩护；为了打击她那点可怜的自信。他哪里知道，为了维护这点自信，为了让自己活得多少有点尊严，自己付出了多么惨痛的代价！

丈夫把那首刚刚完成的《牺牲》给家玉看。可家玉只是匆匆地扫了一眼,就把它扔在了一边。无聊。她说。端午老羞成怒地叫道：

“你至少应该读一读,再发表意见……”

“哎哎哎，叫什么叫？别总说这些没用的事好不好？你难道就没有发现，马桶的下水有些不畅？打个电话叫人来修一修，我要去做头发。”

不知道为什么，今天，当她在阅读这份案卷，想到那个手里攥着父亲的衬衫而死去的孩子时，她的胸部一直在隐隐作痛。她流下了眼泪，不光是为那孩子。她觉得端午当初的那些话还是有几分道理的。当然,她也本能地想到了自己的未来。有点不寒而栗。

近来，她总是被忧郁缠住。她被无端的忧虑折磨得坐卧不宁，端午反而夸她有进步。听上去更像是挖苦。

为了尽快让自己从这种恶劣的情绪中挣脱出来，她给远在石家庄的小陶扣了个电话。从他们在车站告别到现在，他已经给她发了十几条短信了。而她每次看到小陶的短信，都会像少女那样晕头转向。两颊发热。心脏怦怦直跳。他完全配得上“毒药”这个称号。

庞家玉拎着沉重的皮箱，回到了家中。若若手里托着那只虎皮鹦鹉，来给她开门。儿子望着她笑，既吃惊又害羞。他的眼中有一种晶莹剔透的、钻石般的亮光。他长得一点都不像端午。

奇怪，要在过去，每逢家玉出差回来，儿子要么一下子扑到她身上，将头埋在她的两腿之间，要么立刻去翻她的旅行包，看看母亲又给自己带回了什么礼物。现在不会了，他已经懂得了害羞。当家玉试图将他揽入怀中时，他竟然微微侧了一下身，将背对着她。可家玉知道他仍然在无声地笑。

“爸爸呢？”她摸着儿子的头，朝端午的书房里看了一眼，

“去邮局了。他说一会儿就回来。”

“他怎么老是忘了关音响？你去把它关上吧，吵死人了！”

儿子刚想走，家玉又把他叫住了，她看见儿子的额头上有一块紫药水的斑痕。

“你额头上的伤怎么弄的？”

“踢球时不小心蹭的。”

“瞎编吧。是不是佐助给啄的？”

儿子不好意思地低下了头。他手里的那只鹦鹉，抖了抖身上铜锈般绿色的羽毛，警觉而充满敌意地望着家玉。

这只虎皮鹦鹉，是她有一次去西藏的途中，在经过一个名叫“莲禺”的藏族小村落时，从一个喇嘛的手里要来的。不过，她很快就后悔了。自从这只鹦鹉来到了家中，每当家玉逼迫儿子回答“你最爱谁”这样无聊的问题时，在儿子的答案中，她只能屈居第二位。若若还给这只鹦鹉取了一个日本名字，佐助。事实上，鹦鹉这类动物，并不像她当初想象的那样温顺。它常常在半夜里发出怪叫，听上去也不怎么悦耳。若若的衣服没有一件是完好的，不是被它啄出了一个个圆洞，就是毛衣的袖口散了线。家中到处是它的粪便。

若若十周岁生日那天，端午从花鸟市场买回来一个铁架子。铁架上端有一个铝制的横条(若若把它称之为空中走廊)，约有三公分宽，五十公分长。横条的两端各焊有一个铁皮小碗，一只碗装松仁、瓜子或小米，另一只则用来盛放清水。一条细细的金属链缚住了它

的爪子，另一端则固定在铁架上。这样，鹦鹉就可以在架子上安然散步了。

家里乱成了一锅粥。满地都是拖鞋，东一只，西一只。餐桌上堆满了儿子玩具车的拼装零件。吃了一半的发黑的香蕉。用过的方便面的调味包。电视机和电脑都开着。金鱼缸上的水草灯已经不亮了，缸壁上爬了一层褐色的水锈，里边的草早已枯烂。而那条她最喜欢的“黄色潜水艇”也不见了踪影。她蹲在鱼缸前看了半天，只找到了两条瘦弱的“红绿灯”。它们的游动,迟缓而虚弱,但一息尚存。

家玉暂时还没有心思整理屋子，她得先洗个澡。右边的乳头被蹭掉了一块皮，让水一冲，沙沙地疼。尽管乳晕上的伤口并不怎么明显，给她带来的感觉却相当恶劣。与小陶离别的那两三天，他们把除吃饭和短暂睡眠之外的所有时间都用来性交，直到两个人都对这种古老的游戏感到腻味。最后，一种对未来不祥的忧惧，紧紧地攫住了她的心。她对自己的疯狂感到不可理喻。

在等候头发晾干的那段间歇，庞家玉歪在床上，手里拿着一本苏童的《碧奴》，可一个字都看不下去。她拨通了徐景阳的电话，将唐宁湾房子被占的事,从头至尾跟他讲了一遍,然后问他：

“如果你是我的话,你会怎么处理这件事？”

合伙人耐心地听完她的话，以他一贯的理性、审慎和细致，慢条斯理地“嗯”了半天,一本正经地道：

“别挂电话。你让我想个五分钟。”

可过了不到两分钟，徐景阳就给出了他的答案：“这样子，如果我是你的话，我会直接去唐宁湾，找租房人协商，尽可能避免法律诉讼。”

“为什么？”

“法院从立案到调查取证，再到开庭，时间会拖得很长。即便法院开了庭，无非也是调节协商。当然喽，协商不成，法院也是会判的。可执行起来，又是另一个问题了。你是律师，应该明白其中的曲折。你是个急性子的人，在这么一件小事上耗个一年半载，从成本上说毫无必要。”

“听我老公说，占我房子的那个女人，似乎很难打交道，她还威胁说,如果我们再去干扰她正常的生活,她会立刻报警。”

“这是一个葫芦案。她这样说，也不是不可以理解。从理论上讲，她也是无辜的。她手里握有与颐居公司的正式租赁合同，对不对？你也可以去一下工商局，那里应该留有颐居公司的注册号、地址和电话。顺居是一家连锁公司，是不可能消失的。当然，你也可以要求T商局直接出面处理。”

“我明白了,多谢。挂了啊……”

“等一等,”徐景阳在电话的那头又叫住了她，“遇到这种事，千万不能着急啊！你务必从思想上告诫自己，把它看成是一个Game。Game，你懂吗？在今天的这个社会，凡事都得有一个Game心态，跟它不能较真的。别老想着自己冤，比你冤的人多了去了。大不了你也只是损失几个房租罢了。俗话说,事缓则圆,总会解决的。”

“我知道了。要是没别的事,我就……”

“等等，你这个人，性子是蛮急的。”徐景阳笑道，“你怎么也不问问,我现在在哪儿？”

“你在哪儿？”

“肿瘤医院。”徐景阳兴奋地对她喊道，尽管听上去声音有点虚弱，“两周前，我把老婆骗回了娘家，还写了遗书，独自一人杀进了肿瘤医院。现在,我又从千军万马之中杀了出来。有点不可思议！”

“怎么回事？”

“前天上午做了手术。肺叶的切片报告已经出来了。祝贺我吧！

是良性的。良性的。我现在的感觉无异于重生。我们病房一共有七个新进来的病人，包括走廊里的两个，只有我一个人是良性的，简直是奇迹！”稍后，徐景阳压低了声音，又道：“同病房的病友们前天还跟我有说有笑，可现在他们全都不理我了。仿佛我得跟他们一样，才会让他们满意。我能够理解他们对我的敌视态度，毕竟，我成了他们当中唯一的幸运者。”

说到这里，平时一贯沉稳持重的徐景阳，忽然像个孩子似的，大声地啜泣起来，让家玉颇感意外。

“我明天就来看你。”家玉的眼睛里也噙着泪光。可她心里一卜分清楚，她并不像徐景阳一样高兴。“出院后，你打算怎么庆祝？”

“当然得去一趟花家舍。”

“为什么是花家舍？”

“只能是花家舍。嘿嘿。必须的。”

她很不喜欢“必须的”这个流行语，进而讨厌所有的东北人。

放下电话，家玉很快就迷迷糊糊地进入了梦乡。朦胧中，她听见端午开门的声音。听见他和儿子小声地说话。感觉到他来到床边，静静地看了自己好一会儿，将她怀里紧紧抱着的那本《碧奴》抽走。随后，又在她身上盖了一条毛巾被。

4

“你就叫我春霞好了。”

高个子女人腰上扎着花布围裙，手里拿着一把修剪花枝的剪刀，满面笑容地对家玉说。她的身旁站着一个长得圆头圆脑的中年人，不住地向家玉点头哈腰。他的中文说得不太流利，因此家玉猜他是日本人，又觉得哪儿不太对劲。与端午在电子邮件中的描述不同，春霞对她很客气，甚至有点客气得过分。端午和吉士说她长得像孙俪。还真有那么点意思。尤其是牙齿。春霞一再抱歉说，家里实在太乱了，实在不好意思请家玉进去。

“如果你有时间，我们可以去外面喝杯咖啡。大市街新开了一家星巴克，就是路远了点，你喝不喝得惯咖啡？要不，我们去‘棕榈岛，喝茶？”

春霞提到“家里”一词，让家玉深受刺激。看来，这个非法入侵者已经把这儿当成她自己的家了。

“哪个地方更近？”家玉不冷不热地问道。

“那就去棕榈岛好了。就在我们小区会所的楼上。你等一下呢。我去换身衣裳就来。”

隔着玄关的多宝阁，家玉悲哀地发现，这个花费了她好几个月、精心布置的家，已经变得有点令她陌生了。电视柜上方的墙上，原先挂着一幅唐卡。那幅唐卡，是鹤浦的一位副市长送她的。据说是请日喀则扎什伦布寺的一位喇嘛画的。可现在已不知了去向。取而代之的，是一幅巨大的裴勇俊电影招贴画。这幅画似乎在暗示她，刚才那个长得圆头圆脑的中年男子，也许是韩国人。考虑到鹤浦是韩资企业比较集中的地区，家玉觉得自己的猜测是合理的。

沙发虽然还在原来的位置，可上面蒙了一块镂空网眼的饰布，多了几块红色的有太极图案的靠垫。没错。高丽棒子。让家玉受不了的，是茶几上的一只龙泉青果盘，那是浙江一位高级陶瓷工艺师的获奖作品，如今被春霞吐满了果核。

在会所二楼的茶室里，春霞把她带到一个静僻的角落，相对而坐，开始了女人间不动声色而又工于心计的交谈。

早上八九点钟。茶室里还没有什么顾客。西窗边坐着一对年轻的情侣。他们的身影被高大的塑料棕榈树挡住了。他们在玩猜骰子的游戏。茶座的椅子不知为何被设计成秋千的形状，又有点像吊床，点缀着些绿色的藤蔓。也是塑料的。椅子虽说不会像秋千一样的晃动,但无疑加深了家玉的不安之感。

春霞先给自己要了一杯碧螺春，然后问家玉想喝点什么。家玉要了一瓶啤酒。瓶口卡着柠檬片的“科罗拉”。随后她们就论起了年齿。春霞比家玉大一岁，于是她立刻改口，称家玉为妹妹。春霞像是不经意地问起她的家庭和孩子，家玉一一如实作了回答。当对方问及她的职业，家玉开始怀疑，对方这是在称她的分量，便适当地作了些隐瞒，只说自己在公司里做事。这个女人一切都大。大手，大脚，大脸盘。眉毛中还趴着一枚大黑痣。由于个子高，胸前鼓鼓囊囊，却不显得庸赘。她穿着一件短袖黑色丝质衬衫，脖子上有一串绿松石的项链,裸露的臂膀白皙圆润。

家玉总觉得她的身上有一种特别的气味。不是化妆品或香水的味道，而是某种与她职业相关的特定的气息。似有若无，却又不容忽略。家玉委婉地提到这一点，希望她接下来的话能有助于自己判断她的身份,可令家玉做梦也不会想到的是,春霞的回答让她吓了一跳。

“你是问我身上的味道？”春霞俯下身子，装模作样地在自己的胳膊上四处嗅了嗅，然后笑道：“是死亡。如果你不害怕的活，准确地说,应当是尸体。真的,我不骗你。”

“这么说,你是在殡仪馆工作喽？”

“当然不是。我仅仅是死神的使者而已。”春霞再次笑了起来。“你害怕尸体，对不对？你用不着那么紧张。用不着。总有一天，你和我都会变成那样的。”

尽管听出她话中有话,可家玉还是忙不迭地换了一个话题。

春霞东一句、西一句地与家玉拉着家常，绝口不提房子的事。谈话偶尔冷场，春霞也毫无不安之色。她得体地替家玉将柠檬汁挤入酒瓶，又给她要了一盘开心果。她甚至还提到了《一千零一夜》，她说，小时候，在读这本书的时候，总也搞不清楚书中时常提到的“阿月浑子”到底是什么。“嗨，什么呀！原来就是开心果。”

她把果碟推到家玉的面前：“这是椒盐的，味道还可以，你尝尝？”

家玉坐在那儿没动。她心里十分清楚，对方东拉西扯，不过是在强调她此刻的某种优越感。她不愿意首先提起房子的事。她并不着急。实际上，也是在暗示家玉先开口。仿佛在说：开始吧，还等什么呀？

既然如此，急性子的家玉，有时不免会把复杂的事情想得过于天真的家玉，决定单刀直入，提出她的问题。这正是她此行的目的。

“你打算什么时候从我的房子里搬出去？”她生硬而又突兀地问道。

“为什么呀？”春霞对陡然变得紧张的气氛早有所料，笑着反问家玉。随后她又补了一句：“我在这里住得好好的，为什么要搬出去呢？”

“可那是我的房子。”家玉一口气喝掉了瓶子里不多的啤酒，用餐巾纸在嘴唇上按了按。

“妹妹，你的性子看来蛮急的，是不是？我们有话慢慢说好不好？”春霞问她要不要再来一瓶啤酒，家玉冷冷地回绝了。

“你刚才说，那是你的房子。不错，你也可以这么说。”春霞道，“不过，严格讲起来，那房子既不是你的，也不是我的，而是国家的。如果你了解一下相关的法律常识，就会明白，房子，连同它下面的那块地，都是国家的。你的使用权只有七十年，对不对？考虑到这房子是五年前销售的，你实际的使用年限只有六十五年，对不对？那么，六十五年之后，这房子又是谁的呢？所以说，你和我一样，不过是承租者，我从颐居公司的手里合法地租下了这所房子，也有受法律保护的正式合同。我们之间没有交道。你明白我的意思吗？”

“我能不能看看你的合同？”

春霞有点哀矜地望着自己的对手：“合同我忘了带出来。就算我带来了，我也不会给你看。凭什么啊？我也没有让你出示你的房产证呀！”

春霞提到了房产证，让家玉心头一阵发紧。她知道，端午将房产证落在了顺居公司，而颐居公司已经消失了。她暂时无法提供任何文件，来汪明自己对房子的所有权。她曾去房管中心问过，要补办房产证。至少需要三个月的时间。现在，她已经实实在在地感觉到，她和春霞之间的房子纠纷，似乎不像她原先想象的那么简单。就像端午曾经反复提醒她的，这个社会中的任何一件小事，你若不追究便罢，如真的追究起来，都是一笔糊涂账。所谓的法律，实际上作用非常有限。

“妹妹，你先别生气。你今天来找我，大家坐下来喝杯茶，也是难得的缘分。实际上，我和你之间，没有任何纠纷。你将房子租给了颐居公司，而颐居公司又将你的房子转租给了我，是不是这样？如果你想收回这所房子，你应当首先去找颐居公司解除合同，公司自然会来与我们协商终止合约的事，他们必须赔偿我的损失。你现在跳过中介公司，直接找到我，从法律上讲，是说不过去的。我们是一个法治国家。当然了，现在的法律有些地方还并不健全。”

“你的意思是不是说，假如颐居公司永远消失了的话，你就可以心安理得地霸占原本就属于我的房产？”家玉不客气地打断了她的话。

“怎么，颐居公司消失了吗？这话是怎么说的？”

“这家公司似乎一夜之间就不见了。我们现在还不知道究竟是怎么回事。我们已经找了它好几个月，没有任何消息。不过，你也用不着装着不知道这回事。”

庞家玉对春霞的装疯卖傻，感到十分恼怒和厌恶。她从手提包里取出一个精致的烟盒，取出一支烟，正想点上，就听见春霞道：

“你抽烟？这不好。女人抽烟，尤其不好。戒掉吧，越早戒越好。我这么说是有科学上的依据的。香烟中所含的致癌物起码有四十多种，能不抽尽量不要抽，我是为你好。”

她看见家玉完全没有理会她的劝告，就轻轻地叹了一口气，站起来，将窗户打开了一条缝：“你刚才说，颐居公司消失了，那么大一家企业，在鹤浦就有好几家连锁店，怎么说没就没啦？你们有没有向公安局报案？”

“我今天专门来找你见面，不是想和你吵架的。谁都不想走到那一步。”

“你说的那一步，指的是哪一步？打官司吗？老妹子，你不用这么遮遮掩掩，有话不妨直说。再说一遍，我们是生活在一个法治国家。该打官司就打官司。没问题。中国人有一个传统的习惯，死要面子，屈死不诉讼，那不好。我是说，如果你向法院提出诉讼，我当然乐意奉陪。”

“那么，你的意思，我们只能在法庭上见喽？”

“是你的意思，并不是我的意思。”春霞似笑非笑地望着她，似乎在见面的过程中，她一直在等着这句话。

“不过，话说回来，你那房子真的很不错，”过了一会儿。春霞又道，“虽说装修有点俗气。你别生气啊。我原来总失眠，可自打搬进去之后，一觉睡到大天亮。我最喜欢你们家的那个花园。蔷薇是年前种下的吧？今年春天就开满了花。红的，黄的，还有白的，有一股子淡淡的清香。我们把花枝剪下来，把家里的花瓶都插满了。我们家那口子，还在院子里开了一畦地，种上了薄荷。再有一两个月，他就能用薄荷叶来包烤肉了。你等我一下,我去一下洗手间。”

春霞刚才多次提到了法律，这让家玉感到一种深深的伤害。在春霞的眼中，自己也许完全是个法盲。她犹豫着，等春霞从洗手间回来，要不要向她公开自己的律师身份。但她已经没有机会了。春霞没再回来。

十五分钟之后，茶室的服务员朝她走了过来。她微笑着提醒家玉,那个高个子的女的,已经结完账离开了。

对于刚刚结识的两个人来说，不辞而别，无论如何都是一种蓄意的蔑视和鄙薄。

5

晚上，一家人围坐在餐桌边吃饭，电话铃准时地响了起来。妈的，又是她。家玉的心里突然涌出了一阵难以克制的厌烦。她冷冷地瞥了丈夫一眼,道：“你去接？”

端午明显地迟疑了一下，对正在啃鸡翅的儿子说：“若若，你去接。你跟奶奶说,我们周末就去梅城看她。”

每天晚上七点，婆婆都会准时打来电话。在健忘症的作用下，她每次说的话都是一样的。她虚情假意的问候是一样的。隐藏在语言中的无休无止的怨毒是一样的。让你忍不住要一头在墙上撞死的冲动是一样的。每晚七点，都有一个家玉有待跨越的小小沟坎。她很少去接婆婆的电话。要是冷不防接到一个，一整晚都会浸泡在那种毫无缘由的沮丧之中，仿佛她生活中的所有不顺、烦恼和愤懑，都由婆婆一手造成。

如果略作归纳,婆婆来电的内容和顺序大致如下：

1）天气预报。最高温度。最低温度。明天又有一股冷空气南下。千万别把小东西给冻着。或者,明天的最高温度将达到超纪录的41摄氏度。傍晚时分有暴雨。如今天上下的都是酸雨。电视上说淋多了会得皮肤癌。你有车,还是抽空去接他,别让小东西给淋坏了。空调也不能开得太大,尤其是睡觉的时候。

2）一般性问候。你怎么样？工作怎么样？身体怎么样？小东西的学习怎么样？

3）抱怨。我嘛,还有一口气吊着呢。就是拉不出屎。你们不用管我。水流千里归大海,临了总是一个死。你们不用管我。工作忙,就别来看我了,就当家里养了一条老狗。

4）哭泣（偶尔）。

可是这一次，出现了小小的意外。儿子很快从卧室中走了出来：“妈妈,不是奶奶。找你的。”

电话是一个自称“阿莲”的人打来的。

庞家玉飞快地在脑海中搜索着关于这个阿莲的所有信息。怎么也想不起她是谁。家玉甚至有些怀疑，它是不是一个骚扰电话？比如自称是她的老熟人，假称自己遇到了意外，让她在危难之中向自己伸出援救之手。或者是向她推荐房子、纪念邮票、汽车保险、理财计划的推销员，要不然就是通知她银行卡透支，让她赶紧向某个账号打上一笔巨款的骗子。一想到自己事实上就生活在形形色色的骗子之中,家玉不由得恼羞成怒：

“对不起,我不认识你。你会不会打错了？”

“Fuck，去你妈的。你真的记不得我是谁了吗？还是故意在装糊涂？ Fuck you！ 我是宋蕙莲,你想起来了吗？”

对方在电话里狂笑起来。为了帮助她回忆，她提到了端午。提到了“老流氓”徐吉士。提到了十七年前那个夏末的午后。循着变为灰烬的记忆之线，庞家玉的眼前朦朦胧胧地出现了一缕闪烁不定的幽光。在这条晦暗的光带的尽头，她记忆中依次呈现出的画面，包括女生宿舍门前的篮球场和梧桐树、矗立在云端的招隐寺宝塔、树林中闪闪烁烁的花格子西装短裤、开满睡莲的池塘……

原来是宋蕙莲。这是一个年代久远的名字。它属于一个早已死去的时代，属于家玉强迫自己忘掉的记忆的一部分——现在，它随着这个突然打来的越洋电话,正在一点点地复活,带着特有的伤感和隔膜。

其实，庞家玉与宋蕙莲并不怎么熟悉。她们总共也没见过几次面。大学毕业时，她听说蕙莲嫁给了一个美国老头。据说，那老头之所以到鹤浦来，是为正在写作中的一本关于赛珍珠的传记收集资料。可据消息灵通的徐吉士说，那个老头回到美国不久，就得病死了。宋蕙莲刚到美国，就像模像样地当起了寡妇。因此，有一段时间，吉士提起她总是酸溜溜的："还不如当初嫁给我。是嫌我鸡巴不够大？”

“你现在还在波士顿吗？”

“No,我现在住在 Waterloo。”

“这么说,你去了英国？”

“妈的，是加拿大的 Waterloo。靠近 Toronto。”宋蕙莲爽朗地大笑起来，“你还好吗？刚才接电话的是你儿子吗？他可可爱了。very，怎么说呢？ cute。哎,对了,你后来选择嫁给了谁？是诗人呢？还是刑警？”

家玉耐着性子与她说话，怒火却在胸中一点点地积聚、燃烧。她不断暗示对方，自己的饭刚好吃到一半，可蕙莲死缠住她不放。从年收入一直聊到香水。还有游泳池、栗子树和野鹿。她在 Waterloo 的家位于郊外的森林边上。北面向湖。空气当然是清新的。湖水当然是清澈见底的。湖面当然是能倒映出天空的云朵的。湖面的四周全都是栗子树。有一种地老天荒的神秘。到了冬天，栗子自己就会从树上掉下来，在森林的地上铺了厚厚的一层，足足有十公分厚。她只能眼睁睁地看着这些栗子烂掉。她现在成天都在为花园里的玫瑰而发愁。

“为什么呢？是玫瑰长得不好吗？”家玉傻傻地问道。

“哪儿呀，玫瑰开得又大又鲜艳。让我烦恼的是森林里的野猪。这些捣蛋鬼，别提有多机灵了。它们贪吃新鲜的玫瑰花，踩坏花园的篱笆，把玫瑰园弄得一塌糊涂。”

她每天游两次泳。当然是在自己家的游泳池里。每个夏天都要外出度假。开罗。的黎波里。圣托佩或摩纳哥。她现在仍然在写诗。当然是用英文。两年前，她创作了一首献给驻伊拉克美军将士的长诗，在美国曾获得过总统奖，受到了小布什的亲切接见。她新任丈夫的职业和身份，家玉无从得知，但很有可能与会计事务有关，因为宋蕙莲提到，两周之后，她将陪伴先生回国发展，并常驻北京。

家玉总算逮住了一个可以反击她的机会：“你在国外晃荡了这么些年，怎么会忽然看上咱们这个穷地方？要吃回头草？你是说。你们会在国内常待吗？”

“因为加拿大是一个清廉而且民主的国家。在那儿，没有多少假账可做。想赚点黑钱，我们只能回国。”蕙莲笑道。

宋蕙莲打算一旦在北京安顿下来，就立刻抽空回鹤浦看望父母和弟弟。时间可能会在十一月末。

放下电话，已经差不多九点半了。餐桌还没有收，杯盘狼藉。不知从哪儿钻进一只苍蝇，围着桌上的一堆鸡骨，嗡嗡地飞着。家玉朝儿子的房间瞥了一眼，发现他正在偷偷地玩PSP。儿子也注意到了她，迅速地将机器关掉，将它塞入桌子上一大堆乱七八糟的卷子中。

家玉懒得搭理他。

她在厨房洗碗的时候，把自己二十年来的生活从头到尾想了一遍。由于宋蕙莲的那个电话，她没法不去想它。红酒酒杯的缺口划破了左手食指的指肚。她打开冰箱，发现创口贴已经用完了。她把手指放在自来水龙头底下冲，血丝不断地漾出来。疼痛和抑郁使她很快就流下了眼泪。

如果说二十年前，与一个诗人结婚还能多少满足一下自己的虚荣心，那么到了今天，诗歌和玩弄它们的人，一起变成了多余的东西。多余的洛尔加。多余的荷尔德林。多余的忧世伤生。多余的房事。多余的肌体分泌物。

在过去，她总是习惯于把所有的烦恼一股脑地推给未来。可问题是，现在，她已经能够清晰地看见这个未来。看见了正在不远处等候她的生命的末端。它已经不可更改了。

我不过是死神的使者而已。这是两天前春霞在茶室里说过的一句话。虽说是开玩笑，但不祥的暗示，几天来一直纠缠着她。春霞不知羞耻地霸占了自己的房子，竟然反过来向她——这个两次获得鹤浦市十佳律师称号的法律工作者普及法律常识。这个世界正在变得诡异和陌生。

没有一件事是顺心的。甚至，就连手里的一把锅铲，都在刻意与自己作对。

她在一年内已经更换了四把锅铲。铲子的胶木柄总要掉下来。她时常剪下一小块抹布条，包住锅铲的铁榫，用榔头把它敲进去。一周前，她索性从杂货铺买来了一把不锈钢柄的锅铲——也就是说，柄和铲子是焊接在一起的，应该比较牢固。可现在，它的不锈钢柄，又掉了下来。

人人都说现在是盛世。可这个盛世，能让导弹把卫星打下来，却居然没有办法造出一把手柄不会脱落的铲子。家玉把手中的铲子狠狠地砸向水斗，惊动了正在书房看书的丈夫。他跑了出来。这个当代隐士用他招牌式的询问目光看着自己。

“你怎么了？”他问道。

“真以为我他妈的是铁打的吗？我受不了了！”家玉答非所问地向他吼了一句。

端午的影子在厨房门口一晃，随后又回书房去了，继续去读他的那本《新五代史》。

家玉从厨房出来，看见儿子仍然在偷偷地玩他的PSP游戏机，终于失去了控制。她像疯子一样冲进了儿子的房间，将他正要藏入抽屉的游戏机一把夺了过来，力量之大，甚至把儿子从椅子上拽了起来。她一把打开纱窗，直接将游戏机扔向了窗外。她看见那只鹦鹉扑棱着翅膀，凄厉地叫了两声。

怎么看，它都是一只不祥的鸟。

儿子惊恐地望着她。嘴巴张着。眼神既委屈又愤怒。随后，他的嘴角开始了难看的歪斜，鼻子抽动，眼泪开始滚落。而他的两只手，仍然本能地护着PSP的机套。

“你他妈的怎么回事呀？啊？你到底要不要脸，啊？谭良若，我在跟你说话呢！你他妈在蒙谁呀？你成天假模假式地装神弄鬼，你他妈的是在学习吗？啊？你知不知道，七月十五号要分班考？啊？你已经要上初中了，马上就是中学生了呀！《新概念》背了吗？黄冈中学的奥数卷子你他妈做了吗？林老师给你专门布置的习题你做了吗？杜甫的《秋兴八首》你都背了几首？我专门从如皋中学替你弄来的五张模拟试卷你做了吗？卷子呢？卷子他妈的也不见啦？”家玉抓过一本《新华字典》砸向他，儿子头一歪，没有砸中。“你他妈给我找出来！我问你卷子呢？卷子弄哪儿去了？”她开始拧他的耳朵，可若若仍然在无声地抽泣。他不愿发出她期盼中的惨叫。“你看看你写的这笔狗字！你知道你爹妈为了让你上这个补习班，花了多少钱？看着我！你要再这样，明天别给我去上学了！送你去山西挖煤！你他妈的只配干这个！”

端午在书房坐不住了。他走到若若房门口，朝里面探了探脑袋，对家玉道：“我出去，散个步。”

他的嗓音有点喑哑。他换上凉鞋，拉开门，出去了。家玉和他有约在先，每当她“教育”孩子的时候，他不能插嘴。于是，他就出去散步了。眼不见为净。

“你他妈的是一个烂人啊！”端午一走，家玉立即准备提升战火的级别。

“你就是一个烂人！地地道道的烂人！你他妈的是一个蜡烛，不点不亮！点了也他妈的不亮！你们班主任鲍老师说得一点都没错，你就是班上最烂的那个苹果！你就是坏了一锅汤的那只老鼠！垃圾！对，就是垃圾！要么是游戏机，要么是呸呸卡，不是踢足球，就是玩鹦鹉，你等着，明天我要把你的佐助按在水盆里闷死，烧锅开水，去了毛，开膛破肚，拿它炸了吃！你信不信？你他妈玩鹦鹉，能玩到清华北大去吗？你他妈的也就是上鹤浦师范的命！你这个不要脸的东西！垃圾！”

“我不是垃圾！”儿子忽然站起身来，挺起了他的小胸脯，狂怒地叫喊道。他的眼睛里燃烧着仇恨的怒火。这一小小的举动让家玉暗自吃了一惊。毕竟，从小到大，他敢于公开地反驳她的话，这还是第一次。

“你就是垃圾！”

“不是！”

“是！”

“不是！”

……

和她一样，儿子也在逐级提高他的嗓门，且不准备让步。他眼睛里的亮光有点让人胆寒，像凶猛的小动物。他的性格，果然一点都不像端午。

“好了，去把脸洗一洗。赶快回来做作业。”家玉的口气终于平缓下来。她本来想去拨拉一下他的小脑袋,可若若机敏地躲开了。

若若在卫生间洗了脸，擤了擤鼻涕，然后连看都不看她一眼，光着那双小脚，蹬蹬地回到自己的屋中，“嘭”的一声把门撞上了。儿子开始明确地挑战她的权威。这不过是个开始。尽管他的反抗是那么的微弱，可家玉心里反而感到有点宽慰。毕竟，若若不像她一直担心的那么怯懦。

家玉躺在床上看了会儿电视。是湖南卫视的选秀节目，很无聊。为了能够清楚地监察到隔壁儿子的动静，她把音量调到最小，几乎什么都听不见。不过，这样一来，电视节目的画面反而变得更容易理解。每个人的脸上都洋溢着欲望。每个人都在抢着说话。每个人都想淘汰所有的人,以便进入下一轮。

她顺手抄起床头的一叠案卷，在灯光下翻看。只看了开头的几页，就看不下去了。又是弃婴案。仅仅是因为兔唇，父母就决定让她报废。他们从车窗中将她抛出。抛向积雪覆盖的河沟。当然，她很快就冻死了。注定了不能进入下一轮。在面对警察的问讯时，父母嘴里嚼着口香糖,一口咬定,那是为她好。

隔壁儿子的房间一片静谧。她的后悔的眼泪很快流了下来。她轻轻地从床上起来，轻轻地走到儿子的房门前，将耳朵凑在房门上听了听,然后转了一下门上的把手,把门推开。

儿子已经趴在书桌上睡着了。他那胖乎乎的脑袋，直接压在曹文轩的那本《青铜葵花》上。口水流了一大堆。家玉轻轻地将他手里抓着的一杆圆珠笔抽走，蹲下身子，让孩子的两只手搭在自己肩上，让他的脑袋靠在自己脖子上，然后轻轻地把他抱了起来。他的身体软绵绵的。即便是在睡梦中，他仍然能长长地呼出一口气来，冷不防打了个激灵。家玉把他抱到自己的大床上，替他脱去衣服，盖好被子,然后在他的小脸上亲了一口。

“宝宝，好好睡吧。对不起，妈妈不该发那么大的火。妈妈是个猪！不该那么骂你。你是好孩子。你是妈妈的心肝啊。你是妈妈的心头肉啊。你是妈妈的香咕隆冬宝啊。妈妈是爱你的，妈妈最爱宝宝了……”

端午回来了。他没顾上换鞋，就直接来到卧室。他把头伸进来，看了看熟睡的儿子,松了一口气,道：

“怎么样？战火平息啦？早知如此，何必当初？瞧瞧你骂他的那些话,哪像是一个法律工作者？哪像是一个受过高等教育的人？”

“去！”家玉把眼一瞪，“你少说两句行不行？你今天去儿子床上睡,我要搂着别人的丈夫一块睡。”

“就好像你没搂过似的。”端午笑道。

“哎,跟你说,我心情刚好一点,你可别惹我！”

“那你早点休息吧,明天一早还要去工商局呢。”

端午说完,刚想走,家玉又把他叫住了。

“你再到楼下去转转。”

“干吗？”

“你到楼下的石榴树底下，草丛里，各处找找。看看能不能把孩子的 PSP 找回来？”

6

在去工商局的路上，家玉在青云门附近的一个加油站加完油，把车开到旁边的“月福汽车服务中心”去洗车。汽车的前挡风玻璃上覆盖着柳树脂液和点点鸟粪。隔着车窗，她看见端午在马路边的树荫下抽烟。

一对化装成乞丐的母女缠住了他，向他兜售千篇一律的悲情故事。然后要钱。端午决定上当。他开始从口袋里掏钱包。家玉对他既鄙视又怜惜。

她把空调开到最高一档，可车内依然闷热。雾霾蒸腾的天空有如一个桑拿浴房，尽管看不见太阳，感觉不到阳光的炽烈，可天气依然闷热。在排队洗车的这一段时间中，她收到了小陶发来的一个手机短信。曾经沧海难为水。小陶说，怀柔的三个多月，使他那年轻漂亮的妻子一夜之间变得索然无味。他问家玉，能不能同意他来鹤浦一趟。只待一两个晚上。他的身体里积蓄了太多的能量。他已经在网上选好了旅馆。此刻，小陶正在开车前往办公大楼的途中。只要家玉同意,他可以立即改道,前往火车站，“杀奔鹤浦而来”。

家玉毫不客气地回信拒绝了。

“你不是还有个婶婶吗？如果你不成心逼着我更换手机号码，就请你别再给我发短信了。从现在开始,我不认识你。请自重。”

可小陶立即又发来了一个。她拿他毫无办法，最后只得把手机关了。

电脑洗车房的自动喷头正在模拟一场期待中的暴风雨。从不同方向倾泻而下的水柱，暂时地将家玉与这个喧嚣的世界隔开。在刷刷的水声中，她闭上眼睛，深吸一口气，贪婪地享受着片刻的宁静。就好像那些正在向她喷射的乳白色的肥皂沫所洗掉的，不仅仅是汽车上的浮土、树叶、积垢和鸟粪，而是她的五脏六腑，是她全部的生活经验和记忆。仿佛这辆红色的本田车一旦出了洗车房，就可以带着她进入另一个澄明而纯洁的世界。

在工商局二楼的办公室里，一个花白头发的办事员接待了他们。这人五十来岁，给人一种踏实稳重的印象。态度说不上热情，可也不至于让人感到冷漠。家玉向他陈述事情的经过，他不时地从墙边的一排木架上取出厚厚的册簿，皱着眉头翻阅着。当家玉怀疑他是不是在听，而稍作停顿的时候,办事员就抬起头来看她一眼,同时提醒她：

“你接着说。”

只有一次，他将手中的铅笔放在嘴上，示意她“等一下”。他要接一个电话。因为不得不用比较难听的扬中方言，他稍稍压低了声音，甚至微微红了脸。即便在接电话的时候，他仍然没忘记翻阅手中的文件,需要用到两只手的时候,他就将电话听筒夹在脖子和肩窝之间。

家玉虽然不能完全听懂他的扬中语音，但还是能从对方的声音里大致判断出对话的内容。大概是关于他的母亲在刚刚结束的腰椎手术后无法排尿一类的事情。而办事员的建议有点离谱，竟然是“打开自来水龙头，让哗哗的水声将她的小便从体内诱导出来”。当然，他还提到了纸尿裤。办事员不能确定超市里是否有成人纸尿裤出售。等他打完了这个电话，他已经将一页文件从活页夹里取了出来，递到了家玉面前。

“这是一家连锁公司，主营房产中介。注册时间是2004年8月。不过，他们已经有好几年没有来验过执照了。也就是说，虽然还在营业,目前处于非法状态。”

那人说完了这句话，又将那页文件放回活页夹，麻利地合上册簿，插入木架。然后，他端坐在桌前，猛吸了一口气，又缓缓吐出，毫无表情地示意他们走人。

“您的意思是？”家玉问道。

“它不归我们管，你们应当直接去派出所。”办事员道，“这样的事，你们可能觉得新鲜，可对我们来讲，耳朵里已经磨出茧子了。和你同样遭遇的业主，在鹤浦至少还有十几家。也就是说，颐居公司的行为已演变成为一种有预谋的诈骗。工商局作为管理部门，并没有执法的权限。我们所能做的，无非是吊销他们的营业执照而已。而颐居公司既然这么多年没验过执照，说明他们并不在乎，也就是说，早已经黑掉了。你们应当去找派出所。”

“可派出所会立案吗？”端午也凑了过来，问道。

办事员冷冷地看了他一眼，没有搭理他。仿佛他的问题实在幼稚可笑，不值得认真对待。

“这事要发生在你身上，你会怎么办？”家玉不免老调重弹。

“我？那倒也简单！”办事员像美国电影里的老板那样耸了耸肩。

“你怎么办？”

“首先呢，我会去和占我房子的住家商量，动之以情，晓之以理。给他们适当的经济补偿，把菩萨清出去，把房子收回来。吃个哑巴亏，事情就算完了。”

“可万一协商不通，比如说，对方提出的补偿额让你无法接受，那该怎么办？”

“软的不行，还可以来硬的。”办事员道，“你到大街上，随便从哪里找个电焊工来，塞给他五十块钱。等到夜深人静的时候，你带他悄悄地溜过去，他把你们家的防盗门，从外面焊死，让占你房子的人，也他妈出不来！事情不就解决了么？”

“这能行吗？”家玉笑道。

对方的神情十分严肃，似乎不像在开玩笑：“怎么不行？这叫化被动为主动。如今不是在建设和谐社会吗？哪个部门的人都怕出事。你得弄出点动静来才成。屋里的人被反锁在里面出不来，他们会怎么做？报警对不对？一报警，派出所的人立马就到。警察一到，肯定得招呼你们到场，对不对？你看，这不就主动多了吗？有理说理，该协商协商，该调解调解，切里咔嚓，事情很快就会有一个结果。”

“不行，这事我们可做不了。”端午道，“万一出了什么岔子……”

“你看你看，你们又怕事。这个社会上怎么会一下子跑出来那么多的坏人？都是让你们这些胆小怕事的人给惯的。遇到这种事，得把心横下来才行。你的目的可能是要在房子上开个窗户，人家肯定不让对不对？你得摆出一副掀屋顶的架势。对方一让步，就会主动求你开窗户。你想想，是不是这个道理？”

说完了这番话，办事员忽然想起一件事来：“哎，伙计啊，你们知不知道在哪可以买到成人用的纸尿裤？”

这天是周末。傍晚时分，家玉和端午带着儿子去梅城看婆婆。那时，婆婆已经知道了唐宁湾房子被人占了的事。她让端午把事情原原本本地讲了一遍之后，立刻就变了脸，颤巍巍地从椅子上站起身来，对端午说：“你去厨房里帮我把拐杖拿来。”

“干吗？”端午不解地看着她。

“走，你马上带我去一趟！我倒要去会会那个小瘟屄。日你个娘，这世上，简直就没得王法了！”老太太咔咔地咳了半天，咳出一口浓痰来。

端午怕她心脏病复发，赶紧好言相劝。正在烧饭的小魏也从厨房里跑了出来，给她捶背。看着婆婆第一次与自己站在了一起同仇敌忾，家玉的鼻子微微有点发酸。别看她年老气衰，可金盆虽破，分量还在。虽说她腿脚不便，头上稀疏的白发被电扇的热风吹得纷乱，而那股见过世面的威风凛凛的样子，还是让家玉心头一阵激动。

“要是真让这两个厉害的角色见了面，结果会怎样？”家玉在端午的胳膊上捏了一把，小声道。

“你可别瞎起哄，”端午白了她一眼，“好不容易把她劝住了。”

家玉只是笑。

晚上，一家人围桌吃饭。婆婆仍然不停地骂骂咧咧，她差不多骂了一个小时。等她骂累了，就把家玉叫到了自己的卧室里，握住她的手，对她说：

“你们去找什么工商局，什么派出所，什么狗屁法院，以我老婆子的见识，绝对没得什么屌用。这事得这么办：你到大街上随便从哪儿。找个电焊工来，给他三十元钱，到了夜深人静的时候，悄悄地摸到那房子的门口……”

“把防盗门从外面焊死？”家玉笑着对婆婆道。

张金芳吃惊地看着自己的儿媳妇，目光中第一次有了赞许之色：“这一回，我们娘儿俩总算想到一块儿去了。就这么办！不过呢，我们家端午人老实，斯斯文文的，何况又在政府机关里面做事，万一出个什么纰漏，怕是会影响到他的前程，反正不能让他出面。”

“听你老人家的意思，是让我一个人去办？”家玉压住心头四处乱窜的火苗，问道。

“你可以把小魏也带去。到时候万一打起来，两个人也可以有个照应。”

小魏在一旁傻笑。

而端午则站在门口，一个劲儿地向她递眼色。

7

1989年五六月间，学校突然停了课。秀蓉和父亲赌气，没有回到乡下的老家。父亲和那姓卞的寡妇去了一趟南京，她居然就有了身孕。据说是人工授精。他们补办了手续,已算是合法夫妻。

辅导员见秀蓉成天在校园里东游西荡，就介绍她到图书馆勤工俭学。让她帮着做一点分类、编目或上架的琐事，也可以挣一点生活费。寝室里就她一个人。与她做伴的，除了窗外草丛中的一只白猫，就是在帐外来回扑腾的灰蛾子。

一天傍晚，她从图书馆返回宿舍的途中，遇见了一个胖乎乎、身背黄书包的年轻人。这人问她大学生俱乐部怎么走。秀蓉就从自行车上下来，胡乱比划着，给他指路。她一连说了好几遍，可那人的脸上仍然是一副茫然不解的神情。秀蓉看他有点着急的样子，就说："不如,我带你去？"

胖子犹豫了一下，便说道："我这么胖，你大概驮不动我。还是我来带你吧。"

他不由分说地从秀蓉手里抓过自行车的车把，跨了上去。秀蓉很自然地坐在了后架上。接下去是一段很陡的下坡路，那人就让秀蓉搂着他的腰。秀蓉马上照办。他腹部挤满了赘肉，而且让汗浸得湿乎乎的,给人以某种不洁之感。

大学生俱乐部，位于团委学生会所在的那幢小楼的地下室里，原本属于七十年代开挖的地下防空工事的一部分。好像是出了什么非比寻常的大事。他们赶到那里的时候，那幢橘黄色的小楼门口，已经聚集了一大堆人。学校排球队的两名主攻手客串起了临时纠察。他们把守在地下室的入口处,被一拨一拨的人浪挤得东倒西歪。

可奇怪的是，随着那胖子的到来，喧闹的人群陡然安静下来，并自动地让开了一条通道。可见此人身份特殊。胖子向秀蓉道了谢，并问她要不要一同进去看看。第一次看到那么多人的目光聚焦在自己身上，秀蓉的好奇心和虚荣心一起发酵。

地下室的水泥楼梯很陡。看到秀蓉面露为难之色，胖子很自然地把手插到她的腋下去扶她。他的动作有些鲁莽，那双大手要完全不碰到秀蓉的乳房是不可能的。她只穿着一件T恤衫。不过，那时的秀蓉，大脑还没有复杂到有能力去怀疑那只手的动机。更何况，这个胖子一看就是个“诚实厚道”的人。尽管她告诫自己要“大方”一些，羞涩中，心脏还是忍不住一阵狂跳——自己的乳房发育得不够饱满，也让她有点自惭形秽。

在赶往俱乐部的路上，秀蓉已经知道了他的名字。徐吉士。在鹤浦文联上班。是一个“享誉全国的青年诗人”。据吉士自己介绍，他与别人合写的诗集《改革者之歌》刚刚出版，鹤浦师范学院的一位副教授，在书评中给予了极高的评价，并毫不吝啬地使用了“伟大”这样的字眼。当然，秀蓉也知道，在《诗经》中，“吉士”并不是一个好名字。

地下室里同样挤满了人。所有的人眼圈都是红红的，有一种神秘的庄严和肃穆。这种静谧和庄重之感很快就感染了秀蓉。在微弱的烛光里，她可以看见墙上那张被照亮的黑白照片。照片上是一个忧郁而瘦弱的青年，长得有点像自己在农村的表弟。

“你们在开追悼会吗？”秀蓉向吉士问道。

徐吉士正忙着与一个又一个的陌生人握手寒暄，但他也没忘了回过头来朝她微微一笑：“你也可以这么理解。”

随后，他就在人流中消失了。秀蓉从与会者口中打听出事情的整个原委，不由得吃了一惊。

原来，这个面容抑郁的年轻人，不知何故，在今年的3月26日，在山海关附近卧轨自杀了。她再次看了一眼墙上的照片，觉得这个人无论是从气质还是从眼神来看，都非同一般，绝不是自己那乡下表弟能够比拟的，的确配得上在演讲者口中不断滚动的“圣徒”二字。尽管她对这个其貌不扬的诗人完全没有了解，尽管他写的诗自己一首也没读过，但当她联想到只有在历史教科书中才会出现的“山海关”这个地名，联想到他被火车压成几段的遗体，特别是他的胃部残留的那几瓣尚未来得及消化的橘子，秀蓉与所有在场的人一样，立刻流下了伤痛的泪水,进而泣不成声。

诗人们纷纷登台，朗诵死者或他们自己的诗作。秀蓉的心中竟然也朦朦胧胧地有了写诗的愿望。当然，更多的是惭愧和自责。正在这个世界上发生的事，如此重大，自己竟然充耳不闻，一无所知，却对于一个寡妇的怀孕耿耿于怀！她觉得自己太狭隘了，太冷漠了。晚会结束后，她主动留下来，帮助学生会的干部们收拾桌椅，打扫会场。

她没再见到她所仰慕的徐吉士老师，但她还是有一种新生的喜悦。甚至，当她从地下室爬上来，发现自己的自行车因忘了上锁而被人偷走之后，一点也不感到难过。她回到寝室，在野猫有气无力的叫唤声中，写了一篇很长的日记。直到天亮，一分钟也没睡着过。她感到自己的体内有一头蛰伏很久的怪兽,正在复活。

三个月后，当秀蓉在女生宿舍门前再次“巧遇”徐吉士时，她已经读完了海子几乎所有的诗作。她疯狂地喜欢上了海子的诗，尤其是那首《面朝大海，春暖花开》。她已经能够倒背如流。她时常梦见山海关外的那段铁路，梦见诗人在荒凉的轨道上踽踽独行。在梦中，她看见山海关城楼上空,白云叆叇。白云下是诗人那孤单、渺小的身影。

重要的是,他还吃着橘子。

那天中午，徐吉士正在宿舍楼前梧桐树的浓荫下，与一个着装时髦的漂亮女生说话。有几个男生在酷烈的阳光下打篮球。徐老师一眼就认出是她，并问她有没有兴趣去招隐寺，见见从上海来的一位“绝对重量级”的诗人。秀蓉问他，这位诗人与海子相比怎么样？徐吉士略微思索了片刻,就认真地回答道：

“他们几乎写得一样好。”

那位女生警惕地打量着秀蓉，面露不豫之色。后来她才知道，那个女生名叫宋蕙莲,是学校诗社的社长。

第二天下午，李秀蓉顶着炎炎烈日，依约来到了学校对面的3路公交站。徐吉士和宋蕙莲已经等了她好一会儿了。她看见徐老师胳膊下夹着一瓶白酒，手里拎着一只红色的方便袋，大概是刚刚宰杀的鸡鸭之类，有血水从塑料袋里滴落下来。她还是第一次认真打量她所仰慕的徐老师。可惜的是，徐老师的长相经不起阳光的考验，怎么看都有点猥琐。年纪轻轻，已经有点谢顶了。短袖衬衫的领口有一圈黑黑的污垢。另外,被烟熏黄的牙齿,似乎也很不整齐。

他们要去的地方是一座废庙。招隐寺。公共汽车沿着鹤浦外围的环城公路绕了一大圈之后，他们来到了荒僻的南郊，在一个名叫沈家桥的地方下了车。

徐老师领着她们穿过一个采石场，招隐寺那破败的出门就近在眼前了。

据说，那个从上海来的诗人，此刻就在山门边那片幽寂的竹林中参禅悟道。

那是一个僻静的小院。地上的碎砖是新铺的，两棵罗汉松一左一右。有一口水井。墙边高大的竹子探入院中，投下一大片浓荫。院外是一处宽阔的荷塘，睡莲是紫颜色的。有两个戴着太阳帽的女孩子正坐在树下写生。

诗人刚刚睡完中觉，脸颊上还残留着竹席的篾痕。他睡眼惺忪地站在廊柱之下，似乎对他们的到来并不感到高兴，甚至为来人惊扰了他的午后高卧而略感不快。宋蕙莲一见面就甜甜地称呼他为“谭老师”，那人颇为矜持地皱了皱眉头，哑哑地道：

“不敢当。”

徐吉士把她们俩介绍给诗人的时候，很不恰当地使用了“都是你的崇拜者”这样不负责任的说法。虽说带着玩笑的性质，可给人的感觉有点信口开河。

宋蕙莲和端午一见面，就缠着对方给自己留地址。诗人再次皱起了眉头。他很不情愿地从蕙莲手中接过记事本和圆珠笔，垫在白墙上，正要写，秀蓉迟疑了一下，赶紧也道：“那就给我也留一个吧。”

端午转过身来，第一次仔细地正眼打量她。随后，他怪怪地笑了一下：“你心里其实并不想要，对不对？”

“嗯？什么？”秀蓉红着脸，看着这个从上海来的诗人。

“你看见别人问我要地址，觉得自己如果不也要一个，有点不太礼貌，是不是？”

秀蓉的脸更红了。她的心里的确就是这么想的。这个人莫非有“读心术”？他依据一句简单的客套，就准确地看出了自己的小心思，秀蓉不禁暗暗有点心悸。好在诗人还算宽宏大量，他从宋蕙莲的记事本上撕下一页纸，给她留了通讯地址。秀蓉很不自在地僵在那里，捏着那页纸，在手里左叠右叠，最后折成一个小得不能再小的方块，趁人不备，悄悄地塞入了牛仔裤的裤兜。

在这段不太长的间隙中，徐吉士已经麻利地从院中打来了一桶井水，将那只滔杀芦花鸡泡在了脸盆里。

诗人占据了这排平房靠东边的一间。屋内堆满了灌园的工具。只是在北窗下搁着一张行军床。床边有一张小方凳，上边摆着几个青皮的橘子。又是橘子！旁边还有一本书，一盘已燃成灰烬的蚊香。

由于找不到可以坐一坐的地方，诗人就让她们俩坐床上。她们刚一落座，钢丝床就吱吱地叫了起来。

于是，徐吉士就建议说，不妨到外面去逛逛。

这足一座早已废弃的园林。除了寺庙的宝塔大致完好之外，到处都是断墙残壁，瓦砾遍地。附近村庄里的农民甚至在这里开出了一片一片的菜地。整整一个下午，宋蕙莲都显得格外兴奋，一刻不停地追着“端午老师”问这问那。她甚至问他要烟抽。徐吉士一听她要抽烟，就将自己刚抽了没几口的烟递给她，蕙莲也不嫌脏。徐吉士不怀好意地夸她的腿白，蕙莲竟然笑着趴在了他的肩膀上，很不得体地说：

“怎么样，你眼馋了吧？”

听到这么大胆的对白，秀蓉的心猛地抖了两抖，开始悲哀地意识到，她在图书馆楼前碰到的这个胖子，似乎有点配不上自己的膜拜。另外，她也有点后悔自己没穿短裤。她的腿，其实也很白。

她一个人渐渐地落了单，不远不近地跟在后面。端午有意无意地与蕙莲保持着距离，让秀蓉心怀感激。当蕙莲要跨过一个独木桥，把手伸给她的端午老师时，他也装作没看见。他们沿着一条湍急的河流往前走了很久，折入一条林中小径。

高大的树木和毛竹遮住了阳光，端午站在小路边等她，手里拿着一朵刚采的大蘑菇。秀蓉装出很有兴趣的样子，从他手里接过那只棕色的蘑菇，轻轻地转动，用指甲弹去了上面正爬着的一只昆虫。等到只有他们两个人的时候，谭老师仍然毫无必要地皱着眉头，弄得秀蓉更加紧张。她听见蕙莲夸张的笑声从很远的地方传来。树林里岑寂而阴凉。她已经看不到蕙莲和她的花格子西装短裤了。

他问她有没有发表过诗。秀蓉就赶紧说，她写过一首《菩萨蛮》，发表在学校的校报上。端午呵呵地干笑了两声。声音中不无讥讽。

他又问她如何评价里尔克，秀蓉怕对方再次看轻了自己，就壮起胆子道：

“我觉得他写得很一般啦。”

没想到端午吃惊地瞪着她，眉毛拧成了一个结，并立即反问道：“那你都喜欢一些什么样的东西？”

当然，她只能提到海子。她只能这么说。端午奇怪地瞥了她一眼，一路上不再跟她说话。当他们在宝塔下与宋蕙莲他们汇合的时候，秀蓉终于鼓起勇气，询问谭老师对海子的看法。端午想了想，冷冷道：“也就那么回事吧。”

随后，他又赶紧补了一句：“不过，他人很好。”

“这么说，你认识他喽？”就像过电似的，秀蓉不经意间又抖了一下，觉得自己的声音也带着电流。

“嗳，也不算太熟。去年他到上海来，找不到地方住，就在我的床上对付了一夜。他很瘦，可还是打了一夜的呼噜。”

宝塔的东、西、南、北各有一扇拱门，但都被水泥砖块封死了。四周簇拥着一人多高的茅草和杂树。宋蕙莲和吉士两个人扯着嗓子喊叫了一通。因声音没有阻挡，并未传来他们期待中的回声。太阳像个大火球，在树林间恹恹下山。

在他们原路返回的途中，徐吉士和宋蕙莲再次不见了踪影。

对于即将到来的这个夜晚，秀蓉已经有了一些预感。山风微微有些凉意，让她觉察到自己的脸颊有点发烧。天一点点地黑下去，她的心也一点点地浮起来。他们来到池塘边的院门外，那两个写生的女孩早已离开了。徐吉士和宋蕙莲并没有像谭老师保证的那样，坐在院子的门槛上等他们。

秀蓉既担心，又有一丝庆幸。

她甚至不敢相信这是真的。当她将那只芦花鸡收拾干净，塞进钢精锅，放在电炉上炖的时候，端午仍然在向她保证，等鸡炖熟了，那两个家伙就会突然出现的。

秀蓉当然不再指望。她觉得这两个人还是不要出现的好。端午蹲在她脚边，递给她一只橘子。她剥去橘皮，分了一半给他。秀蓉不敢看他的脸。端午吃着橘子，忽然问她："你的例假是什么时候来的？"

秀蓉不明白，他所说的"例假"指的是什么，就随口答道："你说的阿是暑假？早结束了啊。学校已经上课了。"

端午不得不把这个问题用她可以理解的方式又问了一遍，并解释说，他之所以问她的例假，是因为他不喜欢用避孕套。

等到秀蓉弄清楚他真正的意图，差一点要昏厥过去。的确如此，她的大脑已经完全失去了思考能力。

"噢……你……老天爷……你是说……时候不早了，我得走了……"

可连她自己的内心也十分清楚，现在提出来要走，未免有点晚了。她眼巴巴地看着这个与海子同过床的诗人，对他说：

"把鸡头按下去，鸡腿就顶了出来，怎么办？"

端午说了句流氓话，站了起来，把她手里紧紧攥着的一双筷子抽掉，迅速而鲁莽地把她拉入怀中，开始吻她的眼睛。咬她的耳垂。

他说："我爱你。"

她马上就回答道："我也是。"

几个小时之后，秀蓉和端午来到院外的池塘散步。走不了几步，他们就停下来接吻。她能听见荷叶在月光下舒卷的声音。能听见小鱼儿在戏水时的唼喋之声。她的幸福，神秘而深邃，她担心幸福来得太快，太过强烈，上帝看了都要嫉妒。她那只受了伤的手插在他的口袋里。

她问他去没去过苏州河边的华东政法学院。她有一个堂姐在那教书，她已经在堂姐的指导下自学法律，准备报考那里的研究生。她说一旦考研成功，他们就在上海结婚。端午对她的计划未置可否，她就不断地去摇他的手,端午最后只得说：

“别瞎说！读研究生期间,学校是不许结婚的。”

晚上的月亮很好。她能够看到他脸上的疑虑。她又说，好在鹤浦离上海不远，她每个周末都可以“随便跳上一列火车，去上海跟他相会”。当然，如果端午愿意，也可以随时到鹤浦来。她要给他生一堆孩子。除了提醒她计划生育的有关规定之外，端午照例一言不发。他的脸怎么看都有点古里古怪,让她害怕。

“你不会这么快就变心吧？”她把头靠在他身上，立刻哭了起来，直到端午一个劲地向她发誓赌咒,她才破涕为笑。

回到屋里不久，秀蓉就发起了高烧。端午从旅行包里翻了半天，终于找出了一个小药瓶，给她吃了两片扑尔敏，并替她裹上毛毯。可秀蓉还是觉得浑身发冷。端午坐在钢丝床边的小木凳上，一动不动地看着她。

“我好看吗？”她骄傲地问他。

“好看。”他的声音仍然有点发虚。

在药力的作用下，秀蓉很快进入了梦乡。在黑暗中，她不时地感到一只凉凉的手在试着她额头的温度。每一次，她都会向他绽放笑容。可惜，他看不见。她看着端午的烟头一闪一闪，在持续的高烧中，她仍然感到自己很幸福。她相信，端午此刻的感觉，应该和她一模一样。

凌晨时，她从床上醒过来，端午已经不在了，不过她并不担心。月亮褪去了金黄的光晕，像是在水面上漂着的一块融化的薄冰。她想叫他，可她还不好意思直接叫他的名字呢。如果此刻他正在院子里，或者坐在屋外的池塘边，说不定也在看着同一个月亮。

她翻了一个身，又昏昏沉沉地睡了过去，直到初升的朝阳和林间的啼鸟将她再次唤醒。她的烧还没有退，甚至都没法承受早晨清凉的微风。她扶着墙，一步步地走到了院子里，坐在门边的路槛上。

池塘的对面，一个驼背的老头戴着一顶新草帽，赶着一大群鸭子，正沿着平缓的山坡朝这边过来。他的身后，是一大片正在抽穗的晚稻田。火车的汽笛声给了她一个不好的提醒——

难道说，端午已经离开了吗？

刚才，她挣扎着从床上起来，已经留意到床头的小木凳上残留着的几片橘皮、一根吃净的鸡腿骨、一本宋蕙莲请他指教的《船院文艺》。她还注意到，原先搁在床下的灰色旅行包不见了。枕边的书籍不见了。

难道说，他已经离开了吗？

十月中旬，在鹤浦
夜晚过去了一半
广场的飓风，刮向青萍之末的祭台
在花萼闭合的最深处
当浮云织出肮脏的亵衣
唯有月光在场

这是他留给自己的六句诗。

难道说，他真的已经离开了吗？

坐在门槛上往东看，是他们昨天抵达这里的杂草丛生的道路——它还晾在采石场附近的山坡上；往西，则是通往招隐寺宝塔的林间小道。她甚至还能听见宋蕙莲的笑声。

难道他已经离开了吗？

紫色的睡莲一朵挨着一朵。池塘上的轻雾还没有完全散去。她甚至还发着高烧。手上的伤口还没有来得及结痂。

他已经离开了吗？

这究竟是怎么一回事？她有点想不明白。

秀蓉重新回到了小屋里躺下，并在那一直待到傍晚。窗外明朗的天空渐渐转阴，最后，小雨落下来。雨丝随着南风飘落到她的脸上。她就那样躺在床上，一动不动。

从池塘边的小屋到沈家桥公共汽车站，这段路程，似乎比她一生的记忆还要漫长。她翻遍了全身所有的口袋，竟然没找到一分钱。这让她有些怀疑，自己是不是仍在梦中。仍在想着那可疑而确凿的三个字：不会吧？

一辆空荡荡的大挂车，在3路公交车站牌底下停了下来。她还没有拿定主意要不要上车，车门沉重地喘息了一下，重又关上，"咣咣当当"地开走了。直到这时，秀蓉的心里仍然抱有一丝侥幸。仿佛她只要一回头，就能看见他。雨开始下大了。因为没有钱，她决定沿着环城马路，朝学校的方向走。如果实在走不动，就随便往路边的草丛里一躺，死掉好了。她觉得像自己这么一个人，不如早点死掉干净。

迎面开来的一辆黑色桑塔纳，停在了马路对面。

司机摇下车窗，朝她大声地喊了一句什么，她没有听清，也不想搭理他。她的头实在是太晕了。走不了几步，就得停下来倒气，抱着路边的一棵树。那辆桑塔纳轿车并未开走，而是掉了一个头，不紧不慢地跟在她身后,保持着十多米远的距离。

秀蓉心里一紧，知道是遇上了坏人。她本能地开始了发疯的奔跑。二三十米远的距离，就足以耗尽她的全部体力。那辆黑色轿车还在身后跟着，仿佛对自己的猎物很有耐心。它不着急。她不时回过头去，雨刷器“嘎嘎”地一开一合，刮去挡风玻璃上的雨水，也刮出了一张面目模糊的脸来。

她又继续往前走了一段，最后实在走不动了，就在路边站住。她把“最坏的后果”飞快地想了一遍之后，就向那辆桑塔纳无力地招了招手。隐隐地，她还有些激动。桑塔纳终于在她身边停下。右侧的车门打开了。她直接坐进了汽车的前排。

就算是最坏的后果,那又如何?

那人趴在方向盘上，侧着脸，似笑非笑地对她说：“怎么，不跑啦?想通了？你跑啊！继续跑……”

果然是个流氓。

他嬉皮笑脸地问她要去哪儿。秀蓉也不吭气。那人伸过手来摸了摸她的头，她也不躲避，只是浑身发抖。差不多十五分钟之后，她被送到了鹤浦发电厂的职工医院。那人给她挂了号，将她扶到观察室的长椅上坐下。等到大夫给她输完液，那人又问她怎么通知她的家人。随后,他蹲在她跟前,笑嘻嘻地望着她。

不知为什么,秀蓉的眼泪止不住哗哗地流了出来。

这人名叫唐燕升。是南市区派出所的一名警察，刚刚从警校毕业不久。为了报答他的好意相助，秀蓉很快就同意了他的胡搅蛮缠：与这个见习警察以兄妹相称。她觉得自己在派出所多了个哥哥，也不是什么坏事。

可哥哥是随便叫的吗？唐燕升很快就像模像样地承担起了兄长

的职责,理所当然地把她纳入自己的保护范围。

大学毕业那一年，因为不能原谅父亲再婚生子那件事，秀蓉终于当着父亲的面，宣布与他断绝一切来往。唐燕升就以秀蓉家长的身份，参加了她的毕业典礼。她向燕升说起自己原先还有一个名字，那是母亲给她取的。为了与父亲彻底决裂，当然也为了与记忆中的招隐寺彻底诀别,她问燕升,能不能把名字改回去?

唐燕升就通过他在公安系统的关系，把她身份证上的名字改成了“庞家玉”,当作她二十岁的生日礼物。

刚开始的时候，秀蓉很不喜欢这个人，尤其不喜欢他满嘴的胡言乱语。比如，当他们一次次地回忆起他们在环城公路上相遇的那个夜晚，他竟然用十分轻薄的口气问她：“你是不是把我当成了坏人?嗯？是不是担心我把你弄到山上的小树林里,先奸后杀？”

无论是作为哥哥，还是作为人民警察的身份，他这样说都是极不合适的。秀蓉严肃地提醒他，按照她对于法律的了解，这一类的玩笑话要是在美国,就足以构成性骚扰了。

8

这天早上，家玉坐在电脑前，正在修改一份发往鹤浦啤酒厂的律师函。隋景曙怀里夹着皮包，领着一个身穿工装服的老头，来到了她的办公室。老隋是南徐律师事务所的另一个合伙人。绿豆眼，八字须，小圆脸。因他的名字中也有一个“景”字，他与徐景阳并称为律师事务所的“南徐二景”。不过，除了温良仁厚的徐景阳之外，事务所的同事都在背地里叫他“水老鼠”。

水老鼠将老头安顿在门边的沙发上——那里有一个用玻璃柜和

盆栽金桔隔成的临时茶室，用来接待客户，又让白律助给老头泡了杯茶,然后朝家玉勾了勾手指。

两个人来到了门外的走廊里。

“这个人的脑子有点问题。”水老鼠压低了声音对家玉道，“他一进门就要给我磕头，你妈妈，把我吓死掉了。你抽点时间跟他谈谈。我在市里还有个会,这就得走。”

“这老头,什么事情？”家玉问他。

“你妈妈，不太好弄。”水老鼠道，“他这案子，你就不要接了。你与他敷衍个十来分钟,安慰安慰他,就打发他跑路。”

家玉点点头。水老鼠又提醒她，别忘了明天一早出庭的事。家玉说，她已经跟看守所联系过了，今天下午，她会再去一趟，与当事人见上最后一面。水老鼠捋了捋头上仅有的一缕头发，托着茶壶出去了。

来人姓郑。是个瘦高个，花白头发。大概是因为小时候闹过天花，脸上留下了坑坑点点的麻子。家玉客气地称他为“大爷”，那人就笑了笑，说他其实还不满五十岁。他的工装服上沾了一些没有洗净的油污渍斑以及焊枪烧出的小洞眼。可他衬衫的领子是干干净净的。

老郑是春晖纺织厂的机修工。说起话来瓮声瓮气的，可没说两句，眼圈就先红了。他说，自打他记事起，就一直在不停地倒霉，不知道为什么。他的妻子因类风湿而瘫痪在床，大女儿在人家做保姆，儿子却还在读初二。他很有礼貌地问家玉能不能抽根烟，在得到她的许可之后，从耳朵上取下一支卷烟来。可他看见了墙上“禁止抽烟”的图标,愣了一下,又偷偷地把烟放入衣兜中。

他懂得守规矩。家玉想，这就可以部分地解释他之所以总倒霉的原因。

他所在的这家纺织厂是一个有着五十多年历史的国营企业，虽说效益不是特别好，可每年的净利润也有个两三百万。就在三四个月前，市里忽然来了一堆领导，召集全厂职工开了会，宣布纺织厂改制。两千多名工人中的绝大多数，都被要求买断工龄回家。原来，有一位姓陈的房地产老板，看中了纺织厂的那块地。就在运河的南岸。他们想在河边盖一个高档的别墅区。

“我真傻，真的。”老郑说，“我单知道由政府出面提出的方案，总不会错，就糊里糊涂地在协议书上签了字。哪知道回到家，老婆按照她的方法左算右算，三十年工龄竟然只有三万块钱……”

从他的话中，已经可以隐隐听到祥林嫂的口吻了。老郑强调说，他并不赞成工人们的集体上访，去南京静坐，或者冲击市政府。毕竟目前的和谐社会来之不易，何况事实上那些闹事的人也没有什么好果子吃。为首的六个人被抓，有一个还被强制送进了精神病院。后来，他经人指点，就找到律师事务所来了。

他想打官司，却不知道应当去告谁。

家玉陪他坐了两小时。眼看着他充满希冀的目光一点点变得黯淡，直至熄灭，她的同情无由表达。最后，她记下了老郑的电话，并提出来请他一起吃午饭。家玉觉得，自己是真心诚意的，可老郑却心事重重地谢绝了。

“看得出，你是个好人。”告别时，老郑道。

“千万别这么说。这世上还有没有好人，我不晓得。但我肯定不是。”家玉忽然伤感起来。

她有点后悔这么说。

老郑走后，庞家玉来到楼下的Seven-eleven，在那买了一盒关东煮，一根玉米，然后就驱车前往东郊的第一看守所，去会见她的当事人。作为当事人父母指定的律师，她明天将出庭为他辩护。

如果说老郑的委托，是一项她想接受而事实上却不能接受的工作——这也使得家玉作为律师的道德感千疮百孔，那么接下来的这个案子则属于无关痛痒却又不得不让她付出全部心力的“分内事”。家玉心里其实很清楚，自己的辩护，对于这个杀人案的判决，不会产生任何影响，但作为律师的职责，要求她履行所有必要的程序。这让她感到心力交瘁。她无法完全摆脱那种熟悉的荒谬感，可还是花了巨大的心血去研读案卷,搜集证据,与同事没完没了地讨论案情。

这个案件，因为其残酷或惨烈的程度，在鹤浦可谓家喻户晓，但案情本身却一点都不复杂。这个名叫吴宝强的罪犯，仅仅因为怀疑女友与她的上司有染，就在一个雷电交加的风雨之夜，潜入了情敌的家中，狂怒地杀死了他一家六口。还不包括在他们家干活的一位十八岁的甘肃保姆和一条价值数百万的藏獒——那只藏獒，据说因为频繁地被用来给母狗配种，而失去了应有的野性，对于自己看家护院的本职工作,心有余而力不足,几乎是毫无反抗地被利斧削去了脑袋。

尽管他杀死了七个人外加一条狗，可吴宝强并不觉得自己会被判死刑。他把所有的希望都寄托在了精神病鉴定报告上。同时他也知道，案发后，他的父母携带着巨款四处奔走，正在考验精神病大夫或相关医学专家单薄的道德底线，以及本来就很纤弱的神经。吴宝强认为，在不断加码的金钱面前，所谓的道德底线当然不堪一击。他的思路从逻辑上来说并不错，但他却忽略了自己最重要的新对手——它既不是法院，也不是受害人家属，而是正在培养自己诡异性格的现代媒体。他对于这个新对手在社会中所扮演的角色十分无知。媒体(尤其是互联网)，在对案件的持续关注中也在发酵舆论，激起了“人人皆曰可杀”的民愤。即便是法官或者他心心念念的精神病专家,也不可能持有与媒体不同的立场。

没有什么悬念，精神病鉴定报告很快就出来了：他具有完全的责任能力。也就是说，吴宝强将在不久后的某一个瞬间，被勿庸置疑地处理掉。不存在任何例外。不存在任何不可抗力的作用。

吴宝强在获悉报告内容后的一周内，两鬓突然长出了茂密的白发。他像一只困兽一样狂暴不安，立刻失去了对身体的有效控制。他拒绝会见媒体记者、父母，甚至拒绝会见父母为他聘请的律师。可他的父母则瞒着他抬高了律师费的价码——他们一遍遍地恳请庞家玉，一定要设法将他们的儿子从死亡线上拉回来，因为“你现在就是我们全家最后的希望了”。

家玉觉得如果有人给这对父母做一个精神病鉴定的话，也许得出的结论，会与他们的儿子大不相同。家玉表示，她将竭尽全力，而吴宝强的父母则立即纠正了她的话：“不是竭尽全力，而要万无一失。”

家玉只得开了句玩笑：“除非我有能力向法官证明，如今在这个世界活着的每一个人,都有精神病。”

吴宝强的母亲则马上反问道：“事实难道不是如此吗？”

在前往第二会见室的途中，看守所的一位女民警对家玉说，她还从来没见过如此穷凶极恶的罪犯。“你跟他打个照面，装装样子就可以了。他简直不能算人。”

很快，庞家玉就隔着会客室的铁栅栏，与她的委托人见了面。也许是第二天就要庭审的缘故，看守所方面担心出现意外而加派了警力。吴宝强微微地扬着头，眯缝着双眼，正在陷入冥想和玄思，看上去俨然就是真正的上帝。要是他的眼睛一下子睁开来，利刃般的目光就足以让家玉感到一阵阵胆寒。他用温和的语调称家玉为“婊子”或“骚货”,让她最好立刻滚蛋,并试图以此激怒家玉。

“我并不需要什么律师，你滚吧！”他用嘶哑的嗓音喊了这么一句,又把眼睛闭上了。

家玉耐心地向他解释了法律的相关规定，并告诉他，按照现代法律制度，拒绝律师是徒劳的。法庭不可能在没有律师参与的情况下审理任何案件。律师制度本身是现代文明的一个部分："你可以放弃聘请律师为你辩护的权利,但临了,法院还会给你指定一位。"

"为什么要这个样子搞？"吴宝强冷笑道，"阿是为了取笑我？拿我来取乐？既然你妈要捉弄我，现在就把我拉出去枪毙，我也没意见。又搞出这套把戏来戏弄老子。你妈，一个人得了癌症，多多少少还可以抱有幻想。毕竟还有万分之一、十万分之一治愈的希望嘛！可我肯定得死，阿对？我可以去死。但你们别想利用法律来捉弄我。什么公诉人喽,什么证人喽,又是法官喽,又是律师喽……"

吴宝强这么说，当然是出于对法律的无知。不过从他目前的境遇来看,他的这番心思,也并非完全是非理性的。

"明天我就要死了，阿对？你能不能告诉我，我会怎么个死法？"过了一会儿,吴宝强问道。语调也稍稍平缓了一些。

庞家玉看了看旁边站着的两个民警，压低声音对他说："还没那么快。明天不过是庭审而已。结果如何，至少从理论上讲，还没有确定。即便是最坏的结果，你还可以上诉。人是没那么容易死的，就算是最后的结果下达,你也可以申请注射。如果维持原判的话。"

"打麻醉针吗？你妈阿是要给我打麻醉针？"吴宝强笑道，"我可不需要,我还是会选直接挨枪子,那样才过瘾嘛！"

"我想问你一个小问题，"庞家玉道，"不过假如你不想回答，也无所谓。"

吴宝强的眼睛直勾勾地盯着她，死皮赖脸地吹了一个口哨，引来狱警的大声训斥。

"你因为怀疑女朋友与王茂新有不正当男女关系，就去他们家行凶杀人。尽管从事实上看十分残暴，但从动机上说，不是不可以解释的。我想问的是，本来你杀了王茂新就可以了，为什么要伤及那么多的无辜？你将王茂新杀死后，有多大必要非得上楼去杀他的父母？为什么还要埋伏在他家，在那么闷热的大衣柜里等了三小时，等来了他看完电影回家的妻子、女儿和保姆？你与他们有什么仇？你甚至连抱在怀中的两岁的孩子都没放过。所有这些人的死，起因难道仅仅是手机里的一条暧昧短信？”

吴宝强很有些迷惑不解。似乎为她竟然提出如此可笑的问题而感到震惊。他脸上不屑一顾的神情,让他看起来像个先知。

“那你就去问问王茂新好了。他可以回答你的问题。你问问他，为什么要赚那么多的钱？购买那么多的房产？包养那么多的女孩子？他用不了那么多钱，住不了那么多房子；那么多女孩子，他也搞不过来。这个世上的东西，有几样不是多余的？你问我为什么杀那么多的人，我简单告诉你四个字，多多益善。我知道他们家有几口人。不杀到最后一个，我是不会罢手的。因为在我脑子里，杀人和赚钱的道理是一样的。多余的钱，用不了。可存在银行里，你的心里照样会挺舒服的，阿是啊？杀人也是一样。过去不就有句老话吗？杀一个够本，杀两个赚一个。把杀人和赚钱搞在一块，不是由我发明出来的。我们做什么事都贪多。这是人的天性。你也许会奇怪，现在这个社会，为什么会有那么多的灭门案，阿是？其实一点都不奇怪，因为杀人就好比赚钱，多赚一点是一点。多赚一个是一个。你再去问问那些在大街上闯红灯的人，他们闯红灯，节约了一分钟甚至五秒钟，有什么屌用？他坐在自己家中，一口气就可以浪费五个小时，什么都不做。可人就是这样，只要他经过一个路口，还是会毫不犹豫地闯红灯。人活着总要赚点什么,哪怕是没用的东西。

“不过，既然我快要死了，我也不妨告诉你一点更刺激的东西。我先弄了一下王茂新的老婆，又弄了她的女儿。本来我不想杀那个小保姆，已经打定了主意饶了她。弄她的时候，已经没劲了，本来就心里就窝火。她在生死关头表现出来的虚伪，让老子实在受不了！她竟然一口咬定，说是看到我的第一眼，发疯地爱上了我。你妈！想愚弄老子！老子就给她放放血。求生的愿望是可以理解的，但不可以这么虚伪！”

陪家玉来的那位民警已经在看表了。

家玉劝他明天庭审时，尽量与法庭采取合作的态度。受害人被他杀得绝了户的亲属们，反应可能会比较激烈。这也是人之常情。“再说,你自己的父母,包括八十多岁的奶奶,都会到场。”

对她的建议,吴宝强答应考虑考虑。

临走前，家玉又问他，还有没有什么话要向她交待的，吴宝强就突然把他那厚厚的舌头从栏杆里伸了出来，飞快地舔了一下铁柱，淫秽地向她笑了笑,用低得不能再低的声音对她说：

“我想看看，你在帮我口交时是个什么骚样子……你想不想嘣嘣我的大鸡巴？”

9

一想到唐宁湾的房子，家玉的心里就会立刻升起一股无名的毒焰，这毒焰不紧不慢地炙烤着她，让她一分钟都不愿意在这个地方生存下去。她摆脱不掉那种深藏在内心的“不好”的预感。就像随时都会崩溃的电脑系统一样。

端午有时候会给她推荐音乐疗法，劝说她从音乐中寻找慰藉。贝多芬或者勃拉姆斯。可她根本听不进去。钢琴让她的心跳加快。大提琴像把大锯子。小提琴像把小锯子。反正都是要把她的神经

“锯断”。

她已经找过了公安局、派出所、公安分局和消费者协会，绕了一个大圈子之后，还是在上周末去了鹤浦市中级人民法院，递交了诉状。她没有找任何的关系，而是自己排了三小时的队，花了六百九十元钱,在法院立了案。她不想欠任何人的债。

她知道，在她为收回自己的房子而疲于奔命、狼奔豕突的时候，那个名叫春霞的女人正跷着二郎腿，悠然自得地坐在他们家的客厅里，用他们家院子里长出来的薄荷叶烤肉，泡茶。虽然家玉是律师，可她实在不愿意与春霞打官司。因为她知道，一旦提起诉讼，实际上她已经失败了。好比有人冲着你的脸吐了一口痰，你去找法院评理，法官最后判决对方将你脸上的痰迹擦去。如此而已。

家玉闭上眼睛都能想象出接下来她要面对的法律程序。法官从受理案件到开庭，少说也得两三个月，然后照例是预备庭的质证、调查、补充调查。好不容易等到开庭，假如春霞不到庭应诉的话，还需要等待第二次开庭。按照法律的规定，春霞仍然可以拒绝出庭。随后，将是缺席判决。判决结果将会登报公示，没有疑义才会移交给法院的执行庭。家玉当然也可以要求强制执行，但这一类的民事案件要执行起来，通常会十分缓慢。等到这些所有这些程序走完，最快也得五六个月……

家玉并非第一次有这样的感觉：作为律师，她奇怪地发现，这套法律程序，似乎专门是为了保护无赖的权益而设定的，一心要让那些无赖,自始至终处在有利地位。

而在端午看来，对于善恶的倒置，本来就是现代法律的隐秘特性之一：“想想看，有多少惨无人道的战争，在所谓的《国际法》的保护之下公然发生？多少无耻的掠夺，在贸易协定的名义下发生？有多少……”

端午那一连串空洞而迂阔的排比句，刚说了个开头，家玉就连连向他摆手："你说的这些，跟我们的房子有什么关系？拜托你，别跟我谈这些不着边际的东西了。我脑仁疼。"

两个月之后，家玉透过法院的朋友，询问这个案件的进展。对方的答复果然不出她所料。

"目前还不能开庭。"那个戴着夸张白色眼镜的书记员对她说。

"为什么？"

"你是律师啊,应当知道法律上的'先刑后民'的原则。"

"什么意思？"

"颐居公司的行为已经涉嫌诈骗。"白眼镜道，"仅仅在鹤浦，类似的受害者就多达二十几家，这个案件已经成了省公安厅督办的重大案件。现在,公安机关正在全力追捕犯罪嫌疑人。"

"也就是说，在抓到犯罪嫌疑人之前，这个案子还得无休止地拖下去？"

"恐怕是这样。"

"假如公安机关一直抓不到犯罪嫌疑人呢？"

白眼镜笑了笑："你只能假装相信，公安机关最终是能够抓住他们的。"

家玉的情绪一下子就失去了控制。在从法院回家的路上，家玉一直在跟端午念叨,她想杀人。

"是的,我想杀人！"

端午也第一次意识到，他妻子目前的精神状况，确实有点让人担忧了。

10

十一月末，宋蕙莲回鹤浦探望父母。她的日程排得满满的，与家玉的见面时间不得不一改再改。蕙莲在电话中向她抱怨说，她对家乡的观感坏极了。鹤浦这个过去山清水秀的城市，如今已经变成了一个“肮脏的猪圈”，已不适合任何生物居住，害得她根本不能自由呼吸。这些抱怨都是老生常谈，或者也可以说是事实。但这些话从一个“归化”了美国的假洋鬼子口中说出来，还是让家玉感到很不是滋味。尘封已久的“爱国主义”开始沉渣泛起。好像蕙莲批评她自己的家乡,正是为了嘲笑家玉的处境。

为了多少改变一点宋蕙莲对故乡的恶劣印象，为了让蕙莲见识一下鹤浦所谓“高尚生活”的精萃，家玉把与她见面的地点，定在了小瀛洲岛上的芙蓉楼，有意吓她一跳。那是一家不是随便什么人都能涉足的高档会所，是传说中王昌龄送辛渐去洛阳的饯别之所，两年前刚被修葺一新。可是到了约定见面的那天早上，芙蓉楼会所的一位高级主管突然给她打来了电话，在未说明任何缘由的情况下，就蛮横地取消了她的订座。

由于家玉事先向宋蕙莲大肆吹嘘了一下芙蓉楼的西点和带有神秘色彩的服务，临时更改地方不太合适。她给《鹤浦晚报》的徐吉士打了个电话,让他通过守仁的关系想想办法。

“那是根本不可能的。”徐吉士在电话中对她笑道，“上面来了人。要在芙蓉楼下榻。具体是谁，我不能说。小瀛洲附近的路已经封了。”

“你胡编吧？”家玉知道，这个人嘴里说出的话，没有一句是靠谱的。“我刚刚开车还经过那里，岛上跟往常一样啊，还是游人如织啊。”

“拜托！那些游人,都是化了装的便衣特警。”

吉士建议她更换地点。

他推荐了一个名叫“荼蘼花事”的地方。也是一家私人会馆，也可以吃西餐，花园式的建筑也很有味道。再说了，那里的晚桂花正当季。

“顺便问一句,你到底要请谁吃饭呢,这么隆重？”

“还能是谁？你的老情人呗。”家玉笑道。

在徐吉士的追问下，家玉只得将宋蕙莲回鹤浦探亲的事告诉了他。

“是这样啊？好吧，这顿饭我来请。我一定要见见这个臭娘们。”吉士道，“这婊子当年在电影院打了我一巴掌，害得我在局子里待了半个月。这笔账还没找她算过呢。哎,你先别告诉她我会来。”

放下电话，家玉总觉得这件事有些不合适。毕竟人家宋蕙莲如今已经是美国人，受美国法律熏陶多年，对于人权、隐私、知情权，都十分敏感，不好胡乱唐突的。她给宋蕙莲打了个电话，为徐吉士的半路杀出提前征求她的意见。

宋蕙莲咯咯地笑了半天，然后道：“干脆，你把端午也叫上，索性一锅烩。还是二十年前的原班人马。”

端午好像怎么也想不起宋蕙莲是谁了。家玉酸溜溜地提到招隐寺的那个炎热的午后,提到她那条暗红花格子短裤,她那雪白的大腿。

“你不用假装当时没动心吧。”

端午笑了笑，说：“再好的皮肤，也经不住二十年的风刀霜剑啊。更何况,她又是在美国！别的不说,食物膨大剂一定没少吃。”

随后，他就去了卫生间，专心致志地刮起胡子来。他今天下午要出去一下，可能要很晚回来。他让家玉向宋蕙莲代致问候。他没说要去哪里，家玉也没有心思问他。端午先用电动剃须刀剃净了下巴，又找来一把简易刀架，抹上须膏，开始仔细地刮着鬓角。他还刷了牙。不到两点就出门去了。

“荼靡花事”位于丁家巷，紧邻着运河边。原先是南朝宋武帝的一处别院，依山而建。园林、山石和庵堂，如今多已不存，唯有那二十余株高大的桂花树，枝叶婆娑，依稀可以见到当年的流风余韵。

这个会所的主人，是鹤浦画院的一位老画师。这人常年在安徽的齐云山写生，店面就交由他的两个女儿打理。俩姐妹都已过了三十，传说形质清妍，一时钗黛。因始终没有嫁人，引来了众多食客的好奇与猜测。当然，对同性恋的好奇，也是时下流行的小资情调的一部分。

家玉曾经去过两次，可从未见过这对姐妹花。

家玉觉得自己的那辆本田有点寒酸，就特意打了一辆出租车。她赶到那里的时候，比约定时间提前了十分钟。可徐吉士到得比她还早。他的鼻子囔囔的，好像得了重感冒。用他比较夸张的说法来形容，他咳出来的痰，已经把家中洗脸池的漏斗都堵住了。由于鼻子不通，可惜了满院子的桂花香。

天已经黑下来了。风吹到脸上，已经有了些寒意。透过敞开的小天井，可以看见院子里在风中摇晃的灯笼。灯光照亮了一座小石桥。桥下流水溅溅。

两人很自然地聊起了各自的孩子。吉士没问端午为何不来。

若若今年九月如愿以偿，升入了鹤浦实验中学。对于徐吉士来说，这没有什么好奇怪的。让他感到惊异的是，以若若那样的成绩，竟然进入了奥赛高手云集的重点班。

“恐怕没少给侯局长塞钱吧。”吉士一脸坏笑地看着家玉。

家玉笑而不答。

“送了多少？”吉士说，“就当是为我指点一下迷津嘛！我家的那个讨债鬼,明年也会遇到同样的问题。”

家玉仍然抿着嘴笑。

“要么不送，要么就往死里送。”末了，她含含糊糊地说了这么一句。

吉士张大了的嘴巴,有点合不拢,似懂非懂地点了点头。

两个人正聊着，随着一股浓烈的香水味，一个四十来岁的妇女，跟在侍者的后面，走进了包房。家玉和吉士飞快地交换了一下眼色，两人的表情都很惊讶。

宋蕙莲头上戴着一朵大大的绢布花，像是扶桑，又像是木槿。上身穿着一件粉红色、对襟扣的花布褂子，下面则是黑色的紧身连裤袜。脚上是一双绣花布鞋，肩上还斜挎着一只软塌塌的布包。大朵的牡丹花图案分外醒目。

她站在包房的门口,望着两人笑。

庞家玉开始还真有点担心，别是什么人走错了房门，忽然就听得这人讶异道：

“怎么,认不出我来了吗？”

“哟，宋大小姐，”吉士赶紧起身，与她握手，“你怎么把家里的床单给穿出来了？别说,要是在街上碰见你,真的不敢认。”

“不好看吗？”蕙莲歪着脑袋。她的调皮劲儿已经有点不合时宜了。

“好看好看，”吉士笑道，“你这身花天花地的打扮，虽说让我们中国人看了犯晕，可美国佬喜欢啊，对不对？这要在国外走一圈，还能捎带着传播一下中国的民俗文化。怎么不好看？好看！”

蕙莲像是没听懂吉士话中的讽刺意味,走过去与家玉拥抱。

“秀蓉倒是老样子,还那么年轻。”

她问端午怎么没来，家玉刚要解释，蕙莲的嘴里，猛不丁地冒出了一长串英文,家玉一个没留神,还真没听清楚她在说什么。

蕙莲整个地变了一个人。让人疑心二十年前她就已经发育得很好的身体，到了美国之后，又发育了一次。骨骼更粗大。身材更胖硕。毛孔更明显。像拔去毛的鸡胸脯。原先细腻白嫩的皮肤也已变成了古铜色，大概是晒了太多日光浴的缘故。那张好看的鹅蛋脸，如今竟也变得过于方正，下巴像刀刻的一样。都说吃哪里的东西，就会变成哪里的人，看来还真是这么回事。她的头发被染成了酒红色，额前的刘海像扇窗户。身材和发型的变化，足以模糊掉女人的性别，却无法掩盖她的衰老。

家玉瞅见吉士的眼中，已经有了一丝悲天悯人的同情之光。似乎二十年前的那场恩怨早已冰消雪融。

蕙莲照例给他们带来了礼物，照例让他们当面打开，照例强调，这是“我们美国”的习惯。她送给吉士的是一本刚刚在兰登书屋出版的英文随笔集(吉士学说天津话来打趣：喝！好嘛！一句英文不懂，这不是存心折腾我吗？)，外加两枚印有哈佛大学风景照的冰箱贴；给家玉的礼物，除了同样的随笔集之外，是一瓶 50ml 的 Estee lauder。她也没落下端午。给他的礼物是一套四张装的勃拉姆斯交响曲合集。她居然也知道端午是古典音乐的发烧友，让家玉闷闷地出了半天的神。

她从钱夹中取出一张照片给他们看，告诉他们，谁是她的husband，谁是她的 baby。那个黑人是个大高个子，长得有点像曼德拉。她的两个 baby 也都是黑不溜秋的。随后介绍的是别墅里的大草坪。栗了满地的树林。游泳池边的玫瑰花圃。出于礼貌，家玉强打精神，发出了持续而坚韧的赞叹之声。吉士则在一旁闷闷地抽烟。他对这些东西没什么兴趣。

宋蕙莲很快就说起了她这次回国的观感，说起了她在乡下的父母。

他们种了几亩地的大白菜，其中绝大部分都卖到了城里，剩下没有卖掉的几十颗，就直接扔到田间的草堂里去沤肥。蕙莲问他们，这么好的大白菜，怎么舍得扔掉？干吗不拿回家自己吃？母亲说，毒得很，吃不得的。

“我在Boston的时候，听说你们中国人，一个个都变成了毒人，蚊子叮一口都会立刻中毒身亡。原以为是天方夜谭，没想到真的还差不多。这些年，你们都是怎么活过来的！”

吉士笑道：“你放心，今天晚上我可没点白菜。就算有白菜，也不一定是令尊种的。”

蕙莲又说起他们镇上那座亚洲最大的造纸厂。它的污水不经过处理，直接排入长江的中心：

“一想到我喝的自来水取自长江，就有点不寒而栗。而化工厂的烟霾让整个小镇变成了一个桑拿浴室。五步之外，不辨牛马。”

徐吉士开始了猛烈的咳嗽。他库噜库噜地咳了半天，终于咳出一口痰来，吐在餐巾纸里，并小心翼翼地包好，随手丢在了餐桌上。宋蕙莲嫌恶地皱了皱眉，伸向桌面正要搛菜的手，又缩了回来。

她几乎什么都没吃。

“你说的也许都是事实。”吐出一口痰后，吉士的嗓音陡然清亮了许多，“可中国的环境这么糟糕，客观地说，贵国也有不少责任。”

“这和我们有关系吗？”

“因为你们镇上出产的纸张大部分是销往美国的呀！”

“不知为什么，”蕙莲转过身来对家玉道，“我这次回国，发现如今的情形与二十年前大不一样，似乎人人都对美国怀有偏见。It’s stupid。”

"那是因为，这个世界上，绝大部分的罪恶，都是美国人一手制造出来的。"吉士仍然笑嘻嘻的,可他似乎完全无视对方的不快。

"日你妈妈！"蕙莲一急，就连家乡的土话都带出来了。不过，她接下来的一段话又是英文，徐吉士的脸上立刻显示出痛苦而迷茫的神色。

"她说什么？"吉士无奈地看着家玉。

家玉瞥了宋蕙莲一眼，又朝吉士眨了眨眼睛，提醒他不要这么咄咄逼人,然后道：

"她说,你简直就是个可怕的毛派分子。"

"没错，我是个毛派。"吉士依然不依不饶，"在中国，凡是有良心的人,都正在变成你说的毛派分子。"

宋蕙莲看来有意要结束这场辩论。她没再理会徐吉士，转而对家玉感慨道："可惜,今天晚上,端午老师不在。"

她依然称他为老师。不过，在家玉看来，即便端午在场，即便他本能地厌恶毛派,他也未见得会支持蕙莲的立场。

终于，他们很快就谈起了二十年的那场聚会。本来，他们三个人可以作为谈资的共同回忆,并不太多。

蕙莲说，那场聚会从头到尾就是一个精心设计的圈套，是个阴谋。两个纯洁而无知的少女去招隐寺，朝拜从上海来的大诗人，"可你们一开始就心怀鬼胎,居心叵测,对不对？"蕙莲笑道。

吉士的脸上也终于浮现出了诡秘而轻浮的笑容。他既未表示赞同,也不去反驳,只是笑。

"你们一开始就存着心思，把我们两人瓜分掉，对不对？在招隐寺，一个下午东游西荡，害得我的腿被虫子咬了好几个大包，不过是为了等待天黑,然后和我们上床,对不对？老实交代！"

宋蕙莲明显地兴奋起来。她甚至娇嗔地捶打着徐吉士的肩膀，逼着他交代那天的作案动机和细节。

二十年前的那个诗社社长仿佛又回来了。

家玉稍稍觉得有点腻烦。一棵树，已经做成了家具，却还要去回忆当初的枝繁叶茂，的确让人有点恍惚和伤感。她的脸一直红到脖子根。不论是刚刚萌动的性意识，还是所谓的爱情，如今都成了饭后的笑谈。她招呼服务员给茶壶续水，忽听得吉士道：

“其实也不是那么回事。那天下午，本来我也只是想大家随便聚聚，谈谈诗歌，聊聊天。我记得，那天还去菜市场杀了一只芦花鸡。可下午在招隐寺游玩的时候，两位表现出来的兴奋明显超出了常态。尤其是蕙莲。在那种气氛下，傻瓜都会想入非非。我和端午在撒尿的时候交换了一下意见。我开玩笑地对他说，如果要从这两位女孩中挑一个留下来过夜，会考虑留下谁。你们知道，端午是个有名的伪君子，他听了我的话，倒没表示反对，可也没说喜欢谁。只是反问了一句：‘这怎么可能？’他当时是怎么想的，我不知道，事后也没再问过他。按照我的观察，我猜想他恐怕是喜欢秀蓉的。既然如此，我接下来要做的，就是将蕙莲带走。君子成人之美，小人反是。如此而已。”

“问题是，我也喜欢端午老师啊……”蕙莲的嘴唇黏在牙床上，下不来了。过了一会儿，又道：“你现在知道，为什么在电影院要给你一巴掌了吧。”

吉士下意识地摸了摸脸颊，似乎二十年前的疼痛依然未消：“这么说，你和我一样，都是那场聚会上的陪客。不过，我们俩的牺牲，能够成就这么一段美满的婚姻，我挨的那个耳光还算是值得的。来，咱们喝一杯！”

“这些年来，我常常会这样胡思乱想，”蕙莲一口喝掉了杯中的酒，她的目光，渐渐地，就有些虚浮。“要是那天你带走的是秀蓉，留在招隐寺荷塘边小屋的那个人是我，命运会不会有点不同？比如，我会不会去美国？会不会嫁给史蒂芬？后来又嫁给该死的威廉？”

家玉觉得，他们的对话要这样延续下去，就会变得有点秽亵了，便立即打断了蕙莲的话，对吉士道：

“我倒是关心另一件事。端午那天晚上不辞而别，返回了上海。我想知道，究竟是你预先给他买好的火车票呢，还是他临时决定要走，去车站买的票？”

尽管她的话说得像绕口令一样，吉士还是马上意识到它的不同寻常。他定了定神，认真地想了一会儿，道：“这个，我还真的记不清了。”

“我要声明一下，我不觉得自己是那个晚上唯一的受益者。”家玉板着脸道，“相反，若说是受害者，倒还差不多。”

“喝酒喝酒……”吉士忙道。

“你是得了便宜还卖乖！”蕙莲斜眯着眼，望着她笑，“当时，端午在给我往记事本上写地址的时候，不知怎么搞的，就喜欢上了那双手。”

“你看，越说越不像话了吧？”吉士对蕙莲道，“你也别端午长、端午短的，我们俩之间的事还没了结呢！你平白无故地打了我一巴掌，这事怎么弄？”

“今天就了结，OK？”蕙莲讪讪地笑道，“等会儿吃完了饭，我就跟你走，找个地方，把那笔账销了，阿好？”

吉士尴尬地笑了一下，没有接话。

结完账，他们三个人来到会所的院门外，等候出租车。

蕙莲看样子真的打算跟吉士走。她问吉士接下来还有没有什么活动，吉士就把脸一板，说他接下来约了几个老朋友，都是赌棍，去“呼啸山庄”打牌。

"不过,你就别去了。远得很。"

家玉想上厕所,就与他们匆匆道了别。

一个侍者领着她，朝院子的西侧走去。她仍然听见蕙莲在门口对吉士感慨道：

"可惜端午今天没有见上。"

其实,端午今天晚上一直都在这儿。

这可不是什么第六感觉。也不是源于他下午刮胡子时，家玉心底深处陡然掠过的一道充满疑问的死水微澜。她穿过一个被IED灯管衬得绿莹莹的走廊,就在覆盖着迎春花枝的小石桥边,看见了端午。

一个身穿鼠灰色运动装的女孩，似乎正拉着丈夫的手，对着桥边的一扇月亮拱门指指点点。她看上去最多也就二十出头。她的头也似乎靠在端午的肩上。而且,一看就是喝了太多的酒。

当然。端午很快也看见了家玉。他像个白痴一样眨巴着眼睛，表情极其复杂,有些不知所措。

家玉一声不响地走到他身边,冷静地扇了他一巴掌,扭头就走。

给她带路的侍者,僵在了那里。

其实，打完这一巴掌之后，家玉本来还是可以从容地去上厕所的。当家玉想到这一层的时候,她已经坐在回家的出租车上了。

她被那泡尿憋得难受。

11

若若在客厅的餐桌上做作业。奇怪，他没有看电视。没有玩游戏机。没有开电脑。没有逗鹦鹉。他确实在做作业。耳朵里还塞着白色的耳机，那是她的苹果IPOD。他正在摇头晃脑地做习题，桌子上铺满了来源不一、种类繁多的试卷。

“老妈，期中考试的成绩出来了。”若若一看到她进门，就对她道。

家玉懒得搭理他，把脸一沉，怒道：“怎么跟你说的？跟你说过一千遍了，做作业的时候不允许听耳机！”随后，一头扎进了厕所。

坐在马桶上，家玉忽然就觉得儿子刚才的话，有点不一般。她想起来，昨天儿子放学回家，一进门就喜滋滋地对她说过同样的话，她没有理他。她已经早就习惯了每次考试儿子都排名末尾的事实。每次的考试成绩，若若总是藏着掖着，不到万不得已，是不会轻易说出口的。既然这一次他主动提起了期中考试的成绩，难道说……

家玉心头一紧，赶紧从厕所奔了出来，坐在儿子的对面，亲热地捋了一下他的小脑袋：“怎么样，成绩出来啦？数学考了多少分？”

“考砸了，”儿子道，“最后一道大题，我少写了两个步骤，被扣掉了6分。”

“少废话！我问你数学到底考了多少分？”

“还可以吧。”儿子的脸上显露出对自己很不满的样子，并随手把试卷递给了她。

竟然是107。

总共120分的题目，儿子考了107。

她自己是工科出身，可儿子的数学题，她现在连看懂都有问题。可若若竟然考了107。

家玉的眼泪控制不住，夺眶而出，继而竟然是无声的啜泣。儿子来到她的身边，用他的小手拍着她的肩，又道：“其实也没什么啦，这次数学容易。大家都考得好。这个分数，在班上也不算是很高啦。”

“那你这个成绩，在全班能排第几啊？”

“第九。不算很靠前。”

“宝啊！”家玉猛吸了一口气，狂叫一声，一把将儿子搂在了怀里，仿佛今天晚上所有的不快都烟消云散了。她把儿子搂在怀里揉搓了半天，开始问他其他各科的成绩。语文。英语。历史。地理和生物。然后丢开他，抓过一支铅笔，在试卷的反面将那些数字加在一起，来估算儿子在整个年级的总排名。她处在一种兴奋的失神状态，一连算了三次,每次得出的结果都不一样。

儿子当然知道她在做什么，就善意地提醒她说，其实根本用不着算，因为全年级的总排名，昨天下午就已经公布了。在全年级十七个班,总共七百多名学生中,若若排在第八十三位。

庞家玉立刻丢开儿子，跑进了卧室，给“戴思齐的老娘”胡依薇打了一个电话，兴冲冲地将儿子的期中考试成绩和年级排名告诉了对方。

“那就恭喜你了！”戴思齐的老娘仿佛突然失去了理智，竟然在电话中很不礼貌地大叫起来,并颇为恼怒地立刻挂断了电话。

这一切，都在家玉的预料之中。胡依薇的反应正是家玉所期望的。

“戴思齐能排到多少名？”回到客厅里,她又问儿子。

“惨透了！”儿子道，“具体多少名，我不晓得。反正在二百名之外。胡阿姨发了飙,就拿毛衣针扎她的脸。”

听儿子这么说,庞家玉的嘴角渐渐地就浮现出一丝冷笑。

戴思齐他们家与庞家玉同住一个小区。在鹤浦实验小学，若若和戴思齐也在同一个班。每次开家长会，胡依薇对家玉不理不睬，态度十分倨傲。尽管胡依薇自己不过是一个连工资都快要发不出来的电镀厂的普通女工，一双手伸出来，十个指头都是黑的；可她仍然觉得自己和家玉不属于同一个档次。戴思齐长得很漂亮，活泼可爱，与若若倒是十分要好。家玉也很喜欢那孩子。

有一次，家长会结束后，庞家玉半开玩笑地对胡依薇说："不如让你们家闺女给我们家儿子当媳妇好了。"没想到，这句极平常的玩笑话，让电镀厂女工勃然变色。当着那么多家长的面，她厉声质问家玉，"脑子里那些龌龊下流的念头是从哪里来的"，弄得家玉笑也不是，不笑也不是，只得灰头土脸地向她道歉了事。

四个月前，小升初考试时，戴思齐顺利考取了鹤浦实验中学的"龙班"，而按若若的成绩，不要说龙班，就连虎班和牛班都进不去，大概只能进入排在末尾的鼠班了。母女俩平常跟女儿提起若若，暗地里就称他为"鼠辈"。庞家玉一怒之下，将自己发过一千遍的毒誓抛在了脑后。找到了市教育局的侯局长。在开学后的第三个星期，若若被悄悄地"调剂"到了龙班，顶替了一个举家移民澳大利亚的学生所留下的位置。

每次在小区或校园里遇见胡依薇，家玉仍然抬不起头来。一看到她，家玉心里就会无端地一阵阵发紧。每次见面，胡依薇总要冷冷地瞥上她一眼。她的目光就像流氓的手，总在无声地剥她的衣服。它仿佛在暗示家玉：她与侯局长私下达成的肮脏交易，不仅仅涉及到金钱。她甚至给《鹤浦晚报》写了一封匿名信，指名道姓地指责家玉向"教育局某领导"无耻地奉献身体。

当然，这封信被徐吉士及时截获并予以焚毁，从而避免了一场不大不小的风波。

若若虽然进入了龙班，可胡依薇在私下里张罗成立的"龙班家长联谊会"根本不让家玉参加。因为她的儿子"是靠不正当的关系进来的"，"一只老鼠坏了一锅汤"。他们在周末或者节假日悄悄地组织各类补习班，也从不通知若若，据说是为了"维护龙班的纯洁性"。

而现在，一切都不同了。所有的耻辱都得到了洗刷。她有一种大仇已报的酣畅之感。奇怪的是，家玉觉得这种喜悦并非来自于她的心灵，而是直接源于她的身体。就像台风在太平洋上生成，瞬间就卷起了漫天的风暴；就像快感在体内秘密地积聚，正在堆出一个让她眩晕的峰巅。她终于等来了一个机会，可以用梦寐以求的口吻，第一次对儿子这样说：

“宝啊，知道用功是好的，可也不能一天到晚都做习题啊！该休息的时候就休息，该玩的时候还是要玩的嘛！宝啊，今天是周末呀！你可以看看电视啦，玩玩游戏啦，听听音乐啦，都是可以的呀……”

儿子刚把那白色的苹果耳机塞入耳中，家玉就凑过去取下一只，放在自己的耳边听了听，说：“噢，原来是在听 Beatles 啊！”

那是一首甲壳虫乐队的《黄色潜水艇》。儿子竟然已经开始听披头士了。看来他的艺术品位也不低啊。

“你觉得戴思齐有那么漂亮吗？”她忽然问道。

“你说呢？”儿子一脸坏笑地望着她。

“要我说，也就是个一般人吧！而且小时候好看，长大了一定会变丑的。你看看她老娘那张冬瓜脸就知道了。”

端午还没有回来。

即使她当着他小情人的面给了他一巴掌，他还是没有马上回家的意思！妈的！那里的灯光太晦暗了，她有点吃不准，他们是否真的拉着手？她的头是否真的靠在丈夫的肩上？就算他们俩真的有一腿，那又如何？按照婚后的“君子协定”，那也是人家的权利。何况这个权利，她自己早就用过了，而且不止一次。

从道理上说，她觉得刚才的那一巴掌打得有点莫名其妙。

她不知道端午是什么时候回来的。天快亮的时候，鹦鹉的叫声将她惊醒了。她起来解手，看见端午蜷缩在客厅鱼缸下的沙发上。

她抱来一床薄被，替他盖上。

端午并没有睡着。在灰蒙蒙的晨曦中，她看见他的眼珠子骨碌碌地转动着，朝她笑了一笑。他说，那个女孩名叫绿珠，也喜欢写诗，是陈守仁的亲戚。昨天下午，她约他去“荼靡花事”赏桂花。他们之间没什么。她患有严重的抑郁症。最重要的是，在昨天下午的聚会上，并不只有他们两个人。还有一个何轶雯，是民间环保组织“大自然基金会”的负责人。

“也是个女的吧？”庞家玉鼻子里哼哼了一下，冷笑道。

“怎么样？你现在放心了吧？”端午猛地从沙发上坐起来望着她。

“我有什么不放心的？你愿意怎么搞，那是你的事。再说，就算你什么事也没做，也并不表明你不想做啊。”

“这个何轶雯，想透过绿珠的关系，劝说守仁给她们组织投钱。绿珠呢，也想跟她一起做环保。这对改善她的抑郁状况会有好处。”

“呦，你还懂得治疗抑郁症啊！越发地出息了，嗯？你老婆也有严重的抑郁症，什么时候你给我也治治？”

端午嘿嘿地笑了两声，去抓她的手。

可家玉用力地甩开了他。

12

第二天早上九点，家玉去演军巷与唐燕升见面。

这条幽深的巷子，从宋代开始就是屯兵之所。家玉熟悉那里的一门一楼，一草一木；熟悉那里的乌檐青瓦，夹径浓阴；熟悉木拖在青石路面上敲出的跫跫之声。她喜欢那里的岑寂与黝黯。以前，每次走进这座薄暗之巷，总能让她的心一下子静下来。后来，她不得不强迫自己忘掉它。

十多年前，家玉和唐燕升布置结婚用的新房，正赶上春夏之交的雨季。仿佛一切都长了霉。长日陪伴着她的，是燕升请来的两个木匠。他们给她打了一张雕花婚床。家玉成天躺在竹椅上看书。通常，她看不了几页，就在樟木屑和刨花的香气中沉沉睡去了。每到中午，木屑味中混入了邻居做菜的醉人的香味，她也觉得很安逸。看着满街的烟雨滂濛，看着青石板上乱溅的水珠，看着风摇墙草，雨绿老苔，她忽然觉得，在这个有点残破的老巷中，打发掉或长或短的一生，其实也挺好。

她拼命地克制着去上海的冲动。强迫自己不去想端午。忘掉招隐寺的池塘、莲花和月亮。怎么着都是一辈子。她不过是一个从外乡来的没人要的女孩子,就该过平常人的日子。

下了十多天的雨终于停了。天刚刚放晴，燕升就带着家玉去华联百货商店挑选戒指。她和唐燕升的婚期，定在了一个月后的“五一”劳动节。在二楼的周大福金店，她从墙上的一面方形的镜子中看见了端午，就像看见了鬼。她回过身去，那人影子一晃，就不见了。自动扶梯的拐角处空空荡荡。

燕升把金店的戒指让她试了个遍,可家玉都说不合适。

燕升有的是耐心。他要带她去大市街的晨光购物中心，去“周生生”看看。家玉忽然就痛苦地按住了自己的胸部，蹲在了地上。她十分及时地犯了“心绞痛”。唐燕升开着警车，响着警笛，风驰电掣地送她去医院。

在去医院的途中,她的心绞痛当然不治而愈。

第二天,她留下片言只字后,收拾自己的行李,悄然离去。

奇怪的是,燕升竟然也没再去找她。

三年后的清明节，她抱着她与端午刚满周岁的儿子，去鹤林寺去看桃花，冷不防遇见他从一辆警车上下来。燕升大大方方地走过来与她搭讪，有一种对命运开出的价码照单全收的阔绰。倒是家玉心里七上八下，急急忙忙就要往人堆里藏。为了燕升刚刚说过的那句话,她找了个没人的地方大哭了一场。

他说："事到如今,就是想做兄妹,怕也是不行了吧？"

她为燕升打过一次胎。

家玉把车停在了演军巷外的马路边，一个人朝巷子里边走。这条巷子正在被改造成"民俗风情一条街"。原先的灰砖楼刷上了油漆和涂料。深红，翠蓝或粉白。每个店铺的门前高高低低地挑出一对红灯笼，一眼望去，有一种触目刺心的俗艳。店铺里销售的茶叶、蜡染布、绣花鞋、首饰、古董和丝绸,无一是当地的土产。

现在是早上，街面上还没什么游人。倒是公共厕所还在原先的位置，还像原来一般破旧，气味难闻。福建会馆高大的门墙下，有个老人抱着一根拐杖坐在路槛上打瞌睡。旁边趴着一条大黄狗。老人一动不动地看着她从眼前走过,眼神十分晦涩。

走在这条已多少有点让她陌生的街道上，家玉觉得自己心里有点什么东西，已经死掉了。不过，这样也好。没有什么枝枝丫丫牵动着她的情愫，搅动着她的记忆。至少不用担心，会在这条白晃晃的长街上,遇见过去的自己。

燕升家隔壁的杂货铺，如今已变成一家酒行。院子的门虚掩着。窄窄的天井里，有一个扎着蝴蝶结的女孩子，看上去七八岁，手里拿着一枚毽子，疑惑地望着她。女孩的身边还站着一个俊秀的女人，三十出头，嘴里咬着一根绿头绳，正在阳光下梳头。她一看见家玉，就扭头朝屋里喊：

"燕升,有人找。"

女人麻利地将头发扎起，然后笑着招呼家玉进门。家玉听见屋子里传来了马桶冲水的声响。

她记得这个小院内原先还住着一户人家，是个磨豆腐的。燕升说，那个磨豆腐的老张，前年得癌症死了。他从老张儿子的手里，把整个小院都买了下来。几个小房间打通了之后，又在东西两面各开了一扇窗户。甚至就连屋顶上那片玻璃明瓦，也换成了塑钢的天窗。屋子倒是豁亮了许多,却没有了当年的幽暗与暧昧。

他们在窗边围着一张四仙桌坐了下来。

西风刮出一片蓝天。阳光也是静静的。

“那个占你房子的女的，名叫李春霞。”燕升手里夹着一支香烟，对她说，“她是第一人民医院特需病房的护理部主任。”

原来是个医生。

家玉与她见面时，春霞就莫测高深地暗示自己，她的身上有一种死亡的味道。

原来如此。

“这种人最难弄。关系盘根错节。”燕升道，“市里的大小领导，包括有钱人,都在她手上看病。明摆着不是一般人。”

燕升媳妇已经替他们沏好了一壶铁观音。随后，又拿过一只文旦来剥。她用水果刀在文旦上划了几个口子，咬着牙将文旦皮往下撕，却不小心弄坏了指甲。燕升心疼地将她的手抓过来，在阳光下瞅了瞅,轻轻地笑道：“你也就这么点本事。”

女人也望着他笑。夫妇之间有一种自然的亲昵。

“我那房子，就叫她一直这么占下去？”家玉问道。声音有点发干,也有点生硬。

“不是这话。”燕升宽慰她说，“你先别急。我们得慢慢商量出一个法子来。你喝茶。”

他们喝着茶，说了一会儿闲话。家玉偷偷地朝燕升瞟了两眼，发现他两边的鬓角也出现了斑斑白发。脸上的毛孔，在阳光下更显粗大，脸颊上多了些褐斑。人却比过去沉稳了许多。没多久，女人就带着孩子出去了。她们要去市少年宫。学钢琴。

燕升打趣道："自从中国出了个郎朗，所有的警察，似乎都对孩子的前途想入非非。"

女人笑了两声，转过身来，对家玉道："中午就在我家吃饭，阿好？"

她的话，和她的人一样，很干净。自己与燕升过去的关系，看样子她是知道的。家玉只是拿不准，燕升会如何向她讲述从前的那段经历。看着她搂着孩子穿过天井往门外走，不知为什么，家玉的心里忽然就有了一种奇怪的羞愧之感。

因为昨天晚上,她做过一个梦。

她梦见自己刚踏进这个小院，唐燕升就把她拦腰抱住了。一副冰冷的手铐将她铐在了床架上，双手提着她的两条腿，向她的最深处撞击。像打夯，又像舂米。她拼命地挣扎，燕升嬉皮笑脸地对她说：在谈正经事之前，他先要复习一下以前的功课。家玉想了想，也就忍耻含垢，由他摆布。可他"复习"起来就没完没了，就像记忆中的那场绵绵春雨。

这是一个疯狂的时代,她的梦也是疯狂的。

可眼下的唐燕升，不管真假，脸上的表情倒是十分的庄重。他说："干我们刑警这一行的，说到底就是个收尸队。做的都是马后炮的事情。你懂我的意思吗？"

家玉点点头。其实她根本就没听懂他的话。她用指甲掐下一小块文旦皮，在指间轻轻地搓成一个小球。眼看着这个金黄色的小球，在汗渍的作用下慢慢变成深黑色。燕升比先前还是苍老了许多，眉宇间的那么一点英武之气,也早已褪尽。

“我们的工作，怎么说呢？打个比方，好比你身上长了一个疮。皮肤下结了一个小硬块，又疼又痒，可你拿它一点办法也没有，阿是的？你要疮好起来，只有忍耐。等到它化了脓，有了脓头，你将脓头一拔，将脓水挤干净，敷上点药就可以了。我的意思是说，在毒没有发出来之前,我们刑警也没有什么用武之地。

“李春霞占了你的房子，可她手里也有中介公司的正式合同，也就是说，在法院的判决出来之前，她的行为基本合法。我们没有任何理由破门而入，替你轰人。如果你们两家没有任何实质性的接触，只能走法院程序。如果要刑警队介入，就必须闹出点动静来。你懂我的意思吗？说句不好听的话，假如你们两家真的打起来了，出现了人员的死伤,那不用你说,我们也会即刻出动,第一时间赶到现场……”

“你是说,让我带人打上门去吗？”家玉道。

“不错。说的就是这个意思。”燕升说，“如果你想立马解决问题，这是唯一可行的方法。”

听上去,燕升的这个“脓疮理论”与婆婆的“焊门方案”相比,也没多少本质的区别。不过此刻真正让她感到心悸的，倒不是什么皮肤下的硬块，而是在她心里悄悄生出的怅惘。燕升已经变成了另一个人。嗅不到一点过去的味道。就连他脸上常见的那种嬉皮笑脸的神情,也早已绝迹。

燕升告诉她，指望刑警大队很快就抓到颐居公司的老板，是很不现实的。不过，实在抓不到人，法院拖个一年半载，说不定也会开庭。那样的话,得有逆来顺受的耐心。末了,他问家玉：

“顺便问一句,你认识一些黑道上的人吗？”

“不认得。”家玉的心猛地跳了两跳，笑道，“我怎么会认识那些人？”

“街上的地痞流氓、劳改释放犯、街区的小混混之类的人呢？”

家玉本来想说："那就只有你了！"可她吃不准这样的玩笑，会不会惹得对方突然翻脸（毕竟他们已经有好多年没见面了），就硬是把它憋了回去。

"不认识也没关系。"燕升想了想，又道，"下个星期天，我就来替你摆平这件事。你找几个亲戚朋友，人越多越好，最好找些青壮年。你让他们一律穿上黑西装，戴上墨镜，先骗得李春霞开了门，然后这伙人不由分说就往里冲。进了屋之后，也别和他们搭腔。尽量避免发生肢体冲突，我说的是尽量。就算是动起手来，也不要把人伤了。然后，你立即给我打电话。那天早晨，我会带人在唐宁湾附近巡逻，保证在五分钟之内赶到。接下来的事情，你就别管了，由我们来处理。"

"你们会怎么处理？"

"嗨！无非是调解吧。"唐燕升道。

"要是调解不成功怎么办？"

"那是不可能的。"燕升笑道，"你们这么多人，往那儿一摆，胆小的早就吓得尿裤子了，按我的经验，他们也乐意让我们调解。到时候，他们也许会提出赔偿要求，这一点，你预先要有一点心理准备。照我看，如果他们的胃口不太大的话，你们讨价还价之后，给点小钱，事情也就算了结了,阿好啊？"

家玉不由得一阵苦笑，喃喃道："那就先这么试试吧。不过，你让我到哪儿去找这么些穿黑西装的人啊？"

她起身向燕升告辞，燕升也没留她吃午饭。他的眉头紧锁着，没什么话。两人出了院门,来到了巷子里。

街面上风呼啦啦地吹着灯笼。家玉忽然心头一动，差点流下眼泪。

她想起当年不辞而别的那个午后，也是个刮大风的日子。她一个人在这条深巷里走走停停。一个三轮车夫见她提着包，就一路跟着她。她心里盘算着一个念头，希望在街上遇见下班回家的唐燕升，用他强有力的胳膊让她回心转意。她明知道那是不可能的——那天燕升因为凌晨的一个电话,到句容抓案子去了。

燕升似乎没有觉察到家玉的情绪变化。两人并排往前走了一段，燕升忽然长叹了一声，对她说，他真的不想再穿这身狗屁警服了!那不是人干的事。作孽。好像有什么难言的苦衷。家玉没问，他也就没有往下说。

燕升说，他这辈子最大的愿望，就是在郊外的“锦绣江南”买一个复式的公寓房，也体会一下住别墅的感觉。因为孩子上学的原因，因为攒钱的速度老也赶不上房价，目前还只是想想而已。他的另一个计划是，等他辞了职，就把这所小院的一部分，改建成一个有品位的咖啡馆，让自己静下来，彻底“放飞”一下心情。他打算在院子里搭个葡萄架。每天躺在浓荫下，喝喝茶，读读于丹或易中天，听听理查·克莱德曼……

他还说，世上的路千条万条，可是没有一条是可以回头的。这话明显是说给她听的。家玉没有吱声。

到了巷子口,两个人默然告别。燕升忽然摸了一下她的头。

像个真正的兄长,笑了一下。

13

不到九点半，若若就做完家庭作业，早早地上床睡了。鹦鹉的脚上拴着一条软软的细铁链，在床头柜的铁架上单腿站立。若若的脑袋边，还有一个肥皂盒大小的荞麦皮枕头，一床小花被。那是儿子专门给鹦鹉准备的床铺。

可家玉从未见过佐助在它的床上睡过觉。

端午在客厅里听音乐。由于儿子已经熟睡，他把音量调大了一些。沙发边亮着一盏花瓶状的小台灯，有一圈靛蓝色的光晕。小提琴的声音婉转而柔美，像丝绸泛出的明丽的光泽，似有若无。这是难得的静谧时光。

家玉在书房里重读《堂吉诃德》,不时发出吃吃的笑声。

书桌的四个抽屉都细细地查过了，没有发现端午与绿珠通信的任何证据。她不愿意偷偷地翻看端午的日记。她有着自己的道德底线。日式的玻璃书柜中，倒是有一摞信件，稍一翻检，竟有二：三十封之多，全都是元庆从精神病院寄来的。倒也是。这年头，除了精神病人之外,谁还会写信呢?

家玉随手从这摞信件中抽出一封，取出信胆，凑在桌前的台灯底下，一连看了好几遍，心中不觉暗暗称奇。这不是什么普通信件，而是她的大伯子在神志不清的状况下随手写下的警句格言，用小楷工工整整地写在一张宣纸上。

我们不过是纸剪的人偶。虽生之日,犹死之时。

如果一个人无法改变自己受到奴役这一事实,就只能想尽一切办法去美化它。

女人可以一生纯洁。可一旦红杏出墙,通常不会只有一次。

花家舍的小岛,将来可考虑建一个书院。

浊其源而欲清其流,可得乎?

腐其根而欲繁其枝,可得乎?

知我者谓我心忧,不知我者谓我何求。悠悠苍天,此何人哉!

应当提请公安部门注意,张有德一直在试图谋杀我。这是一个明显的事实。

家玉的眼睛死死地盯在元庆“女人可以一生纯洁”那行字上。她的心像是被人用锥子扎了一下。她想起当年在川西的莲禺,一个掉光了牙齿的喇嘛,对她说过的那番深奥的话:

有些事,你一辈子总也忘不掉。凡是让你揪心的事,在你身上,都会发生两次。或两次以上。

小提琴的声音从隔壁的客厅里幽幽地传过来,缠绵中透出一份伤感。她还是第一次听到这个曲子。尽管她很不喜欢小提琴,可听着听着,竟不知不觉地跟着它,渐渐地就出了神。旋律所表现的,似乎正是暮春时节的旷野。或者说,如嫠妇泣诉般的音乐声,把她带进了一片人迹罕至的旷野……

原来世上还真有这么好听的东西。

可惜的是,不知道为什么,小提琴胆怯的声音,总是会被粗暴的大提琴蛮横地打断。就像春天的原野上突然刮起了一阵罡风。鱼缸里的红箭和虎皮,大概也受到了乐声的感染,不时跃出水面,拨弄出清晰的甩尾声。

啵!

啵啵!

在音乐声中，她仿佛坐在一个深宅大院中。阴暗的房中燃着的一枝香，烟迹袅袅上升，杳杳如梦。屋外却是一片灿烂的金黄，俨然就是花家舍岛上的那片晚春的油菜花地。

多年以前，她作为元庆的法律顾问，去跟合伙人张有德谈判。午后没事，一个人在岛上瞎逛。倒塌的砖房露出了黑色的椽子，倒是给那座迷人的小岛增添了一份凌厉。听端午说，他奶奶在出嫁途中遇到了土匪，曾被劫掠到那里，不知真假。那天下午，她在断墙残垣中徘徊了三个小时。艳阳。东风。湖水扬波。万籁俱寂。

她想抽个时间去一趟精神病院，看看元庆。

“刚才，你听的是什么东西？”家玉端着茶杯出来续水，对端午道。她眼泪汪汪的，不时吸一下鼻子。“是贝多芬，还是莫扎特啊？”

“都不是。”端午有些吃惊地望着她，似乎对她的流泪很不理解。“是个俄国人，叫鲍罗丁。”

家玉“唔”了一声，说：“好听。”

端午告诉她，这人是俄罗斯亲王的私生子，五人强力集团的成员之一。一谈起音乐，端午总是免不了要卖弄一番。实际上，鲍罗丁只是个医生。往往在生病的时候，才会作曲消遣。这也可以解释，为什么他的粉丝们总是一心盼着他生病。

“再听点别的。”家玉续完水，径自走到丈夫的身边，坐了下来。

“你想听谁的作品？”看见妻子第一次主动坐在他身边，一起欣赏音乐，端午看上去多少有些激动。

“是不是有个音乐家，名字叫什么克莱德……”

“你是说，理查·克莱德曼？”

“对对，就是这个人。”

“哦，垃圾！”端午厌恶地皱了皱眉，用无可置疑的口吻宣布道。

“不如还听那个俄国人好了。”

端午耐心地对她解释说，鲍罗丁只有这首《第二弦乐四重奏》比较入耳。其余的，比如《在中亚细亚草原上》，“我这儿的版本有点旧。EMI公司五十年代初的录音，六十年代转录的时候，静电声比较大。你会不会觉得吵？”

“那就把刚才那首曲子再放一遍吧。”家玉道。

“你怎么无端就喜欢起鲍罗丁来？”端午笑道，“其实这个人的东西，只是比较可口而已，谈不上什么境界。”

“少啰嗦！”家玉囔着鼻子道。

第三章

人的分类

1

在“呼啸山庄”。中午喝了太多的酒，他和吉士在江边的池塘旁钓鱼。端午舒服地躺在木椅上，喝着小顾刚刚送来的一壶“金骏眉”，听吉士说着他的风流韵事。那些事总是大同小异。

吉士与刚刚结识的一位税务局的女孩去宾馆开房。他们急得甚至等不及上电梯。在四楼的楼梯口，吉士看见一对男女从电梯里出来。男的少说也有六十多岁，脑门秃得发亮，可两边的鬓角却还是乌黑的头发，就像是一头长着犄角的衰老的公牛。那老流氓明显是喝醉了酒。搀扶着他的是一个三十多岁的女人，胳膊上挂着一只坤包。

老头一出电梯就把那女的抱住了，粗鲁地去吻她的嘴。税务局的女孩咯咯地笑了起来，低声对吉士道：“看来还有比你更猴急的人！”

每个故事都会有一个高潮，吉士的故事当然也不例外。他在宾馆偶尔撞上的这段插曲，其实也藏着一个秘密的悬念。它的被破解，甚至足以挽救故事本身的枯燥乏味。

“我怎么觉得，那个女的，怎么看，都像是，嫂子？”吉士转过身来，严肃地望着他。薄薄的茶色墨镜后面一道微微的白光闪过。

吉士平常最爱说笑，可至少他还知道轻重。假如不是十拿九稳，他不会这般的莽撞和唐突。

只要端午敢问,他没什么不敢说的。

端午轻轻地“嗯”了一声。他的心猛地往下一沉。水面上漂浮的鸡毛管急速下沉，手中的钓线硬了起来，钓竿随之绷成了一张弓。吉士跳过来帮忙。足足花了半个多小时，他们才把一条七八斤重的大草鱼拽上岸来。

以后他们见面，吉士再也没有提起这个话茬。只是，他对家玉的态度略微起了一点变化。言谈之间,多了一点过分的客套和羞涩。

这都是几年前的事了。

可这一回,情形有点不太一样。

早上九点钟，他在卫生间刷牙。家玉的手机忽然响了起来，她去楼下的美发店找瞎子按摩去了，忘了带手机。那个瞎子，端午曾见过一回。很年轻。他无端地认为那小伙子不是真瞎。

端午嘴里咬着牙刷，在屋子里转悠了好几圈，才确定了铃声的方位。手机搁在鞋柜上一个红色的尼龙布沙滩包里。等到他手忙脚乱地从沙滩包里取出手机，对方早已挂断了电话。手机上湿示的姓名是“水老鼠”。这是家玉在律师事务所的一位合伙人，原名叫做隋景曙。他们曾在一起吃过一两次饭。

他把手机放入包中,手指却触到了一团软软的卫生纸。

它的弹性令人生疑。

他取出那个纸包，小心翼翼地打开它。里面包着的，竟是一个用过的避孕套。为了防止精液流出，避孕套还打了个结。他掐住它有橡皮圆环的一端，举到亮光处，细细地观看，另一只手则捏了捏它的液囊。至少现在，它的表面十分干燥。他甚至还将它凑到鼻子前闻了闻，并意识到自己多少有点变态。随后，他仍将它用卫生纸包好，塞入包中原先的位置，拉上了拉链。他嘴里有一滴牙膏沫掉在了沙滩包上,便立刻取来毛巾,将它仔细擦干净。

虽然已经洗了好几遍手，但指端那种软软的感觉还在。橡胶外表均匀的颗粒感还在。端午自己从没有使用过这种蓝色的避孕套。有点高级。他无意去猜测它的主人，或者说他尽量克制自己，不要再朝那个方向去想。

让端午多少有点迷惑的地方在于：这个可以随手扔掉的东西，何以会出现在妻子的包中？假设他们幽会的地点是在宾馆，完事后，它最合理的去处，应当是纸篓或垃圾箱。假如偷情者希望不留下任何证据，特别是在前台做了登记的前提下，将避孕套带出来扔掉，也不失为一种谨慎之举。这说明，射精者对于安全的要求有点绝对。最可能的情景也许是，云雨之后，妻子主动承担了毁灭证据的职责。她会冲他俨然一笑，说，交给我吧。脸上的表情也许不无俏皮。这个对他来说已毫无意义的细节,纠缠了他很长时间。

一周后，他在“城投”遇见了徐吉士，郑重其事地向他提出了一个可笑的问题———一般来说，注意，是一般来说，在宾馆，完事后如何处理避孕套？

“怎么，你想去泡妞？”吉士笑道，“你这把老枪，也该重出江湖了，要不然都锈了。今天晚上,我就带你去一个好地方。”

至于避孕套，吉士说他从来不用：“我喜欢真刀真枪的感觉。戴上套子,搞了也白搞。你们的性器官,根本就没有真正的接触嘛！”

吉士无意中说出的这句话,让端午心里感到了一阵宽慰。

中午,家玉从美发店回来了。他正在听勋伯格的《升华之夜》。

她洗了个澡，吹了头发，换了一身新衣服。她手里举着一柄铜镜，放在脑后，站在穿衣镜前照了照，对端午说：“怎么样？好看吗？

式样是不是老气了点？”

“好看，”端午笑道，“一点也不老气。”

家玉上身穿着收腰的休闲便装，灰色的毛料短裤，裤腿上一个装饰用的锡扣，闪着清冷的亮光。她的腿上，是青灰色的丝袜。

“今天是星期天啊，”端午道，“你穿得这么正式，似乎没什么必要吧？”

“嗨！该死的宋蕙莲，从美国回来了。对了，她约我们今晚去外面吃饭，你高不高兴一起去？”

“哪个宋蕙莲？”端午略一思忖，忙道，“我下午还约了一个朋友。晚上回来恐怕要晚一点。”

由于那个避孕套的存在，打扮一新的妻子让他觉得有一点奇怪的陌生感，有一种凛然不可侵犯的美。有什么东西在他心底里一闪而过。怎么看，他都觉得家玉更加迷人了。那是一种腐败的甜蜜感——就像是发了酵的食品：不洁，却更为可口。

2

下午三点，端午准时来到了“荼靡花事”西侧的一个小小庭院中。天井里落满了黄叶，绿珠和另一个梳着短发的女人已经在那儿了。那人穿着一件淡蓝色的“ARC’TERYX”牌子的外套，不过，一看就是冒牌货。额前的刘海剪得过于整齐，这使得她那张宽宽的脸庞看上去就像一扇方窗。

她是民间环保组织“大自然基金会”的项目负责人，名叫何轶雯。两人像是为什么事发生了争执，都不怎么高兴。青花碟中的一炷印度香，眼看就要燃尽，红红的香头“嗤”的一声，炸出微弱的火星。不时有香灰落到瓷碟的外面，绿珠用手里的餐巾纸将它擦去。香雾中揉进了浓浓的桂花气息,还有空气中呛鼻的浮尘味。

外面的院子里阒寂无人。

端午刚刚坐定，绿珠将自己面前的一杯绿茶推到了他的面前，笑道："刚泡的,我没有喝过。"

她还是像以前那样落拓不羁。鼠灰色的敞襟运动衫显得过于宽大，她不时地捋一下袖子，露出白白的手臂，以及手臂上的蓝色蝴蝶图案。当然,蝴蝶是画上去的,很容易洗掉。

绿珠最近忽然醉心于动物权益保障。前些天，守仁打来电话，向端午抱怨说，绿珠不知道从哪里弄来一些流浪猫狗，养在家中。开始的时候还好，好脾气的小顾还帮着她一起给小动物洗澡、刷毛、包扎伤口、去动物防疫站打针，甚至还专门请来了康泰医院的骨科主任，给一条瘸腿的小狗接骨。她们还给每个动物都取了一个名字，可后来数量一多，她们也搞不清谁是谁了。家中成天是撕咬声一片，腥臊难闻，绒毛像春天的杨花一样四处飘浮。小顾整天抱怨皮肤瘙痒，人都快疯了。绿珠倒好，自从有了这批宝贝之后，既不失眠了，也不忧郁了。那些瞎眼、瘸腿、面貌丑陋的小东西，一刻不离地跟着她。她往东，那帮畜生，就呼啦啦地跟到东；她往西，它们就呼啦啦地跟到西。好不威风!

"你说这孩子,怎么想出一出是一出啊。"

何轶雯对于动物保护没有任何兴趣。她说项目刚刚起步，人力物力有限，应当将主要精力放在环境污染的治理方面。比如说，垃圾分类、化工厂的排放监测、污水处理，特别是鹤浦一带已十分紧迫的铅污染调查。而绿珠则提议在鹤浦范围内来一次鸟类大普查。她想弄清楚鸟的种群、存量以及主要的栖息地，用 DV 拍摄一部类似于《迁徙的鸟》那样的纪录片，去参加国际纪录片影展。她还强调说，如果第一笔资金还不够的话，她可以让她的“姨父老弟”再多投一点。反正他有的是钱。

端午无意介入她们的争论。何况，两个人急赤白脸，互不相让，他也不便发表自己的意见。好在绿珠看出了他的无聊，就朝他努努嘴，说：“包里面有书。你要是觉得无聊，就先看会儿书吧，我们一会儿就完。”

木椅上搁着一只咖啡色的提包，样子就像一把巨大的锁。他轻轻地拉开提包的拉链，心里浮现出一丝异样的悸动。仿佛拉开人家的包，就像脱去人家的衣服似的。这是一种亲密的熟稔之感。当然，他也不必担心，会从里边发现盛满精液的避孕套。

他从包里随手取出一本书来，是《史蒂文斯诗集》。封面是绿色的。

他把椅子挪到墙角靠窗的位置。隔着墨绿色的彩铝钢窗，可以看见院中的天井，以及运河上缓缓行进的画舫游船。二十年前，他在上海读硕士的时候，曾对这位美国诗人迷恋了好长一阵子。奇怪的是，今天再来重读这些诗，感觉也稀松平常。就连当初让他极为震撼的那首《士兵之死》，如今也变得像童谣一样甜腻。他知道这不能怪史蒂文斯。

死亡是绝对的，没有纪念日
正如在秋季，风停息
当风停息，天上
白云依旧

史蒂文斯不曾料到，死亡虽然照例来到，白云却也变得极为稀罕了。他一共参加了六位死者的葬礼,都是阴天。

绿珠和何轶雯还在争论。尽管她们压低了声音，可端午还是没有办法再度进入史蒂文斯的清纯世界。

轶雯希望这个“大自然基金会”，能够接受政府环保局的指导。她以过来人的口吻，告诫她的合作伙伴：在目前的中国，如果脱离了政府部门的支持，你是什么事都做不成的。可绿珠讨厌环保局的林局长，目光朝女孩子瞥一眼，就像是要挖人家的肉。他所领导的环保局明摆着是个摆设。这人昏聩得很。只要有厂家给他送几条香烟，他就对超量排放眼睁眼闭。她们还频频提到一个叫老宋的人。端午过了很久才搞清楚，这个人名叫宋健，是何轶雯的丈夫，眼下是南京农业大学的一位副教授。他目前正在运作的一个大课题，就是关于鹤浦一带铅污染治理的。

最后，她们总算在如下事情上达成了一致：项目启动的具体日期。那一天，她们要组织全市的环保志愿者，在鹤浦最高峰的观音山，搞一次集体宣誓。各大媒体的记者都会到场。她们还要搞网络视频直播。何轶雯还向她保证，至少会有一位副市长出席：“你就当它是一次青春嘉年华好了,事若求全何所乐？”

何轶雯没有留下来吃晚饭,不到五点半就离开了。

“这个人还真啰嗦！”等她走了，绿珠长长地叹了口气，对端午道。“本来我想好约她吃个中饭，两点前就把她打发走。然后，我们到楼下的天井里，找人来唱评弹，晒太阳，赏桂花。没想到，她说起来就没个完,白白糟蹋了一个下午。”

“你不是发誓赌咒,再也不理我了吗？”

“唉,说是那么说,心里还有点不舍得。”绿珠说。

她的气色比上次好多了。脸上致密的肌肤漾出了一丝酡红，笑起来还有点妩媚。

“哪里不舍得？”

“你这个人，又老又丑。”绿珠想了想道，“不过，看人的时候，眼睛倒是蛮干净的。”

“那可说不定。”端午走到桌边，嘿嘿地笑了两声，坐在了她的对面。“不干净的念头其实一直都有。”

“真的吗？”绿珠把眼前的菜单拿开，眉毛往上一挑，表情既轻佻又严肃。

“开个玩笑。”端午赶紧否认。他不安地看了一眼门边站着的一个服务员。她穿着绣花的旗袍，双手交叠，放在腹部，脸上没什么表情。

“你看，刚冒了个头，又赶紧缩回去了。你们这种老男人，没劲透了。”绿珠招呼侍者过来点菜。“说吧，想吃点什么？”

“我是很随便的，你看着点就行。”

绿珠“啪”的一声合上菜单，对侍者道：“那好，一份清蒸鲥鱼，一份木瓜炖河豚，一份葱烧鮰鱼肚。”

“干吗尽点鱼啊？”

“合在一起，就是长江三鲜。”绿珠道，“我最怕动脑筋，头疼死了。”

她另外又加了一盘白灼芥蓝，一瓶智利白葡萄酒。

“你是怎么和何轶雯认识的？”

“先认识她丈夫宋健。怎么呢？”绿珠咬了一下嘴唇，沉思了半晌，忽然道。“这其中的事乱七八糟，说起来还真有点复杂。你觉得这人怎么样？”

“不好说。”

“不好说是什么意思？”

“根本就不了解嘛。”

"不是不了解，而是不愿说。是不是？"绿珠道，"你们这种人，永远把自己摆在最安全的位置。"

端午未置可否地笑了笑，没再说什么。

"知不知道姨父老弟被打的事？"过了一会儿，绿珠问他。

"你说的是守仁吗？"

"除了他，我哪里还有旁的姨父？"绿珠没好气地看着他，"他被人打成了脑震荡。昨天刚出院，在家养着呢。"

"怎么回事？"

"他看中了春晖棉纺厂那块地，想在那盖房子挣钱。他和市政府谈好了合同。可没想到，棉纺厂那边的工人却死活不干。不是静坐就是集体上访，折腾了好几个月，光警察就出动了好多次。"

"这事我倒是听说过。"端午道，"征地的事，不是已经解决了吗？"

"事情是解决了，可工人们对他恨之入骨。要我说，他也是活该。他没事老爱去厂区转悠。像个农民，巴望着地里的庄稼，盘算着哪儿盖独栋，哪儿盖联排，还带着卷尺，到处瞎量。渐渐地，工人们就摸清了他的规律。一天早上，姨父老弟嘴里哼着小曲，刚走到堆放纱锭的仓库边上，身后忽然冲出一伙人来。他们不由分说，往他头上套了一个麻袋，把他掀翻在地，结结实实地打了个半死。最后送到医院，头上缝了十几针。我那天去医院看他，他的头被纱布包得像个蚕宝宝，还在那吆喝，让警察去逮人。逮个鬼啊！他头上被人罩了麻袋，也弄不清是谁打的，找谁算账去？只好吃个哑巴亏。"

"到底伤得重不重？"

"医生说不碍事。谁知道！今天早上他还跟姨妈说房子在转。废话，脑袋被木棒生生地打得凹进去一块，能不转吗？不过，你千万别去看他，装不知道就行了。姨父老弟死要面子，不让我往外说。另外，他也怕媒体，害怕这件事再在网上炒起来。"

清蒸鲥鱼端上来了。绿珠对他说，鲥鱼的鳞是可以吃的，端午自然也知道这一点，可他却没什么胃口。随手夹起一块放到嘴里去嚼，就像嚼着一块塑料。紧接着端来的木瓜炖河豚味道倒还可口。这是人工养殖的无毒河豚，又肥又大。

他们喝掉了那瓶葡萄酒，河豚还没吃完。绿珠就感慨说，这个世界的贫瘠，正是通过过剩表现出来的。所以说丰盛就是贫瘠。

端午想了想，觉得她的话还是有点道理的。

他们起身离开的时候，已经过了九点。绿珠想去运河边的酒吧街转转。

下了楼，出了天井，跨过养着锦鲤的地沟，穿过一扇砖砌的月亮门，他们走到了院中的小石桥边。绿珠忽然站住了。她再次回过身去，打量那道圆圆的门洞。

“我每次穿过这个该死的门，都要拼命地压低自己的头，生怕一不小心就撞到墙上。其实，就算你踮起脚尖来，头和门顶的砖头之间还有好大的距离。”绿珠说。

“你想说明什么问题？”

“根本碰不着。我根本没有必要低头。”

绿珠说，她从小学三年级开始，就骑车去上学。在去学校的路上，要经过一个铁路桥的桥洞，由于担心坐直了会撞到脑袋，总是弓身而过。她当时还未发育，个子相当小。其实就算是姚明骑车从那经过，也尽可以坐直了身子一穿而过。

“明白了这个事实也没有用。我现在回泰州，每次经过那个桥洞，还是忍不住要弯下腰去。低头成了习惯。我们对于未必会发生的危险，总是过于提心吊胆，白白地耽了一辈子的心。”

端午正要说什么，绿珠忽然拉了拉他的袖子。他以为自己挡了传菜生的路，就微微地侧了一下身。可这名“传菜生”走近他的目的，并不是要从他身边经过，而是要结结实实地在他脸上扇一个大耳刮子。那一巴掌，打得他的脑袋发生了偏转。端午眼前一震，蜂飞蝶舞。他看见绿珠的身子猛地抖了一下，低低地说了句："喝，好家伙！"

说不上是震惊还是赞叹。

原来是家玉。原来她也在这儿吃饭。就这么巧。

当端午回过神来想叫住她，家玉风风火火的身影早已在暗夜中消失了。绿珠还在那儿捂着嘴，望着他笑。

"你刚才说什么来着？我们对于未必会发生的危险，过于提心吊胆，是吗？你倒是说说，危险不危险？"端午硬挤出一丝笑容，自我解嘲地对绿珠道。

绿珠笑得弯下腰去，半天才喘过一口气来："我，我还有半句话没说完呢。"

"什么话？"

"而危险总是在不知不觉中降临，让人猝不及防。"她仍在笑。"不过这样也好。"

"有什么好？"

"她打了你这一巴掌，你们就两清了。谁也不欠谁。在你老婆看来，反正我们已经搞上了对不对？你回家跪在搓衣板上，鸡啄米似的向她磕头认错，也已经迟了。为了不要白白担个虚名，我们还不如来真的。怎么样？别到临死了，还要去换什么亵衣……"

端午知道她说的是宝玉和晴雯。他尴尬地笑了两声，没再搭腔。

半晌，又听得绿珠黯然道："可恨我今天来了例假。"

绿珠这么说，端午忽然鼻子一酸，心里生出了一股感动的热流。他想到自己的年龄比她大出一倍还多，感动中也不能不掺杂着一些轻微的犯罪感。

他们已经来到了运河边。河水微微地泛着腥臭。两岸红色、绿色和橙色的灯光倒映在水中，织成肮脏而虚幻的罗绮，倒有一种欲望所酝酿的末世之美。河道中横卧着一条飞檐叠嶂的桥楼，也被霓虹灯光衬得玲珑剔透。河面上画舫往返，乐声喧天。喊破喉咙的卡拉OK，让他们在说话时不得不一再提高嗓门。每个人的脸上都像是镀了一层银光似的。

不论是把脚搁在窗槛上喝茶的人，裸露着臂膀在昏暗的灯光下拉客的少女，还是正在打台球的小伙子，绿珠一律将他们称为“非人”。她拉着端午的手，从这些散发着酒味和劣质香水味的人群中快速穿过,她要带他去对岸的酒吧。名字用的是麦卡勒斯小说的题目：

心是孤独的猎手

那座酒吧里，同样挤满了人。楼上、楼下都是满满当当的，没有空位。他们在那买了一瓶青岛啤酒，在一个小摊前买了几串炸臭豆腐，沿着河道的护栏往前走。对于每一个前来向他们兜售珍珠项链的小贩,绿珠总是连眼皮也不抬,骂出一个同样的字来：

“滚！”

有好长一阵子，两个人谁都没心思说话。默默地注视着桥栏下满河的垃圾、游船以及在游船上寻欢作乐的“非人”，啤酒瓶在他们手里递过来,又递过去。绿珠忽然把脸凑近他的耳朵低声道：

“这感觉,像不像是在,接吻？”

这其实算不上是什么挑逗，因为端午的心里也是这么想的。不过他还是觉得有一点晕。像是闪电，在他心底里，无声地一掠而过。他们稍稍往前走了几步，昏头昏脑地跨过一个卖盗版DVD的地摊，拐进了一条狭窄的弄堂。

端午鲁莽地将她压在墙上。绿珠有些吃惊地看着他，随后闭上了眼睛。两人开始接吻。他听见绿珠嘟嘟囔囔地说，刚才不该吃臭豆腐。

她的身体有些单薄，不像家玉那么澎湃。她的嘴唇，多少还能让他想起啤酒瓶口的湿滑，不过更加柔软。他贪婪地亲吻它。上唇，下唇和两边的嘴角。穷凶极恶。就好像一心一意要把自己最珍惜的什么东西,瞬间就挥霍掉。

绿珠大概不喜欢牙齿相叩的坚硬感，便用力地推开了他，喘了半天的气，才说："很多人都说，女人的爱在阴道里，可我怎么觉得是在嘴唇上啊？"

端午想要去捂她的嘴,可已经来不及了。

"你小声点好不好？"端午道，"外面都是人。"

绿珠笑了笑："不管你信不信，我是很少和人接吻的。怎么着都行,就是不能接吻。你是第二个。"

"那,第一个是谁啊？"

绿珠的脸色忽然就阴沉了下来，好半天才说："他教我画画。偶尔也写诗。"就是因为一心要嫁给他，她才和母亲闹翻的。那是她参加高考的前夕。她脸上的忧郁，陡然加深了，眼中似有泪光闪烁。端午没敢再问,绿珠再次把脸迎上来。于是,他们又开始接吻。

他们所在的位置，恰好在一户人家的西窗下。窗户黑黢黢的，窗口有大团大团的水汽从里边飘出来。寂静之中，他们能听见屋里人的说话声。一个老头嗓门粗大地喊道：

"荣芳啊,电视机的遥控器摆在哪块了？"

接下来，是"骨碌骨碌"的麻将声。一个苏北口音的老太婆，从远处应和道："你妈妈日屄。我哪晓得？床上找找看呢。"

他们都笑了起来。

"老夫妻家常说话,怎么都这样脏不可闻？"端午低声道。

“要不我怎么说他们是‘非人’呢。”

他们离开那个漆黑的弄堂，绿珠仍然拉着他的手不放。这让他又受用又忧心。他们在弄堂口的地摊前停了下来。绿珠蹲在地上，东挑西挑，跟小贩讨价还价。最后，她在那里买了两张电影光盘，都是沟口健二的作品。

很快，他们就走到了酒吧街的尽头。顺着湿漉漉的台阶走上一个陡坡，眼前就是一片开阔的公共绿地。运河在这里拐了一个大弯，沿着一段老城墙蜿蜒向北。绿地上的树都是新栽的，树干上绑着草绳，用木桩支起一个三脚架，以防被风刮倒。有两棵刚刚移来的梧桐树，四周还围着涂满沥青的黑网。绿地的铁栏杆外面，就是宽阔的环城马路了。不过,这时候过往的汽车很少。

由于不再担心遇见熟人,两个人的手又拉在了一起。

“忽然想到一首诗,想不想听听？”绿珠道。

“是史蒂文斯吗？”

“不,是翟永明。”

九点上班时
我准备好咖啡和笔墨
再探头看看远处打来
第几个风球
有用或无用时
我的潜水艇都在值班
铅灰的身体
躲在风平的浅水塘

开头我想这样写：

如今战争已不太来到

如今诅咒，也换了方式

当我监听

能听见

碎银子哗哗流动的声音

……

绿珠说，她近来发狂地喜欢上了翟永明。尤其是这首《潜水艇的悲伤》，让她百读不厌。好像是站在时间的末端，打量着这个喧哗的城市，有一种旷世的浮华和悲凉。她曾把这首诗念给正在养伤的守仁听，连他也说好。

“悲凉倒是有一点。浮华，没怎么看出来。”

“哗哗流动的碎银子啊，难道还不够浮华吗？”

端午笑了笑，没再与她争辩，而是说：“要是翟永明知道，我们俩在半夜三更散步时还在朗诵她的诗，不晓得要高兴成什么样子呢！”

“你认识翟永明吗？”

“见过两次而已。也说不上有多熟。有一次，我们一起去南非，她朗诵的就是这首诗。”

“你觉得怎么样？”

“还好。不过结尾是败笔。”

“你指的是给潜水艇造水那一段吗？”

端午点点头，搂着她的肩，接着道：“不过，这也不能怪她。我倒不是说，她的才华不够。对任何诗人来说，结尾总是有点难的。”

“这又是为什么呀？”

“这个世界太复杂了。每天都在变，有无数的可能性，无数的事情纠缠在一起。而问题就在这儿。你还不知道它最终会变成什么样子。铺陈很容易,但结尾有点难。”

“真该把你说的话都记下来。”

端午和她约好，见到第一辆空着的出租车，就送她回“呼啸山庄”。将绿珠送到后，他再原车返回。可是当一辆黄色的出租车在他们身边停住时,绿珠却变了卦。

他想再抱抱她，绿珠心烦意乱地把他推开了。独自一人，闷闷地坐进了出租车的前排，朝他摆了摆手，兴味索然。她忽然拒绝端午送她回家,不仅仅是因为出租车司机是个中年妇女。

不知道从哪里飘来一朵浮云。阴阴地罩住了她的心。

3

绿珠将那些她所鄙视的芸芸众生，一律称为“非人”。这没什么好奇怪的。在端午看来，我们无时无刻不在依照自己的尺度，将人划分为各个不同的种属和类别。对人进行分类，实际上是试图对这个复杂世界加以抽象的把握或控制，既简单，又具有象征性。这不仅涉及到我们对世界的认识，涉及到我们内心所渴望的认同，同时也暗示了各自的道德立场和价值准则，隐含着工于心计的政治权谋、本能的排他性和种种生存智慧。当然，如何对人分类，也清晰地反映了社会的性质和一般状况。

比如说，早期的殖民者曾将人类区分为“文明”与“野蛮”两部分，就是一个别出心裁的发明。作为一种遗产，这种分类法至少已持续了两百年。它不仅催生出现代的国际政治秩序。也在支配着资本的流向、导弹的抛物线、财富的集散方式以及垃圾的最终倾泻地。

再比如说，在中国，最近几十年来，伴随着“穷人”和“富人”这样僵硬的二分法而出现的，已是一个全新的陌生世界。它通过改变“穷人”的定义——精神和肉体的双重破产、麻烦、野蛮、愚昧、危险和耻辱，进而也改变了“人”的定义——我们因担心陷入文化所定义的“贫穷”，不得不去动员肌体中的每一个细胞，全力以赴，未雨绸缪。

端午想，如果他理解得不错，这应该就是绿珠所谓“非人”产生的社会基础。

端午酷爱布莱希特。曾经有很长一段时间，他对布莱希特基于基督教的立场，简单地将人区分为“好人”和“非好人”而迷惑不解。不幸的是，布莱希特的预言竟然是正确的。好人，按照布莱希特的说法，显然已无法在这个世界上存活。换句话说，这个世界彻底消除了产生“好人”的一切条件。

在今天，即便是布莱希特，似乎也已经过时了。因为在端午看来，在老布的身后，这个世界产生了更新的机制，那就是不遗余力地鼓励“坏人”。

端午很小的时候，母亲就开始向他灌输自己颇为世故的分类法。在母亲那里，人被奇怪地区分为“老实人”和“随机应变的人”。“老实”自然是无用的别名，而“机变”则要求眼观六路，耳听八方，随时准备调整自己的生存策略。突击或龟缩，依附或背叛，破釜沉舟或丢卒保车，过河拆桥或反戈一击。这一分类法，与他喜爱的围棋，与母亲口中的那些代代相传的民间故事一样陈旧而古老。

有一段时间，他哥哥元庆，忽然对“正常人”和“精神病”之间的界限，表现出病态的关切。端午当时并未立即意识到，哥哥正在加速度地滑入他深感恐惧的“疯子”阵营。不过，自他发病后，一切又都被颠倒了过来。他自诩为这个世界上唯一的“正常人”，其他的人都是疯子。

“那么,我呢?”有一次,家玉嬉皮笑脸地逗他。

“也不例外,”元庆冷冷地道,“除非你和端午离婚,嫁给我。”

家玉红了脸。再也不笑。

宋蕙莲的来访,让家玉留下了不愉快的记忆。就像吃了一只苍蝇。不仅仅是因为那天晚上,她在无意中撞见了端午和绿珠。她对蕙莲开口闭口“你们中国人”一类的说法怒不可遏。在她看来,宋蕙莲乐于用“中国人”和“非中国人”这样的分类,来凸显自己过时的优越感,来表达对自己同胞的嘲弄和蔑视;而事实上,当她在美国或西方世界四处演讲、骗吃骗喝的时候,她所蔑视的“中国身份”,正是她招摇撞骗的唯一资本。在她的英文随笔集《告诉你一个真实的中国》中,她不仅成了杜甫和李白的“直接继承人”,成了专制政治的“敏锐观察家”,甚至通过杜撰某些政治人物的私生活及种种骇人听闻的“轶事”,来取悦她的那些外国读者。

尽管端午对所有的政治人物都没有好感,但他还是立即对妻子的看法表示了毫无保留的赞同:“唉,你知道,有些诗歌界同行,跟宋蕙莲一个德行。还有些人更可笑,在国内痛斥资本主义和帝国主义。到了国外就大骂专制政体……”

说到对人的分类,家玉的方法与众不同。

那天晚上,孩子早早睡了,他们坐在餐桌前闲聊。难得有时间坐在一起。用考究的紫砂壶泡茶。磨磨嘴皮子。享受静谧。

家玉的观点是,人只能被分成两类:“死人”或“活人”。所谓“三寸气在千般好,一日无常万事休”。在“活人”中,还可以进一步加以区分。享受生活的人,以及,行尸走肉。她说,这个世界的悲剧恰恰在于，在日趋激烈的生存竞争中，我们不得不强迫自己忘记人的生命会突然中止这一事实。有些人,连一分钟都没活过。

“我自己就是一个行尸走肉。哎，古人的话，总是那么入木三分。行尸走肉,多么传神！”

在家玉的分类法中，“死人”，居然也可以分为两类。死亡一次的人。死亡两次的人。

“什么意思？”端午忙问道。

“芸芸众生，比如像我，只能死一次。死了就是死了。很快就烟消云散。没人记得世界上曾存在过这么一个人。庞家玉，或者，李秀蓉。没人知道她受过的苦。遭过的罪。受过的折磨。没人知道她的发自心底的欢乐，尽管只有那么可怜的一点点。没人知道她做过的一个个可笑的梦。还有一种人，比如你，人死了，却阴魂不散。文章或名声还会在这个世界存留，还会被人提起。经常或者偶尔。时间或长或短。但你总归也会被人遗忘，死上第二次。我这么说，你不会生气吧？”

“照你这么说,杜甫和李白就会永远不死了？”

“他们也会死。因为世界迟早会毁灭。连最乐观的科学家都在这么说。照现在这个势头，也不会太远，不是吗？”家玉忽然把脸转向他，“你呢,你怎么分？”

端午说，他好像从未认真思考过这个问题。不过，如果一定要分，大抵也是两类。成功的人，失败的人。从感情上说，他没来由地喜欢一切失败的人,鄙视成功者。

“那是嫉妒。”家玉呵呵地笑了起来。“哎，还有一种分法，你没说。”

“什么？”

家玉一脸诡笑，似嗔非嗔地望着他 :“美女是一类，其他一切生物算成一类。我没说错吧。因为除了美女，除了什么红啊绿啊，珠啊玉啊的,其余的,一概都不在你们的视线之中。对不对？”

“这话要是用来形容吉士，倒还差不多。”端午眯眯地笑，带着貌似憨厚的狡黠。“不过，我们单位的老冯，就是你常说起的那个冯延鹤,他倒有一个很有意思的看法……”

可家玉突然对这个话题失去了兴趣。

她打了个哈欠，随后就开始和他商量唐宁湾房子的事。她提到了唐燕升。

就在这个星期天，他要亲自出面，帮他们一劳永逸地解决困扰多时的房产纠纷。

4

冯延鹤把一切他所不喜欢的人，都称之为“新人”，多少有点令人费解。这一说法看似无关褒贬，实际上他的愤世嫉俗，比绿珠还要极端得多。

按照他的说法，三十年来，这个社会所制造的一代又一代的“新人”，已经羽翼渐丰。事实上，他们正在准备全面掌控整个社会。他们都是用同一个模子铸造出来的。他首先解释说，他所说的“新人”，可不是按年龄来划分的。就连那些目不识丁的农民，也正在脱胎换骨，成为一个“全新的人种”。这些人有着同样的头脑和心肠。嘻嘻哈哈。浑浑噩噩。没有过去，也谈不上未来。朝不及夕，相时射利。这种人格，发展到最高境界，甚至会在毫不利己前提下，干出专门害人的勾当。对于这样的“新人”来说，再好的制度，再好的法律，也是形同虚设。

端午已经不是第一次听他发这一类的牢骚了，早已没有了当初的振聋发聩之感。

这天下午，老冯又打来电话，半命令、半央求地让他去下棋。

老冯照例让端午先洗手，可他自己呢？时不时抠弄一下嘴里的假牙，丝丝拉拉地拖出一些明晃晃的黏液，弄得棋子湿乎乎的。每次端午要提掉他的黑子，都得皱起眉头，压住心头的阵阵嫌恶。

下到中盘，黑白两条大龙在中腹绞杀在一处。老冯憋红了脸，一连算了好几遍，还是亏一气。最后，只得推枰认输。

“那么，您呢？您是不是也在与时俱进，变成了一个‘新人’？”端午笑着对他道。

“我是一个怪物。”冯延鹤道，“一个饱餐终日、无所事事的老怪物。”

他从茶几上拿过一只饼干桶，揭开盖子，取出几块苏打饼干。也没问端午要不要，自己一个人吃了起来。他有严重的胃溃疡，时不时要往胃里填点东西。等到他把手里的一点饼干末都舔干净之后，这才接着道：

“古时候，若要把人来分类，不外乎圣人、贤人和众庶而已。三者之间的界限都不是绝对的。学于圣人可为贤人，学于贤人是为众庶。反过来说，学于众庶方可为圣人。也就是说，三者之间可以相互交通。匹夫而为百世师，一言而为天下法。”

“今天也一样啊。”端午存心想和老头胡搅，“即便是你说的新人，恐怕也有智愚、美恶、好坏之分吧？”

“不是那话。”冯延鹤对他的诘难不屑一顾，“不论是圣人、贤人还是众庶，在过去呢，他们面对的实际是同一个天地。所谓参天地之化育，观乎盈虚消长之道。中国人最看重天地。一切高尚的行为、智慧和健全的人格，无不是拜自然之赐。在天为日月星辰，在地为河岳草木。所以顾亭林才会说，三代之前人人皆知天文。七月流火，不外乎农夫之辞；三星在户，无非是妇人之语；月离于毕，不过是戍卒之作；龙尾伏辰，自然就是儿童之谣了。古时候的人，与自然、天地能够交流无碍。不论是风霜雨雪，还是月旦花朝，总能启人心智，引人神思。考考你，苏东坡在《前赤壁赋》中，由悲转喜的关键是什么？你居然也不知道。唉,不过是清风明月,如此而已。

“不久前，温家宝总理提倡孩子们要仰望星空，是很有见地的。可惜呢，在鹤浦，现在的星空，就是拿着望远镜，也恐怕望不到了。天地壅塞。山河支离。为了几度电，就会弄瘫一条江。贤处下，劣处上；善者殆，恶者肆；无所不可，无所不至。这样的自然，恐怕也已培育不出什么像样的人来,只能成批地造出新人。”

听他这么说，端午的心里就有点难过和悲悯。倒不是因为他的议论有多精辟。同样的话，昨天中午，两人在食堂吃饭时，老头已经说过一遍了。不过，两次说的同样的话，几乎一字不差，也不禁让他暗暗称奇。可正因为如此，他知道接下来，老头还有一大段“国未衰，天下亡”的大议论，尚未出口。若要听完这段议论，一两个小时是打不住的。因此，他也就顾不上唐突，瞅准了这个空隙，立刻突兀地站起身,向他的上司告辞。

“不忙走。”冯老头在他肩上拍了一下，敛去笑容，正色道，“我还有正经话要问你。”

“干吗变得这么严肃？”端午摇了摇头,只得重新坐下来。

冯延鹤所谓的正经话,听上去倒也一点都不正经。

“近来,单位关于我的谣言满天飞,你是不是也听说了一些？”

“您指的是哪方面的？”端午一下就红了脸。就像是做了什么见不得人的事似的,有些迟疑地望着他。

老冯满脸不高兴地“这这”了两声。不耐烦地挥了一下手，拂去住眼前嗡嗡乱飞的一只苍蝇。似乎在说:这事,难道还有好几个方面吗?

“那我就说了。您可不许生气。”

“直说吧。”

冯延鹤的老伴早年去世后，他一直是一个人。几年前，他唯一的儿子，死于一场离奇的车祸。那天外面下着大雪。他和几个朋友在棋牌室打“双升”，是凌晨三点驾车离开的。他的尸体被清扫路面的环卫工人发现时，已经冻成了冰坨子。他所开的那辆宝来车，被撞得稀烂，尸体却躺在五十米以外的水沟边。老冯没有要求警察追查凶手或肇事者，反正儿子已经回不来了。警察也乐得以普通的交通肇事结案。网络上的议论，为了嘲讽警方的敷衍塞责，一度把死者称为“空中飞人”。

办完丧事后，儿媳妇就带着孙女到鹤浦来投奔他。来了，就住下不走了。老冯找关系给她在小区里找了个开电梯的活。按理说，公公和儿媳妇同处一室，时间长了，自然无法避免邻居们的飞短流长。冯延鹤被借调到地方志办公室，就把那些闲言碎语也一起带了来。不过，也没有人为此事大惊小怪。毕竟老人经历了丧子之痛，年过四十的儿媳带着一个七八岁的孩子也很不容易。就算翁媳俩有什么苟且之事,那也是人家的自由。

可最近却突然传出消息说，那儿媳已经怀上了老冯的孩子。尽管谣传在市府大院沸沸扬扬，可端午还是觉得有点不太靠谱。毕竟，老冯已经是七十大几的人了。

有一次，他往国土资源局送材料。那里的一个女科长，一口咬定孩子已经生下来了。老冯正在为儿子该叫他父亲还是爷爷而“痛苦不堪”。还有人说，老冯在他儿子出车祸之前，实际上已经与儿媳勾搭成奸。儿子不过是敢怒不敢言罢了。

当然，最离奇的传说莫过于说，老冯的儿子其实并没有死。当他无意中撞见父亲卑劣的“扒灰”行径之后，一怒之下，摔门而去，负气出走，一口气就跑到了洪都拉斯。如此说来，所谓的“空中飞人”，还有别的意思。

听上去,已经是钱德勒小说的内容了。

端午在转述这些传闻的时候，对其中的一些不堪入耳的内容作了适当的过滤,以免老人受到太大的刺激。

冯延鹤听完,脸上没有任何表情。怔了半天,这才喃喃自语道：

“怪不得老郭,前些个,跟我开那样的玩笑！”

至于说老郭如何打趣，老冯只字未提。不过，老冯接下来的一番话倒是让端午着实吃了一惊：

“且不说那些传闻都是无稽之谈，就算实有其事，那又如何？想想当年的王夫之吧。有什么了不得的！”

端午知道，冯老头以王夫之自况，也并非无因。王夫之晚年一直由孀居的儿媳照料，两人日久生情，渐渐发展到公然同居，在历史典籍中是有案可查的。而且两人死后，村中的乡邻，还将翁媳两人合墓而葬。至少在当时的乡亲看来，这段不伦之情，根本算不得什么人生污点,反而是一段佳话。

从离经叛道、敢作敢当这方面来说，冯延鹤无疑也是一个“新人”。不过，假如他学于圣贤，搬出王夫之一流的人物来为自己辩护，俨然还是一个合乎道德的“旧人”。

端午从总编室离开，沿着空荡荡的楼道，回到资料室。早已过了下班的时间。小史还没有下班。她正对着手里的一个小镜子，在那儿描眉画眼。

屋子里有一股淡淡的脂粉香。

“怎么还不走？”端午胡乱地收拾着桌上的文件，随口问了一句。

“等你呀。”小史抿了抿嘴，将手里的镜子朝桌上一扔，笑道。

“等我干吗？”

“想你了呗！”

“你可不要考验我！”端午苦笑道，“我在那方面的克制力，是出了名的差！”

“哪方面？你说哪方面？嘿嘿。没关系，你克制不住，还有我呢。反正我是会拼死抵抗的。”说罢，小史傻呵呵地一个人大笑了起来。

端午不由得瞥了她一眼。

这丫头，好端端地，今天又不知道她发什么神经！端午忽然记起一件事来。他把手里的文件装在档案袋里，胡乱地绕了几下线头，然后走到她的办公桌前，暧昧地将一只胳膊压在她肩上，压低了声音，对她道：

“你认不认识什么厉害点的角色？比如流氓、小混混一类的？”

“做什么？你想跟人打架呀？”

小史回过头来，望着他笑。她的嘴唇红红的，厚厚的。端午稳了稳情绪，压制着心头的蠢动，告诫自己不要冒险。

“这个礼拜天，我们要去唐宁湾把房子收回来。我那房子被人占了快一年了。就是想多找几个人，不真打架，给对方一点压力，壮一壮胆气和声威。”

“我明白了。”小史眨巴着眼睛，想了半天，忽道：“这一类的事情，找‘小钢炮’最合适了。他是我以前的男朋友。我一会儿就给他打电话。”

“你等等。这个人，可靠吗？”

“绝对可靠！平常警察见了他，都跑得远远的。要是真的动起手来，他一个人撂倒七八个，没什么问题。有一回，我跟他去逛公园，看见两个谈恋爱的远远地沿着湖边散步。人家散人家的步，没招他没惹他，可他硬说那两个人让他看了不顺眼，就大步流星地奔过去，一脚一个,将他们都给踹到湖里去了。”

如此说来，这个“小钢炮”，倒可以称得上是一个不折不扣的“新人”。假如真的能请来这么一尊真神，以暴制暴，说不定还没等到刑警大队的人马赶到,李春霞一家早已吓得望风而逃了。

这么一想,他又觉得这个从未见过面的小钢炮倒也是蛮可爱的。

“你得跟他说清楚，千万不能真动手。只要让他穿身黑西装，戴上墨镜，装出一副凶神恶煞的样子来，在边上站站，就可以了。谈判一类的事，就交给我们来处理。”端午反复叮嘱小史道，“你得把话说清楚了啊,千万可不能让他闹出乱子来！”

“既然如此,后天我跟他一块儿去。”小史说。

“你去干吗？”

“我不去，你们哪能约束得了他？再说了，我也去弄副墨镜戴戴，凑凑热闹。”

端午想了想，只得同意了。他告诉小史后天一早见面的时间和地点。小史顺手扯下一张台历,将它记在了反面。

窗口有个人影一闪。端午没看清楚是谁。像是老郭。

果然，小史将桌上的化妆品一股脑地扫到筒状的皮包中，手忙脚乱地穿上风衣，然后冲着端午说了声“拜拜”，扭着她那性感的大屁股,颠颠地走了。

5

因知道第二天要去唐宁湾解决房产纠纷，星期六的傍晚，张金芳带着小魏，摸黑从梅城赶了来。她有点放心不下。

“又多事。你是嫌家里还不够乱的，是不是？”家玉斜睨了他一眼，怒道。

端午也有点后悔。下午与母亲通话时，不该多嘴。家玉铁青着脸，对母亲不理不睬。一家人围着餐桌，各吃各的饭。倒是母亲，低声下气，处处赔着小心。她知道，在这个节骨眼上，可不是大吵大闹的适当时机。

家玉将大屋让了出来，换上了干净的床单。她安排母亲和小魏睡大床，端午睡沙发，她自己就在儿子的床上挤一挤。母亲提出来，让若若跟她们一块睡。家玉也只得同意。但他仍然必须完成当天的家庭作业。

将婆婆和小魏安顿好了之后，家玉一声不吭地出去了。她没有说去哪里，端午也没敢问。他躺在沙发上，抱着那本《新五代史》，一个字也看不下去。不管怎么说，想到第二天，唐宁湾的房子就将重回自己的手中，他竟然有些隐隐的激动，忘掉了那房子本来就是他的。

深夜一点多，家玉才从外面回来。

原来她去了唐宁湾。

“我想去看看春霞她们在不在。不要等到明天，我们一帮人兴师动众，却去扑个空。”

“在吗？”

“反正屋里的灯亮着。”家玉道，“我是看着他们熄灯睡觉才离开的。”

那房子简直就是她的心病。她已经有了一些强迫症的明显症状。有时，她半夜里都会咬牙切齿地醒来，大汗淋漓地告诉端午，她在梦中正“掐着那蠢货的脖子”。看到妻子眼圈黑黑的，身体明显的瘦了一大圈，端午的心里还是有一种怜惜之感。好在这一切，明天就要彻底结束了。

端午觉得自己没睡多大一会儿，就听见母亲窸窸窣窣地起了床，叮叮当当地在厨房里忙开了。她烧了一锅稀粥，将她们昨晚带来的包子蒸上，又给每个人煎了鸡蛋。等她收拾好了这一切，天还没有亮。她一个人靠在餐桌边的墙上,打瞌睡。

母亲执意让他们带上小魏。用她的话说，打架不嫌人多。多个人也好多个照应。临走时，她又将端午叫到了卧室里，关上门，低声对他嘱咐道："真的动起手来，你可不要傻乎乎的瞎冲瞎撞！你这身子骨，风吹两边摆，上去也是白搭！你在后边远远地跟着就行，一看苗头不对,转身就跑！阿听见？"

端午只得点头。

吉士昨天来过电话。他从报社的发行部找了四个精干的小伙子，都是他的牌友。小史会带来她的前男友"小钢炮"，加上端午夫妇和小魏，不多不少，正好十个人。他们约好了早上九点，在唐宁湾小区东侧一个在建的网球场见面。

太阳已经升起来了。漫天的脏雾还未散去。他们的车刚过唐宁湾售楼处的大门，小魏眼尖，一眼就看到网球场的绿色护墙上，靠着两个人。原来小史他们已经先到了。

这个"小钢炮"，一点也不像小史吹嘘的那么神武。虽说是一米八几的大块头，可看上去却蔫头巴脑的。用家玉的话来说，"怎么看都像是只瘟鸡"。他的黑西装很不合身，绷在身上，还短了一大截，很不雅观地露出了里面粉红色的羊毛衫。端午与他握手时，发现"小钢炮"的手掌绵软无力，脸上病怏怏的。说一句话，倒要喘半天。脸色一阵泛红，一阵发白。喉咙里呼噜呼噜的，冒出一串串让人心忧的蜂鸣音。

小史倒是很有一副女流氓的派头。神抖抖地戴着墨镜，嘴里狠狠地嚼着口香糖，故意把自己弄得龇牙咧嘴的。黑色的风衣敞开着，双手插在衣兜里。

家玉很不高兴。她把这两人上上下下打量了半天，用半是疑惑、半是嘲弄的目光看着丈夫，似乎在说，你是从哪里弄来了这么一对活宝？

到了九点二十，徐吉士所率领的另一伙人还未现身。家玉在不停地看表，显得焦躁不安。端午已经给他拨了两个电话，都是占线的声音。

“不会呀,说好是九点的呀！”端午嘟囔了一句。

“你再给他打电话！”家玉阴沉着脸,怒道。

“要不，我们就先动手？”小史见家玉一直不愿意搭理她，这会儿就主动凑上前来向她献计。

“就凭我们这几个人？歪瓜裂枣的，风吹吹都会倒，让人看了笑话。”家玉一急,说出来的话就有点难听了。

小史赶紧解释：“不是的。他原来不是这个样子的。一听说要打架，他来了劲。昨晚就喝酒，一直喝到凌晨三点。刚才在来的路上，又喝了两瓶黑啤,说是醒醒酒。他的哮喘病犯了。”

这时,端午的手机响了。是吉士。

“喂,喂喂,你在哪里？”端午叫道。

“你声音小点行不行？耳膜都给你震破了。我们已经到了。”徐吉士仍然是慢条斯理的口气。

“在哪里？”端午转过身去，朝四周看了看，“我怎么看不见你们啊？”

“你不可能看见我！”吉士呵呵地笑着，“我正在你们家客厅里。我们已经攻克了第一道防线。你们赶紧杀过来吧。”

原来，吉士晚到了七八分钟。他担心误事，就直接把车开进了小区北门，停在了他们家单元门口。五个人刚从车上下来，吉士就看见春霞提着两个塑料袋出门扔垃圾。他一见房门开着，正是天赐良机！立即决定单方面采取行动，吩咐手下的几个人冲了进去。等到春霞反应过来，掏出手机来报警，吉士已经坐在客厅的沙发上，悠闲地抽起了香烟。

家玉一听吉士那边得了手，悬着的一颗心终于落了地。足足有一个星期，她无时无刻不在担心：到了唐宁湾，很有可能，春霞连门都不会让他们进。现在，既然第一个难题被徐吉士在不经意中轻易地解决了，也算是个不大不小的好兆头。

楼道里光线很暗。隔壁 102 的房门开了一条缝。一个白发苍苍的老太太伸出她那有秃斑的脑袋向外窥望，一见端午他们进来，“嘭”的一声就把房门撞上了。

春霞看来早已从刚才的惊慌中恢复过来。她坐在客厅的一张高脚方凳上，跷着二郎腿，正在与吉士斗嘴。端午一进门，就听见春霞恼怒地对徐吉士吼道：“你他妈试试看！”

她的身边还站着一个女人。这人穿着人造棉的大花睡裤，怀里抱着一只黑猫。她和春霞长得很像，只是年龄略微大一些。看见家玉他们从门里进来，春霞满脸堆下笑来，鼻子里习惯性的“吭吭”了两声，眉毛一吊，揶揄道：

“呦，妹了啊，你是从哪里招来这么一帮宝货！鸡不像鸡，鸭不像鸭的，唱戏呢？”

家玉不做声。她装着没有听懂她的话，不过神色还是有几分慌乱。她招呼小史、小魏她们，在餐厅的长桌前坐定，就掏出手机发起了短信。

春霞自然不依不饶。

“妹子，你是欺负我们姐俩，没见过小丑？你怎么不去租身行头，戴副墨镜，穿个黑披风什么的，趁机威风威风？”

站在春霞身边的那个女人，这时也插话道：“鼓也打了，锣也敲了，跑龙套的也上了场，你这主角既露了面，这戏也该开唱了。有什么绝活儿就赶紧亮亮，我们洗耳恭听。”

她的嘴里镶着一颗金牙，一看也不是什么容易对付的主。上次见过的那个矮胖男人不在场。也许是回韩国去了。

徐吉士见家玉笨嘴拙舌，神色慌乱，完全不是人家的对手，脸上有点挂不住。正要发作，忽见身边的“小钢炮”腾地一下从餐桌边站了起来，把屋子里的人都吓了一跳。

端午心里也是窝了一肚子火。他也顾不得那么多了，心里巴不得“小钢炮”露一露凶神恶煞的威风，飞起连环腿，将那两个女人踹到窗子外面去。

“喂，喂……”“小钢炮”哼哼了两声，随即开始了艰难的倒气。嘴里再次发出呜噜呜噜的蜂鸣声，“喂，卫生间在哪？”

原来他是在找厕所。“小钢炮”脚底打着飘，就像踩在云朵上似的，摇摇晃晃，走一步退两步的，小史只得赶紧过去扶他。

“哎哟喂，可得扶稳了！千万别让他摔着！”春霞轻蔑地朝他们看了一眼，撇了撇嘴，跟她姐姐交换一个眼色，阴阴地笑。

很快，卫生间就传来了翻江倒海的呕吐声，夹杂着哼哼唧唧的哀叹。满屋的人，你看我，我看你，气氛变得有点尴尬。端午的脸上也是火辣辣的。他瞅见吉士不时朝他扬脖子、眨眼睛，似乎在怂恿自己干点什么，可他到底也没搞懂对方是什么意思。在众目睽睽之下，也不好问。

徐吉士从发行科找来的几个小伙子，像中学生一样腼腆。似乎不是来打架的，而是参加相亲会。而且一个个长得都有些怪异，獐头鼠目不说，神态还有点委顿。四个人在沙发上挤坐成一团，其中的一个，似乎一直在无声地窃笑。其实他并没有笑。只是他的上嘴唇太短，包不住牙齿，让人感觉到他始终在笑。徐吉士用胳膊肘去捅他，大概是希望他能有所表现。可“大龅牙”疑惑地望了他一眼，只是微微地耸了耸肩而已。

“小钢炮”这会儿已经从厕所里出来了。看起来，呕吐之后，他的状况一点也没有好转。小史不断地抚摸着他的胸脯，帮着他顺气。而家玉已经在小声地劝说小史带他离开了。小史似乎说了句什么，家玉一时情绪激动，突然厉声地对小史道："求求你了！你们走吧！别在这儿添乱了！”

她似乎有点失去了控制。

好在时候不大，屋外响起了刺耳的警笛声。透过朝北的窗户，端午看见三个警察从车上下来。还未进门，警察就在楼道里高声地嚷嚷起来了：

“别动手啊！都别动手！谁动我就逮谁啊！”

当他提着警棍进了门，看到满屋子的人，就像开茶话会似的，连他也觉得有点意外。这个挺胸凸肚的中年人。大概就是家玉所说的那个唐燕升了。

“呦！干什么呢,你们这是？嗯？开会呢？”

他把手里的警棍在手掌上敲着,自己先笑了起来。

燕升简单地问了问了事由，也不容双方争辩，用警棍朝姐妹俩一指，喝道：“你们！”又转过身来，指着家玉：“还有你！里屋说事。其他的人,都坐着别动。”随后一头扎进了里间的书房。

春霞姐妹交换了一下颜色,跟着进了书房。

家玉用哀求的目光召唤丈夫，想让他一起去。端午也用哀求的目光回敬她，表示拒绝。家玉只得独自去书房谈判。她随手关上了房门。

很快，徐吉士带来的那四个小伙子，围着餐桌，有说有笑地打起牌来。小史已经将“小钢炮”扶到沙发前坐下。他的身体刚挨着沙发，就打起呼噜来了。跟着燕升来的两个警察，则坐在屋外的花园里抽烟。见小魏和小史无事可干，吉士就从口袋里掏出两百元钱，打发他们买盒饭去了。

家玉中途从书房里出来上厕所。吉士问她商量得怎么样，家玉苦笑着摇了摇头，故意大声道：“没见过这么无耻的人。唉，什么世道！我连死的心都有了。”见她两眼泪汪汪的，端午也不敢烦她。家玉刚进了厕所，端午就听见书房里忽然传出一句刺耳的话来：

“告诉你，你的立场有问题！狗屁！姓唐的，你要是再这么偏心眼，老娘懒得跟你啰嗦……”

似乎骂的是燕升。而燕升接下来的一段话，声音很小，一句也听不清。吉士的脸色一下就变了，眼看就要冲进去，端午一把将他拽住。

“这骚娘们，我是看在她长得像孙俪的分上，怎么也有一点怜香惜玉。她倒是张狂得可以，连人民警察也敢教训！我操！得寸进尺了还……”就在这时，吉士的手机铃声忽然响了起来。他从衣兜里拿出手机，却不接听，而是转身指着他带来的那几个人，骂道：“你们这几个老菩萨，我是请你们来打牌的吗？嗯？你们得弄出点动静来呀！该打打！该砸砸！动手啊！我这张老脸都被你们丢尽了！”

那伙人不约而同地把牌都放下了，可还是像木雕泥塑一般坐在那儿发呆。张着嘴，一动不动。

大概是屋子里信号不好，吉士“喂、喂”地喊了一通，径自出了房门，到外面打电话去了。

又过了大约十多分钟，书房的门终于开了。春霞姐妹铁青着脸，从里面走了出来。她们没有再到客厅里来，而是直接去了里面的卧室。不多一会儿，卧室里就传来了午间新闻开始的音乐声。家玉和唐燕升还在书房里小声地嘀咕着什么。

端午走了进去。家玉眼睛红红的，正哈着气，用一块绒布擦拭着眼镜。春霞姐妹提出了一万元的补偿条件，经唐燕升苦口婆心的软磨硬泡，对方总算同意把钱降到了八千。不过，她们提出的附加条件是，得给她们至少三个月的宽限期，以便她们能够从容地找到新房东。在老唐的劝说下，家玉强忍着羞耻和愤怒，勉强同意了。但她提出来,与姐妹俩签订一个正式的协议,却遭到了她们断然的拒绝。

“等于是什么都没谈下来！”家玉道，“没有协议的约束，要是三个月之后,她们还是不搬呢？我们倒是又白白地搭进去八千块。”

由于擦眼镜时过于用力，她不小心弄折了眼镜腿。小螺丝“滴滴答答”地在地板上跳了几跳，转眼就消失不见了。家玉气得将眼镜往书桌上一扔,接着道：

“老唐，你带上你的人，该干吗干吗去！这事你们就别管了。反正我进了这房门，就不打算再出去了。要么她们从我家搬出去；要么,我一个人留下来,和她们一块住！”

老唐的脸色也有点怪怪的。他又想了想，两只大手往腿上猛拍了一下，咬了咬牙，说了句“我再去试试”，就起身去了隔壁，接着做姐妹俩的工作去了。

老唐刚走，吉士就笑嘻嘻地拎着几盒饭走了进来：“先吃饭，先吃饭。事情一会儿再说。”端午和家玉都没什么胃口。端午已经在地板上找到了那个铜螺丝，正用裁纸刀的刀尖小心地把眼镜腿装上。他简单地给吉士说了说刚才的调解结果。吉士只顾着往嘴里扒饭。一句话也没说。等到他把一块鸡腿啃干净之后，这才抹了抹嘴，对家玉嘟囔道：

“嫂子别急。真正的黑社会,一会儿就到!”

家玉和端午对视了一下,不约而同地转过身来,望着吉士。

“我刚才已经给国舅通了电话。他们这会儿已经在路上了。十五分钟之内赶到。唉，我们自己带来的那伙人，很不专业。来了三个警察，也都是娘娘腔，一点也不提气。我看这事就交给国舅来摆平吧。”

“你说的国舅,是个什么人?”家玉问道。

“这你就别管了。待会大队人马一到，这两个婊子会尿裤子的。”吉士将手里那根带血的牙签朝饭盆里一扔，打了个饱嗝，又接着说：“现在，最麻烦的，倒反而是这三个警察。待会儿国舅他们来了，若是有警察在场，动起手来，难免碍手碍脚。得想个法子，将他们先支走。”

“这倒不碍事。”家玉脱口道，“燕升是自己人。这一点我有绝对把握。”话刚一出口，家玉就莫名其妙地红了脸，没再接着说下去，因为唐燕升已经站在了书房的门口。他把帽子脱下来，挠了挠稀疏的头皮，如释重负地对家玉笑道：“工作总算做通了。她们答应今天下午就搬走。不过,恐怕你们得再多给一点钱才行。”

“给多少?”家玉问。

“一万五。”

“等等！她们把人家的房子霸占住，白住了一年，我们不跟她要房租，就算是客气的了，哪有她们反过来跟我们要钱的道理？这世界上还到底有没有是非?”徐吉士拍着桌子,高声对唐燕升道。

家玉轻轻地拽了拽他的袖子,可吉士不予理会。

“一万五？老子一个子也不会给她。她们这是卖身呢！就是卖身，也用不着这么多钱吧。如今去发廊找个小姐才多少钱？说句不好听的话,难道她们俩那玩意儿,是镶着金边的不成?”

燕升被吉士的一番脏话，噎得直翻白眼。他将手里的帽子在头上戴正，脸色陡然阴沉下来，正待发怒，忽听得门外“滴、滴、滴”一阵汽车喇叭响。

几个人赶忙跑到客厅里。端午往窗外一望，看见两辆“金杯”小客车，一前一后，已经停在了单元楼前。从第一辆车上下来一个糟老头子。他身穿洗得发白的卡其布褂子，腰上围着蓝色布裙，一头乱发，看上去邋里邋遢的，身上斜挎着一个帆布包，手里拎着红色的工具箱。下了车,那老头就朝四下里东张西望。

怎么看,都不像个黑社会。

紧接着，从第二辆车上，跳下来一个头戴灰色毡帽，胖墩墩的中年人。他一只手插在风衣的口袋里，另一只手上，捏着一根粗大的雪茄。他抬起头，眯缝着眼，瞄了一眼楼房的门牌号码，就朝屋子这边，不紧不慢地踱过来。

此人正是徐吉士所说的国舅。

他的原名叫冷小秋。半年前，在“呼啸山庄”，端午曾与他见过一面。唐燕升与冷小秋似乎也很熟。因为一看见小秋走进来，燕升就转过身，对家玉笑道 :“我们要先走一步了。这种事情，老冷处理起来，要比我们有经验得多。”说完，他冲那两个民警勾了勾手指，三个人往外就走。

到了门口，正遇上朝里探头探脑的冷小秋。燕升与小秋亲热地拉了拉手，又凑到小秋的耳朵边，低声地嘱咐了句什么。小秋就笑了。他满不在乎喷出一口浓烟，骂了句 :“屌毛！”露出了两排整齐洁白的烤瓷牙。小秋将手中的雪茄在门框上胡乱地戳灭，然后对着满屋子的人叫道 :

“来吵！把你们带来的这些个鬼，这些个闲杂人等，都喊出来吵！吾马上就要开始清场了。”

小秋一吩咐，吉士就忙着往外轰人。正在沙发上熟睡的“小钢炮”，这时也已经被小史拍醒了，由小史和吉士一边一个地架着，往外走。听到动静的李春霞，手里捏着电视机的遥控器，也从里屋跑了出来。

“警察呢？”她喊道。

她那肥厚而性感的丰唇已经开始嘟噜着发颤。可是到了这一会儿,已经没人愿意回答她的问题了。

屋子里的人刚刚走到外面的草坪上，两辆金杯车的门呼啦一下拉开了。从里面一个接着一个地跳出人来。这伙人，似乎都是用同一个模具浇铸出来的。穿着统一的蓝色工装服。戴着白手套。统一款式的胶底鞋。一式的小平头。正方形的脑袋。小眼睛。手执铁棍。猫着腰往屋里冲。

跑在最前面的五六个人，不知为何，每人手里都提着一个巨大的沙皮袋。端午数了数，一共是二十三个人。对面的一座高层居民楼上，窗户一扇一扇地打开了。一个个面目不清的脑袋，从窗户里伸出来，朝这边张望。正在小区里巡逻的两个保安，远远地站在一处花坛边上。他们不敢靠近,可也不敢离开。

最后进屋的，是个身穿迷彩服的司机。他看了看那个身背工具包的老头,吼道：“你他妈的,还等什么？赶紧进去给我弄啊。”

“是锁匠。”徐吉士蛮有把握地对家玉道，“这老头是个锁匠。他负责给你们家的房门换锁。”

“他们，不会弄出什么事来吧？”家玉的脸色有些担心，又有些克制不住的激动。

“你放心。国舅做事,从来都是万无一失。”

“我看见领头那几个人，手里都还拎着沙皮袋子，不知是干什么用的？”家玉又问。

“嗨！把沙皮袋往她们头上一套，照例是一阵拳打脚踢。”吉士笑道，“你就等着看吧！用不了一会儿，两人就会被死狗一样地拖出来了。”

后来的事实证明，徐吉士对于当下黑社会的行动方式，已经是相当的隔膜了。与他的期待相反，那二十多个人冲进去之后，房子里一直没什么动静。既没有哭爹叫娘，也没有“乒乒乓乓”的嘈杂与斥骂。除了锁匠用榔头敲击防盗门的锁芯而发出来的“橐橐”声，整个屋子一片死寂。

“小钢炮”睡醒了觉，精神明显比上午好多了。他既不喘又不晕，一个人站在窗口，踮着脚朝里边窥望。

不一会儿的工夫，小秋笑眯眯地从屋里走了出来。他把手里的雪茄再次点燃，猛吸了一口，没头没脑地说了句：“蛮好！”

吉士问他，“蛮好”是个什么鸟意思？

“她们正在收拾东西。一会儿就完事。”小秋轻描淡写地支吾了一声。接着，他又补充道：“这两个女的，蛮好玩的嘞！”

吉士又问，怎么个好玩法？

小秋道：“吾还以为她们有多难弄！其实呢，胆小得要命。跟吾们挺配合的。吾进去后，就让人把那两个女的叫到跟前来。吾让她们不要抖。吾不喜欢女的在吾跟前抖。吾说，你们看看吾，可怕吗？她们都摇头。吾说，不可怕，你们抖什么东西呢？不要抖。可她们照样还是抖。

“吾只问她们三句话。吾说，看来你们今天得挪个地方了。那两个女的，你看我，我看你，都不说话。吾说，你们今天得给吾从这儿搬出去。这是肯定的，没得商量的，阿晓得？但怎么个出去法呢？你们可以自己选择。要么是穿着衣服出去，要么呢，光着身子，一丝不挂地出去。你们自己选。她们肯听吾的话呢！马上都说，要穿着衣服出去。吾又问，你们是空着手出去呢，还是带上你们的东西出去？她们说，愿意带上东西出去。我问她们二十分钟够不够？她们都说，差不多够了。吾连手指头都不碰她们一下子！现在正忙着翻箱倒柜呢。我只带来了六个沙皮袋子,不知道够不够她们装。”

听小秋这么说，家玉紧锁的眉头终于舒展开来。端午倒是有点晕乎乎的。一直等到春霞的姐姐抱着那只大花猫，从屋子里走出来，端午都觉得自己好像在做梦。春霞跟在姐姐的身后，手里拎着一个刚刚从墙上取下来的画框。接着出来的，是五个拎着沙皮袋子的方头青年。她们的东西不多,最后一个沙皮袋还没用上。

春霞打开了那辆灰色“现代索纳塔”的后备箱，那些人就帮她把东西往里塞。塞不下的，就搁在了车子的后座上。春霞把车门关上，特意又朝家玉走了过来。家玉一时不知如何应对，只好假装查看手机上的信息。

春霞走到她很近的地方，站住了。她一动不动地看着家玉，低声地对她说了一句什么话。端午没有听清，可他看见妻子的脸忽然变得煞白。

等到那辆“索纳塔”晃晃悠悠地出了东门，锁匠也已换好了门锁。他捉着工具箱，从楼道里出来，出了一身的汗。他将一串崭新的钥匙,递到了小秋的手上。小秋将钥匙在手上掂了掂,又递给了端午。

事情就算了结了。

端午提出请小秋吃晚饭。小秋想了想，说他待会还有点事。“要不改日吧。吾们约上守仁,一块聚聚。”

小秋带着那伙人离开后，吉士也招呼着发行科的几个同事，钻进一辆又破又烂的老捷达，告辞而去。因家玉的车停在西门的网球场，剩下的几个人,就穿过小区,往西边走。

正是太阳落山的时候，附近村庄里的菜农将自留地里的蔬菜、白薯和大米用平板车推着，运到小区里面来卖。一个瘦得只剩下皮包骨头的老太太，正和小区的住户讨价还价。“小钢炮”大概是嫌老太太的菜摊妨碍他走路，也许是觉得自己的一身好拳脚，一直没得到机会施展，他忽然心血来潮，飞起一脚，将老太太的菜篮子踢到了半空中。

6

唐宁湾的房子总算要回来了。可家玉的心情似乎一点也没有改善的迹象。她的话变得越来越少。整日里神情抑郁，而且总爱忘事。端午问她，那天春霞在离开前，到底和她说了句什么活。家玉又是摇头，又是深深的叹息，末了，就撂下一句让人摸不着头脑的话：

“也许春霞说的没错。一点都没错。”

他知道，在那种场合，春霞自然不会有什么好话。可是一连几天，为一句话而闷闷不乐，似乎也有点不近情理。他也没把它太当回事。只有在督促儿子完成家庭作业的时候，家玉才会暂时忘掉她的烦恼，回复常态。对儿子，她仍然像过去一样严厉，毫不通融。

母亲张金芳在鹤浦一待就是一个多月，只字不提回梅城的事。家玉白天早早去律师事务所上班，晚上要熬到九点过后，才会回到家里。

她尽量避免与婆婆照面。

端午通过小魏，去探听母亲的口风。不料，母亲反问道：“唐宁湾的房子既然已经要回来了，又不让我们搬过去住，也不知道她安的是什么心！”

原来，她压根就没打算走。

母亲向端午抱怨说，梅城那地界，如今已住不得人了。说白了，那地方，就是鹤浦的一个屁眼。化工厂都搬过去且不说，连垃圾也一车一车地往那里运。只要她打开窗户，就能闻到一股烧糊的橡胶味，一股死耗子的味道。连水也没过去好喝了。她可不愿意得癌症。

端午把母亲的心思跟家玉说了说。家玉古怪地冷笑了一下，眼睛里闪动着悲哀的泪光："等到过完年吧。我让她。"

明显是话中有话。这也加重了端午对妻子的忧虑。他只得又回过头去劝慰母亲。张金芳当然寸步不让，死活不依。最后小魏道："您老想想看，鹤浦离梅城也就二十公里，空气在天上飘来飘去，你说梅城的空气不好，这儿又能好到哪里去？房子刚刚收回来，总还要收拾收拾。再一个，搬家也不是小事。总得找个会算命的瞎子，看看日子，办两桌像样的酒席。"好说歹说，连哄带骗，总算把她送回了梅城。

可母亲走后，没两天，又发生了一件让他意想不到的事。

这天傍晚，端午下班后没有回家，而是直接打车去了英皇酒店旁的大连海鲜馆。绿珠在两个小时前给他发来了短信，约他在那见面。她说有一件十分要紧的事要与端午商量。天空沉黑沉黑的，刮起了东北风，却并不十分寒冷。看上去像是要下雪。

端午乘坐的那辆黑车刚驶入滨江大道，就接到了家玉打来的电话。她让他赶紧回家一趟，因为"若若看上去有点不太好"。

端午吓了一跳，赶紧吩咐司机抄近路，一路闯红灯，朝家中疾驰而去。他满脑子都是儿子虚弱的笑容，心里堆满了钻心剜肉般的不祥预感。绿珠一连发来了三四条短信，问他到哪了，他都没顾上回复。

家玉坐在儿子的床边，抹着眼泪。儿子的额头上搭着一块湿毛巾，似乎正在昏睡，急促的鼻息声嘶嘶地响着。瘦弱的身体裹在被子里，不时地蹬一下腿。

"怎么抖得这样厉害？"端午摸了摸儿子的额头，"早上还好好的，怎么会这样？"

“刚才抖得更凶。现在已经好一些了。给他加了两层被子，他还喊冷。”家玉呆呆地望着他。

“试过表了吗？”

“三十九度多。刚给他喝了美林悬浮液。烧倒是退了一些。你说,要不要送他到医院去看看？”

按家玉的说法，儿子放学回到家中，就一个人呆呆地坐在床前发愣。叫了他几声，他也不理。家玉过去摸了摸他的头。还好。只是鼻子有点囔。她照例嘱咐他去做作业。儿子倒是挺听话的，慢慢地打开台灯,拉开书包,摊开试卷,托着小脑袋。

“我也没怎么在意，就到厨房做饭去了。不一会儿，他就转到厨房里来了。他说，妈妈，我能不能今天不做作业？我想睡一会儿。我还以为他累了，就说，那你就去睡上半小时，作业等吃完饭再做吧。没想到，等我做完饭，再去看他，小东西就已经在床边打起了摆子。问他哪不舒服，也不吭气。到这时，我才发现出了事。原来是佐助不见了……”

端午也已经注意到了这个悲哀的事实。床头柜的铸铁架上，已不见了鹦鹉的身影。那条长长的细铁链，像蛇一样盘在柜子上。那只鹦鹉，一定是弄断了铁链飞走了。可眼下正是冬天，窗户关得很严。即便鹦鹉挣断了铁链，也无法飞出去。他向家玉提出了自己的疑问,而妻子则提醒他,南窗边有一个为空调压缩机预留的圆洞。

“它会不会从那钻出去？”

“不可能！”端午道，“你忘了吗？几只麻雀衔来乱草和枯叶，在里边做了一个鸟窝。那个洞被堵得严严实实，那么大一只鸟，怎么钻得出去？再说了，若若和鹦鹉早就玩熟了，你就是解开铁链，它也不见得会飞走……”

家玉这时忽然烦躁起来，怒道：“你先别管什么鹦鹉不鹦鹉的了！

我看还是赶紧送他到儿童医院看看吧。要是转成肺炎，那就麻烦了。你快给孩子穿好衣裳，带他到小区的北门等我。我去开车。”

说完，家玉开始满屋子找她的车钥匙。

端午给若若穿好衣服，将他背在背上。正要下楼，忽听见儿子在耳边有气无力地提醒他，让他把窗户打开。

“干吗呢？外面还呼呼的刮着北风呢！”

“佐助要是觉得外面冷，说不定，会自己飞回来……”

他们去了儿童医院的急诊部，排了半天队，在分诊台要了一个专家号。大夫是个慈眉善目的老太太，替若若听了听前胸后背，又让端午带他去验了血。还算好，仅仅是上呼吸道感染。夫妇俩这才安下心来。

大夫一边飞快地写着处方，一边对他们道："感冒有个三五天总能好，只是小家伙的精神状况，倒是蛮让人担心的。你想啊，养了七八年的一个活物，说没就没了，换了谁都受不了。他要是像别的孩子那样，大哭大闹一场，反倒没事。可你们家这位，两眼发直，不痴不呆的，显然是精神上受了刺激的缘故。你们这几天多陪陪他，多跟他说说话。如果有必要，不妨去精神科看看，适当做些心理干预。”

他们在观察室吊完了一瓶点滴，若若的烧明显退了。从医院回家的路上，家玉开车经过大市口的晨光百货，看见那里的一家体育用品商店依然灯火通明，就带着若若去那里买了一双红色的耐克足球鞋。以前，若若一直嚷嚷着要买这样一双球鞋，家玉始终没松口。家玉给他试着鞋，不停地问他喜不喜欢。小家伙总算咧开嘴，勉强地笑了一下。他们又带他去商场五楼的美食街吃饭。家玉给他要了一碗银杏猪肝粥，外加两只他平时最喜欢吃的“蟹壳黄”小烧饼。可今天他连一只都没吃完，就说吃不下了。烧饼上的芝麻和碎皮掉了不少在桌上，若若就将那些芝麻碎屑小心地撸到手心里。

他要带回去喂佐助。这是他多年来的习惯。

家玉不忍心提醒他鹦鹉已经不在了,在一旁偷偷地抹眼泪。

回到家中，大风呜呜地抽打着窗户，把桌子上的试卷和习题纸吹得满地都是。

佐助没有回来。

家玉给若若洗完脚，又逼着他喝了一杯热牛奶。然后，将脸凑到他脖子上,蹭了蹭,亲昵地对他说:“今晚跟妈妈睡大床,怎么样?”

儿子木呆呆地摇了摇头。

家玉只得仍让他回自己的小屋睡。他的眼睛直勾勾地盯着窗外漆黑的夜空。家玉知道,他还在惦记着那只鹦鹉。

“那妈妈在小床上陪你,好不好?”

“还是让爸爸陪我吧。”儿子道。

家玉像是被什么东西扎了一下，吃惊地睁大了眼睛。躲躲闪闪的目光，瞟了端午一下，故作嗔怒地“嘁”了一声，替他掖好被子，赶紧就出去了。不过，端午还是从她惊异的眼神中看到了更多的内容，不禁有些疑心。

难道是家玉故意放走了那只鹦鹉?

稍后,从儿子的日记本上,这一疑虑很快就得到了证实。

端午趴在儿子的床前，跟他说着一些自己也未必能明白的疯话。诸如“爸爸是最喜欢老儿子的”之类。儿子很快就睡熟了。大概是刚刚吃完药的缘故，他的额头上汗津津的，凉凉的。端午松了一口气，忽然觉得，这个世界仍像过去一般美好。妻子在隔壁无声地看电视。他在儿子床边坐了一会儿。因为闲着也无聊，他就帮儿子去收拾书桌。

桌子上堆满了教材和参考书，还有黄冈中学和启东中学的模拟试题。在一大摞《龙门习题全解》的书籍下面，压着一个棕红色的布面硬抄。那是多年前，端午用来抄诗的笔记本，放在书架上久已不用。本子已经很旧了，纸张也有些薄脆，儿子不知怎么将它翻了出来。本子的开头几页，是他早年在上海读书时抄录的金斯伯格的两首诗。一首是《美国》，另一首则是《向日葵的圣歌》。在这两首诗的后面，是儿子零星写下的十多则日记。他不知道儿子还有写日记的习惯。

每则日记，都与鹦鹉有关。而且，都是以“老屁妈今天又发作了”一类的句子开头的。其中,最近的一篇日记是这么写的：

> 老屁妈今天又发狂了。她说,如果这学期期末考试进不了前五十名,她就要把你煮了吃了。她说,她说到做到。煮了吃,当然是不会的。她就这么说说。这话她已经说过很多遍了,不会真的这么做。可是佐助,其实你并不安全！妈妈如果真的要对你下手,多半会把铁链子弄断,把你从窗口扔出去。万一哪一天,我放学回家,见不到你,她就装模作样地说,是你自己飞走的。这种危险在增加。佐助,亲爱的朋友！我晚上要做作业,没有太多的时间跟你玩。你一定要乖乖地听话。千万别乱叫。尤其是后半夜。人的耐心是有限度的。如果我真能考进年级前五十,老屁妈就会带我们去三亚过春节。算是奖励。就是不知道能不能带你上飞机。大结巴说可以带,蒋肥肥说不可以带。如果不能带,我宁愿不去。不管怎么样,朋友,请给我力量吧。万一我考不进前五十,我就自杀！
>
> 佐助,加油！

若若半夜里醒过来一次，他要喝水。端午摸了摸他的额头。还好。他去厨房里给他榨了一点橙汁，兑上温开水，给若若端过去。又逼他吃了两粒牛黄银翘。若若忽然睁开眼睛,问他道：

“你说佐助现在会在哪里？”他终于开口说话了。这至少表明，他已经试着接受失去鹦鹉的事实。

端午想了想，回答道：“它不会跑远的。我们家外面就是伯先公园。我觉得它现在应该在伯先公园的树林子里。等你病好了，我们就去公园转转,说不定能在哪棵树上望见它。”

“外面这么冷，说不定早就冻死了。鹦鹉是热带动物，在我们这里,它在野外根本无法存活。”

“这倒也说不定。鹦鹉是一种很聪明的鸟。聪明到能模仿人说话，是不是？它很聪明，别担心。随便找个山洞啊，树上的喜鹊窝啊，一躲，就没事了。等到天气稍稍暖和一点，它就会往南飞。一直飞回到它的莲禺老家。”

“莲禺很远吗？”

“很远。少说也有两千多公里吧。不过对于鸟类来说，这点距离根本算不得什么！你不是看过《迁徙的鸟》吗？”

儿子痴痴地看了他一会儿，翻了一个身，钻到被子里接着睡。在被窝外面只露出了一小撮柔软的发尖。屋外的风声，奔腾澎湃，如赴敌之兵，衔枚疾走。端午在他的床边坐了一会儿，确定他睡熟了之后,这才关了台灯,蹑手蹑脚地替他掩上了房门。

第二天是星期五。家玉因要办理一件司机故意碾压行人致死的案件，一早就去了律师事务所。端午向单位请了假，留在家中陪儿子。若若上午倒是没烧，可到了中午前后，额头又开始热了起来。下午，家玉从单位给他发来一条短信，询问若若的病情。她还叮嘱端午,给儿子的班主任姜老师打个电话。

没等到端午把电话打过去,姜老师的电话先来了。

端午跟她说了说若若感冒的事。他还提到了那只飞走的鹦鹉，提到了大夫的担忧。在电话的那一端，姜老师“咯咯咯”地笑个不停。她也有话要和家长沟通。她说：

“上一周，不，上上一周吧，学校里开运动会。谭良若自己没什么项目，可还是到田径场来找同学玩，看热闹。我和几个老师拿着秩序册东奔西跑，忙得恨不得身上长出翅膀来。他倒好，手里托着一只好大的鹦鹉，往跑道中央那么一站，喝！好不神气！要是他手里再有一支雪茄，那就活脱脱的一个希区柯克！裁判员举着枪，又担心四百米跑的运动员撞着他，迟迟不敢发令，我只得跑过去把他拽走了。

“你这孩子呀，怎么看都不像是十三岁的少年。往好里说吧，天真烂漫，没心没肺；要是往坏里说，整个就一个浑浑噩噩，不知好歹。和他同龄的孩子，比如马玉超，多懂事！已经能把一台晚会组织得井井有条了；廖小帆呢，在刚刚结束的全市英语演讲比赛中得了第一名。马向东，不换气就能把整篇的《尚书》背下来。唉，不说了。你儿子倒好！一直生活在童话世界中，赖在婴儿期，就是不肯长大。我左思右想，总也找不出原因。喝！好嘛！原来是这只鹦鹉在作怪。

“我当天晚上就给你们家打了电话。让他母亲赶紧把这只鹦鹉给我处理了。他母亲还推三阻四的，说什么这鸟跟了他七八年了，有点不好弄。有什么不好弄的？我跟她说，你把链子一绞，把它往窗外一扔，不就完事了吗？你儿子很有潜力，期中考试考得还不错。到了这个期末，你们家长再加把劲，进入前一百，甚至是前五十，都有可能。做家长的，对孩子一定要心狠一点，再狠一点。你也知道，这个社会将来的竞争会有多么残酷……”

原来是这么回事。

班主任仍在电话中絮絮叨叨地说个没完。可端午已经没有心思听她说下去了。看来，这个姜老师，比起小学的那个双下巴的“暴君”，也好不到哪里去。几乎可以不假思索地将她归入到绿珠所说的

“非人”一类。这么一想,端午倒也不怎么生气了。

“今天就让他在家歇着。明天是星期六，学校要补周三的课，他最好来一下。我专门请了数学和英语老师来给他们总复习。下周就要期末考了,是全区统考。”姜老师严肃地提醒他。

“可是,孩子还发着烧呢。”

“不就感冒吗？现在是冬天，正是感冒多发季节。全班四十六个学生，哪天没有得感冒的？要是都跟你儿子似的，有个头疼脑热就不来上课,我们学校还要不要办？”

端午还想跟她解释,可姜老师已经气呼呼地把电话挂断了。

晚上家玉回来，端午跟她说了给姜老师打电话的事。家玉就咧开嘴,鼻子里哼了一声,低声道：

“我身上的不白之冤，总算可以洗清了吧？唉！说实话，我昨天把鹦鹉从窗口放出去的时候，心里还真舍不得。它先是飞到了窗下的一棵石榴树上，四下里望了望，然后又猛地一下朝窗口扑过来。这鹦鹉，和你儿子还真是有感情！它飞到窗玻璃上，拼命地扇动着翅膀。可玻璃太滑了。看它那架势，还是不肯走的意思。我就把窗户打开了一条缝，找来一根晾衣竿，闭上眼，咬着牙，在它黄色的肚子上使劲一捅，那东西，“嘎嘎”地惨叫了两声，绕着窗户飞了半天，最后影子一闪,不见了。我当时还一个人哭了老半天。”

家玉眼睛红红的。端午的鼻子也有点发酸。他又问起了妻子手头那件司机撞人的案子。家玉摇了摇头，只说了“很惨”两个字，就不吱声了。

星期六的上午，刮了两天的大风终于停了，天气却变得格外的寒冷。若若退了烧，身体看上去还有点虚弱。家玉给他煎了个荷包蛋，蒸了一袋小腊肠。若若说没胃口,他只吃了一小瓶酸奶和一片苹果。

临去学校前，家玉给若若加了两件毛衣，又在他脖子上围了一条羊绒围巾。家玉再次提出来要开车送他去学校，若若还是没答应。他宁愿自己骑车去。看起来，他还在生妈妈的气。端午劝她将放走鹦鹉的事跟儿子说清楚，干脆将责任“全都栽到姜老师头上”，家玉想了想，没有答应：

“那多不好？恶人还是我来做吧。”

从小区到鹤浦实验学校并不算远，可是途中得穿过四条横马路，这让家玉一直叨叨不休。孩子刚下楼，她和端午都趴在阳台上，目送着那个像河豚似的身影，往东绕过喷水池，摇摇晃晃地出了小区的大门。

大约半个小时之后，家玉给他们班主任打了个电话，确认孩子已到校，这才放下心来。两个人匆匆吃过早饭，家玉就说头晕，要去床上睡一会儿。端午则坐在卧室的躺椅上，继续看他的《新五代史》。家玉根本没睡着，她脑子里想的东西太多了。一会儿问他，学期结束时，应该给学校的主科老师送什么礼物，一会儿又盘算着等儿子回来应该给他做点什么开胃的午饭。端午提议说，若若最喜欢吃日本料理，不如直接开车去英皇大酒店。它的顶层有一家回转寿司餐厅。家玉也说好。至于给老师的礼物，他们也很快达成了一致意见：直接送钱。语、数、外，每人两千。

两人说了会儿话，家玉已经全然没有了睡意，她赌气似的打开了电视。可大清早的，电视节目也没什么可看的。不是歹徒冒充水暖工入室抢劫，就是名医坐堂，推荐防治糖尿病、癌症的药物和秘方。他听见家玉“啪”的一声把电视关了，抱怨道：“都是些什么事啊！”

端午就把手里的书移开，笑着安慰她：“与欧阳修笔下的五代相比，还是好得多。”

到了中午十二点半，若若还没回来。

家玉开始挨个地给同学家长打电话。“戴思齐的老娘”告诉家玉，差不多十二点十分，她亲眼看见若若和戴思齐骑车进了小区的大门。当时，她正在小区的菜场买菜。听她这么说，家玉一直紧皱着的眉头，才算舒展开来。可是他们一直等到一点钟，也没有听到期盼中的门铃声。家玉总是觉得哪儿有点不对劲。既然他已经回到了小区,怎么这么半天还不见他回来?

担心害得她喋喋不休,自问自答。

夫妻俩决定下楼分头去找。

端午把小区的各个角落找了个遍，连物业二楼的美发店和足疗馆都去过了，还是没有见到儿子的踪影。最后他来到小区的中控室，家玉也已经在那里了。在家玉的坚持下，小区的保安调出了中午前后大门的监控录像，一帧一帧地慢慢回放。很快，灰暗的画面中，出现了儿子那鼓鼓囊囊的身影。和胡依薇说的一样，若若和戴思齐骑着自行车，并排进了小区大门。儿子在拐入一条林荫小路时，还跟戴思齐挥手告别。

保安安慰他们说，既然他进了小区，那就绝对不会丢："是不是去同学家玩了？你们再找找？"

出了中控室的大门，家玉忽然对端午道，会不会在我们下楼找他的这工夫，他已经到家了？说不定这会儿他正在门口的石凳上坐着呢。端午心里也是这么想的。

他们一路小跑来到了单元门口，又一口气跑上六楼。楼道里仍然空空荡荡。

家玉是个急性子，她不安地朝端午瞥了一眼，掏出手机就要报警。正在这个节骨眼上，小区的一名保安“咚咚”地跑上楼来，喘着气对他们说，在小区后面变电房边上，远远地站着一个小孩："不知道是不是你们家的,赶紧过去看看吧。"

他们跟着保安下了楼，一路往西跑。小区修建时开挖地基的土方和建筑垃圾没有及时外运，在小区后面的空地上堆了一个土山。后来又栽上了杨树和塔松，并在那修建了一个变电房。那儿紧挨着伯先公园的旱冰场。

端午和家玉绕过小区后面的一片竹林，一眼就看见了儿子的那辆自行车。在高高的土山上，若若站在变压器下面，正冲着伯先公园的一大片树林“嘘嘘”地吹着口哨。

他还在向那只鹦鹉发信号。

小区的围栏外面是一条宽阔的河道，河上已经结了一层薄冰，在阳光下闪耀着碎钻般的光芒。对岸就是伯先公园的石砌院墙。几棵大杨树，落光了叶子，枝条探出墙外。端午隐隐地看见树梢上有一个绿色的东西。若若一面吹口哨，一面往树上扔石子。可是，他根本扔不了那么远。

“佐助,回来！”

儿子跺着脚，哭喊声听上去哑哑的。端午爬到土山上，走到儿子身边,朝那灰灰的树梢上看了看。

哪里是什么鹦鹉？分明是被风刮上去的一只绿色塑料袋。

家玉蹲在地上，抓住儿子的小手，喃喃地道：“对不起，是妈妈不好。妈妈不该把鹦鹉放走……”

若若看了看她，又转过头去，看了看那棵老杨树。他还在犹豫。过了好长一段时间，他终于把脑袋埋在家玉肩头，抱住她的脖子，大哭起来。

看着伯先公园里那片空阔的人工湖面，端午悲哀地意识到，若若的童年,他一生中最有价值的珍贵时段,永远地结束了。

7

元旦前一天，家玉在城南的宴春园订了桌酒席，答谢冷小秋和他手底下的那帮弟兄。守仁和小顾都来作陪。小秋只带来了他的司机兼保镖。那人戴着一副金丝眼镜，看上去十分斯文。守仁差不多也已经康复了，气色很好，白里透红的一张脸，往外渗着油光。这要归功于他那些自创的养生秘方，归功于辽东的海参、东南亚的燕窝、青藏高原的冬虫夏草。他显得有些兴奋。

文联的老田照例不请自到。他正缠着守仁，让对方在春晖棉纺厂新开发的那个小区，给他留一套“双拼”，并央求守仁给予对折的优惠。守仁呵呵地笑着,也不接话。被老田逼得实在没办法,这才说：

“还打什么对折！等明年楼盖好了，你挑一栋，直接搬进去住就是了。”

明显是精致的推托之词。

吉士问小顾，绿珠怎么没一起来？小顾笑道：“她呀，从来不和俗人交往。前些天,又被端午放了回鸽子,这会儿正在家中生闷气呢。”

吉士回头看了看端午，笑道：“我们是俗人没错，有人例外。不过,俗话说,兔子不吃窝边草,你可不能把小姑娘弄到床上去啊！”

“那是你！人家才不会！”小顾推了吉士一把,笑道。

小顾说，绿珠不久前结识了一个环保组织的疯丫头，忽然就说要做环保。硬是逼着她姨父给捐了七十多万。可钱一到账，那人就没了消息。打电话关机,发短信也不回。算是人间蒸发。钱倒是小事……

守仁正要说什么，忽然看见家玉接到了小史，两个人有说有笑地走了进来。大家忽然就住了嘴。

“小钢炮”没和小史一块来。端午暗自庆幸。

守仁和小秋的到来，惊动了这家饭店的秃头老板。他亲自在门厅的茶室里招呼待茶。又嫌酒楼里太嘈杂，不成个样子，硬是把原先订在二楼的那桌酒席，临时挪到了后院自家的花园里，也算是郑重其事。

宴春园酒楼，是在原先“新光旅社”的旧址上翻盖的。三层楼的店面，看上去也不怎么起眼，但生意却十分火爆。眼下正是品尝江蟹的时节，等待叫号的食客已经在门口的木椅上排起了长队。老板领着他们，穿过烟熏火燎的厨房边的小侧门，走进了对面的一个小四合院。老板平常喜欢收藏，他们在经过一间狭窄的琴房时，看见两边的橱柜里,陈列着不知从哪儿收来的古器旧物。

小史似乎一下子就被这些陈列品迷住了。东摸摸，西看看，缠着秃头老板问这问那。老板倒是很有耐心地一一为她做了介绍。说起来，也无非是吴太白的长剑，季札的古琴；葛洪的小丹炉，小乔的妆奁盒；孙坚佩戴的调兵令牌，寄奴用过的射雕弯弓；东汉的石鼓，六朝的铜镜……

见老板说得那么夸张，端午也不由得停下脚步，细细观赏。忽听得走在前面的徐吉士对家玉小声嘀咕了一句：“听他的！这年头哪有什么真东西，全是假的。你知道在高桥那个地方，整个村庄都在炮制这种货色。我已经在报纸上揭露过好几回了，可惜那秃驴不看我的报纸,白白糟蹋了这许多冤枉钱！”

小秋回头白了吉士一眼，笑道，“屌毛！你倒是有心思操这份闲心！来噢！吾有一个堂侄，在你们那块实习哪，你别老让他做夜班编辑吵……”

琴房的隔壁是一间竟敞的客厅，几个人正好坐满了一张八仙桌。空调刚刚打开，屋子里还是有点冷。客厅的北边一面临水，那是一个人工开凿的水池。池畔叠石为山，水池中央有一个八角凉亭，有石桥相通连。怎么看，端午都觉得有点俗不可耐，不伦不类。老板介绍说，若是在夏天，他会常常请人到这里来唱堂会。好在外面有一堵高墙，挡住了北风，也隔开了外面的市声，使得这个小园显得十分幽静。

席间，家玉问起守仁的伤情以及他被打的经过，守仁的脸色陡然变得有点难看。他似乎不愿意有人重提此事，只简单地敷衍了一句：“现在的工人，有点不太好弄！”就支吾过去了。不过，他很快又说道，自己在受伤之后的这两个多月中，倒也读了不少书，明白了不少道理。他提到了《资本论》，提到了《路易·波拿巴的雾月十八日》，甚至还提到了黄炎培与毛泽东在延安的那次多少有点诡异的谈话，让端午颇感意外。

“历史是重复的，或者说，是循环的。不仅中国如此，西方也一样。”守仁向坐在边上的徐吉士要了一根烟，可刚抽了两口就掐灭了。“原来都他娘的没戏。中国人通常说六十年一个甲子。有点迷信是不是？可马克思和黑格尔也这么看。读了《路易·波拿巴的雾月十八日》我才知道，为什么在资本主义社会，会周期性地爆发危机。这种危机，为什么从根本上说是无法避免的……”

“那你快说，为什么是无法避免的呀？”小史忽然冒失地问了一句。经她这一问，大家全笑了。

守仁倒是没笑，被她一搅，也没再往下说。过了一会儿，他反过来问了小史一个十分古怪的问题：

“小姑娘，你晚上做梦，曾经梦见过下雪吗？”

小史愣了一下，皱着眉，想了想，不安地笑了笑，道：“没有啊，从来没有过！咦，我怎么从来没有梦见过下雪呢？你别说，真的哎，一次也没梦到过。奇怪。”

守仁又转过身去，挨个地去询问在场的每一个人。大家面面相觑，都说没有。

家玉最后一个被问到。与端午的预料相反，家玉十分肯定地答道："梦见过。而且不止一次。怎么？是好还是不好？"

守仁笑而不答。他站起身来，端起酒杯，对家玉道："看来就我们俩有缘。我们两个喝一杯！"

"自打他挨了打之后，就变得有些神神道道的。"小顾对家玉道，"你别听他瞎说。"

家玉起身喝掉了杯中的酒，又让服务员满上，拉着端午，一起给小秋敬了酒。小秋有点好酒，就一连喝了三杯。他向家玉打听最近在鹤浦轰动一时的孙子为提前继承房产而雇凶杀母的离奇案件。借着酒兴，随后又发表了一通中国社会最大的问题在于没有健全的法律一类的议论。都是陈词滥调。

见没人搭理他，小秋就拉了拉旁边若有所思的徐吉士，询问对方,他刚才的一番话"有没有些道理"。

在端午看来，吉士的观点不好琢磨。其实，他没有一定的见解。往往早上是个唯西方论者，中午就变成了有所保留的新左派，到了晚上，就变成死心塌地的毛派。有时，如果喝了点酒，他也会以一个严苛的道德主义者的面目,动辄训人。

他对小秋的观点根本不屑一顾。他没有正面回答小秋的问题，而是引用了《左传》中叔向写给子产的一封信，说什么"民知有辟，则不忌于上'"什么"锥刀之末，将尽争之。乱狱滋丰，贿赂并行"，什么"国将亡,必多制……"

完全不知道《左传》为何物的冷小秋，被他噎得一愣一愣的，只有干瞪眼的份，坐在那儿干着急。末了，吉士拍了拍他的肩膀，语重心长道：

"国舅老弟，法律一类的问题，不是你这样的人可以随便谈的。你呢，管好手下那几十个弟兄就行了。我们万一遇上法律解决不了的问题，你老弟就不时地出动一下子，打打杀杀。别的事情，你还是少管为好！”

小秋被吉士抢白了这一下，面子上似乎有点挂不住，可又不好公然发作，只得干笑。好在这时来了一个电话，他就掏出手机，到窗户边接电话去了。可徐吉士还是不依不饶，对小秋笑道：

“你看，被我说了一通，他一着急，去打电话让黑社会来拿人了。”

酒桌上，又是一阵哄笑。

坐在端午右手的老田，一直闷声不响，这时也碰了碰端午的胳膊，小声道：“今天晚上的谈话有点诡异啊，你有没有觉得？”

“怎么诡异？”端午以为老田指的是做梦下雪那件事。可老田根本不是这个意思。

“你看哦，资本家在读马克思，黑社会老大感慨中国没有法律，吉士呢，恨不得天下的美女供我片刻赏乐。被酒色掏空的一个人，却在呼吁重建社会道德，滑稽不滑稽？难怪我们的诗人一言不发呢。”

老田的话虽是玩笑，听上去却十分的刻薄刺耳。不过，在政治话题沦为酒后时髦消遣的今天，端午觉得，可以说的话，确实已经很少了。他宁愿保持沉默。

秃头老板领着酒楼的厨师长来敬酒。小史因为总插不上话，有些无聊，当老板端着酒杯走到她跟前的时候，她就问，能不能再去看看他的那些藏品。

“可以啊。”老板一激动，忙不迭地道，“楼上还有好多呢，我这就带你去。”说完，匆匆向大家一抱拳，说了句“各位请随意”，就领着小史走了。他忘掉了桌上还有一个人没有敬到。

“那头陀要领潘巧云上楼看佛牙，急火攻心，就把小顾给落下了。”吉士一脸坏笑。

“潘巧云是谁啊？”小顾人老实，不知道吉士话中的典故，兀自在那里东张西瞅，大家全都笑翻了天。

守仁只得对妻子道：“你喝汤。”

“喝不下了，”小顾道，“我也出去转转，透透气，屋里的空调太热了。”

小顾刚走，老田就挪到了她的位置上，和守仁小声地谈论着什么。端午以为他还在缠着守仁要买他的别墅，仔细一听，原来是在讨论养生之道。老田向守仁推荐刚从报上看到的一个秘方。他已经试过了，还真有效。淫羊藿、狗鞭和山药、紫苏一起炖，能够壮阳养肾，每天早上醒来“短裤里都是硬邦邦的”。

端午听了一会儿，就起身到外面的水池边抽烟。

外面起了一层大雾。对面近在咫尺的高楼，竟然也有些轮廓模糊了。院墙外很远的地方，汽车行驶的声音像风声般地响着。小顾趴在水泥栏杆上看金鱼。在绿色地灯的衬照下，那些鱼挤成了一堆，水面不时传来鱼群摆尾的飒飒之声。

端午忽然问小顾，绿珠最近在做些什么。

小顾笑道：“还能做什么？说要做环保，被人骗了钱。刚刚安静了没几天，就拿着一台摄像机，满山满谷的瞎转悠，说是要把鹤浦一带的鸟都拍下来做成幻灯。外面天寒地冻的，她倒也不怕冷！我担心她在外面遇到坏人，就让司机一步不离地跟着她。你说现在这会儿，山林里哪还有什么鸟啊？这不是吃饱了饭没事干吗？昨天，她还喜滋滋地让我和守仁去看她的照片，都存在电脑里，嗨！怎么净是些麻雀呀？”

端午只是笑。

小顾又道：“过两天你见到她，替我好好开导开导。别让她在外面成天疯跑了。如今也就你的话，她或许还能听得下一句半句。”

隔壁的琴房里也亮着灯。透过闭合的窗帘缝，端午看见秃头老板正在教小史弹古琴，两个人的脸就要挨到一起了。他的手从她领口插下去，小史的身体猛地那么一耸，害得端午也打了个寒噤。就像一脚踏空了似的。

“你冷吗？”小顾关切地问他。

“不不，不冷。”

“守仁最近也有点不太对头。”小顾忧心忡忡地对端午道。

“我看他挺好的啊！”

“那是外表！他也就剩下这副空壳子了。成天愁眉不展的。你说他也不做学问，整天读那些没用的书做什么？最近一段日子，他总是有点疑神疑鬼，好像有什么事在心里藏着，你好心问他，又不肯说。”

端午正想安慰她两句，屋里又传来一阵爆笑。他听见守仁那略带沙哑的声音道：

“这年头，别的事小，还是保命要紧！”

可是守仁并没能活多久。

8

端午在阳台上抽烟。屋外又开始下雪。米屑似的雪珠，叮叮地打在北阳台的窗玻璃上。若若明天就要期末考试了，家玉正在客厅里为他辅导数学。她是学理工出身的，丢了这么多年数学还能捡起来，至少还能挣扎着与儿子一起演算那些令人眼花缭乱的习题。她一遍遍地给儿子讲解着解题步骤，渐渐就失去了耐心。责怪变成了怒骂。慢慢地，怒骂又变成了失去理智的狂叫。拍桌子的频率显著增加。在寂静的雪夜，她的声音听上去有点瘆人。端午的心脏怦怦地猛跳。但他唯有忍受。

又抽了第二根烟。眼看着情绪有点失控，他只得求助于绿珠的灵丹妙药，恼怒地将妻子划入“非人”一类，压住心头愈燃愈烈的火苗。

已经不是第一次意识到这样的问题了：与妻子带给他的猜忌、冷漠、痛苦、横暴和日常伤害相比，政治、国家和社会暴力其实根本算不了什么！更何况，家庭的纷争和暴戾，作为社会压力的替罪羊，发生于生活的核心地带，让人无可遁逃。它像粉末和迷雾一样弥漫于所有的空间,令人窒息,可又无法视而不见。

当然他可以提出离婚。

他脑子里第一次浮现出这种念头，是在他和家玉结婚的第二天。不过是想想而已。新婚宴席上多喝的酒还没能醒过来，就向她提出离婚，多少有点不近人情。他暗暗决定，把这一行动推迟到两个星期之后。既然可以推迟两个星期，也没有什么理由不能推迟至两年。现在，二十年的时间无声无息地过去了。如果没有外力的作用，离婚，实际上已经变得遥不可及。他知道自己无力改变任何东西。最有可能出现的外力，当然是突然而至或者如期而来的死亡。他有时恶毒地祈祷这个外力的降临,不论是她,还是自己。

当年，他在招隐寺的那个破败的小院中第一次看见她，就意识到将有什么重大的事件在自己身上发生。她脸上羞怯的笑容，简直就是命运的邀请。他们的相识和相恋是以互相的背叛开始的——他于那天凌晨不辞而别，像个真正的流氓，把她牛仔裤口袋里的钱席卷一空；而家玉则很快与一个名叫唐燕升的警察公开同居。她甚至还为他打过一次胎。事实上，当他在鹤浦重新遇见她时，家玉和燕升已经在筹备不久后的婚礼了。她的名字由秀蓉变更为家玉，恰如其分地区分了两个时代,像白天和夜晚那样泾渭分明。

“秀蓉”所代表的那个时代，早已远去、湮灭。它已经变得像史前社会一样的古老，难以辨识。而“庞家玉”的时代，则使时间的进程失去了应有的光辉,让生命变成了没有多大意义的煎熬。

端午从阳台上出来,回到书房,继续去读他的欧阳修。

房间里有一股浓郁的草药香气。大概从一个星期之前开始，家玉每晚都要煎服汤药。端午甚至没有问过她哪不舒服，似乎这样的询问，让他感到别扭和做作。客厅里传来了儿子轻微的哭泣声，而家玉似乎已经骂不动了,语调中夹杂着不可遏制的嘲讽。

屏住呼吸，听了一会儿，端午悲哀地感觉到，妻子现在的目的，已经不是让儿子解题的方法重回正确的轨道，而是一心要打击他的自信,蹂躏他的自尊。

他从书房里走了出来，打开衣柜的门，披上羊毛围巾，戴上绒线帽和皮手套,对餐桌边的那两个人说了一句：

“我出去转转。”

家玉自然是不会搭理他的，儿子却含着眼泪，可怜巴巴地转过身来,用哀求的目光盯着自己的父亲。

端午正要下楼，忽听得有人按门铃。时候不大，上来一个穿着皮夹克的青年。他是来还车钥匙的。大概是借了家玉的车。但又不太像。因为他看见家玉红着脸朝他走过去，令人不解地谢了他半天。具体什么事,他也懒得过问。

屋外的雪下得更大了。抛抛洒洒的雪珠，这会儿已经变成了大片大片漫天的飞絮。路面上已经积了厚厚一层雪。好在没有风，并不像他想象的那么冷。偶尔可以看见几个身穿运动服的老头老太，呼哧呼哧地在雪地上疾走如飞。

他沿着楼前的那条小路一直往东走，绕过一片露天的儿童游乐器材之后，就看见了那棵高大的古槐。当年小区修建时，这棵古槐因进入了全市古树保护名录而得以幸存。一根胳膊粗的大铁柱支撑着衰朽的树身，四周还修了一个堆满土的水泥圆台。掸掉水泥台上的积雪,下面还是干的。

这是他的老地方。

现在是晚上十点。假如他在这里待上两小时，当他再次回到家中的时候，应当就能听见妻子和儿子的鼾声。喧嚣的夜晚将会重归宁静。这样想着,他的心很快就平静下来了。

绿珠给他发来了一条短信。告诉他下雪了。

端午回复说，他此刻一个人正坐在伯先公园的对面赏雪。绿珠的短信跟着又来了：要不要我过来陪你?

他知道她这么说是认真的。手机荧光屏发出的绿光，让他的心里有了一种绵长而甘醇的感动。它哽在喉头。他犹豫了一下，直接拨通了绿珠的电话。

绿珠的母亲从泰州过来看她，带来了一条狗腿。现在，他们一家人正围坐在壁炉前，吃着狗肉，喝着加拿大的冰葡萄酒。绿珠兴奋地向他炫耀，她昨天在南山的国家森林公园拍到了两张珍稀鸟类的照片。一个是山和尚，样子有点像斑鸠，脑袋圆圆的，声音听上去有点像猫,但不是猫头鹰。

“还有一种鸟，我起先不知道它的名字。后来，一个网友告诉我，它实际上就是传说中早已灭绝的巧妇,怎么样,还不错吧？”

“嗨，我还以为是什么呢，原来是巧妇！”端午笑了起来，“小时候，在梅城，一到麦收的时候，漫天遍野都是这玩意。肚子是黄的，背是深绿色的,是不是？有点像燕子,它喜欢剪水而飞……”

“哟,还剪水而飞呢,哈哈,你在做诗啊？”

绿珠的手机已经交到了守仁的手里。守仁笑道："你在雪地里打电话，也不怕冷啊？干脆你过来吧，一起喝点酒。我马上就派车来接你。"

"不用。真的不用了。这雪下得很大。"端午道，"路上也不安全。"

"来吧！我还有点要紧的事，想听听你的意见。"

"什么事？"

"后事。"守仁沉默了片刻，一本正经地道。

端午暗自吃了一惊。正想问个究竟，电话又被绿珠抢了过去。

"你别听他瞎扯，他喝多了。"绿珠道，"忘了跟你说了，上次见过的那个何轶雯，总算来了电话，你猜猜她现在在哪里？"

"我怎么猜得到？"

"他妈的，在厄瓜多尔。"

端午在雪地里待了两个多小时。往回走的时候，腿脚渐渐地就有些麻木。他沿着湿滑的楼梯走到六楼，就听见屋内妻子的斥骂声，仍然一浪高过一浪。他心里猛地一沉。已经是深夜一点了。

他换鞋的时候，妻子仍然骂声不绝。儿子低声地咕哝了一句什么，家玉"呼啦"一下，将桌子上的模拟试卷划拉到一起，揉成一个大纸团，朝儿子的脸上扔过去。若若脑袋一偏，纸团从墙上弹回来，滚到了端午的脚前。

"你忘了他明天还要考试吗？"端午阴沉着脸，朝妻子走过去，强压着愤怒，对她道。

"你别插嘴！"

"你看看现在几点了？你不打算让他睡觉了吗？明天他还怎么参加考试？"

“我不管！”家玉看也不看他。

“你这么折磨他,他难道不是你亲生的儿子吗？”

“你他妈的给我闭嘴！”

“我只问你一句话,他是不是你亲生的儿子？”

端午也有点失去了理智，厉声朝她吼了一句，然后他一声不响地拉起儿子的手，带他去卧室睡觉。儿子胆怯地看了看母亲，正要走，就听得家玉歇斯底里地叫了一声：

“谭良若！”

儿子就站住了。怔在那里,一动不敢动。

“没事的，别理那疯子！只管去睡觉。”端午摸了摸儿子的头，将他推进了卧室。

家玉随即怒气冲冲地站了起来，不顾一切地朝儿子的卧室冲过来。端午飞起一脚，踹在了她的膝盖上。“哎哟喂，你还敢打人？”家玉从地上站起来，挑衅似的将脸朝他越凑越近。“你打！你打！”端午被她逼得没办法,只得又给了她一巴掌。感觉是打在了耳朵上。

这还是他第一次打她。由于用力过猛，端午回到书房之后，右手的掌心还有些隐隐发胀。

他很快就听见了厨房里传来的噼里啪啦的摔碗声。她没有直接去砸客厅里那台刚刚买来的等离子彩电，也没有去砸他那套心爱的音响系统,这至少说明,冲突还处于可控的范围。他只当听不见。

电话铃声刺耳地响了起来。它来自小区物业的值班室。大概是楼下的邻居不堪深夜的惊扰，把电话打到了物业的值班室。值班员威胁要报警。端午的答复是，你他妈随便。很快，客厅里传来了儿子的哭泣声。

“妈妈,别砸了,我明天一定好好考……”

“滚一边去！”

端午再次冲出了书房。

他看见骨瘦如柴的儿子，双手交叉护在胸前，只穿着一条三角短裤，在客厅里簌簌发抖。而家玉的手里，则举着一把菜刀，对着餐桌一顿猛砍。端午费了好大的劲，才把菜刀从她手里夺下来，然后又朝她的腿上踹了一脚,家玉往后便倒。

端午骑在她肚子上。她仍挥动着双手，在他身上乱打乱抓。端午不假思索地骂了一句难听的话，然后咳出一口痰来，直接啐在了她的脸上。

家玉终于不再挣扎。两行热泪慢慢地溢出了眼眶。

“你刚才骂我什么？”

让端午吃惊的是，家玉的声音变得极为轻柔。似乎他打她，踹她，朝她的脸啐唾沫，都不算什么，而随口骂出的一句话，却让她灵魂出窍。她的眼睛睁得圆圆的，定定地望着他，目光中有一种温柔的绝望。端午本想把刚才的那句脏话再重复一遍，话到嘴边，又硬是给噎了回去。他从她身上站起来,喘着粗气,回自己书房去了。

屋子里死一般的沉寂。

他的目光久久地盯在《新五代史》第五百一十四页的一行字上：不敢忽于微，而常杜其渐。脑子停止了运转。过了好一会儿，他才开始思考妻子接下来可能会有的反应，以及这件事如何收场。又过了很久。他终于听见热水器“嘭”地一下点着了火。然后是自来水龙头“唰唰”的泻水声。她大概在洗澡。如果自己打开书房朝北的窗户，纵身往下一跃，也就是几秒钟的事。当然，他不会真跳。他觉得无聊透了。

家玉洗完澡，穿着一件带绿点的睡袍，推开门，走进了他的书房。她一声不吭地将高脚凳上的一盆水仙花挪到了写字台上，自己坐了上去。睡袍的分叉裸露出白皙的大腿，她毫无必要地把袍子拉了拉，挡上了。她的手臂上多了一个创可贴。大概是端午刚才夺刀的时候,被不慎划伤的。与二十年前所不同的是,这一次伤在了手臂上。

“离婚吧。”家玉拢了拢耳边的湿发，低声说道，“你现在就起草离婚协议。明天一早,我们就去法院。”

“你是律师，这一类的事，你做起来更在行。还是你来起草吧。”端午说，“什么条件我都可以答应。我无所谓。”

“也好。我待会去网上宕一份标准文本，稍加修改就行了。我们现在得商量一下具体的事。唐宁湾的房子已经要回来了。两处房子,你挑一处吧。还有,孩子跟谁？”

“你要，你带走。如果你觉得是个拖累，就留给我。我是无所谓的。”

“房子呢？”

“两处房子花的都是你的钱。你说了算。怎么着都无所谓。”

“你别无所谓呀！”家玉干呕了几声，似乎要呕吐。端午有点担心她刚才倒地的时候，碰到了后脑勺。也有可能是刚才洗澡着了凉。他顺手把椅背上的外套给她披上，又在她的肩上轻轻地按了几下。家玉转过身来,把他的手拿开了。

“身体是不是不舒服？你的气色看上去很吓人。”

“少来这一套！先说离婚的事吧。”家玉咬着嘴唇,叹了口气。

“这两三天我一直见你在喝中药……”

“暂时还死不了！”家玉道。随后，她的声音低了一个音阶 :“刚满四十岁，就已经绝经了。他妈的！已经有很长一段时间。去中医院让大夫看了看,说是内分泌有问题。”

“那就是说,待会儿我们亲热的时候,就可以不戴避孕套了？”

端午在她背上拍了拍，按灭了桌上的台灯，顺势就将她抱在怀里。任凭她如何挣扎,他死死地抱着她。不松手。

这么做,当然有点让人恶心。但他也想不出更好的办法。

“谭端午！你什么时候变得这么嬉皮笑脸的了？你正经一点好不好，求求你了……”家玉试图用力地推开他，但没有成功。其实她也未必真的愿意这么做。只是，和解也有自己的节奏。弯不能拐得太快。她必须对离婚一事稍作坚持。

“我们还是商量离婚的事吧。”

“谁说要离婚了？”端午嘿嘿地笑了起来,开始笨拙地向她道歉。

家玉没理他,只是不再挣扎。半天,嘴里忽然冒出一句：

“这人哪！一半是冷漠、自私……”

“那,另一半呢？”

“邪恶！”

尽管她的话毫无来由，可端午还是觉得妻子的感慨不乏真知灼见。此刻，他想竭尽全力对妻子好一点。装出悔过的样子。爱她的样子。使酝酿中的离婚协议变得荒谬的样子。可不论是行为，还是语言,处处都透着勉强。他没办法。

她略显臃肿的身体，毕竟与绿珠大不相同：肌肤的弹性和致密度不同。气息清浊程度不同。那种随时可以为对方死去的感觉不同。他意识到了自己的故作姿态(家玉也并非感觉不到。但她还是尽量与丈夫合作),心里微微地动了一下,觉得妻子有点可怜。

“你是不是觉得，我有点脏？你心里是不是认为，我根本就是个坏女人？用你刚才的话来说,是个烂婊子？”

端午嗫嚅道：“吵架嘛,谁还会专门挑好话说？”

“你回答我的问题！”

端午想了一会儿。字斟句酌让他伤透了脑筋：“怎么说呢？其实……”

可是家玉不愿他再说下去了。她打断了他的话：“刚才你朝我脸上吐痰,假如你不是对我感到极度的厌恶,怎么会这么做?”

端午只能机械地紧紧地搂着她。

他向妻子建议说，不如躺到床上去，钻到被子里去慢慢聊。外面下着这么大的雪。这样下去会着凉的。

“我们还是先去看看小浑球吧。”过了半晌,家玉终于道。

若若早已睡熟了。被子有一半耷拉在地上。家玉替他盖好被子,又趴在他耳边说了会儿话。当她抬起头的时候,早已泪眼模糊。

儿子的床头有一幅巨大的鹦鹉的照片。家玉说，那是若若特地从数码相机里选出来,到洗印店放大的。

“这鹦鹉,怎么没脑袋呀?奇怪!”

“它在睡觉。”家玉浅浅地一笑，接着道:“它在睡觉的时候，会把脑袋藏到脖子边的羽毛之中。你仔细看，多好玩!它睡觉时，只用一条腿。另一条腿也在羽毛里。就这样，它能一口气睡上五六个小时。”

果然是这样。它用一条腿站着，绑着细铁链，爪子紧紧地勾住铁架的横杠。家玉说,她那年在莲禺的寺庙中看到它时,就是这个样子。

她做梦都想去西藏。那一年，她刚买了新车。在去西藏的途中，遇到了大面积的山体滑坡，只得原路返回。她一直说，那年她半途而废的西藏之旅,仿佛就是为了给若若带回这只鹦鹉。

问题是,现在连鹦鹉也给她放走了。

两个人离开了孩子的房间，去厨房收拾打碎的碗盆。家玉摔了太多的碗，碎片满满当当装了两大塑料袋。可餐桌有点麻烦。刚才家玉的一阵猛砍，已经在餐桌的一端，留下了七八道深深的刀痕，看上去有点触目惊心。

“看来,我们明天一早就得去买餐桌。”家玉道。

“其实不用，”端午胸有成竹地笑了笑，“我们把餐桌掉个方向就可以了。”

他们将有刀痕的一头靠墙，在上面铺了一块花布，再放上茶叶罐、餐巾纸盒和饼干桶。看上去，桌子仍然完好如初。

家玉忙完了这些事，一脸轻松地看了他一眼，讥讽道：“从胡乱对付事情这方面来说，你完全可以称得上是个天才。”

他们煮了两包方便面，都吃得很香。在静静的雪夜之中，他们并排坐在餐桌前，一直在不停地说话。

家玉再次提到了那个名叫李春霞的女人。

“你知道那天她特地走到我身边，跟我说了一句什么活吗？”

“很恶毒，是不是？”

“很恶毒。她说，我送你一句话。她说，别的事我说不好，但有一点是可以肯定的，我现在就可以告诉你：你一定会死在我手里！”

“当时那种状态下，她也就是为了出口恶气，就是想恶心你。你千万别上当。”

“上当？她的话差不多就要应验了！她有个外号，就叫死神。”

家玉已经有点困了，她把脸靠在端午的肩膀上，幽幽地道：

“死神是不会随便说话的。”

天很快就亮了。

9

年头岁尾，是方志办一年中工作最忙的时候。全年经济发展和社会运行的各项统计数字，都在这个时候纷纷出笼。每个单位都忙着往这里报送材料。文管会，文物局，计委，经委，运输，税务，城投，土地局。诸如此类。所有的文件和报表，都在资料科统一整理、编目、装订、上架。

偏巧在这时，小史请了长假。她已经有一个多星期没来上班了。她的办公桌上，渐渐积起一层白白的灰土。郭主任照例每天都要来晃悠一趟。有时，他托着紫砂茶壶，迈着方步走进门来，也会与端午说上几句闲话。有时，他只是在门口探一探脑袋，一见小史没来上班,脑袋一缩,顿时就不见了。

冯延鹤有一天找他去下棋，提到小史，脸色有点难看。他嘱咐端午，一定要设法转告她，如果三天之内再不来上班，就请她卷铺盖走人。

三天很快就过去了,小史还是没来。

端午给她打了电话，是空号。她大概已经换了手机。冯延鹤只得从别的科室临时调了一个人过来帮忙。这个人是个跛腿，走路一瘸一拐的。脸上的皮肤大面积脱落，就像肉色的破丝袜，露出了里面更为亮白的皮肤，一看就是个白癜风患者。他的头发倒是染得乌黑，还抹了油。

可就在“白癜风”调来后的第二天，小史却不知道从什么地方钻了出来。满面春风，面有得色。她穿着蓝呢大衣，脖子上围着 Bubuerry 斜纹丝巾，黑色的皮裤紧紧地包裹着丰满的双腿，手里还拖着一只拉杆箱。她刚从吴哥窟度假回来，还给端午带回来一个木雕的“维希奴”神像。

“呦，抖起来了呀！”端午看了她半天，笑道，“你刚才一进门，猛地一下,我还真有点认不出来了。”

“怎么样？惊艳了吧？我们在一个办公室待了差不多两年，你连正眼都不瞧我一下。现在后悔了吧？”小史傻呵呵地笑道。

“后悔。肠子都悔青了。不过,现在行动也还来得及吧？”

“你不怕嫂子回去让你跪搓衣板啊？”她走到自己的办公桌前，朝正呆望着她的“白癜风”道。“扑食佬！你先边上站站,我要理东西！”

原来小史和“白癜风”也认识。“扑食佬”大概是他的绰号。他从胳膊上拽下白袖套，搭在椅子背上，谦恭地说了句“你先忙”，就出去了。大概是去了厕所。

小史已经从单位辞了职。端午问她去哪里高就，小史笑盈盈的，故弄玄虚地不肯说。她把拉杆箱打开，将抽屉里那些零七八碎的东西一股脑地往里边塞。

“他就是你新来的搭档？”小史手里举着一包辣白菜方便面，犹豫了一下,顺手就扔进了垃圾桶。

“老冯说让他临时来帮个忙。不过你这一走，他会不会正式调过来,也说不准。”

“这人有点够呛。你得留点神。”

端午正想问问怎么回事，小史就朝他眨了眨眼睛。原来“扑食佬”已经从厕所回来了。他甩了甩手上的水，在裤子擦了擦，装作去端详墙上的世界地图。

端午又偷偷地看了小史好几眼。这丫头，虽说长得并不十分精致，倒是很耐看。尤其是跟她逗闷子的时候，一颦一笑，都透着一种傻乎乎的憨媚。一想到她离开,端午不觉中竟然还有几分惆怅与不舍。

中午，小史要请端午去街对面吃火锅。端午道：“最后一顿饭，还是在食堂吧。就算是留个纪念。”

小史反正是没脾气的,立刻就同意了。

他们在餐厅的楼梯口迎面撞见了“老鬼”。小史倒是大大方方地上前叫了他一声“郭主任”，奇怪的是，“老鬼”郭杏村却板着脸，很没风度地一低头，就从人群中挤过去了。“老鬼”的冷脸，虽说让小史有些尴尬,却不足以败坏她此刻正在高涨的兴致。她轻轻地叹了口气道：

“可算是过了他这个村了！”

他们从窗口取完饭菜，在贴着白瓷砖的长桌前找了个空位，正要吃饭，忽见冯延鹤端着菜盘子笑眯眯地走了过来，不由分说，坐在了他们的对面。

小史被冯延鹤训哭过两次，如今眼看着就要离开了，还是有点怕他。老冯今天倒是十分和善，缠着小史问这问那，把“苟富贵，勿相忘”一类的话说了好几遍。小史反而有些不自在。只得说，她之所以辞职，是去帮一个朋友打点饭店的生意。现在的餐饮业竞争也很激烈,猛不丁地从这么一个清闲的单位离开,真还有点依依不舍。

冯延鹤道：“你也别急着走。明天我们方志办专门开一个茶话会，欢送欢送。小谭，你负责张罗一下。小史毕竟在这服务了两三年了,俗话说,买卖不做情意在嘛！”

小史红着脸,再三推脱。老冯说什么也不答应。

正说着，小史一连打了两个喷嚏。尽管她用餐巾纸捂住了嘴，可正在往嘴里扒饭的老冯还是怔住了。小史一时不知道发生了什么事,也愣在那里,吃惊地望着端午。

老冯阴沉着脸，从口袋里掏出手机来，胡乱地按了按，对他们俩说道：“我有点急事,先走一步。你们俩慢慢吃。”

说完,端起盘子,跨过桌边的长凳,走了。

给小史开茶话会的事,自然也就不了了之。

“这是怎么回事？”小史一脸茫然地看着端午，小声道，“这老冯！你说,他怎么忽然就不高兴起来？

“还不是因为你刚才打了喷嚏！”端午笑道。

“打喷嚏怎么了？”

“你不知道吗？老冯有洁癖。挺病态的。他大概是疑心你打喷嚏时,把飞沫溅到了他的饭菜上。”

“有这么夸张吗？”

“很多人都有这种毛病。在医学上，有时它被称作疑病症。和强迫症也有点瓜葛。大体上都属于神经官能症的范围。”

端午说起来就没完。他还提到了卡夫卡和加拿大的钢琴家古尔德。

“你怎么什么事都知道？”

“因为从某种意义上说，我也得过这种病。不过表现方式不太一样就是了。”

“哪些方面不一样？”

“不好说，”端午道，“得这种病的人，除了我之外，基本上都是天才。”

小史把盘里的饭分了一半给端午，又把青菜上的一大块扣肉搛给他。

“我还没动过筷子,”她强调说，“你不会嫌我脏吧？”

“我可不怕你的唾沫！”端午不假思索地笑道。转念一想，又觉得怪怪的，不免给人以某种猥亵之感。好在小史在这方面从来都很迟钝。

“你去过一个叫花家舍的地方吗？”小史忽然问他。

“没去过。”

“那可是男人的销金窟啊,就你这么老土！”

“倒是常听人这么说。”

“我要去的地方叫窦庄，离花家舍不远。他在那刚开了一家分店，让我去那帮着照应照应。说是先从副总经理做起。月工资六千，不算年终奖金。”

端午大致能猜到，小史所说的那个“他”指的是谁。只是没想到他们两人的进展，竟然这么神速。这丫头，真有点缺心眼。跟人刚打了个照面，就轻易把自己交了出去。

“老裴说，等我在宴庄积累一点管理方面的经验，有个一年半载，就把整个店面都交给我来经营。”小史用筷子拨拉着盘子里的豆腐。听得出，她还是有点心思的。

“那人真的姓裴啊？”端午问道。

“对呀，姓裴。怎么了？”

“没什么。”端午抿着嘴笑。

那天在宴春园吃饭，老板带着厨师长来敬完酒，带小史去看他收藏的那些古董。徐吉士用《水浒传》里的头陀和潘巧云来打趣。当时，端午还以为吉士是在故意卖弄典故，没想到，这个秃头老板真的姓裴。

“那他——”端午忍住笑，又问她，“叫啥名字？”

“裴大椿，椿树的椿。”小史的眼神有点迷惑。“我说你这个人，哎，一惊一乍的，到底什么意思啊？”

端午松了一口气。好在他不叫裴如海。

“这不是关心你吗？”端午正色道，“那个老裴，人怎么样？”

“那还用问？挺好的。”小史道，“你看我身上的衣服，都是他给我买的。不过，这人吧，你叫我怎么说呢？就是有一点变态。”

端午停下了手里的筷子，抬起头来，望着小史。见端午露出了惊异之色，小史一下就红了脸，赶忙解释说，她所说的变态，并不是那个意思。

“就说这次去柬埔寨旅游吧，一路上老是缠着我问，到底和守仁是什么关系？是怎么认识陈守仁的？有没有和他接过吻？有没有上过床？我已经跟他发誓赌咒，说过不下十几次了。可他老疑心我在骗他。你说这不是变态是什么？难道说，他还怕陈守仁吗？”

“大概是吧。很多人都怕他。”

“守仁有什么可怕的？那天我们在一起吃饭，我见他和你们有说有笑的啊？”

“因为我们恰好是朋友。”

“就算老裴怕他，跟我有什么关系呀。奇了怪了！”

“其实一点都不奇怪。”端午见她真的不懂事，只得把话挑明来点拨她。“老裴误以为你是守仁带去的朋友。不问清楚，是不能随便上手的。”

“我怎么有点听不懂你的话呀？”

端午笑了笑，低头继续吃饭。实际上，他已经把话说得再明白不过了，要再说下去，就要伤及她的自尊了。这真是一个傻丫头。

有一点可以肯定，那个姓裴的秃头，在他那些琳琅满目的收藏品中，也包括了女人。尽管女人没有赝品一说，但贬值的速度也许比赝品还要快。

“你和老裴，领证了吗？”端午已经吃完了饭，从小史的手里接过一张餐巾纸。

“暂时还没有。你放心，那不是问题。他正和他老婆办离婚呢！说是涉及到有价证券和财产分割，没那么快。老裴让我要有足够的耐心。等到了那一天，你可要来吃我们的喜酒啊。”

“一言为定。”端午道。

那天下午，他与小史告别后，多少有点茫然若失，也有点为小史担心。下班回到家中，与家玉坐在客厅里喝茶，他把小史的事跟家玉说了一遍。可家玉对此没有什么兴趣，只是淡淡地说：

“你成天瞎操这些心干什么？那个小史，有你想象的那么单纯吗？我看不是她天真，而你天真！再说了，当年你谭某人的行为，又能比那个姓裴的秃驴好到哪里去？”

10

凌晨一点钟，端午在客厅里泡脚，电话铃声突然响了起来。

单调的铃声不带任何感情色彩，但端午还是在第一时间准确地判断出，那是一个噩耗。他没有来得及穿鞋，就赤着脚冲进了书房。

徐吉士的声音已经变得相当平静了。他用丧事播音员一般沉痛的语调告诉端午，守仁出事了。在第一人民医院。吉士正在赶往医院的途中。他嘱咐端午，积雪尚未融化，晚上街面结了冰，路况很不好，家玉开车时，必须得万分小心。

端午刚放下听筒，小顾的电话跟着又来了。

她只是哭，说不出一个完整的句子。

由于第二天早上家玉要出庭，她在临睡前吃了几颗安眠药。被端午叫醒后，一直昏昏沉沉，反应迟缓。

“我这个样子，怎么能开车？”她迷迷糊糊地靠在床架上，懵懂地望着自己的丈夫，叹了口气，自语道。“前些天还好好的，怎么会呢？”

“干脆你别去了。我打车去！”端午劝她，“明天小东西还有最后一门生物要考，得有人给他准备早饭。”

“也好。你自己路上小心。”

黑暗中，家玉端过台灯边上的一只白瓷茶壶，喝了一口凉茶，裹了裹被子，翻过身去，接着睡。

后半夜的街道上空荡荡的。干雪的粉末在北风中打着旋儿。端午一连穿过两条横马路，才在通宵营业的一家夜总会门口找到了出租车。

第一人民医院急诊楼的过道里，围了一大群人。吉士和小秋他们早到了。小顾坐在一旁橘黄色的椅子上，眼神有点空洞。绿珠紧紧抱着姨妈的一只胳膊，他们都不说话。徐吉士穿着一件皮夹克，正踮着脚,透过抢救室门上的玻璃,朝里面张望。

守仁还在抢救中。但吉士告诉他，抢救只是象征性的。不太乐观。尽管一度还恢复了血压和心跳。

随后，他们走到楼外的门廊里抽烟。绿珠挑起厚厚的棉布帘子，跟了出来。

据绿珠回忆说，差不多是在晚上十一点半左右，她听到楼下汽车喇叭响了两下。当时，她正抱着笔记本电脑，坐在床上，欣赏那些白天拍摄的鸟类照片。她知道姨父回来了。按照以往的惯例，停车时按喇叭，无非是表明姨父的后备箱里有大量的礼品，让她和小顾去帮着搬。就快过年了，姨父每次回家，都会带上一大堆他并不稀罕的礼品。不外是烟、酒、茶、字画之类。她听见姨妈从三楼下来。就躺在床上没动。可是这一次，绿珠还是觉得有点异样。在别墅西侧的院子里，那十多条收容来的流浪狗，一直在“汪汪”地叫个不停，听上去有点瘆人。

很快,她就听见姨妈在楼下发出的凄厉的哭喊。

绿珠穿着睡衣从床上蹦起来，趿拉着拖鞋，跑到楼下的车库边。她看见那辆凯迪拉克，前门开着。姨父的双腿还在车上，可身体已经挂在了车外。小顾远远地站在楼梯口，不断地拍打着墙面，被吓得“嗷嗷”地干嚎。最后还是绿珠跑过去，跪在雪地上，双手抱起了姨父的头。匆匆赶来的一名保安,已在打电话报警。

当时姨父的意识还比较清醒。他甚至还抬起血糊糊的手，去摸了摸她的脸。他还向她交代说，他知道是谁下的手。但他不能说出那个人的名字。

“这是为你们好。”然后他抬头看了看树林上空那片天，积攒了半天的力气，笑了一下，对绿珠道：“我养了那么多人，什么用处也没有。在他们杀我的时候，只有月亮在场。”

在前往医院的救护车上，守仁还醒过来一次。不过，他的呼吸已经变得很艰难了。他告诉绿珠，在他工作室电脑的E盘下，有一份文件……

大约二十分钟之后，抢救终于宣告结束。

医生一个接着一个走了出来，头也不回地走了。最后出来的那名护士，打开了抢救室的大门。端午首先看到的，是守仁在手术台上的那双大脚。整个手术台上都是血，就像刚杀了一头猪一样。各种注射用的空瓶子装了满满一大筐。一名护士小心地把他脑袋上的呼吸罩取了下来。大概是失血过多，他张着嘴，脸色有点发白。另外两名护士拉下口罩，正在交谈着什么。其中的一位，手里托着一块硬纸板，皱着眉头，往上填写各种数据。那台用来检测心脏和血压的仪器，“滴滴，滴滴”地响着，仿佛在重复着一个幸灾乐祸的声音：

失败……失败……失败……

吉士烦躁地问护士，能不能把那个讨厌的机器关掉。护士温和地告诉他，不能。这是抢救的程序之一。现在病人虽说已经死了，但这个程序还没完。病人呼吸停止，测不到脉搏，没有心跳，当然表明病人已处于死亡状态。但这仅仅是观察上的死亡。“医学上”真正的死亡，要等待一定的时间长度，也就是说，等到烦人的“滴滴”声戛然而止，才能最终得到确认。具体等多长，护士没有说。

护士将守仁的遗体擦拭干净，又在他身体的各个孔道，塞了些棉花和海绵，用一条干净的白床单，把他裹得严严实实。然后，又将他的双手举起来，抖动他的关节，让他的手臂变得松弛，以便让他十指交叠，平放在腹部。这时，护士才吩咐家属进来，看上最后一眼。

绿珠扶着小顾走进来。小顾刚到门口，身体就软了。几个人又只得把她扶到屋外的椅子上。

端午提醒护士说，死者的嘴巴还没有合上。护士说，这要等到太平间的赵师傅来处理，他有的是办法。

正在说话间，赵师傅推着一辆运尸车来了。

赵师傅用的办法其实也挺简单：一根玻璃绳，穿过一卷卫生纸，让卫生纸抵住死者的下巴，拉住玻璃绳，向上用力一拉，然后将绳子在他的脑袋上打个结。守仁的嘴就闭上了。

按照预先的分工，在遗体告别的前一天上午，端午和家玉匆匆赶往城北的殡仪馆，逐一落实火化的相关事宜。

吉士本来说好也会到场，可他被小秋临时拉去挑选墓地了。

在人头攒动的接待大厅里，为图省事，他们选择了收费昂贵的"一条龙服务"。一个身穿黑色制服的姑娘带他们去挑选棺椁。从纸棺，到雕花楠木棺，有十多种款式和价位可供选择。家玉给小顾打了电话。小顾哭了半天，就让家玉替她全权做主。至于价格，可以不必考虑。家玉就挑选了最贵的一种。看着那具漂亮的棺木，家玉的眉头总算略微舒展开来，自语道：

"我原以为人死了，直接往炉子里一扔，烧掉拉倒。原来还有棺木。"

身穿黑色制服的引导员笑了笑，接住家玉的话茬，临时发挥，说了一通"死人也是有尊严的"之类的高论，弄得家玉立刻又恼火起来。

接下来，他们确定了灵车的档次和规格。这一次，家玉毫不犹豫地定下了最奢华的凯迪拉克。引导员又问她，需不需要"净炉"服务。家玉说，她不明白，所谓的净炉是什么意思。引导员耐心地向她做了解释。

“净炉，就是一个人单独烧。这样至少可以保证骨灰中不会混入另外的亡灵。”

于是,他们选择了净炉。

引导员最后问，在骨灰由焚尸炉抵达接灵窗口的途中，需不需要有仪仗队护送？家玉未假思索,直接拒绝了。

“什么狗屁仪仗队？不就是他们自己的保安吗？何苦自白多交一笔钱？”她旁若无人地对端午嘀咕了一句。看来，她已经完全进入了角色。

他们挑选了一个中型的告别厅，并预定了二十只花篮。家玉还要求与负责焚烧工作的师傅见面。这是小顾特别关照的。

家玉有一搭没一搭地与那个焚烧工说着话，趁引导员不注意，在他白大褂的口袋里塞了一千块钱。

所有的手续都办完之后，引导员又特别地嘱咐他们，明天火化时，别忘了带把黑色的雨伞来。家玉问她，黑伞是做什么用的，引导员说，骨灰盒从殡仪馆回家的途中，必须用黑伞罩着。这样，死者的亡魂就不会到处乱窜了。这当然是无稽之谈。

他们从殡仪馆出来，已经是下午两点多了。刚走到停车场，家玉就接到了绿珠打来的电话。她说，本来已经和太平间的驼背老赵约好，她和姨妈三点半去给守仁穿衣服；可姨妈犯了头晕病，根本下不了床。“太平间那地方,阴森森的,我一个人可不敢下去呀。”

他们只得驱车赶往医院。

第一人民医院住院部的西侧,有一条狭长的弄堂。

家玉把车停在了马路牙子上，就去附近找到一家面馆吃饭。大概是嫌面馆的隔壁开着一家寿衣店，面条端上来，家玉一口也吃不下去。

“你怕不怕？”家玉双手托着下巴，忽然对端午笑了笑。

“怕什么？”

“去太平间啊。”

“还好吧。”

“一想到我将来死了，也得如此这般折腾一通，真让人受不了。”家玉说，“待会儿给守仁穿衣服，我能不能不下去？”

“那你就待在告别厅里吧。穿衣服应该挺快的，用不了半小时。”

他们从面馆出来，经由一扇大铁门，前往医院的告别厅。太平间就在告别厅的地下室里。绿珠已经在那了。她正把包里装着的几瓶二锅头往外拿，说是给驼背老赵处理完遗体后洗手用的，也属于时下流行的丧仪的一部分。

告别大厅的正中央悬挂着一个老头的遗像。“沉痛悼念潘建国同志”的横幅已经挂好了。两个身穿工装裤的花匠正在给盆花浇水。那些花盆被摆放成了U字形。U字当中的空白处，应该就是明天摆放潘姓死者遗体的地方。

驼背老赵正在跟绿珠算钱，手里拿着计算器。他身边还站着一个二十来岁的小伙子，是老赵的儿子。他负责给遗体化妆。

绿珠交完钱，又额外地塞给老赵一个装钱的信封。驼背照例推让了半天，这才收了。到了最后一刻，家玉又改变了主意，还是决定和他们一起下到太平间的停尸房。

他们拎着几大包衣服，跟着老赵父子俩，沿着一条走廊，进了一间异常宽大的电梯，一直下到地下二层。这个太平间，原先也许是医院大楼的设备层，头顶上到处都是包裹着泡沫塑料的管道。走廊也是四通八达，不时有身穿手术服的大夫迎面走来。驼背老赵推开一扇沉重的大铁门，说了声“到了”，他们就走进了停尸间。

墙边有一大排白铁皮的冰柜。守仁的遗体早晨就被取了出来，躺在带滑轮的平板车上，正在化冻。他的边上，是个一头银发的老者。他穿着笔挺的西装，嘴唇被画得红红的。也不知道这人是不是潘建国。

一看到姨父的遗体，绿珠又忍不住小声啜泣起来。家玉搂着她，眼泪也流了出来。经过解冻的遗体，已经看不出当初暴死的那种狰狞。他的胸脯被一大块白纱布严严地包裹起来，不见了当初的惨烈。只是左胳膊上的一块毛泽东头像的文身，由于收缩或膨胀，略微有些变形。

赵师傅熟练地褪下了守仁手指上戴着的一枚戒指，还有脖子上的一块羊脂玉坠，交给绿珠收着。绿珠哽咽着道："他的东西，还是让他带走吧。"

老赵笑道："他是带不走的呀！"

"这么好的东西，烧了也可惜。你就先替姨妈收着吧。"家玉也在一旁劝她。

绿珠却道："烧了吧。免得带回去，姨妈见了伤心。"

老赵再次笑了一下，又道："你们都还没明白我的意思。这些东西，我的意思是说，这么值钱的东西，根本就进不了焚化炉的……"

话已经说得十分露骨了。几个人彼此打量了半天，终于全都明白过来。

最后，绿珠想了想，对老赵道："要不，您老人家收着？"

赵师傅又是一阵推脱，最后千谢万谢，把东西交他儿子收了。

衣服穿好以后，绿珠又提醒老赵说，按照姨父老家的风俗，"穿单不穿双"，姨妈是特地交代过的。可她数了数，不算帽子、手套和鞋袜，怎么都是十件。不吉利啊！

赵师傅似乎早有盘算，轻轻地说了声"不急"，在守仁的脖子上系上一条领带。

他们离开太平间的时候，端午走在了家玉的右边，有意无意地用身体挡住了她。

他知道，在太平间通往电梯门的路上，他们要经过一段灯光晦暗的过道。那里有一间医院的解剖室。刚才进来的时候，端午无意间看到医院的几个年轻大夫正在做遗体解剖，差一点把刚刚吃进去的面条都吐出来。他不想再让家玉受到任何刺激。

他们在告别室的门外与绿珠道了别,随后就驾车离开了。

开始，家玉一直不和端午说话。当汽车驶上沿江快速公路的时候，家玉忽然看了他一眼，问他，有没有留意到太平间隔壁的遗体解剖?

“原来你也看到了？”

“我没敢仔细看,”家玉拉下汽车的遮阳板，“是男的是女的？”

“女的。”端午照实回答。

“你怎么知道是女的？”

端午脸一红,解释道：“因为她的脚是冲着外面的。”

“多大年纪？”

“没怎么看清,大概跟你差不多吧。”

家玉想都没想,就在快速路上踩下了刹车。

那辆本田“吱”的一声，横在马路当中。刺耳的刹车声在身后响成了一片。家玉脸色惨白地从方向盘上抬起头来，对他怪笑了一下，一字一顿地说：

“你巴不得她就是我,是不是？”

一回到家中，家玉就躺下了。她没有参加第二天一早在殡仪馆举行的遗体告别。来了很多不认识的人。小顾说，她有一种不好的预感。她疑心刺杀守仁的凶手，也混在悼念的人群中。吉士和小秋都认为她有点多虑了。

按照原先的计划，守仁的骨灰盒被取出之后，他们直接将它送往预先选好的墓园落葬。在前往墓地的途中，天空忽然下起了小雨。所有前去送葬的人都觉得这是一个好兆头。因为不期而至的小雨，正应了鹤浦一带尽人皆知的一句谚语：

若要富，雨泼墓。

就像小秋所总结的那样，守仁不过是换了个地方当老板而已。老实而迷信的小顾，听他这么一说，满脸的阴云总算是散开了。

11

葬礼后不久，绿珠的母亲再次来到了鹤浦。她要将小顺接回泰州去住几天。她对妹妹的精神状况忧心忡忡，有意让小顾换个环境。腊八一过，春节很快就要到了。绿珠也打算回乡下去过年。临行前，她约端午去“呼啸山庄”见了一面。

这天午后，他们沿着高高的江堤散步。

他们就是在这条江堤上相识的。不到一年的时间，发生了太多的事，长得就像过了好几辈子。绿珠穿着一件她姨妈的水红色丝绵长袄，仍是一副慵懒而散漫的样子。

她告诉端午，“姨父老弟”去世后的那天早上，她们刚从医院回到家中，市公安局的大批警员已经站在楼下的院门外，等候她们很久了。拍照、勘察现场、没完没了的询问。按照守仁的遗言，小顾照例是一问三不知。而绿珠在尚未看到姨父留在电脑E盘的文件之前，也留了个心眼，将这一细节瞒过不提。下午，公安局专门又派来一辆车，接小顾去警局做笔录。趁着姨妈不在这个空隙，绿珠赶紧跑到四楼姨父的书房里，打开了那台苹果电脑。

她很快就找到了那个文件夹。

“哪是什么遗嘱？那是‘姨父老弟’写给我的几百首十四行诗。”绿珠道，“这些诗歌在电脑上做了初步的排版和页面处理，姨父甚至还为它配上了我最厌恶的Kenny G的音乐，加进了一些不伦不类的插图。有点搞笑。我没法在读它的时候不笑。”

他们已经走到了那座废弃的船坞码头边上。两个人挨着锈迹斑斑的倒坍的钢梁，并排坐了下来，默默地看着远处的江面。阳光也像临终病人的最后叹息，似有若无。江面上几乎看不到过往的船只。没风。

“不过现在想想，还是有点后悔。”绿珠喃喃道，“还不如当初依了他好了。”

端午隐隐能猜到，绿珠所谓的“后悔”指的是什么。心里忽然也有点难过。

绿珠说，那天下午，她把姨父那些诗打印出来之后，就将整个文件夹都删空了。她坐在书房外的露台上，读那些诗。一边哭，一边笑，待了整整一个下午。

那个露台被姨父改造成一个花房。花房里养了几十盆花，全都是水仙。开得正艳。一大片令人心碎的铭黄。他其实还是一个大男孩。在虚无、软弱和羞怯中苟且偷生；在恐惧与厌倦中进退维谷。绿珠说，至少守仁在写诗的时候，至少，在他心里的某一块地方，还是纯净的。

她还提到了很多年前的一件往事。

那年，姨父、姨妈回泰州过春节。邻村来了一个戏班子，在打谷场搭台唱戏。绿珠带他们去看戏。不知为什么，在她的记忆中，路上的积雪在有月亮的晚上，竟然是蓝莹莹的。她还记得，那晚演的是扬剧《秦香莲》。她骑在姨父的肩上，抱着他的头。看戏的过程中她很快就睡着了。睡梦中，她在姨父的脖子上撒了一泡尿。

后来，在鹤浦，在她与姨父朝夕相处的那些日子里，每当她想起这件往事，总会有点不自在。有一种令人厌腻的不洁之感。仿佛她和姨父之间，天生就有什么肮脏的勾当。

"昨天下午，我一个人去墓地看他，偷偷地在他的墓碑旁撒了一泡尿。"

"你这又是干什么？"端午不解地问她。

"让他看看。他一直想要我。我没依他。他又缠着我，说，看看行不行？我就是不给他看。是不是有点变态？"绿珠终于笑了起来，露出了一排细细的牙齿。

绿珠说，姨父去世后的这些日子，她想了很多。她对寄生虫一样的生活，已经感到了厌烦。说起将来的打算，绿珠提到了不久前刚刚认识的两个艺术家。

他们是双胞胎，南京人。近来筹集了一大笔钱，在云南的龙孜，买了一大片山地，打算在那儿做一个非营利性的 NGO 项目。这个项目被称为"香格里拉的乌托邦"，致力于生态保护、农民教育以及乡村重建。兄弟俩力邀她去参加，去过一种全新的生活。她还没想好，到底该不该去。

"毕竟要去外地。我对双胞胎兄弟，也不算太了解。你觉得呢？"

像往常一样，端午一声不吭。他没有直接回答绿珠的问题，只是淡淡地说，福楼拜在晚年，曾写过一部奇怪的小说，书名叫《布法与白居榭》。

“不知你有没有看过？”

“没有啊，好看吗？”绿珠问他。

端午若有所思地“唔”了一声，就没有了下文。

长江对岸矗立着三根高大的烟囱。那里的一家发电厂，正在喷出白色的烟柱。烟柱缓缓上升，渐渐融入了黄褐色的尘霾之中。只有头顶上的一小片天空是青灰色的。江水的气味有点腥。靠近岸边的滩涂中，大片的芦苇早已枯黑。浪头从苇丛中滤筛而过，拂动着数不清的白色泡沫塑料。倘若你稍稍闭上眼睛，也可以将它想象成在苇丛中觅食、随时准备展翅高飞的白鹭。

“你刚才的话还没说完。”绿珠用胳膊肘碰碰他，“福楼拜的小说是怎么回事？讲讲。”

“没什么好讲的，其实故事很枯燥。”端午说，“布法和白居榭是一对好朋友，在巴黎的一个公司里当抄写员。有一天，意外得着了一大笔钱，两个人就做起梦来。他们用这笔钱在远离尘嚣的乡间购置了一处庄园，准备在那儿过一种有尊严的生活。随心所欲，自由自在，把自己的余生奉献给知识、理性和对生命的领悟。大致就是这样。”

“后来呢？”

“后来出现了很多他们根本没想到的烦恼。两个人都被想象出来的乌托邦生活，弄得心力交瘁。最后，他们决定重回巴黎，回到原先那家公司，要求去当一名抄写员。”

“这么说，你是不赞成我去云南的。其实，你心里不想让我去，是不是？”绿珠闪动着漂亮的大眼珠。说话的声音越来越小。

端午将手里的一根烟捏弄了半天，犹豫再三，最后道：

“如果你一定要让我帮你拿主意的话，怎么说呢？我觉得，你倒不妨去看看。”

“为什么？”绿珠明显地愣了一下。

“去看看也好。我是说，守仁也不在了，你总得找点事做。回泰州去呢……你愿意回泰州去吗？去云南那边看看，也是一个选择。不过，我的意思也并不是说，在还没有搞清楚那对双胞胎身份的前提下，自己先一头扎进去。毕竟，乌托邦这个东西，你知道的……”

“我简直不知道你在说什么！”绿珠不客气地打断了他的支支吾吾，从地上站起来，使劲地拍打着身上黏着的锈迹斑斑的锈屑和枯草，冷笑道：“你这人，真的没劲透了。”

随后，她头也不回地离开了那个船坞。

12

儿子期末考试的成绩出来了。他在全年级的排名，跌出了三百名之外。家玉对此似乎早有所料。得知结果之后，只是摸了摸儿子的头，笑道：

“其实已经挺不错的了。全年级一千多号人，人人都在拼命。你能考到这个成绩，已经相当不容易了。”

听到她这么说，父子俩都有些讶异。两个人都认为家玉是在说反话。想象中歇斯底里的发作，没有立刻兑现。这也许预示着另一个可能：它会在未来的某一个时刻变本加厉。

戴思齐不可思议地考进了前五十。寒假刚一开始，就被学校选拔去北京，参加冬令营去了。儿子为此闷闷不乐。家玉将他搂在怀中，一反常态地宽慰他：

“所谓的冬令营，不过是排着队，打着小旗子，到清华、北大的校园转上一圈而已。没什么大不了的。再说，这时候，北京的冬天天寒地冻。啃着干面包，顶着刀子一般的西北风，在朱自清散过步的臭水塘边转上一圈，有什么意思嘛！等到明年暑假，等荷花开的时候，妈妈带你去好好玩一次,怎么样？”

奇怪的是，妻子在说这番话的时候，不知怎么就触动了伤情。眼泪像散了线的珠子似的，扑扑簌簌地落下来，最后竟至于泣不成声。儿子不明白母亲为何要哭。也许是被她的眼泪震住了,也跟着她掉泪。

端午知道家玉是一个要强的人。儿子这一次考砸了，她的心情之糟，是可以想见的。若若对她处处赔着小心，不失为谨慎之举。“戴思齐的老娘”总是隔三岔五地打来电话，向家玉报告女儿在北京的行踪。她提到，戴思齐在清华园一个名叫“照澜院”的地方，遇见了杨振宁夫妇，还跟他们拍了一张照。变相的炫耀，弄得家玉很快就失去了理智，话里有话地对胡依薇挖苦道：“那你们还不赶紧见贤思齐？”

她甚至开始无端地憎恶起一贯崇拜的杨振宁来。连端午都觉得有点过分。

端午所不知道的是,家玉近来的情绪失控,其实另有原因。

若若的班主任姜老师给家玉打来了电话。儿子作为她所带的班级中“退步最快的学生”，被责令“悔过反省”。姜老师认为，孩子成绩下滑的主要责任，其实还在家长。她要求家玉也要为此深刻反省，写出检查,在两天后的家长会上和儿子的检查一并上交。

这一次，家玉一反常态，对着话筒，恼怒地向平常畏之如虎的班主任吼道：

“你说什么？让我写检查？你她妈的让我写检查？再说一遍，你算老几？啊？你妈的奖金被扣，跟我们孩子有什么关系……”她在电话中骂了好几分钟，全然不顾对方早就把电话挂断了。一气之下，家玉索性连家长会都没去参加。早已准备好送给主科老师的红包，自然也就不了了之。

凭空省下了六千元钱,也算是一个小小的安慰吧。

儿子对母亲的隐而不发不太适应，总有一种灾难降临的预感。他打算洗心革面。他花了一个晚上的时间，为自己重新制订了详细的“赶超计划”，并将它贴在墙上，每天对照执行。他甚至主动要求母亲给他安排寒假的补习班；几乎每天晚上，他都是抱着“新概念”进入梦乡的；母亲叫他起来洗脚，他仍然睡眼惺忪地背着郦道元的《水经注》。家玉反倒担心起他的身体来。

她不断催促他，约小朋友出去踢球，去公园溜冰，可若若置之不理。母子俩唯一的娱乐，就是在单元楼前的石榴树林边踢会儿毽子。可就这么一会儿,若若也认为纯属浪费时间。

家玉每天去事务所上班的时间要比端午早一点。往常，她在准备早餐时，并不把端午计算在内。她只煮两个鸡蛋。她和儿子，一人一个。端午起床后面对着餐桌，总是一堆残渣，几只空碗。多年来的夫妻生活，让端午百思不得其解的问题之一就是，妻子为何不顺手多煮一个鸡蛋？

最近一段时间，令人始料未及的变化正在悄悄地发生。蒸锅总是热的。里边不仅有鸡蛋、包子或玉米，还常常有他喜爱的粽子。下班回家,家玉怀里不时抱着一束鲜花。有时是黄玫瑰，有时则是鸢尾和紫罗兰。他们把饭后至临睡前的时间全部用来喝茶聊天。家玉也会把手上的案子说给他听。不是公公给儿媳妇灌农药，就是副总雇凶杀老总。端午听了她的故事不免肝火上升，义愤填膺。家玉却反过来安慰他：

“你老婆是律师，平时接触的总是社会的阴暗面。听多了，就会觉得满世界都是杀人越货的勾当。其实这个世界本质上从来没有变。既不那么好,也不那么坏。”

有一天晚上，已经是深夜十一点多了，家玉忽然心血来潮问端午，想不想去看电影。他们叫醒了刚刚熟睡的儿子，开车去了位于市中心的嘉禾影城。她甚至不再阻止儿子吃垃圾食品："会让人骨头发酥"的可口可乐，"含有地沟油"的炸薯条，"用工业糖精烘出来、且含有荧光增白剂"的爆米花。

他们看完了《纳萨尔传奇》，又去看《花木兰》。

等他们回到家中，天就差不多亮了。

周末的一天，端午从淘宝网上找到了一对美国生产的TRANSPARENT信号线。这对线材他渴慕已久。原价超过两万，可家在仪征的一名转让者只要八千元。光是看着它那蝮蛇般迷人的图片，就让端午心动不已。家玉凑过来看了看，竟然也赞不绝口。另外，她也很喜欢这对线的名字：天仙配。

"奇怪，'天仙配'这么俗的名字，用来命名一根线，却有了一些说不清的神秘感。"

端午想了半天，也没能想明白，这个名字到底神秘在哪里。

一连好几天，端午都在为要不要订下这对信号线而犹豫不决。可是到了星期一的中午，"顺丰"快递公司把这对线直接送到了他单位的办公室。家玉很快就发来了一条手机短信，只有三个字：喜欢吗。

在那一刻，端午心中被搅得风生水起的，竟然是初恋般波涛汹涌的幸福感。

晚上，端午和家玉并排坐在客厅的沙发上听音乐。换上了新买的"天仙配"，声音果然不一样了。小提琴的音色纤柔而飘逸，有着绸缎般的冷艳。还是令家玉着迷的鲍罗丁。还是第二弦乐小夜曲的第三乐章。这一次，家玉完全没什么感觉：

"这是谁的作品？太吵了！能不能换个柔和点的？"

"这已经是最柔和的了。"端午向她解释道，"你不是号称最喜欢鲍罗丁的吗？”

不过他还是很快换了一个曲目。莫扎特的《竖琴协奏曲》的慢板乐章。家玉只听了一小会儿，就说有点困。愁容满面地向他笑了笑，离开了。

她的心思根本不在音乐上。

发生在家玉身上的一系列奇怪变化，让端午迷惑不解，但却让他很受用。他们结婚将近二十年了，他还是第一次感觉到婚姻生活的平静与甜美。仿佛总是疑心自己不配有这样的好运气，端午也本能地觉察到，这种甜美的寂静中，似乎也夹杂着一些令人不安的东西。

家玉近来的反常举动还包括：

1）她专门去过一次乡下，探望她的父亲。以前，她与父亲很少来往。端午有时提到自己很少谋面的岳父，家玉总是不耐烦地打断他：“我没有父亲，他早死了。”婚后，端午只见过他三次。他每次到鹤浦来，无非是向她要钱。

2）妻子因常常睡过头，误了上班时间。类似的事在过去从未发生。而且，一旦误了钟点，就干脆不去上班。

3）她开始抽烟。有时很凶。

4）她把那辆本田牌小轿车，转让给了单位的一个同事——那个刚刚从政法大学毕业的研究生，她们公司的律助。

而卖掉汽车，据说是为了环保。

端午还没有来得及将自己的疑惑拼合成一个说得过去的答案，谜底就自动向他呈现。小年夜这天晚上，在确认儿子已经熟睡之后，家玉走进了他的书房，将一份打印好的文件放在了他的书桌上。她什么话都没说,轻轻地替他带上门,出去了。

那是一份简单的离婚协议。在这份协议中，庞家玉只主张了一项权利，那就是，唐宁湾的房子归她。虽说事先并无离婚的任何征兆,但端午很清楚,这不是在开玩笑。

他拿起这份协议去卧室找她,家玉正坐在床上看电视。

端午只问了她一句话。

“是不是,有人了？”

家玉的回答也只有一个字：

“是。”

同时,她肯定地点了点头,作为强调。

在卧室里，端午傻傻地愣了半天。他忽然想起了那个盛满精液的避孕套。眼前浮现出一个谢了顶的男人的模糊身影——他们从电梯里出来，老头直接去吻她的嘴。似乎再也没有另外的话可以说，端午便道：

“我出去转转。”

可他下楼之后，在小区里瞎转了一圈，很快又回来了。脸色变得很难看。

“明天就是大年三十了，能不能先别告诉我母亲？离婚的事，等过完春节再说。行不行？”

家玉狠狠地咬了一下嘴唇,说,她也是这么想的。

第二天上午，端午带着家玉和孩子，打了一辆出租车，赶往梅城陪老人过年。小魏昨天就已返回了安徽老家。母亲还是置办了一大堆年货。熏了香肠。腌了腊肉。压了素鸡。做了一坛家玉最爱吃的酒酿。

她正在一天天地衰老下去。衣服穿得邋里邋遢，佝偻着背，连转个身都要费半天的劲。家玉一进屋，就把厕所边泡着的一盆脏衣服洗了。随后，她又一声不吭地拿起拖把和铅桶，进屋拖地去了。母亲似乎也有点意外。她冲儿子努努嘴，笑道：

“媳妇今天怎么变得这么勤快？”

她撩起围裙，从里边的口袋里摸出一大把碎钱来，递给端午：“你倒是扎着手！你是做了官来的？你到楼下去买些炮仗回来，晚上让小东西放着玩。今年的年头不好，老遇上狗屁倒灶的事情。晚上我也跟你们出去放两个炮仗，去一去晦气！”

“刚才在来的路上，已经买了。”端午说。

“那你也别闲着！叫上小东西，你们父子俩帮我把春联贴一贴！”

小东西正趴在奶奶床上看电视。他母亲搂着他，不知跟他说了句什么话，两个人都大笑不止。

家玉把地拖完了，又把卫生间里的浴缸刷了一遍。回到客厅里，她挨着母亲坐下，帮她择荠菜。

“你歇歇。忙了这半天，喝口水。”母亲忙道，“这人老了就是不顶用。挖了这一篮子荠菜，腰就痛得直不起来了。”

家玉问她哪里疼，帮她轻轻地捶了捶，又嘱咐她道：“这么大年纪，不要出门挖菜。从集市上买也是一样的。”

她看见母亲的一缕银发挂在额头上，就帮她捋了捋，又道：“要不要，我帮你把头洗一洗？”

“你是闻出我头发里的馊味了吧？”

“是有点油。”家玉笑了笑。

“那就干脆帮我洗个澡吧。”

家玉听母亲这么说，就嘱咐端午将卧室里的红外线取暖器移到卫生间，自己赶紧起身到厨房烧水去了。

端午歪在床上，和儿子看了会儿电视，不觉中就迷迷糊糊地睡着了。朦胧中，他听见小区的居民楼中，家家户户都传来了在砧板上剁肉的声音。楼下的什么地方,已经可以听到零星的鞭炮声。

婆媳两人在厨房里忙忙碌碌。家玉还曾到卧室来过一次，她腰上围着红色的布裙，袖子挽得很高，手里托着一盆刚刚洗净的冬枣，靠在门框上,问他要不要吃。

端午翻了个身,又接着睡去了。

晚上吃饭的时候，母亲第一次往家玉的碗里搛菜。老人家一口气喝了六七杯“封缸酒”，微微有了些醉意。渐渐地，就开始说起疯话来。她五岁上死了爹，十三岁被卖到江南当童养媳。她提到了她的第一个丈夫，那个失足坠崖的木匠。说起元庆的姐姐，那个刚出世就夭折了的女儿。

端午担心她一旦向人道起苦情，就会没完没了，赶紧找话来打岔。母亲被端午七拐八绕地这么一搅,自己都不知道说什么了。

“刚才我说到哪儿了？”她看了看家玉,又看着端午。

家玉不做声,只是笑。

母亲忽然叹了口气，对家玉道：“干脆，你也别做我儿媳妇了，做我闺女好不好？”

“好啊。”家玉嘴里答应着,脸上却是灰灰的。

若若早已吃完了饭，一个人趴在窗口看了半天，就嚷嚷着要下楼放鞭炮。端午正准备起身,就听见家玉对母亲道：

“我恐怕得跟端午离婚了。”

端午惊得目瞪口呆。母亲似乎也愣在那里,一时有点不知所措。

“怎么呢？”老太太问道。窗外的焰火忽明忽暗，衬着她的脸一阵红,一阵绿。

“哪有女儿作兴嫁给儿子的道理？”家玉笑道。

母亲回过神来，就把手里的筷子掉了个头，在她手背上轻轻地敲了一下：“你这个死丫头。大过年的,吓我一跳！”

13

正月初三。一大早，小魏就从安徽回来了。她和嫂子大吵了一架。家玉安慰了她半天，又塞给她三百块过节费。因为小魏的提前返回，他们决定当天下午就向母亲辞行。老太太想让若若留在梅城多住几天,可小东西怎么也不肯。

初四。端午去南山的精神病疗养中心探望哥哥。因为离婚之事如骨鲠在喉、芒刺在背，端午只是礼节性地在那待了二十分钟。他从木讷而迟钝的兄长口中，得知了一个不好的消息。这座建成不到十年的精神病院,居然也要拆迁了。

在稍后的电话中，周主任向他证实了这个信息。有人看中了这块地。

“只怪你哥哥当年选中的这块地方太扎眼了！”周主任在电话中笑道。“不过呢，拆迁了也好。这么好的一块地方，用来关精神病，有点资源浪费，阿是啊？毕竟精神病人又不懂得欣赏风景。来噢，日你妈妈,红中独调,把钱吵！”

周主任似乎正在打麻将。

端午提到了当年哥哥与市政府签订的那份协议。周主任不耐烦地打断了他的话：“他不是疯了吗？从法律上来讲，疯子已经不能算是一个独立的法人了。出牌吵,别老卵！”

初五。端午和家玉带儿子去“黄日观”逛庙会。家玉本想去道观求个签、上炷香，可通往道观的坊巷人潮涌动，根本挤不进去。他们只在弄堂口略转了转,在一处花市上买了一枝腊梅,就匆匆回家了。

那枝腊梅,花瓣薄如蝇翅,就算凑在鼻前,也闻不到什么香味了。

初六。端午百无聊赖地来到吉士的报社。他刚刚升任了社长兼副总编，正在值班。端午本来想跟他说说与家玉离婚的事，可临时又改变了主意。一见他进门，吉士就将搁在办公桌上的那双脚挪了下来,坐直了身体,对他笑道：

“怎么这么巧,那一个刚走,这一个就来了。”

“谁呀？”

“还能是谁呀！”吉士起身给他泡茶，“她正满世界地找你。短信不回,手机也不接,你倒是挺决绝的。”

“她不是回泰州过年去了吗？”端午这才反应过来，吉士说的是绿珠。

“这丫头，在我这儿磨了一个上午的嘴皮子。不过，人家对我却没什么兴趣。临走，又找我借书。我问她想看什么书，她就翻着大白眼，望着天花板，说是福楼拜写的，两个打字员什么的，半天也没说清楚。不是《包法利夫人》，又不是《情感教育》，那是什么呀？我在电脑上帮她搜了搜，也没搜出个结果来。人家小姑娘，溜光水滑的，你用这么冷僻的书来折磨她,也有点太不厚道了吧？”

“只是聊天时随便说起的,我没让她去看。”端午勉强笑了笑。

“你这一随便，小姑娘就晕头转向了。我看她，八成是着了你的道了。”

“她什么时候走的？”

“刚走。你若早来十分钟,就能撞见她。”

中午，他们就在楼下一家宁夏人开的清真饭馆里吃羊蝎子。吉士说起，春节前，他接到唐晓渡从北京打来的一个电话，问他能不能在鹤浦张罗一次诗歌研讨会,把朋友们请来聚聚。

“我倒是想办这个会啊，可钱从哪里来？”吉士给端午斟满啤酒，苦笑道,“诗人、评论家，再加上记者，少说也得二三十人吧。两天会，外加旅游、吃喝，我初步算了算，没有个三四十万，怎么也弄不像样。守仁要是还活着,倒也好办。他这一走,我们总不能跟小顾开口吧？”

“小顾那里你最好别打她的主意。”端午道，“你们报社能不能出点钱？”

“十万、八万没问题。再多不合适。我也刚刚接管财务，脑子里还是一锅粥呢！”吉士道，“我们得想法逮条大鱼才行。”

他们俩在饭馆里合计了半天,也没想出个可以利用一下的“苦主”。

初十。绿珠约他去“天厨妙香”喝禅茶。端午被她缠得没办法，就答应了。绿珠开着 Minicooper 来接他。他们在小区门外遇见了骑车回家的庞家玉。她大概刚刚从“利军”剪艺店做完头发出来，新发型怎么看都有点土气。

绿珠一下就慌了神，可端午装着没有看见妻子的样子，夸张地吹了一个口哨，对绿珠低声地说了一句“别管她”，大模大样地钻进了汽车的前排。

白色顶棚的 Minicooper 引擎轰鸣,像箭一样地呼啸而去。

正月十一。端午与家玉去法院办理了离婚手续。

在回家的路上，他们多年来第一次坐公共汽车。空荡荡的车厢里，除了司机和售票员之外，只有他们两个人。他们挨在一起坐着，彼此都有些不自在。想着妻子即将离他而去，另栖高枝，端午的心肠硬了起来。他一心巴望着这件烦心事早点结束。

唐宁湾的房子是用端午的名字买的，因此，他问家玉，要不要去一下派出所，“顺便”把房子的过户手续也一齐办了。

家玉“腾”地一下站了起来，声色俱厉地提醒他：“你这分明是赶我走！”

端午咬着牙，扬起了脖子，没有做声。仿佛在说：

你硬要这么理解，也可以！

第四章

夜与雾

1

家玉是在二月的最后一天离开的。半个多月之后，在徐景阳的提醒下,端午来到了小区的中控室,要求调看 28 日当天的录像资料。

监控摄像设备完整地记录下了家玉离家时的画面。大约是中午十一点半，下着小雪。妻子穿着那件藏青色的呢子大衣，看上去略显臃肿，拖着一只笨重的拉杆箱，在已经变白的路面上走得很慢。快速影像使画面有些滑稽，看上去，就像是民国时代的电影资料：步调僵硬,频率夸张,动作失真。

在小区门口，一个戴耳套的摩的司机走向妻子，向她比划着什么。很快，妻子的拉杆箱，被司机塞进了用铁皮焊成的简易车厢。家玉随后也坐了进去。三轮摩托车奇怪地绕着小区门口的大花坛转了一大圈,最后向东而去,驶离了摄像头的监控范围。

这个多少有点模糊的画面，永远固定了端午对妻子的记忆。仿佛二十年来夫妻生活的点点滴滴，都被压缩进了这个黑白画面之中。在往后的日子里，只要一想到家玉，端午的意识总是被这个灰暗的形象所占据：寂静无声。真实而又虚幻。很符合追忆所特有的暧昧氛围。

其实,在家玉离家的前一天晚上,已经有了某些征兆。

孩子熟睡之后，他们在书房的小床上亲热——离婚之后，端午执意在书房支了一张小床，与妻子分床而眠。由于离婚这一事实所带来的心理反应，他觉得妻子的身体多少有点让他感到陌生。他开玩笑似的对家玉说，感觉总有点怪怪的，就像是在睡别人的老婆。家玉则一本正经地提醒他，事实本来就是如此。端午感慨说，自己第一次有了偷欢的感觉，有点竭泽而渔的兴奋。好像过了这个村，就没那个店了。家玉就红了脸，望着他笑。半晌，她又没来由地对端午叹了口气,道：

“你还不如说‘偷生’更符合事实。”

听她这么说，端午的心情随之变得沉重而又茫然若失。不过，他也没怎么往心里去。

事后，家玉问他，假如她与“那个人”举行婚礼，他会不会去参加。端午认真地想了想,回答道：“不会去。我可没那么无聊。”

他说，尽管已经离了婚，可一看到妻子与陌生人出现在那样一个乌烟瘴气的场合，感觉上还是会受不了。看得出，家玉对他的这个回答很是满意。她突然紧紧地搂着他，端午觉得自己后背的汗衫很快湿了一片。端午不知道自己是真的这么想，还是故意要说出这番话来取悦“前妻”，他有点轻薄地问家玉，能不能透露一点“那个人”的情况。家玉没有答应：

“不告诉你。你就当他是上帝好了！”

拿走了你两本书。

这是妻子给他留下的唯一的一句话。它写在一张撕下的诗歌台历上。日期是2月27日。那张纸片，压在书桌的白瓷茶杯底下。这张日历上,印有波兰诗人米沃什的一首小诗,是陈敬容翻译的：

黎明时我向窗外瞭望,
见棵年轻的苹果树沐着曙光。
又一个黎明我望着窗外,
苹果树已经果实累累。
可能过去了许多岁月,
睡梦里出现过什么,我再也记不起。

这首诗虽说与妻子的离开没有任何关联，却恰如其分地传达出了浓郁的离愁别绪，让端午瞬息之间五味杂陈，颤肝怵心。端午不由得把脸转向窗户。雪还在下着。雪花在阴晦的天空中缓缓飞舞，飘飘欲坠。街面上的路灯已经亮了。

除了不知道名字的两本书之外，妻子还带走了卫生间里的洗漱用品。应该还有一些随身要穿的衣物和生活必需品。满衣柜的服装，满抽屉的口红和香水，满鞋柜的靴子和高跟鞋，几乎都原封未动。就连摆在床头柜首饰盒里琳琅满目的象牙、绿松石和各式各样的耳坠，也都完好如初。这多少给端午带来了一丝宽慰，仿佛妻子仍然会像往常那样随时回来。

当天晚上，临睡前，眼神有点异样的若若，终于向父亲提出了他的问题：

“妈妈去了哪里？”

端午早早地为这个问题准备了答案。儿子还是将信将疑。第二天,儿子的提问改变了方式：

“妈妈什么时候回来？”

这也在端午的预料之中。他硬着心肠，为日后对儿子的摊牌埋下伏笔：

“唔，说不好。”

第三天，若若不再为难他。而是一声不响地将自己床上的被褥和枕头与母亲做了交换。端午问他为什么这么费事。若若回答说，他想闻闻妈妈的味道。

泪水即刻涌出了他的眼眶。

父子俩很少交谈。若若成天闷闷的。与妻子一样，他一旦忧郁起来，总爱蜷缩在某个阴暗的角落里发呆。

家玉曾给他打来一个电话，询问他银行卡的账号。

“你在哪儿？”端午一听到她的声音，就亟不可待地问道。

“还能在哪？唐宁湾呗。小东西这两天怎么样？”

“还行。”

端午将工商银行的卡号向她复述了两遍，随后，他又跟家玉提到了儿子换被褥的事。令他感到意外的是，在电话的那一头，家玉陷入了漫长的沉默，直到手机中传来嘟嘟嘟的声音。端午以为是掉了线，当他再把电话打过去，家玉已经把手机的信号转到了秘书台。在后来的日子里，端午又尝试着给她打过几通电话。

不是关机，就是“您呼叫的客户，不在服务区”。

三月中旬，在连绵的阴雨中，春天硬着头皮来了。伯先公园河沟边巨大的柳树，垂下流苏般的丝绦，在雨中由鹅黄变成了翠绿。窗外笼了一带高高低低的烟堤。临河的迎春花黄灿灿的；粉白的刺梨和早杏，以及碎碎的樱花，如胭脂般次第开放。如果忽略掉伴随着东风而来的化工厂的刺鼻的臭味，如果对天空的尘霾，满河的垃圾视而不见，如果让目光局囿在公园的这一小块绿地之中，这个春天与过去似乎也没有多少区别。

即便是在夜半时分，当端午坐在北屋书房的写字台前，为自己正在创作的长篇小说煞费苦心之时，他仍能从慵懒的寂静中，嗅到春天特有的气息。他的写作没有什么进展。一连写了六个开头，都觉得不甚满意。

他暂时还没办法使自己安下心来。他低估了妻子离开后可能会有的不适感,低估了共同记忆在漫长岁月中所积累起来的召唤力量。

妻子留下半罐意大利咖啡,让他夜不成寐。

他不安地意识到，庞家玉突然提出与他离婚，或许包含着一个不为人知的重大隐秘。他开始为家玉感到担忧，无法不去猜测她此刻为雨为云的行踪。不管他是否愿意承认，毫无疑问，这正是一种刻骨的思念。

有一天，他去自动取款机上取钱。银行卡里钱的数额突然多出来的部分,把他吓了一跳。不是八千,也不是八万,而是八十万。

一直盘踞在他心头的不祥的疑虑,顷刻间被迅速放大。

他决定直接去唐宁湾，打扰一下他的前妻，以及可能正与她同居一室的“那个人”。

2

唐宁湾的房子还未来得及过户到妻子的名下。出于谨慎和不必要的多虑，他在用钥匙开门之前，足足敲了两分钟之久。屋里有一股淡淡的洗衣粉味，它来自于换洗的沙发座套、台布和此刻拉得严严实实的窗帘。客厅墙上，那张裴勇俊的电影招贴画不见了，留下了一块镜框大小的白斑。茶几上的花瓶中，插着一大丛杂色的雏菊，只是如今已经焦枯。

家玉其实最不喜欢雏菊。可每次陪她去花店买花，挑来挑去，最后却总是抱着一大把雏菊回家。由于每次都买回这些廉价的花朵，时间一长，家玉就误以为自己是喜欢它的。从这件事中，也多少可以看到她性格中不为人知的悖谬。

有一次，端午开玩笑地问她，为什么总是竭尽全力地去做她感到厌恶的事情？家玉平静地回答道：“因为这就是我的命。”

尽管房间收拾得异常整洁，可餐桌上已经有了一层灰白的浮尘。这至少说明，妻子已有一段时间不在这儿住了。卧室的床头柜上，有一只吃了一半的芦柑。一只方方的玻璃茶杯里立顿茶包浮出了厚厚的霉垢,像奶昔一样。

屋外的花园，被浮薄的朝阳照亮了一角。他还记得，房屋装修时，他和家玉赶往几十公里外的苗圃，挑选蔷薇的花枝。他很少看见家玉那么高兴。如今花枝已经盛大，它们攀爬在绿色的铁栅栏上，缀满了繁密的花苞。在墙根的排水沟边上，种着一片薄荷。此刻，它正在疯长,顽强的生命力甚至足以将地面铺设的红砖顶翻。

隔壁人家的花园里，有个老太太戴着凉帽，一边捶着腰，一边给韭菜撒草木灰。她是个“自来熟”，而且话特别多。她操着浓郁的扬州口音，骄傲地向端午说起她的儿子。他姓白，在中央电视台上班。端午不怀好意地问她，她儿子是不是叫白岩松？老太太就笑了起来。她说，儿子还没当上那么大的官。可他寄回家来的明信片上，倒是确实有白岩松的签名。他是个司机,是从部队转业过去的。

端午向她打听妻子的情况。老太太说，曾见她在这里住过几天，不过时间不长。最近一晌没怎么见过她。有一次，老太太看见她在花园里给蔷薇剪枝，就割了一把韭菜，隔着花篱，想递给她。可家玉只是鄙夷地瞪了她一眼，理也不理，“文乎、文乎的”。端午不明白老太太所谓的“文乎文乎”是什么意思，便笑着安慰她说，妻子恐怕听不懂她的江北话。他又问老太太，是不是见过别的什么人来过。老太太撩起围裙，擦了擦眼屎，朝他摇了摇头。据她说，妻子常常一个人坐在花园的金银花底下发呆，有时一坐就是半天。

从唐宁湾小区出来，端午的忧虑增加了。他没去单位上班，而是叫了一辆黑车，直接去了大西路上的律师事务所。

在六楼的走道里，他遇见了刚刚从厕所里出来的徐景阳。徐景阳是妻子的合伙人之一，本来就长得肥头大耳，去年从一次错误的癌症诊断中幸存了下来，一场虚惊过后，他变得比以前更胖了。他们见过不多的几次面，都是在饭桌上。简单的寒暄过后，徐景阳用餐巾纸仔细地擦了擦肥肥的手指，冷不防冒出一句："家玉最近怎么样？"让端午吃了一惊。

他愣了愣神，向景阳苦笑道："我这么心急火燎地赶过来，这句话，应该由我来问你才对呀。"

"朋友，你，什么意思？"景阳迷惑不解地望着他，硕大的脑袋里似乎飞快地在想着什么。

"家玉今天没来上班吗？"端午问他。

这回该轮到徐景阳发呆了。

不过，徐景阳很快意识到了问题的严重性，他在端午的肩上轻轻地拍了一下，道："你跟我来。"

他们经由厕所旁边的楼梯，上到七楼。徐景阳将他领进了自己的办公室，把正在伏案工作的女秘书支了出去。然后，徐景阳十指相扣，端坐在办公桌前，一字一顿地说道：

"年后上班的第一天，差不多也是这个时辰吧，家玉找到我的办公室。就坐在你现在坐着的椅子上。我以为她是来跟我商量润江区的拐卖儿童案，可她张口就说，'不论我对你说出什么话来，第一，你不要大惊小怪；第二，你不要问为什么。'我当时也没顾上多想，就立刻点了点头。随后，她就提出了辞职，并要求结算合伙的本金和累计的分红。

“我一个人闷闷地想了半天。毕竟，这太突然了。最后只得问她，钱什么时候要。她说越快越好。随后就站起身来。我看见她的脸色，怎么说呢？有点怪怪的，像是出了什么事，就约她中午到她平常最爱去的‘棕榈岛’喝咖啡，希望能够了解她突然提出辞职的缘由。她在门口站了站，淡淡地说了句‘改日吧’。随后就走了。我立即把这件事通知了老隋。老隋也觉得过于突然。他说，无论如何，还是应该找家玉谈一谈。我们俩找到她办公室，可她已经离开了。办公桌里的东西都清空了。”

“她后来没来上过班吗？”

“没有。”徐景阳喝了一口茶，抿了抿嘴，将茶叶小心地吐在了手心里。“她来过一个电话，让我把钱直接打到她指定的银行账户上。财务那边的字,还是我帮她签的。”

“多少钱？”

“大约是八九十万吧。除了她应得的部分，我和老隋商量后，又额外多付了她六个月的工资。毕竟在一起合作了这么久，好聚好散嘛。”

“我能不能抽支烟？”端午问他。

“抽吧。你给我也来一根！”景阳拿过烟去，并不抽，只是让它在鼻孔底下,轻轻地转着。

端午猛吸了两口烟，这才不安地向他提到，家玉自从2月28日离家至今，已经失踪了半个多月的时间，暂时不知道她去了哪里。端午向他隐瞒了他们已经离婚这样一个事实，这也在一定程度上影响了景阳的判断。

“从法律的意义上说,这还不能称之为失踪。”景阳安慰他说。

“你觉得要不要报警？”

景阳想了想，说：“先不忙报警。就算你报了警，也没有什么实际的意义。现在最要紧的，是弄清楚她为什么会突然离家。她出走前，你们有没有拌过嘴？吵过架？或者发生过别的什么事？老实说，她突然提出辞职，让我十分意外，我想了好几天，也没想出个所以然来。虽然知道她不愿意接我的电话，可这两天我还是一直不停地给她打。”

端午微微地红了脸。他犹豫了半天，正打算硬着头皮将妻子失踪前后的事向他和盘托出，忽听见景阳道：

“这样，你回去以后，先把小区的监控录像调出来看一下。如果她是带着旅行包出门的，也许问题不大。没准在外面待个几天，散散心，自己就会回来。”

办公桌上奶白色的电话机响了起来。

景阳抓起电话，慢条斯理地“嗯、嗯”了几句，忽然就暴跳起来，对着话筒大声训斥道：“跟你说过多少遍了，所有有关拆迁的案子，一概不接！”随后，“啪”的一声，就撂下了电话。

“有句话，不知该不该说。”景阳略微调整了一下情绪，接着道，“等家玉回来之后，你真该带她去做个心理咨询。”

“你是感觉到，她精神上有什么问题吗？”

“也不一定是精神上。”景阳用手指了指自己的胸口，“问题出在这儿。她当初实在是不该入这个行。干我们这一行的，最重要的是预先就得培养某种超越的心态，不能让自己的感情陷入到具体的事件之中。这玩意儿，你懂的！说到底，就是一个 Game 而已。”

“你指的是法律么？”

“当然。”徐景阳点了点头。

他看见端午吃惊地瞪着自己，又补充道：“同样是醉酒撞死人，你可援引危害公共安全罪判他死刑，也可以按一般的交通肇事来个判一缓二。从法律的意义上说，有经有权，有常有变。灵活性本来就是法律的根本特征之一。我们先撇开司法腐败不谈，法律当中的名堂经很多。一般人完全搞不懂。最简单的例子，你想想，为什么会有坦白从宽这一说？为什么投案自首或高额赔偿能极大地降低罪责？假如我想除掉你，杀人之后在第一时间投案自首，真心或假意地悔罪，加上高额赔偿，基本上就可以免死。而你如果预先掌握了重大的案底，投案后，因揭发而立功，甚至还可以得到一个更短的刑期。从死者的角度看,这当然不公平。可法律并不真正关心公平。

“我们很可能会误解，认为法律的设定，是以公平和正义为出发点的。家玉不是正规的法律系毕业的，这个弯子，她一直到现在都绕不过来。法律的着眼点，其实是社会管理的效果和相应的成本。自从现代法律诞生以来，它就从来没有带来过真正的公平。不论在中国，还是西方，完全一样。因此，真正重要的，并不是法律的条文本身，而是对它的解释和灵活运用。也可以说，没有这种灵活性，就没有法律。不过，话还是扯远了。我的意思是说，家玉的情感太纤细了，太脆弱了。她不适合干这一行。直到离职前，她在阅读案卷的时候，还是会流眼泪。这又何必？太多负面的东西压在她心里，像结石一样,化不掉……”

端午离开的时候，徐景阳客气地将他一直送到电梯口。他嘱咐端午,不论遇到什么样的问题,都可以随时给他打电话。

一个小时之后，端午已经坐在小区的中控室了。他很快就查到了 28 日妻子出门的录像。

他给徐吉士一连打了两个电话，都是占线的声音。等到他终于拨通了吉士的电话，他乘坐的出租车，已经来到了《鹤浦晚报》的办公大楼前。

徐吉士满脸怒容，正在办公室里大声地呵斥他年轻的女下属。端午与他交换了一下眼神，就坐在门边的沙发上等候。他随手从茶几上拿起一本《三联生活周刊》，翻了翻，又厌烦地扔回了原处。他看见吉士敲打着手里的一摞文件,对那个女孩骂道：

"'我好好喜欢'是他妈的什么意思？嗯？你是从哪里学来这种不伦不类的腔调？还有这里，'谏壁发电厂的这种做法，像极了古语所云的，怎不叫刚刚踏上社会的我们感到纠结？若不限期改正，广大干部群众情何以堪？'你这叫什么他妈的句子，谁能看得懂？你说你是南京大学中文系毕业的，谁能相信呢？嗯？你说古语所云，所云什么呀？我看你是不知所云……"

端午听他这么说,忍不住笑了起来。

吉士当上社长，还没两个月，脾气见长不说，在训人方面也很有心得。端午见他骂骂咧咧地把对方训斥了十多分钟，似乎还有点意犹未尽。那个女孩，长得眉清目秀，显得十分单薄，但她并不把领导的盛怒当回事。既不声辩，也看不出有任何紧张。她双手反剪在背后，咬着嘴唇，轻轻地摇摆着身体。为了表示自己认真在听，不时发出娇羞的感叹声：

拉得很长的"哦"；

拉得更长的"啊——"

莺声燕语的"是这样啊！"

……

徐吉士威胁她："如果再叫我看到这种狗屁不通的文章，你就给老子卷铺盖走人！"女孩只是夸张地吐了吐舌头，挤眉弄眼地向他的上司做着鬼脸。随后，她脚蹬 UGG 翻毛皮靴，踩着吱吱作响的复合地板,一扭一扭地走了。

办公室里新添了一批家具。屋子里有一股难闻的漆味。吉士的办公桌上,居然也已经摆出了两面色彩鲜艳的小国旗。

即便是女孩走后，吉士的一只手仍然叉着腰。原来是昨天晚上去“醉花荫”打网球,不慎闪了腰,并非故意在下属面前摆谱。

吉士从柜子里拿了两条“黄鹤楼”给他。还有一个印着“抢新一号”字样的铁盒,不知里面装着什么东西。

“我在报社待了七八年，你很少到我的办公室来。”吉士笑道，“可最近的一个月之内,你已经是第二次上门了。有什么事吧？”

端午向他说了家玉的事。出走。离婚。从单位突然辞职。年前的一系列异常举动。她卖掉了那辆红色的本田轿车。在小区监控录像中出现的画面。

吉士静静地听他说话，手却没闲着。等电磁炉上的矿泉水烧开，吉士开了一包“红顶山人”，熟练地用竹夹转动着青花瓷的茶杯，为他洗杯沏茶。他的脸上倒没有什么惊异的表情，半天，只轻轻地说了一句话：

“小心烫。”

端午显得有些尴尬。等到把该说的话说完，他又像是自言自语地补了一句：“不知道她去了哪里！”

又是很长时间的沉默。

“会不会去了国外？”吉士让自己舒舒服服地靠在沙发上，在腰下塞了一块布垫，眼睛看着天花板。“比方说，她嫁给了一个老外。28号离开的那天,是不是有什么人来接她?

“没有。她是坐着一辆三轮摩的离开的。”

“这事真的有点蹊跷。”吉士道，“不过，你现在也没什么好办法。总不能登报寻人吧？既然她已经关了手机，说明她此刻不想与你有任何联络。你所担心的碰到坏人的几率，很小。我劝你把这事先放一放。反正你们不也已经离婚了吗？先不去想它，或许过些日子，答案自己就会浮出水面的。你说呢？”

吉士很快就提到了即将召开的全国性的诗歌研讨会，提到他不久前结识的花家舍商贸集团的董事长，张有德。张有德慷慨地答应提供会议的食宿、交通服务以及每个代表高达五千元的出场费。作为交换，徐吉士在报社提供了一个职位，给张有德从民办大学毕业的外甥女，而且保证不让她上夜班。同时，吉士还许诺不定期提供一定的版面，报道花家舍商贸集团的事务。当然，这些都不过是饭桌上的口头协议。吉士笑道：

“会议一结束，老子拍拍屁股就走人。其又能奈我何？”

会议就定在4月1号到4号。地点就在花家舍。上午开会，下午游玩。吉士已经派人去那里看过了。宾馆就在湖心的一个小岛上。据说环境相当不错。

“会议通知呢？”

“早发了。”吉士掸了掸身上的烟灰，将烟头掐灭。“与会者名单，是我和晓渡商定的。第一天上午是开幕式，沈副市长答应出席。鹤浦的大小媒体全体出动。开幕式之后，紧接着就是第一场研讨会，我看就你来主持，怎么样？”

端午竭力推脱。最后，在吉士的胡搅蛮缠之下，他只答应在第二天上午的会议中，担任讲评人。随后，两个人又商量了一下会议的其他细节。聊着聊着，吉士又把话题绕回到家玉出走这件事情上来了。

看得出，即便是在商讨会议的细枝末节，吉士的心里一直在想着这件事。

“你刚才说，家玉还往你的银行卡上打了一笔钱，有多少？”

“大概有八十多万。”

“这他妈的太奇怪了！这哪里是离婚啊？倒有点像是——”

端午大致能猜出吉士想说而又没说出来的话。他的脊背一阵发凉。

端午回到自己居住的小区时，已经是下午五点半了。儿子若若早已放学。像往常一样，他进不了家门，就坐在门口的一张石桌上，写家庭作业。天已经快要黑了。他的小手和脸颊冻得冰凉。端午一边替他收拾石桌上散乱的书本，一边在脑子里飞快地盘算着，万一儿子问起妈妈哪儿去了，他应该如何搪塞。没想到，儿子猛吸了一阵鼻涕之后，忽然仰起脸来，对他说："妈妈今天给我打电话了。"

"真的吗？她在哪儿？"端午脱口道。

儿子用奇怪的眼神看着他，反问道："你不知道她去了哪里吗？"

"你怎么会接到妈妈的电话？"

"她把电话打到了老师的办公室。当时我正在操场上上体育课。"

尽管端午盘问再三，还是没能从儿子的口中获悉更多的信息。不过，既然家玉给儿子打了电话，至少说明，她现在的状况不像他想象的那么糟糕。端午总算略微放了心。

在接下来的几天中，家里一直电话不断。先是小顾。然后是小秋。文联的老田、小史，甚至就连家玉的前男友唐燕升也来凑热闹。

还有许多陌生人。其中有一个人，自称是去年妻子在北京怀柔讲习班的同学，姓陶。这给端午带来了一个错觉，仿佛全世界都在关注着发生在他们家庭的小小变故。或真或假的问候与关切，都一律空洞而程式化，不得要领；一律向他索要令他难以启齿的种种枝节。

端午不免在心里暗暗责怪吉士多事。

唯有小史来电中那句无厘头的"恨不相逢离婚时"，让端午开怀大笑。她还像以前一样傻呵呵的。没心没肺，信口开河。她已经怀了孕，正在学开车。看来心情挺好。她说："早知道你这样的人还会离婚，我就没必要那么急着离开方志办了。"

端午表示听不懂她的话。

小史笑着解释道："我是你故意丢失的小女孩呀。"

虽说话有点暧昧，可端午听了，心里倒是抖了两抖。放下电话，端午想着她那高大颀长的身体，还是在书桌前发了好一会儿呆。

"戴思齐的老娘"，与他们同住在一个小区的胡依薇，也给他打来了电话。她在电话中絮絮叨叨，反复嘱咐端午"要挺住"，"无论如何都要挺住"。没想到，说到后来，她自己忽然哭了起来，让端午颇感意外，只得反过来胡乱劝慰她。可到最后，端午也没弄清楚，她那里到底出了什么事。

等到儿子放学回来，一打听，才知道，戴思齐自从开学后，竟然一直没去上过学。究竟是什么原因，他也没顾上问。

绿珠给他打来电话的时候，已经是三月底了。当时，端午正在前往梅城的途中。因为第二天要去花家舍开会，他打算将母亲和小魏接过来住几天，顺便帮着照看一下孩子。他以为绿珠还在云南的龙孜，其实，她是在上海的松江。她在华东第九设计院所属的一个名叫speed-cape的工作室里挑灯夜战，为他们在大山中的"后现代建筑群"进行最后论证。

绿珠的声音中有一种疲惫的兴奋。她说，她每天都与姨妈联络，对端午的一举一动都了如指掌。如果像她说的那样，她对家玉的出走不可能不知道，但却奇怪地一字未提。她鄙夷张爱玲，却信奉她的一句名言：不要随便介入别人的命运。

她说，她已经连续一个月没有好好睡过觉了。在返回龙孜之前，她打算回鹤浦来休息几天。

"你哪都不许去！等着我！待在家里，老老实实地、乖乖地等着我！”

他很喜欢绿珠撒娇似的命令口吻。

端午“嘿嘿”地笑了两声，还想跟她臭贫几句，可绿珠很不得体地说了句“我现在忙得连撒尿的工夫都没有”,就把电话挂断了。

3

出发的时候，天还下着小雨。徐吉士开着一辆丰田越野，据说这是他们报社最好的车。由于中午喝了太多的酒，一路上端午都在沉睡。他的头痛得像要裂开似的，偶尔睁开朦胧的醉眼，张望一下车窗外的山野风光，也无非是灰蒙蒙的天空、空旷的田地、浮满绿藻的池塘和一段段红色的围墙。围墙上预防艾滋病的宣传标语随时可见。红色砖墙的墙根下,偶尔可以见到一堆一堆的垃圾。

奇怪的是,他几乎看不到一个村庄。

在春天的田野中，一闪而过的，是一两幢孤零零的房屋。如果不是路边肮脏的店铺，就是正待拆除的村庄的残余——屋顶塌陷，山墙尖耸，椽子外露，默默地在雨中静伏着。他知道，乡村正在消失。据说，农民们不仅不反对拆迁，反而急不可待，翘首以盼。但不管怎么说,乡村正在大规模地消失。

然而，春天的田畴总归不会真正荒芜。资本像飓风一样，刮遍了仲春的江南，给颓败穿上了繁华或时尚的外衣，尽管总是有点不太合身，有点虚张声势。你终归可以看到高等级的六车道马路，奢侈而夸张的绿化带；终归可以看到一辆接着一辆开过的豪华婚车——反光镜上绑着红气球，闪着双灯，奔向想象中的幸福；终归可以看到沿途巨大的房地产广告牌,以及它所担保的“梦幻人生”。

吉士一路上都在听 Beatles。

端午又试着给家玉打了个电话。
当然，还是关机。

当我发现自己处于烦恼之中
玛丽妈妈来到我身边，为我指引方向
让它去

当我身处黑暗的时间
她站在我面前
为我指引方向
让它去

这个世界上所有心灵破碎的人
都会看到她充满智慧的答案
让它去

即使他们将要分离，仍然有机会看到一个答案
让它去

阴云密布的夜空，依旧有光明
它照耀我　抵达明天
让它去

歌词和节奏都适合他的心境。他觉得 Beatles 的这首歌，就是为

自己写的。为自己，为此刻。有人将约翰·列侬与马克思和孔子相提并论，他觉得还是有点道理的。他的心里涌现出一股久倦人世的哀伤或喜悦，既陈旧，又新鲜。

在窦庄附近，越野车驶下一条狭窄的田间公路。两边都是大片大片的麦地。远处是正在盛开的油菜花地。它们像补丁一样，一小块一小块地晾在翠绿的坡地上，黄澄澄的，水烟迷茫。

雨下大了。前挡风玻璃的雨刷“嘎嘎”地刮动，剪开一片烟波浩渺的湖面。其实，端午很早就已经看到那片茫苍苍的湖面了，但足足过了半个多小时之后，越野车才抵达湖上的那条长堤。

吉士说，过去要从窦庄去花家舍，只有坐船。这条长堤，是模仿杭州西湖的苏堤修建的。虽说也弄出了一些诸如“柳浪闻莺”、“断桥残雪”一类的人工江洲，但长堤两边的柳、桃相间的景观格局，却是颐和园湖心大堤的翻版。桃花在雨中褪色。水边种着密密的菖蒲。树下是荫绿的青草。飘浮的柳丝中，隐隐约约地现出一带远山，以及山顶最高处的佛塔。不时可以看见几条渔船在风波中颠簸，偶尔也可以看见飞驰而过的拖着雪白水线的快艇。湖水在风中涌向堤面，溅起碎碎的浪花。

大概是由于下雨的缘故，长堤上看不到什么汽车和行人。只是在一个堆放着黄色游艇的码头附近，端午看到过两个打着雨伞的僧人。越过右侧的湖面，端午可以看见一大片被高耸的网状物围起的高地，好像有人在一望无际的麦地中张网捕鸟。到了近处一看，原来是一家高尔夫球练习场。

“我现在知道，你老兄为什么常常要到花家舍来了。”端午对吉士道，“这个地方果然是另一番世界，果然是名下无虚。”

吉士并不答话，只是嘿嘿地干笑。过了好半天，他才再度转过脸来,对端午笑道:“对我来说,花家舍的妙处本不在此,你懂的!”

汽车在一处祥云牌楼前停了下来。两个女孩，一个稍胖，一个略瘦,挤在同一把伞下,正站在牌楼前的石狮子旁,向他们挥手。

吉士摇下车窗玻璃，招呼她们上车。她们是鹤浦师范学院的研究生，被吉士临时抓来做会务。两个女孩都有点腼腆，上了车，谁都不肯说话。汽车“咯噔咯噔”地在水泥路上往前开，一边临着深涧，一边则是爬满厚绒般苔藓的山壁。

很快，在一个空荡荡的停车场附近，越野车驶上了一座七孔石桥。端午看见了不远处的那座小岛。尽管他是第一次来到这里，可还是有一种似曾相识的熟稔之感。据说，这是花家舍最好的宾馆。整个建筑呈工字形，青砖墙面的三层小楼，屋顶上铺着亮蓝亮蓝的瓦。竹木掩翼，草地葱郁。照例是精致的假山。照例是鱼群攒动的喷水池。汽车经由竹林中的一条小路，拐了一个弯，到了大门口的台阶下。

两个女孩抢着帮他们拿行李。

到了大堂里，她们又忙着去前台办理入住手续。端午和吉士坐在沙发上抽烟。吉士皱起了眉头。他刚刚收到一条短信，唐晓渡明天来不了了。高大的落地玻璃窗外面，有一个爬满金银花的坡地。地灯已经亮了，把坡地上的青草衬得绿莹莹的。不一会儿，长得稍胖的那个女孩，过来取他们的身份证。笑起来的时候，她的眼神既疑惑又矜持。

“他们都是你的粉丝。”吉士介绍道。

听他这么说，女孩的眼神有点吃惊。她不置可否地冲端午笑了笑。

女孩离开后，吉士续上一根烟，靠在圈椅上，向左右两边转了转脖子，把脸凑过来，在端午的耳边悄声地说了句什么。两个人都纵声大笑起来。

两个女孩都转过身来朝这边看。

他的房间在二楼的顶头。朝北。没有门牌号。房门上镶着一块雕着喜鹊登门图案的石雕，石雕上方是一块铜牌，上写“喜鹊营”三个字。端午看了看隔壁的房间，分别是“画眉营”和“鹭鸶营”。这里的客房，大概都是用鸟类来命名的，倒是有些别致。客房的装饰也十分考究，设施豪奢。卫生间异常宽大，光是淋浴设备，居然就有两套。美中不足的是，这个房子似乎刚刚装修过，房间里有一股刺鼻的油漆的味道。

最近二十多年来，无论是在鹤浦还是在别的地方，不论是酒店、茶室还是夜总会，所有的房间都有这种令人窒息的味道。久而久之，端午这个习惯于自我幽闭的人，不免产生了这样一个幻觉：鹤浦人在最近几十年的时间内，只是乐此不疲地做着同一件事：造房子，装修房子，拆房子；然后，又是造房子，装修房子……

端午痛快地洗了个澡，然后接通笔记本电脑，给自己泡了一杯茶。收发邮件，浏览当天的新闻。直到吉士来敲门，叫他去餐厅吃饭。

那两个女孩子仍在大堂里忙碌着。她们和几个男生一起，在布置第二天会议签到用的长桌，准备装有礼品和会议资料的文件袋，以及打算挂宾馆门外的欢迎横幅。吉士朝她们招了招手，两个女孩赶紧放下手里的事，忙不迭地朝他跑过来。吉士详细地询问了会议室的准备情况——话筒、桌签、水果、茶歇用的咖啡和点心。最后他又问，会议的日程表和代表名单有没有印出来。

“印好了，就在会务组。”其中一个女孩道，“我一会儿就给您送来，老师住哪个房间？”

“句谷营，就在会务组隔壁。”

端午听她这么说，心里正在犯嘀咕，吉士所说的这个“句谷”是一种什么样子的鸟，忽听得那女孩“扑哧”一声笑了起来。另一个女孩看上去稍微懂事一点，本来打算忍住笑，可到底也没忍住，笑声反而更加不可收拾。两个人都笑得转过身去,弯下了腰。

吉士和端午互相看了一眼,彼此都有些莫名其妙。

他们两个来到了餐厅。吉士随便点了几个菜，对端午道：“不要一下吃得太多。待会儿,我带你到酒吧街去转转,少不得还要喝。”

“可我不太想去。有点累。”

“累了就更要去。”吉士笑道，“你也放松一下。这一次，我说了算。反正你不是已经离婚了吗？”

服务员点完菜刚走,吉士又想起一件什么事来。

“哎,你知不知道,刚才那两个小姑娘,干吗笑得那么凶？”

端午略一沉思，就对吉士道：“我也在琢磨这件事。有点怪。这样,你把房间的钥匙牌拿来我看看。”

“拿钥匙牌做什么？”

“你拿过来,我看一下。”

吉士从口袋里掏出一块带感应钮的长条形有机玻璃，正反两面看了看,递给他。端午见上面赫然写着“鸲鹆”二字,就笑了起来。

“老兄，你把‘鸲鹆’两个字读错了。不读句谷。也难怪，鸲鹆这两个字,倒是不常用。不过,你没读过《聊斋志异》吗？”

“他妈的！原来是这么回事。那这个鸲鹆,到底是种什么鸟？”

“嗨！就是八哥。”

吉士也笑了起来,脸上有点不太自在。

“操,这脸可丢大了。就像被她们扒去了裤子一样。”

花家舍的灯亮了。那片明丽的灯火，飘浮在一个山坳里，带着雨后的湿气，闪烁不定。远远看过去，整个村庄宛如一个玲珑剔透的珠帘寨。灯光衬出了远处一段山峦深灰色的剪影。在毛毛细雨中，他们已经走到了七孔石桥的正中央。

风在他们眼前横着吹，驱赶着凤凰山顶大块大块的黑云。即便在雨后的暗夜中，端午仍能看见湖水摇荡，暗波涌动。清冽的空气，夹杂着山野里的松脂香。

“你从来就没去过那种场合？不会吧？”吉士低声问他。

“你指的是色情场所？”

“是啊。”

“去过。”端午老老实实地回答。

不过,那都是十多年前的事了。

那年他第一次出国，在柏林。一个侨居在慕尼黑的小说家，为他做向导，带他到红灯区去长长见识。他们去得稍微早了一点。在一个阴暗的门洞前，他的那些同行——几个从国内来的诗人，蔫头巴脑地坐在门前的台阶上，焦急地等待着妓院开门。不时有德国人从他们身边经过，不约而同地用迷惑的眼神，打量着这几个急性子的中国人。他们去得也太早了。

路人的目光，像刀子一样地剜着他的心。端午和那个来自慕尼黑的朋友,装出从那路过的样子,做贼似的逃离了红灯区。

“这算什么！到底还是没有进去，是不是？可话说回来，我对西装鸡没什么兴趣。”吉士笑道，“正好，我带你去破了这个戒。你不要有什么顾虑。就当我是靡菲斯特好了。”

随后，他引用了歌德在《浮士德》中的那一名言，怂恿他“对人类社会的一切,都要细加参详”。

他们先是去酒吧街喝酒。威士忌。生啤。然后是调得像止咳糖浆一样难喝的鸡尾酒。正如吉士所预言的那样，喝着喝着，他的心也开始一点一点地融入了浮靡的夜色，同时暗暗下了一个决心：假如吉士执意要带他去“那种地方”,倒也不妨去去。

这个酒吧街，与别的地方也没有什么不同，只不过更为精致、整洁一些罢了。除了小酒店和咖啡馆之外，也有出售木雕、版画、银器、挂饰的小店铺。还有几处水果摊，几家已经打烊的花店。他们一连换过三家酒吧,端午都嫌吵。

吉士就决定带他去一个安静的地方。

刚下过雨，山道上青石板的路面有点湿滑。喝了点酒，他的双脚仿佛踩在一团松软的棉花上。夜已经很深了，他能听见山谷中奔腾而下的溪水声,听到花荫间布谷鸟的鸣叫。都有点不太真切。

他们上上下下，走了无数级台阶后，拐入一条幽僻的短巷。巷中一个不起眼的小木门前，亮着浮暗的灯，照出花针般纷乱的雨丝。门里有两个身穿旗袍的女子,躬身而立,朝他们嫣然一笑。

进门后，是一个天井。矗立着一座高大的太湖石，窍透寒壁，碎影满地。石山旁有两口太平缸，一丛燕竹。天井的后面，似乎是一间宽敞的厅堂，被太湖石挡住了，黑黢黢的。这个院子一看就是新修的,可依然透出些许朴拙的古意。

穿过天井，就是一个临水而建的花厅。池塘不大，却花木扶疏，石隙生兰。围廊数折，叠石夹径，廊外梅、棠、桃、柳之属，笼着一片淡淡的雨烟。门前的一副篆书的楹联。白板黑字。

雨后兰芽犹带润

风前梅朵始敷荣

他们在花厅里坐定，吃了几片炸龙虾，就见一个手拿对讲机的女子，款款地走进门来。她的身后，跟着十几个身穿制服的女孩，在花厅前站成了一排。

端午从来没有见过这种阵势，心脏怦怦狂跳，立刻就有点倒不上气来。这些女孩，一律挽着高高的发髻，藏蓝色的制服和裙子，黑色的丝袜，脖子上都系着一条红白相间的条纹丝巾。乍一看，有点像正在值机的空姐。大面积的美女从天而降，堆花叠锦，反而有点让人胆寒。

那个手拿对讲机机的女子，来到端午的跟前。趴在他耳边说了句什么，端午立刻就不好意思起来。见他多少有些忸怩作态，那女孩就捂着嘴笑。

她让他从这些女孩中挑一个。

端午出乖露丑地说了一句："这,叫我怎么好意思？"

女孩们就全笑了。

端午腻歪了半天，十分狼狈，只是一个劲地嘿嘿地傻笑。连他自己都觉得面目猥琐,令人生厌。最后,还得吉士出来替他解围。

吉士老练地站起身来，一声不响地走到那些女孩跟前，一个一个依次看过去，不时地吸一吸鼻子，似乎在不经意间，就从中拽出两个女孩来。

其余的,都郁郁不欢地散了。

"有点眼晕，是不是？"等到屋里只剩下他们四个人的时候，吉士对端午道。

"岂止是眼晕！"端午老老实实地承认道，"真有点不敢相信这是真的。"

他们轻声地聊着什么,那两个女孩已经忙着为他们端茶倒酒了。

"你闭关修炼的时间太长了，"吉士颇有些自得，望着他笑，"冷不防睁开眼,外面的世界,早已江山易帜。"

"那倒也不是。谈不上闭关。我不过是打了个盹。"

“什么感觉？”

端午想了想，道：“仿佛一个晚上，就要把一生的好运气都挥霍殆尽。”

“没那么严重。”

端午见女孩给他的杯中斟满了酒，端起来就要喝，吉士赶忙拦住了他：“先别顾喝酒，事情还没算完。这两个女孩都是新来的，我以前没碰过。你从中挑一个留下。剩下的一个，我带走。”

端午飞快地朝面前的那两个女孩觑了一眼。两个女孩子都很迷人，一个稍胖，一个略瘦。一个大大方方，落拓不羁，皮肤白得发青，透出一股俊朗；另一个则面带羞涩，看上去甚至还有几分幽怨之色。尽管是偷偷的一瞥，端午还是一眼就相中了那个较胖的女孩，可嘴上又不好意思说出口，心头荡过一波一波的涟漪，出了一身热汗。

吉士有点等不及了。

他把烟蒂在香蕉皮上按灭，对端午道：“既然你这么客气，那我就先挑了？”

随后，他一把拽过那个胖女孩，揽着她的腰，去了隔壁的房间。

在接下来很长一段时间中，端午都有点茫然若失。就像二十年前，招隐寺那个阳光炽烈的午后，分厘不爽地回来了。

他怎么也丢不开刚刚离去的那个女孩。她那充满暗示、富有挑逗性的眼神，她那丰满而淫荡的嘴唇，刹那之间，使得面前的这个姑娘无端地贬值。

他怎么都提不起精神来。

出于礼貌，他搂了一下那女孩的胳膊。她也显得有些局促不安，本能地夹紧了双腿，柔眉顺眼地望着他。

很快，她脱掉了腿上的网状丝袜，怯生生地提醒端午，让他去卫生间洗澡。

“傍晚的时候,我刚洗过。”端午说。

“那不一样。”女孩勉强地笑了笑，打了一个大大的呵欠：“我来帮你洗。”

端午闻到她嘴里有一股不洁的气味。有点像鸡粪。他心里藏着的那点嫌恶之感，很快就变成了庆幸。他终于有理由什么都不做。他什么都可以容忍,就是不能容忍口臭。

他皱了皱眉,兴味索然地对她说：“不用了,我们聊会儿天吧。”

尽管端午刻意与她保持着一定的距离，而且极力显出庄重而严肃的样子,可他们接下来的谈话,既不庄重,也一点都不严肃。

端午问她，既然长得这么漂亮，为何不去找一份正当的职业？女孩笑了笑，低声反驳说，她并不觉得自己正在从事的职业有什么不正当的。

端午接着又问她，从事这个职业，除了经济方面的原因——比如养家糊口之外，是不是还有别的原因？比方说，纯粹身体方面的原因？女人是不是也会像男人那样纵情声色，喜欢不同类型的男人，进入她们的身体？如果是，会不会上瘾？换言之，女人的好色，是不是出于某种他还不太了解的隐秘天性……

说到不堪的地方,女孩就装出生气的样子,骂他下流。

当然,端午也问了她一些纯属“技术性”的问题。比如——

“什么叫冰火两重天？”端午有的是好奇心。

“你是从电影里看来的吧？”女孩道，“火指的是酒精。冰呢，当然就是冰块了。都是舌头上的功夫。唉，老掉牙的玩意，现在早就不时兴了！也很少用冰块。”

“那你们现在用什么？”

“跳跳糖。”女孩道，“你吃过跳跳糖吗？”

“没有啊。”

“那我怎么跟你说，你也不会明白那种感觉的，不如我们现在就，试试？”

端午犹豫了半天,在最后一刻,还是拒绝了。

她是江西婺源人。说起第一次被人强暴的枝节，听上去更像是炫耀。她又说，其实她在花家舍，也有“正当的”职业。端午已经没有了打听的兴致。为了打发剩下的无聊时间，她教端午玩一种摇骰子的游戏。一开始，端午还装出很有兴趣的样子，可后来实在是厌烦了,再次向她重申了一遍“钱一分都不会少”,就让她自行离开了。

他蜷缩在沙发的一角,打起盹来。在那儿一直待到凌晨三点。

4

第二天早晨十点左右，端午在睡梦中被手机铃声惊醒了。电话是唐晓渡打来的。此刻，晓渡正在首都机场的T3航站楼，等候过安检。他先要去意大利的威尼斯参加一个诗歌节，随后访问瑞士的巴塞尔大学,最后一站是伊斯坦布尔。他是真正意义上的空中飞人。

“你是会议的发起人，临时溜号，有点不够意思吧？”端午笑道。他觉得手机的信号有点不太好,就拉开窗帘,打开了窗户。

“这话从何说起啊？”晓渡在电话那头道，“我出国的计划去年秋天就定下了了。元旦前，吉士来北京出差，我请他在权金城吃火锅。他说他刚当了社长兼副总编，手里的钱多得花不了，就和我商量要办这么一个会。我是最怕开会了，只答应帮他请人。喂，你现在在哪里？”

“花家舍。离鹤浦不远。”

晓渡在电话中轻轻地“噢”了一声：“这个花家舍，究竟是一个什么样的地方？”

“说不好，我也是第一次来。”

“吉士每次给我打电话，张口闭口不离花家舍。一提到花家舍就兴奋，像打了鸡血一样。恐怕是一个温柔富贵乡吧？”

“差不多吧。”端午道。

“这正是我担心的地方。”晓渡的声音变得有些严肃起来，“花了那么多钱，好不容易张罗起一个会来，你们不妨认真地讨论一些问题。不是说不能玩，而是不要玩爆了，弄出一些事端来。你知道我说什么。现在，屁大的事到了网上，都会闹得举国沸腾。再说，吉士刚当了官。唉，现如今，当官也是一项高危职业啊。凡事还是悠着点好。我刚才给他打过电话，这流氓，手机关机。”

作为中国诗歌界教父级的人物，唐晓渡宅心仁厚，素来以老成持重著名。最后，他再三提醒端午，参加这次会议的诗人中，有几个人的身份“有点特殊”，让他一定要多留几个心眼。别出事。

天已经放晴了，波光粼粼的湖面上空，浮着一层厚厚的鱼鳞云。正对着七孔石桥的湖对岸，是一条年代久远的风雨长廊。它顺着山脊，蜿蜒而上，一直通到山顶的宝塔。看上去，像是一条被阳光晒得干瘪的蜈蚣。花家舍被这条长廊分成了东西两个部分。左侧是鳞次栉比的茶褐色街区。黑色的碎瓦屋顶。黑色的山墙和飞檐。颓旧的院落。或长或短的巷子。亭亭如盖的槐树或樟树的树冠，给这条老街平添了些许活力。

而在长廊的右侧，则一律是新修的别墅区。白色的墙面。红色的屋顶。屋顶上架着太阳能电池板和卫星电视接收器。奇怪的是，每栋别墅的屋脊上都装有镀铜的避雷针，像一串串冰糖葫芦。别墅之间，还可以看到几块天蓝色的露天游泳池和网球场。

端午吃了一个苹果，坐在写字台前，开始阅读邮箱中的信件，浏览新浪网的新闻。很久没有看到过这么好的阳光了。窗外的柳枝在风中摆动，湖水层层叠叠地涌向岸边，溅起一堆碎浪。阒寂中，有一种春天里特有的忧郁和倦怠。

绿珠发来了她新写的一首长诗。其余的，都是垃圾邮件：妙男养生，欧洲深度游，贩售香烟，提供各类机打“发漂”……诸如此类。让端午百思不得其解的是，几乎所有向他兜售发票的人，都把“票”写成了“漂”。似乎任意加上一个偏旁部首，就可以使令人生畏的法律，变成一纸空文。

绿珠的长诗足有三百多行，题目很吓人，叫做《这是我的中国吗？》。有点刻意模仿金斯堡格的《嚎叫》。

他起身去了洗手间。刷牙的时候，他听到笔记本电脑里传来了一连串铁屑震动般悦耳的声音,有点像蟋蟀的鸣叫。它重复了三次。

端午当然知道这种声音意味着什么。

家玉在呼唤他。

他有点不敢相信自己的耳朵。

他嘴里咬着牙刷，奔到客厅的电脑前，看见电脑桌面右下方的企鹅图标,正在持续地闪烁。

秀蓉：在吗？

秀蓉：你在吗？

秀蓉：在干吗呢你？

看着QQ界面上的文字，看见“秀蓉”这个名字，他的眼睛很快就湿润了。端午赶紧在键盘上手忙脚乱地敲出一个汉语拼音。在。潮水般的激流,一波一波冲击着他的胸脯,堆积在他的喉头。

端午：在。

端午：你在哪儿？

秀蓉：旅行中。

端午：是蜜月旅行吗？

秀蓉：就算是吧。

端午：还愉快吗？你怎么样？

秀蓉：活着呢。

端午：这话可有点老套。

秀蓉：活着，就是还未死去。你小说的开头想出来了吗？

端午：一连写了六个开头，都觉得不对劲。

秀蓉：你记不记得，今天是什么日子？

端午闭上眼睛，把记忆中所有重要的时间在脑子里过了一遍，有些迟疑地在键盘上敲出一行字来：很平常啊！

端午：4月1号，很平常啊！

秀蓉：忘了就算了吧。

端午：要不，你提醒一下。

秀蓉：我们第二次见面的日子。我没想到还会见到你。在华联百货的二楼。

端午陷入了长时间的沉默。他的眼前，浮现出一张多少有点模糊的脸来，带着惊惧、疑惑和忧郁。那是二十岁时的家玉。在一面镜子里。

秀蓉：想起来了吗？

端午：你怎么会记得这么牢？

秀蓉：因为恰好是愚人节。

秀蓉：另外，藏历的4月1号，是萨嘎达瓦节开始的第一天。

秀蓉：唉！

端午：叹什么气啊？

秀蓉：现在想想，我们的重逢，更像是一个愚人节开的玩笑！

端午：我知道你现在在哪儿了！莫非你在西藏？

秀蓉：你什么时候变得这么聪明了？

端午：你真的在西藏吗？

秀蓉：就算是吧。

端午：四月初的西藏还很冷吧？

秀蓉：草原上的雪，应该已经化了。

在端午的记忆中，家玉似乎一直都在渴望着抵达西藏。他们结婚之后她就去过三次，奇怪的是每一次都功败垂成。

第一次是和她在上海政法学院教书的表姐一起，走的是青藏线。她们在格尔木耽搁了一个星期之后，好不容易搭上了一辆军车。这辆运送大米和面粉的大卡车，在八月中旬的炎炎烈日中行驶了一天一夜，最后坏在了唐古拉山的雪峰下。从理论上说，那里已经属于西藏的地界了。表姐因为高原反应而吐得面无人色，央求她原路返回。家玉匆忙中拦下一辆运马的车，心有不甘地返回西宁。

第二次去西藏，是她刚买车那会儿。她在“绿野仙踪”网站上结识了三个网友，都是男的，组成了一个自驾旅行团。这一次，他们改走川藏公路。出发后的第六天，他们在一个名叫“莲禺”的地方，遇上了大面积的塌方。他们在附近的一个喇嘛庙里住了三四天，从一个喇嘛手里带回了那只虎皮鹦鹉。

最接近抵达拉萨的一次，是在一年前。在家玉的怂恿之下，律师事务所的同事组织了一次“纳木错”朝圣之旅。由于兴奋过度，在临出发的前一天，家玉因患急性胰腺炎而住进医院。只能通过徐景阳发回的照片，在网络上追踪着同事们在纳木错的行程。

端午：我有一个藏族朋友，名叫嘉仓平措，在西藏电视台工作。如有缓急，可以找他帮忙。平措的电话是13910815173。

秀蓉：我想恐怕用不着。

秀蓉：问你一个问题。你相信有“命”这回事吗？

端午：说不好。你总爱胡思乱想。

秀蓉：若若怎么样？

端午：还好。

秀蓉：还好是什么意思？

端午：没什么事，就是看上去有点忧郁。

秀蓉：现在想想，还真是有点后悔。

端午：后悔什么？

秀蓉：我们当初根本就不该要孩子。有点太奢侈了。

秀蓉：你到花家舍开会，谁来照顾若若？

端午：我把妈妈和小魏她们接来了。奇怪，你怎么知道我在花家舍？

秀蓉：鹤浦新闻网上发了消息。那个人，也在吧？

端午：谁？

秀蓉：别装糊涂！

端午：你是说绿珠吗？她在云南。

端午：你在吗？

端午：你还在吗？

端午：随时保持联络。

秀蓉：明天上午十点，如果你有空我们接着聊。

秀蓉：拜拜。

端午：拜拜。

端午泡了一杯Lipton红茶，将他和家玉的聊天记录从头至尾看了两遍。他还是无法确定她现在的状况。她的那些话，充满暗示性，却又像梦一般不可琢磨。甚至就连她现在的行踪，也还大有疑问。当端午问她是不是身处西藏时，她的回答是："你现在怎么变得这么聪明了？"揶揄的气味十分明显。

他心里忽然有了一个无法说明缘由的预感。说不定，此刻，家玉就在花家舍！很有可能和他同住在这栋灰蓝色的小楼里。当然，这不过是他的胡思乱想而已，像春天的艳阳一般诡谲多变。

阳光已经敛去了它的笑容。天空陡然变得沉黑沉黑的。湖边的柳丝被东风拉直，虬龙般的闪电跃出花家舍上空的雨云，在灰蒙蒙的湖面上亮出了它的利爪。"轰隆隆"的雷声跟着滚过来。他看见七孔石桥上有人在飞跑。下雨了。湖面上漾出了一片浮萍般的碎花。沙沙的雨声，在窗下的剑麻丛中响成了一片。

十二点半，他下楼去餐厅吃饭。

大堂里，刚刚抵达的三位诗人，浑身上下被雨水淋得透湿。他们正在柜台前办理入住手续。端午认识其中的两位。为了避免寒暄，他装出没有认出他们的样子，远远地从他们身后一走而过。

5

晚上有一个小型的宴会。三十多位诗人、编辑和记者，在二楼的大包厢里挤满了三桌。花家舍的掌门人张有德没有出席宴会，但他派来了能说会道的助手。她的美貌，由于嘴角的一颗不大不小的痦子，打了一点折扣。代表接待方致欢迎词的，是花家舍新区管委会的主任，也姓张。他一开始就介绍了自己的专业背景：大学学的是英文，硕士阶段读的是比较文学。因此，他在致辞中，夹杂着一些诸如 actually、anyway 这样的英文单词，还是说得过去的，并不让人反感。但他却刻意隐瞒了自己作为张有德堂弟的事实。他的致辞简短而得体，即便是客套和废话，也使用了考究的排比句式，仿佛大有深意存焉。

端午被吉士强拉到主桌就坐。而吉士本人，则谦恭地藏身于包房内的一个角落里；只有在敬酒的时候，他才会在各桌之间来回穿梭。

端午的左手，坐着诗人康琳。他是端午在上海读书时的校友。因取了一个女人的名字，当年他在上海时最大的烦恼，就是很多男性崇拜者锲而不舍地给他情书。最近十多年来，端午还是第一次跟他见面。他娶了一位法国籍的妻子，并在布宜诺斯艾利斯住过一年。他告诉端午，在布市的一年中，他从未停止过向每一位阿根廷人打听博尔赫斯的故居。所有的人都语焉不详。这让他既伤感，又愤懑。可就在他离开布宜诺斯艾利斯返回巴黎的途中，旅行社替他开车的司机才悲哀地告诉他，其实他所住的那家旅馆，就在“那个瞎子”的隔壁。

坐在端午右边的是诗人纪钊，也算是老朋友了。可端午一直找不到机会与他说话。此刻，他正在与邻座的一位池姓美女诗人，谈论着不久前的“阿格拉之旅”。他是如何夜宿“西克里鬼城”；从孟加拉湾长途奔袭而来的斯里兰卡虎蚊，是如何让他发起了高烧；一天夜里，一只孔雀如何通过敞开的窗户，迈着优雅的步子走到他床前，并试图与他交谈；与他同行的另一位中国诗人，又是如何被泰姬陵的美惊得涕泪交流……

如今，诗人们在不大的地球上飞来飞去，似乎热衷于通过谈论一些犄角旮旯里的事来耸人听闻。这是一种新的时尚。也许只有人迹罕至的异域风情，才能激发他们高贵的想象力吧。那些刚刚迈出国门的人，傻乎乎地动辄谈论美国和欧洲，差不多已经成了一件丢脸的事。

徐吉士显得一脸疲惫，可还是举着酒杯，陪着痦子美女，挨个敬酒。同时，他也在物色饭后一起去酒吧聊天的人选。当他来到端午身边的时候，把嘴附在他的耳穴边，低声嘱咐了几句。人声嘈杂，端午几乎没听清楚他说什么。当然,也不需要听清楚。

饭后,他们再次前往湖对岸的酒吧街。

同行的四位，端午都有些陌生。由于大堂的柜台不能提供足够的雨伞，端午只得与吉士合撑一顶。两人谈起昨晚的事，吉士仍在不停地抱怨。昨晚他带走的那个胖胖的“伪空姐”，其实也不怎么样。嘴唇上满是坚硬的暴皮,弄得他很不舒服。

湖中的长堤上亮起了灯。迷蒙的灯光在细雨中显得落寞。吉士说，他本来也叫了康琳，可他推脱说，他现在的心情已不适合任何形式的享乐。语调中颇有厌世之感。端午想起了家玉，只是不知道她所待的地方,现在是不是也同样下着雨。

他们绕过七孔桥边空无一人的停车场，穿过几条光影浮薄的街巷，来到了一个爬满绿藤的正方形建筑门前。据吉士说，这是花家舍最有情调的酒吧。门外有一个供客人喝啤酒的钢架凉棚，因为下雨，没有一个人。白色的桌椅叠在了一起。

这是一座静吧。人不多。侍者刻意压低了嗓门与他们说话。椭圆形吧台边的高脚凳上，坐着几对喁喁私语的男女。吧台对面，是一个巨大的水车，它并不转动，可潺潺的流水依然拂动着水池里的几朵塑料睡莲。他们由一条铁架楼梯，上到二楼，在被黑色的漆屏隔开的一条长桌前,落了座。

吉士给每个人都点了一盎司威士忌，算是起个兴。随后，他又向朋友们推荐了这里的比利时啤酒。端午注意到，离他们不远的一个角落里，一个十八九岁的女孩坐在阴影中。她的脖子上搭着一条浅蓝色纱巾，精致的侧脸被桌上的小台灯照亮了，似乎面有愁容。笔记本电脑开着。敲击键盘的声音和屋外飒飒的雨声难以区分。

乍一看,这人还真有点像绿珠。

晚宴的时候，绿珠给他发来两条短信，他还没有顾得上回复。现在，她已经从上海回到了鹤浦。端午想给她直接打个电话，可手机的荧屏闪了一下,提醒他电耗尽。

坐在端午对面的两个人，正在小声地谈论着什么。其中的一位，是来自首都师范大学的教授，带着浓重的河南口音。另一位是社会科学院社会学所的研究员，从事诗歌评论，仅仅是他的业余爱好。他的年龄看上去略大一些。尽管端午暂时还不清楚他们在谈什么，可他知道两人的意见并不一致。

另外两个诗人远远地坐在长桌的另一端，虽说不是刻意的，却与另外四个人隔开了相当的距离。他们似乎正在讨论一位朋友的诗作。一个留着络腮胡子，脸显得有点脏；另一个则面庞白净，脑后梳着一个时髦的马尾辫。

“你有没有注意到墙角里的那个女孩？”吉士一动不动地盯着她，斜着眼睛对端午道。

“小声点。”端午赶紧提醒他。

“这么好看的女孩子，如今已经难得一见。”吉士道，“你难道没发现,如今的女孩,一个比一个难看了吗？”

“又是陈词滥调。坦率地说,我倒没觉得。”端午轻声道。

“这个女孩让我想起了韦庄的一句诗。”

“不会是‘绿窗人似花’吧？”端午想了想,笑道。

“此时心转迷。”

他嘿嘿地笑着，声音有点淫秽。端午正想说什么，忽见对面的那位教授,猛然激动起来,突兀地冒出了一连串极其深奥的句子：

“网球鞋的鞋带究竟是从上面系，还是从下面系，本身并不能构成一个问题。或者说，并不是一个简单意义上的询问。Asking。阿尔邦奇的回答，让他的妻子陷入到了语言的泥淖之中。我们需要考虑的是，这个非同一般的询问，在何种意义上以及在多大程度上，构成了对日常语汇的分叉或偏离。也就是说，实指功能与修辞功能是如何地不成比例。是语法的修辞化呢？还是修辞的语法化？ OK？”

教授极力试图控制自己的音量，可楼上为数不多的几个客人还是纷纷转过身来打量他。端午把教授刚才的那番话琢磨了好几遍，最终也没搞懂他在说什么。他不知道“阿尔邦奇”是谁，为什么要系网球鞋，更别提他的妻子了。不过，这也从一个侧面提醒他，大学里的所谓学问,已经发展到了何等精深的程度。

坐在长桌另一端的两位年轻诗人，也谈兴正浓，状态颇显亲密。教授的那番话不过使他们的交谈中断了半分钟而已。随后，两人又开始交头接耳。他们频频提到潘金莲、西门庆或武松。起先，端午还以为他们是在讨论《水浒传》。可后来，络腮胡子又两次提到了西门庆的女婿陈经济,端午又觉得,他们正在谈论的,似乎是《金瓶梅》。

其实,两者都不是。

因为，端午听见那个脑袋后面扎着马尾辫的诗人，忽然就念出下面这段诗来：

他要跑到一个小矮人那里去
带去一个消息。凡是延缓了他的脚步的人
都在他的脑海里得到了不好的下场
他跑得那么快。像一只很轻的箭杆
……

马尾辫的记忆力十分惊人。他能够随口背诵诗人的原作，让端午颇为嫉妒。他有意加入两人的谈话，便端着啤酒杯，朝那边挪了挪，与两个人都碰了杯。两个年轻人也还友善，他们亲切地称他为“端午老师”。络腮胡子更是自谦地表示，他们都是“读着端午老师的诗长大的”。这样的恭维，虽说有点太过陈腐老旧，可端午听了，也没有理由不高兴。

端午问他们正在聊什么，两个人不约而同地笑了笑。马尾辫道：“嗨，瞎侃呗。”

他们之间已经热络的谈话一旦恢复，似乎也不在乎把“端午老师”抛在一边。端午坐在那里根本插不上活，立刻离开又显得很不礼貌，只得尴尬地转过身来，再次把目光投向桌子的另一端。

两位学者之间的谈话，已经从高深莫测的修辞学，转向一般社会评论。两个人都对中国社会的现状和未来感到忧心忡忡。其间，徐吉士不无谄媚地插话说：“杞忧，正是中国传统知识分子身上最优秀的品质。”听上去，有点不知所云。

教授喜欢掉书袋。学院的严格训练，使得任何荒谬的见解都披上了合理的外衣，却没有对他言谈的逻辑性给予切实的帮助。他的话在不同的概念和事实之间跳来跳去。他刚刚提到王安石变法，却一下子就跳到了天津条约的签订。随后，由《万国公法》的翻译问题，通过“顺便说一句”这个恰当的黏合剂，自然地过渡到了对法、美于1946年签订的某个协议的阐释上。

“顺便说一句，正是这个协定的签署，导致了日后的‘新浪潮’运动的出现……”

研究员刚要反驳，教授机敏地阻止了他的蠢动：“我的话还没说完！”

随后是GITT。哥本哈根协定。阿多诺临终前的那本《残生省思》。英文是The Reflections of the Damaged Life。接下来，是所谓的西西里化和去文化化。葛兰西。鲍德里亚和冯桂芬。AURA究竟应翻译成“氛围”还是“辉光”。教授的结论是：

中国社会未来最大的危险性恰恰来自于买办资本，以及正在悄然成型的买办阶层。他们与帝国主义主子沆瀣一气，迫使中国的腐败官员，为了一点残菜剩羹，加紧榨取国内百姓的血汗……

问题在于，端午并不知道教授是如何从前面那些繁复而杂乱的铺陈中，推导出这一结论的。为了支持自己的观点，教授还引用了一句甘地的名言。可惜，他那具有浓郁河南地方特色的英文有点含混不清。

另外，端午的注意力，再次被两位年轻诗人的谈论吸引住了。

她累了，停止。
汗水流过，落了灰，而变得
粗糙的乳头，淋湿她的双腿，但甚至
连她最隐秘的开口处也因为有风在吹拂
而有难言的兴奋
……

诗中的那个“她”，指的也许就是潘金莲。端午紧张地朝那个坐在角落里的女孩看了一眼，所幸，她的耳朵里已经嵌入了白色的耳塞。白皙的手指在键盘上轻轻地敲击着，为了驱散越来越浓的烟味，她开了窗。她的头发微微翕动，因为窗口有轻风在吹拂。

吉士在烦躁地看表。他走到那个马尾辫青年的身边，手搭在他肩上，与他耳语一番。马尾辫仰起脸来，笑了笑，说："那不着急！"

研究员显然不同意教授的观点。

“社会已经失控了。”他没头没脑地说了这么一句。从桌上的玻璃盅中抓出几粒花生米，放在手里搓了搓，吹掉了浮皮，放在嘴里咀嚼着，接着又道："这种失控，当然不是说，权力对社会运转失去了有效的管制或约束。我的意思是，这种失控，恰恰是悄然发生于每一个社会成员的内心。他们，也许我应该说我们，我们已不再相信任何确定无疑的东西。不再认同任何价值。仿佛正在这个社会上发生的一切，都与我们无关。每一个人都不能连续思考五分钟以上，都看不到五百米之外的世界。社会机体的每一个细胞，都在坏死。

“左派批判资本主义，攻击美国；而自由主义者则把矛头指向体制和权力。在这样一种从未有过的两种思想的激烈交锋中，双方都忘记了这样一个事实：资本、权力，不论是国内的还是国外的，不论是中石油，还是世界银行，生来就彼此抱有好感。它们之间有一种，怎么说呢？天然的亲和力。甚至都用不着互相试探，一来二去，早就如胶似漆了。在国内，你如果在四十八元的价位上购买了中石油的股票，只能怪自己的祖宗没有积德。几年下来，股价已经跌到了可怜的十二块钱。可中石油在美国仅仅融资二十九亿美元，给予境外投资者四年的分红累计，竟然超过了一百一十九亿美元。很多人还抱有天真的询问，中国什么时候进行政治体制改革，我要说的是，这种改革，并非没有开始。依照我的观察，它已经在内部悄悄地完成了。它已经是铜墙铁壁。事实上，任何人都已经奈何它不得。

“而保护这一壁垒的，不是防弹钢板，甚至也不仅仅是既得利益者的合谋和沆瀣一气，而是让人心惊胆战的风险成本。为了避免难以承受的风险，维持现状就成了最好的选择。在今天，越来越多的人倾向于维持现状。而维持现状的后果，同时又在堆积和酝酿更高层级的风险，如此循环下去而已。就是这样。难道不是吗？只有在将来的某一个时刻，当这个社会被迫进行重建的时候，你才会发现，这些年，我们付出的代价到底有多大。这个代价还不仅仅是环境和资源，也许还有整整几代人。当然，GDP 还不错。据说马上就要超过日本了，是吗？”

教授笑了笑，插话道：

“不是马上，而是已经。有时候，我们很世故，有时候似乎又幼稚得可笑。一头狮子，如果说自己长得有多肥，炫耀炫耀，那倒也不妨事的；如果是羊或猪一类的动物，整天吹嘘自己长得有多胖，前景反而有点不太妙。”

随后，他又补充说：“这句话是鲁迅先生说的。”

研究员没有再接着说下去。他的思路似乎也被正在朗诵的诗歌片断打乱了。

发髻披散开一个垂到腰间的漩涡
和一份末日的倦怠
脸孔像睡莲，一朵团圆了
晴空里到处释放的静电的花

我这活腻了的身体

还在冒泡泡，一只比
一只大，一次比一次圆

研究员把目光转向端午，问道："诗人有何高见？你怎么看？"

"我是个乡下人。没什么可说的。"端午笑道，"电视、聚会、报告厅、互联网、收音机以及所有的人，都在一刻不停地说话，却并不在乎别人怎么说。结论是早就预备好了的。每个人都从自身的处境说话。悲剧恰恰在于，这些废话并非全无道理。正因为声音到处泛滥，所以，你的话还没出口，就已经成了令人作呕的故作姿态或者陈词滥调……"

"我同意。"研究员道，"这个社会，实际上正处在一种真正意义上的无言状态。具有讽刺意味的是，这种无言状态的表现形式，并不是沉默，反而恰恰是说话。"

端午觉得研究员多少有点误解了自己的意思，正想申辩几句，就看见吉士已经哈欠连天地站了起来，从椅背上取下夹克。

他们已经打算离开了。

端午没有与他们一起去夜总会。

吉士暗示他，他们将要去的那个地方，有点特别。和昨晚大不一样。女孩们都穿着红卫兵的服装。他许诺说，在灵魂出窍的疯狂中，还有浓郁的怀旧情调。不过，吉士见端午主意已定，也没有怎么去勉强他。倒是教授轻佻地冲他眨了眨眼睛，说了一句老套的俏皮话：

"形固可如枯槁，心岂能为死灰乎？"

他们就在酒吧门外的濛濛细雨中分了手。

6

上午九点开始的开幕式很简短，不到十点就结束了。据说是与时俱进，与国际接轨。接下来，照例是代表们与当地领导合影留念。端午随着人群来到了宾馆门前，差不多已经到了他与家玉约定的聊天时间。

天虽然已经晴了，可空中依然飘洒着细碎的雨丝。端午利用照相前互相谦让位序的间歇，悄悄地离开了那里，打算溜回自己的房间。他穿过大堂，走到楼梯口，一位长发披肩的旅德诗人拦住了他的去路。那人微笑着给了他一个西方式的拥抱，然后递给他一份不知什么人起草的共同宣言，让他签字。端午已经想不起他的名字了。只记得他姓林。那年在斯德哥尔摩，他们在森林边的一个餐馆里，品尝北欧风味的猪蹄时，两人匆匆见过一面。端午有些厌恶他的做派与为人。

“老高问你好。”他笑着对端午道。

“谁是老高？”

“连老高都不记得了吗？七八年前，我们在斯德哥尔摩……”

端午很不耐烦地从他手里接过那份宣言，也没顾上细看，就心烦意乱地还给了他：“对不起，我不能签。”

旅德诗人并不生气。他优雅地抱着双臂，笑起来的时候，甚至还带着一点孩子气：“为什么？我能将它理解为胆怯和软弱吗？”

“怎么理解，那是你的事。”端午头也不回地离开了他。

家玉已经在线上了。

她给端午写了一大段留言，来讲述昨天晚上做过的奇怪的梦。

她梦见自己出生在江南一个没落的高门望族，深宅大院，佣仆成群。父亲的突然出走，使得家里乱了套。时间似乎也是春末，下着雨。院中的荼蘼花已经开败了。没有父亲，她根本活不下去。一直在下雨。她每天所做的事，就是透过湿漉漉的天井，眺望门前无边无际的油菜花地和麦田。盼望着看到父亲从雨中出现，回到家里，回到她的身边。直到不久之后，一个年轻的革命党人来到了村中，白衣白马，马脖子上的铜铃叮当作响。他的身影倒映在门前的池塘中……

端午：你马上就和那个革命党人谈起了恋爱，对不对？

秀蓉：终于回来了。你不用开会吗？

端午：我溜了号。能不能再说说你的那个梦？

秀蓉：干吗呀？

端午：或许对我正在写的小说有帮助。

秀蓉：早忘了。还有别的梦，你要不要听？这些天，我除了做梦，基本上没干别的事。多数是噩梦。

端午：你现在到底在哪儿？

秀蓉：你不是说我在西藏吗？你真的那么关心我在哪里吗？

端午：你就不能严肃点吗？

秀蓉：好吧。告诉你，我现在就站在你身后。听我说，你现在就闭上眼睛，然后慢慢地转过身来，一定要慢。在心里默默地数十下，你就会看到——

端午明知道她又在作怪，但还是按照她的指令闭上了眼睛，慢慢的转过身去。他在心里默念着阿拉伯数字，不是十下，而是三十下。

果然，他听见有人在敲门。

端午从镜子里看见了自己的脸，面无人色。他冲到门边，猛地一下拉开房门，看见一个身穿白色工作服的服务员，推着车，正冲他微笑。

“您说什么？”他问道。

服务员笑了起来，露出了一排黄黄的四环素牙，把刚才那句话又重复了一遍：

“请问，现在方便打扫房间吗？”

端午赶紧说了声“不用”，就把房门关上了。

电脑中QQ界面上出现了妻子刚发给他的贴图：李宇春的脸，一刻不停地发生变化；一刻不停地扭曲、变形，最后，终于变成了姚明。

看着那张贴图，为了缓解刚才的紧张，端午有点夸张地开怀大笑。

秀蓉：怎么样？好玩吧？

秀蓉：跟你说正经的。

端午：说。

秀蓉：不说也罢。挺没劲的。

端午：说吧。反正没事。

秀蓉：二十年前，在招隐寺的池塘边的那个小屋里，我发着高烧。你后来不辞而别。呸，你这个狼心狗肺的！临走前，还拿走了我裤子口袋里所有的钱。你还记不记得？

端午：当然。

秀蓉：现在可以告诉我原因了吧。

端午：车票是预先买好的。

秀蓉：这个我早就知道了。我想了解的是，你当时心里究竟是怎么想的。自打你见到我的第一眼起，直到你上了火车，整个过程，怎么回事，原原本本，告诉我。

端午：现在再说这些，你认为还有意义吗？

秀蓉：有意义。至少对我来说是如此。

秀蓉：怎么不说话？

秀蓉：干吗呢你？

秀蓉：是不是有女诗人来拜访？

端午：吉士刚刚打来了电话，问我为什么逃会。我还是今天会议的讲评人。不管它了。

端午：怎么说呢？我做梦都没想到会再次回到鹤浦。1989年，命运拐了一个大弯。这是实话。

端午：火车开往上海。窗外的月亮，浮云飞动。我一直觉得车是倒着开，驰往招隐寺的荷塘。

端午：我希望去北京，或者留在上海工作。没想到会回到鹤浦。你明白了吗？

秀蓉：不明白。

端午：可后来，我居然放弃了上海教育出版社这样待遇优厚的单位，去考博，将自己交给不确定的命运。你知道是为什么吗？

秀蓉：不知道。

端午：唉，你是在装糊涂啊。事实上，考博失败后，我还是有机会留在上海，比如说宝山钢铁公司，比如说上海博物馆。我却莫名其妙地与导师决裂。不是与他过不去，而是与自己过不去。现在我才想明白，有一种不可抗拒的力量在暗中作祟。可当时，我并不知道为什么要那样做。甚至，当我提着行李到距鹤浦十多公里外的矿山机械厂报到的时候，我并不知道这一切是如何发生的。

端午：直到有一天，我在华联超市门口遇见你。那一天是愚人节，没错。但命运没有开玩笑。它在向我呈现一个秘密。

秀蓉：干吗说得那么可怕啊？

端午：因为见到你的那一刻，我忽然明白了，两年中的一连串荒唐的举动,到底是为了什么。当时,我的心头只有憎恶。不是憎恨你,而是憎恶我自己。

秀蓉:就算是恨我,也没关系。

端午:在上海时,我曾尝试着给你写过一封信,但它被退回来了。我在学校的办公楼排了两个小时的长队,就是为了打通吉士的长途电话,想知道一点你的消息。

端午:我还去了一趟华东政法学院。你信不信?我想去那儿找你那根本就不知道名字的表姐。我在苏州河边的大门口转了半天,最终没敢进去。

秀蓉:看不出,你还是蛮会煽情的。

秀蓉:那天晚上,我半夜里醒过来一次,见你不在,我还以为你是帮我去买药去了。

端午:我们换个话题吧。

秀蓉:不能再跟你聊下去了。我要下线了。

端午:最后一个问题。

秀蓉:你快说。

端午:我们还能见面吗?

秀蓉:那要看他是否允许。

端午:你是说,你丈夫?

秀蓉:不是。

秀蓉:是上帝。

端午:不懂你在说什么。

秀蓉:你会懂的。我下了。

端午:再见。

秀蓉:再见。

7

下午，会议安排去花家舍的老街参观。

女导游嘴里嚼着口香糖，斜挎着一只电声喇叭，手里摇着一面三角小旗。她给每位代表发了一顶太阳帽，红色的。帽舌上面绣有金黄色的盘龙图案。

起风了。天色昏黄，像熟透了的杏子，又有点像黄疸病人的脸。七孔石桥的桥面上铺上了一层砂土，厚得足以留下行人的鞋印。空气中有呛人的浮土和沙粒。他们一行人穿过停车场，沿着陡峭的山壁向东走。最后，在风雨长廊的入口处，汇入了从四面八方赶来的踏青者的人群。

长廊一看就是新修的。大红的水泥廊柱。深绿的水泥栏杆。它沿着山道，曲曲折折蜿蜒向上。黑色的雨燕，三三两两在廊下斜穿而过，似乎正在寻找筑窝的理想位置。前行百十步，有一个供游人嬉戏的凉亭，雕梁画栋，极尽夸饰。穹顶上画有芭蕉、丛竹和散发着袅袅烟雾的香炉，一副宝鼎茶闲、静日生香的情调。不过画工粗率，一无足观。更为奇怪的，是那些用细线勾勒的女体，蜂腰肥臀，一律取跪姿奉茶的图式。男人则静卧足榻，手执蒲扇；肚皮外露，体态慵懒。端午总觉得有点像傣族的风情画，又像日本的浮世绘，看上去有点不伦不类。

导游介绍说，凤凰山上的这座长廊，最早是由一个名叫王观澄的人，于光绪十一年（端午很快就将这个年份换算成了1885年）修建的。王观澄是为了追随一位隐者的遗迹，从江西的吉安一路寻访，来到了花家舍。当被问到这个一心访仙问道的王观澄，是怎么成为了声名显赫的匪首时，导游说，这个，她就不知道了。

“那位隐者是谁？”诗人纪钊忍不住问道。

“他叫焦先。是花家舍最早的居民之一。”导游笑道，“他的骨殖，就埋在你们住的宾馆地下。说不定，就在哪一位的床底下。”

听她这么说，住在一楼的康琳就接话道：“怪不得！我昨天一个晚上都在做噩梦。”

他们很快就来到了半山腰。由一条悬浮于深涧溪流之上的小板桥进入了村庄。

这个村庄，建在山坳里的一片缓坡上。村子里庭院寂寂。家家户户的房舍式样都是一样的：灰泥斑驳的山墙，灰黑色的鱼鳞状碎瓦露出屋檐外煤黑的椽头，小巧玲珑的庭院，被绳子磨出深槽的水井。东一处、西一处的油菜花，长势不良。青草池塘早已见底，浮着一层厚厚的绿苔。透过树篱和漏窗，可以看见摩肩接踵的游人在院中出没，或者在井栏边打扑克，或者举着照相机东游西荡。

遗憾的是，村中几乎见不到一个居民。

导游介绍说，村子里绝大部分的本地人，早在两年前，就被迁到了十公里之外的窦庄。当然，他们是“自愿的”。

绕过一个倒塌的碾坊，一座残破的古庙，端午很快就看见一座巍峨的高大建筑，出现在不远处的桃花林中。这幢楼宇的式样别有风致。重重叠叠的马头墙，显得高大凌厉，完全遮住了屋脊和灰瓦。一带粉白的护墙，探出了香樟和银杏的枝干。如意门楼的东西两侧，各有一棵支着铁架的蜀府海棠。

这大概就是导游一路上津津乐道的王观澄的故居了。

花家舍方面特意为诗人们准备了一场演出。地点就在一个墙身歪斜的旧祠堂里。

那里光线很暗。从楼廊上端的天窗里，斜斜地射进来一束光柱。正在布置舞台的演员们，从大幕背后“咚咚”地跑过，扬起一片尘埃。

吉士说，这座祠堂，是王观澄召集手下的匪首们议事的地方，同时也是存放枪械和战利品的仓库。到了上世纪五六十年代，它一度成了“花家舍人民公社”的食堂。

端午果然在戏台边的墙角里，看到一个卧虎般的大灶台。锅盖上，瓢、勺、钵、碗，一应俱全。灶台上方的墙上，有一扇镂空的窗户，透出屋外竹园的浓荫。墙面上的宣传画早已黯然褪色，模糊一片，倒是像“小靳庄”、“狼窝掌”、“交城出了个华政委”一类的字样，也还历历可辨。

就在静静等候演出开始的间歇，人群中出现了一阵骚动。端午转过身去，看见一个名叫于德海的矮个子，正追着旅德诗人老林满屋子乱跑。

“老林让你签字了吗？”吉士一脸坏笑地问他。

“那还用说！不过，我没搭理他。”

“德海也挺可怜的。老林骗他说，所有的代表都会在共同宣言上签字。他还真的信了，第一个签了字。到目前为止，我敢断定，那份宣言上，只有于德海一个人的名字。他一路上追着老林，要求把他的名字涂掉。那怎么可能？老林那个人，你是了解的——就像一个幽灵。只要他一回国，所到之处，难免就有人会倒霉。”

后台一阵锣鼓响。大幕徐徐拉开。

一个道士模样的人，脸画得像五猖鬼，手摇龟壳扇，出现在舞台的中央。他清了清喉咙，用戏谑的腔调自报家门。端午以为他是戏中的丑角，可细细玩味他的一长串念白，才发现他居然是乔装打扮的革命党。这人名叫周怡春，外号“小驴子”。他潜入花家舍的使命之一，就是策反这里的土匪，为革命党人攻打县城的行动计划招兵买马。

他是个六指。

正当他将第六根指头向观众们展示的时候，用口香糖粘上去的那段假指不慎脱落（当然，这也可能是演员的噱头），惹得台下一阵大笑。由新时代的年轻人，来演绎辛亥前夕的革命党人，荒腔走板倒也不足为奇。演员强拉入剧情的台词，比如，比尔·盖茨和周杰伦，博人一笑，也算是时下民俗风情剧的一般特征。何况这个革命党人穿着的道袍下，还露出了蓝色牛仔裤的裤脚和白色的耐克运动鞋。端午感到一阵阵反胃。他怎么也无法让自己进入剧情。

他强打精神看了一段，终于在马弁上场的时候，昏昏睡去。不过，他并没能睡得很熟。台下一浪高过一浪的爆笑，迫使他不时睁开双眼，不明所以地朝台上张望。直到“叭”的一声枪响，让他完全清醒过来。

舞台上花家舍的境况，似乎风声鹤唳，一片肃杀。

一个土匪头子模样的大胖子，躺在舞台中央的竹榻上，亮出了肥大的肚皮，他的两个姨太太跪在竹榻的两边，一个为他打扇，一个为他捶腿。姨太太的一双纤纤玉手“不慎”捶错了地方，惹得大当家的怪叫了一声，双手护住裆部，用鹤浦一带的方言骂道：

“日你妈妈！你往哪儿捶啊？”

台下又是一阵哄笑。

“奇怪。”端午悄声地对身旁的吉士嘀咕了一句。

“怎么呢？”

“我怎么觉得戏台上的那个姨太太，我是说胖胖的那一位，怎么那么眼熟啊？似乎在哪儿见过似的。”

“一点都不奇怪，”吉士凑过来，呵呵地笑道，“不奇怪。这么快就忘了？你其实和她们打过交道。很深的交道。不过是空姐的制服，换做了戏装而已。”

端午仍没弄明白对方的意思，怔在那里，半天，才自语道：“怎么会？”

吉士莞尔一笑，没再吭声。

端午站起身来，从人群中移了出来，顺着墙边的通道，走到了祠堂的另一端。

天井旁边的门槛边，站着一个身穿旗袍的服务员。她好心地给端午指了指厕所的位置，可端午说，他并不想上厕所。

天井的青石板上，矗立着一座太湖石。穴窍空灵，上有“桃源幽媚”四字。石畔有两口盛满水的太平缸，一丛燕竹。天井的高墙边有一扇小侧门。

端午猛然记起来，前天晚上，在迷蒙的细雨中，他和吉士就是由这道门进来的。小门的对面，在天井的另一端，有一个月亮门洞。他和吉士从那经过的时候，由于雨后路滑，吉士在那差一点跌了一跤。

现在，月亮门洞前竖着一块“游人止步”的牌子。

端午没有理会它的警告，懒懒散散地走了进去。他一眼就看到了那个临水而筑的花厅。厅前的池塘不大，月牙形的一汪绿水，岸边遍植高柳。池塘对面有一处亭榭，乱石瓦砾中，杂树丛生。

端午往前走了没几步，忽见石舫边的小径上，急急忙忙地跑出一个人来。这是一个剃着板寸头的中年人。他一边挥手让他出去，一边吼道：

“谁让你进来的？没看见门口的牌子吗？出去，快出去！”

端午悻悻地转过身去，正要走，却看见徐吉士正歪在门边，朝他眨眼睛。

“这是私人禁地。大白天的，你怎么到处瞎碰瞎撞的？”吉士笑了笑，将端午遗落在祠堂里的凉帽递给他。

“前天晚上我们来过这里……”

“废话！你才看出来了啊？”吉士往四处看了看，“这里实行的是会员制。就是晚上,也不是谁都可以进来的。”

见端午仍不时地回过头去张望，吉士又压低了声音笑道：“还不过瘾,是吗？要不今天晚上,我带你再来一次？”

中年人已经离开了。园子里一片空寂。大风呼呼地越过山顶,卷起漫天的尘沙和碎花瓣,在池塘的上空,下雪般,纷纷落下。

“你只要有钱,在这里什么都可以干。甚至可以做皇帝！”

“做皇帝？什么意思？”

“无非是三宫六院。你懂的！”

吉士似笑非笑地拉了他一把。

8

第二天，整整一个上午，端午都守候在电脑前。家玉没在QQ的界面上出现,也没有给他留下片言只字。

好友栏目中唯一的图标,沉默而黯淡。

又过了一天。情形依旧如此。

那时,他已经从花家舍回到了鹤浦的家中。

母亲和小魏匆匆返回梅城去了。明天是清明节。她要赶往乡下的长州，给她的第一位丈夫——那个据说是心灵手巧、百依百顺的小木匠扫墓。她以前从来不给谭功达扫墓，现在当然更不可能。父亲墓园的位置，停泊着一架已经报废的麦道82飞机。那是鹤浦在建的航空工业园的标志之一。父亲的坟墓和尸骨如今都不知了去向。不过，按照他生前一贯的理想和愿望，他的葬身之所为国家的航空工业腾出了位置，尽管尸骨无存，若是地下有灵，应该可以含笑九泉了吧。

家玉当时就是这么劝端午的。端午也只能这样去思考问题了。

听母亲说，他在花家舍的这些天，家玉从外地打来了一个电话，她和若若磨叽了半天，最后，又让母亲听了电话。她的声音“听上去很不对头”。家玉劝她和小魏都搬到鹤浦来住。母亲旁敲侧击地问她，自己和小魏是住老房子呢，还是住唐宁湾？家玉说了句“随便”，就把电话挂了。

充完电的手机上，被阻滞的短信信号“当当”地响个不停。短信一共有十二条之多。其中的一条是骗子发来的，通知他去法院取一张传票，并诱导他拨打咨询电话。端午当然不会打。另外的十一条，都是绿珠发来的。

端午不知道她现在还在不在鹤浦。电话打过去，信号是通的，可很快就被人为地切断了。再打，电话就关了机。

绿珠的生气完全可以理解。虽然他的内心十分愧疚，可眼下也实在没有多少心力去管她的事了。

他在电脑上把这些天来和家玉的聊天记录反复看了许多遍，不祥的预感愈渐浓郁。最后，他的目光死死地盯住“上帝”两个字。他第一次体会到汉语中“心焦”这个词，是多么的传神而恰如其分。

若若放学回来了。乌黑的笑脸上汗涔涔的。湿乎乎的头发一绺一绺的，紧贴在他的额头上。他把书包往地上一扔，把鞋脱得东一只西一只的。

“快，给老屁妈打电话。”儿子似乎面有喜色。

端午本来想把他搂过来抱一下，可儿子像只泥鳅似的，从他的腋下钻了过去，一头冲进了厕所。

在最近一轮的模拟考试中他得了全班第一。数学和英语都是满分。另外，在刚刚结束的班会上，他被姜老师任命为班级的代理班长。他在马桶里叮叮咚咚地撒尿，还说了一句半文不白的话：

“天助我也！”

“班长不是戴思齐吗？怎么又让你代理？”隔着半开的厕所门，端午问儿子。

“她呀！狗屁了，冒泡了，王八戴上草帽了。”

“别瞎说！”端午正色道，“你正经一点行不行？她到底怎么了？”

“惨透了。她住院了。”儿子一边洗着脸，一边满不在乎地道。

“什么病？”

“睡不着觉。想死。”

“怪不得。”端午小声地嘀咕了一句。

今天早上去扔垃圾的时候，端午迎面碰上了“戴思齐的老娘”胡依薇。没说几句话，她的眼圈一红，扭头就走了。

原来是这么回事。

“你说，戴思齐会不会很快出院？”儿子道。

“我又不是大夫，怎么知道？”端午白了他一眼，“怎么了？你想她了？”

若若和戴思齐从小一块长大。读到初中，也还是同桌。

“想她干吗？我倒宁愿她永远不要出院。”

“什么话！”端午吓了一跳，厉声吼道，“有你这么冷血的吗？你不会是担心她回来后，你的班长就当不成了吧？”

“她的数学超强，尤其是奥数，成绩好得有点变态。她要是回来了，全班的同学就只有被虐的份！”

儿子正在长个子，站在他面前，与自己只差半个头了。端午觉得，儿子的思维方式很有些问题，心态也很不健康，正想和他好好聊聊，若若已经拎着书包，走进了自己的房间。在关上房门之前，他把脑袋又伸了出来，对父亲嘱咐道：

“七点之前，你别来打搅我！今天的作业巨多。”

“那你让爸爸拥抱一下。”

儿子很不情愿地与他抱了抱。

“好了，好了。你这个老男人，色情狂。”他笑着，用力地推开了他，“嘭”的一声，把房门关上了。

端午呆呆地站在儿子房门前，琢磨着儿子刚才“天助我也”那句话，心里无端地生出一点杞忧来：如果儿子这一代人到了自己的这个年龄，这个世界会变成什么样子？

他想给胡依薇打个电话。抓起听筒，想了想，又放下了。

9

秀蓉：真有点不甘心。

端午：你说什么不甘心？

秀蓉：我居然真的就到不了西藏！你不觉得奇怪吗？

端午：什么？

秀蓉：旺堆随便说出的一句话，就像李春霞的预言一样准。

端午：旺堆是谁？

秀蓉：莲禺的一个活佛。就是送给若若鹦鹉的那个人。

端午：你总爱胡思乱想。没关系，以后找时间，我陪你一起去。

秀蓉：但愿吧。

端午：你的手机怎么老打不通？

秀蓉：欠费停机了。

秀蓉：能不能听我一句劝？

端午：你得先告诉我是什么事。

秀蓉：戒烟。把烟戒了吧。就算是为孩子着想吧。

端午：我考虑考虑。

秀蓉：别考虑了。赶紧戒吧。你得答应我,保证活到孩子成家的那一天。

端午：这可说不好。

端午：再说了,若若要是不结婚呢？

秀蓉：真想好好亲亲他。搂着他亲个够。他的脸。他的小手。他跳得很急的心脏,像个小鼓。黑嘟嘟结实的小屁股。

端午：你到底是怎么了？

端午：像是要跟整个世界告别似的。怎么了？

秀蓉：你说得没错。就是告别。

秀蓉：昨天上午,我去了一趟植物园,在那里待了两个小时。

端午：哪儿的植物园？

秀蓉：我得去一下洗手间。你等我一下。

下午三点一刻。办公室里光线灰暗。天色阴阴的。本来，透过朝南的窗户，他可以看到很远的地方。看到那条沥青色的运河。看到河汊转弯处堆浮的白色垃圾和河面上的船只。看到凸起的坡岗和一小块、一小块的田地。可现在，一座高楼的墙坯拔地而起，挡住了原先就很浮泛的阳光。一个戴着黄色安全帽的建筑工人，正站在脚手架上朝河里撒尿。

他的新搭档，那个外号叫做“扑食佬”的家伙，安静得像个熟睡的婴儿。他是个跛子，又有白癜风，这都不是什么秘密。端午近来又从他身上发现了另一桩烦心事：他竟然还有狐臭。现在还是四月份，那股味道还不太明显；可天一旦热起来，你就是把他想象成一位汗腺过于发达的国际友人,恐怕也难以忍受。

端午已经知道了他的名字，叫“胡建仓”。似如他去做股票的话，大概赚不到什么钱。不过，他对股票没什么兴趣，宁愿把空闲时间，鬼鬼祟祟地消磨在成人网站上。假如端午对他这仅有的嗜好视而不见，“扑食佬”也很少来打搅他。

冯延鹤刚才来过一个奇怪的电话。

他的心脏最近做了五个支架。单位的同事有一种恶毒的担心，担心老冯迟早要死在那个白虎星儿媳的枕头上。

这次老冯打来电话，可不是找他下棋的。老冯问他，人不认识一个名叫白小娴的人。白小娴这个名字，很容易让人联想到花枝招展的少女。其实她已经是一个七十多岁的老人了。端午曾在一个会议上见到她一次。干瘦干瘦的老太太，不过保养得很好。她原来是主管文化工作的副市长。老冯打来电话的时候，这个老太太就在冯延鹤的办公室里。她提出来要见见端午，不知为何。端午觉得这件事，不管朝哪个方面想，都有点离谱。

他随便找了个理由，回绝了。

好在他没去。

秀蓉：昨天晚上又做了一个梦。

端午：该不会又是革命党人吧？

秀蓉：我梦见自己被人追杀。在秋天的田野上奔跑。田里的玉米都成熟了。下着雨。

端午：你被人追上了吗？

秀蓉：那还用说！抓我的人，是一个糟老头子。他从玉米地里直起身来，下身光溜溜的，什么都没穿。他得意地让我看了看他手里的锛子，怪笑着问我，是不是处女。他说，他并不是公安，让我不要害怕。他是专门收集处女膜的商人。他用祖传的方法，把它从女孩身上取出，晾干，然后把它制成笛膜。怎么样，好玩吗？他说如果我听从他的摆布，完事后就会立刻放了我。

端午：你乐得答应了他，对吗？

秀蓉：呸！

秀蓉：我的一生，现在看来，就是这么一个薄薄的膜。其中只有耻辱。

端午：你刚才的话还没说完。

端午：你说你去了植物园。

秀蓉：对，我去了植物园，但没进公园的大门。在天回山的山脚下，有一个农家小院，我在那儿坐了坐。吃了新挖的竹笋，喝了半杯啤酒。天雾蒙蒙的，什么花草也看不到。但毕竟已经是春天了。

秀蓉：我承认，我的确做了一件傻事。真的很傻，如果让我重新考虑，我一定不会这么做。真有点不太甘心。不过，既然已经走到了这一步，我是不会回头的。说到底，人还是太软弱了。

端午：这么说，你现在，在成都？

端午：你在成都，对不对？

秀蓉：是，在成都。

秀蓉：你很聪明。我随手打上了天回山这个地名。

端午：哈哈，终于逮到你了。

秀蓉：本来是想去西藏的。拉萨。那曲。日喀则。或随便什么地方。

秀蓉：想找个没人的地方死掉拉倒。

秀蓉：可飞机从禄口机场刚一起飞，我就发起烧来。察隅的旺堆喇嘛曾对我说，所有的事情在我身上都会发生两次。我又发烧了。旺堆喇嘛那张黑黑的脸，一直在我眼前晃来晃去。空姐用餐巾布裹上冰块放在我头上降温。随后,她们把我弄到了头等舱。我第一次坐头等舱,可能也是最后一次。

秀蓉:到了成都之后,停机坪上的一辆120救护车,将我送到机场附近的一家医院里。我在那只待了两天,大夫说,我的发烧是肺炎引起的。但我的病却不像肺炎那么简单,他们建议我换一家更大的医院。随后,就被转到这里来了。我住在五楼的特需病房里。

端午:到底怎么回事?

端午:你别吓我!

端午:什么病?

秀蓉:还用问吗?

端午:什么时候发现的?

秀蓉:我在离开鹤浦前,给你写了一封信,当你收到它,就会什么都明白了。别着急。

端午:可我一直没收到你的信。

秀蓉:你会收到的。李春霞说,我活不过六个月。现在已经是第五个月了。心情也还好,这家医院的条件还不错。负责给我治疗的大夫叫黄振胜,很有幽默感。他从不避讳跟我谈论死。他说很多像我这样的癌末病人最后都是死于肺炎。他给我用了最好的抗生素,还有一点吗啡。四五天后就退了烧。他说虽然手术的可能性已经不存在了,所幸肌体还能对药物产生反应。也许情形还没那么坏。乔布斯不也活得好好的吗?

秀蓉:每隔一两天,黄振胜都会到病房来陪我聊上一小会儿。他还说,现代医学已经彻底放弃了"治愈"这个概念。它所能做的不过是维持而已。实际上,维持也是放弃。生命维持得越久,离治愈就越远。小黄说,他的工作实际上也是"维稳"。他厌恶自己的工作,倒不是怕脏。每天和那些痼末打交道,让他觉得生命其实没什么尊严。他负责照料的一个老干部,九十多岁了,在毫无意识反应的情况下,靠鼻饲居然也维持了三年。至少从医学上说,他还活着。检测仪器上各项生命体征都相当地稳定。当然喽,他花的是公家的钱。

端午:你就一个人吗?谁在医院照顾你?

秀蓉:有一个护工。她是湖南醴陵人,昨天就是她带我去植物园的。这些天,她一直在劝我跟她回湖南老家。她有一个堂叔,据说会用念了咒的符水给人治病。好玩。

秀蓉:还有一个坏消息。

端午:你说。

秀蓉:我银行卡上的钱已经快用完了。

端午:我现在就打电话订机票。我马上就赶过来。很快的。一眨眼就到了。

秀蓉:你不要来!

秀蓉:你再快,也没有我快。

端午:你这话是什么意思?

秀蓉:你知道是什么意思。

端午:求求你,千万不要这么想。

端午:你别吓唬我。

端午:你在吗?

天已经完全黑下来了。大约在半个小时前,胡建仓已经离开资料室,下班回家了。临走时,他顺手替端午开了灯。白炽灯管"嗞嗞"地响着。窗外的建筑工地上,早已人去楼空。一只瘦骨嶙峋的大黑猫,在脚手架上愤怒地看着他,像个哲学家。不远的地方,传来了机帆船“突突”的马达声。

端午犹豫着,要不要给吉士打个电话。

秀蓉:我还在。亲爱的。

秀蓉:那天我们在天回山下的农家小院,一直待到太阳落山。黄昏的时候太阳才露脸。没有一丁点风。植物园门口的小树林里,有很多老人在健身。每个人的脸上都写着“骄傲”两字。徐景阳的话是有道理的。他们都是从千军万马中冲杀出来的幸存者。活着,就是他们的战利品。

秀蓉:还记得我们曾经讨论过的人的分类吗?我说过,这个世界上只存在两种人:死去的人,还有幸存者。我失败了,并打算接受它。

秀蓉:你不要来!至少现在不要。我要一个人跨过最后的那道坎。知道我最讨厌什么人吗?

端午:九点二十,有一班去成都的飞机。

端午:你接着说。

秀蓉:熟人。所有的熟人。还在大学读书的时候,我就做梦能生活在陌生人中。我要穿一件隐身衣。直到有一天,我从图书馆回宿舍的途中,遇见了徐吉士。那是1989年的夏末,他去大学生俱乐部参加海子纪念会。然后就遇到了你。在招隐寺。不说了。自从遇见你之后,我发现原先的那个隐身世界,已经回不去了。怎么也回不去了。我甚至尝试着改掉自己的名字,可还是没有用。

秀蓉:我可以死在任何地方。但死在医院里,让我最不能忍受。那简直不算是死亡。连死亡都算不上。你明白我的意思吗?

端午:晚上九点二十,有一班去成都的飞机。

秀蓉：不要来。我要下场了。谢幕了。居然还是在医院里。有点不甘心。

秀蓉：医院是一个借口。它才是我们这个世上最严酷的法律。它甚至高于宪法。它是为形形色色的掉队者准备的，我们无法反抗。我们被送入医院，在那里履行最后的仪式或手续，同时把身体里仅剩的一点活气，一点点地熬干净。

秀蓉：就好像是我们自己的选择。是我们主动追求的最终结果。

秀蓉：去年冬天，守仁被杀的那段日子，你还记得吗？其实我已经死过一次了。履行了所有的手续，并知道了它的所有秘密。就像我当年参加律师资格考试，舞弊是预先安排的，我提前就知道了答案。

秀蓉：我曾经想把自己变成另一个人。陌生人。把隐身衣，换成刀枪不入的盔甲。一心要走到自己的对立面，去追赶别人的步调。除了生孩子之外，我所做的每一件事，都是自己厌恶的。好像只要闭上眼睛，就可以什么都不想。渐渐地就上了瘾。自以为融入了这个社会。每天提醒自己不要掉队，一步都不落下。直到有一天，医院的化验单温柔地通知你出局。所有的人都会掉队。不是吗？不过是时间早晚而已。

秀蓉：如果时间本身没有价值的话，你活得再久，也是可以忽略不计的。

秀蓉：我已竭尽全力。但还是失败了。我出了局，但没想到这么快。被碾压得粉碎。注定了不会留下什么痕迹。我也不想。

秀蓉：答应我一件事好吗？

端午：你说。

端午：你说。

端午：你说吧，无论什么事，我都答应。

端午：我马上赶过来。告诉我你的具体地址。求求你。

端午：求求你。

秀蓉：关于我的事，先不要告诉我父亲。每年的十二月底和六月初，分别给他寄一次钱，每次六千。不要少于这个数目。要不他会找到家里来的，再有。

秀蓉：也不要告诉任何人。我不欠任何人的债。

秀蓉：在我们家楼下，有一片石榴树树林。你在树底下挖个坑。你要晚上偷偷地去挖，千万不要让物业的保安看见。最好深一点，把我的骨灰，就埋在树底下。

秀蓉：每天，每天，我都可以看见若若。看见他背着书包去上学。看见他平平安安地放学回家。看着他一天天长大。平平安安。

秀蓉：石榴花开的时候……

大黑了下来。

端午一刻不停地在网络上搜寻航班的信息。

晚上九点二十分，川航有一班飞往成都的飞机。如果他现在就出发赶往禄口机场，时间还来得及。吉士的手机依然关机。要命。他存着某种侥幸，打通了机场的电话。

值班票务员给他带来了一个坏的消息。由于罕见的大雾，所有的航班都停飞了。“你来了也没有用，机场附近的宾馆挤满了滞留的旅客。”要命。端午问她，航班什么时候可以恢复，票务员回答说，这要看晚上的这场大雨，能不能下下来。真要命。

他给绿珠发了一条短信。他本来是想发给吉士的，可却手忙脚乱地发给了绿珠。也好。短信中只有短短的六个字。

有急事,请回电。

在他打出租车赶往家里的途中,绿珠终于回了电话。

在小区的超市里,他买了两袋速冻水饺。十袋一包的辣白菜方便面。一筒儿子最爱吃的薯片。一纸箱牛奶。但出了超市后,那筒薯片,就被证明是网球。他也懒得去调换。

他去了超市隔壁的菜场。在修皮鞋的摊位边上,他配了两把房门钥匙:一把单元防盗铁门的,一把房门的。

儿子正靠在单元门的墙边背英文。书包搁在别人的自行车后座上。即便有人开门,问他要不要进去,他也总是摇头。要是门前的感应灯灭了,他就使劲地跺一下脚。

A friendly waiter
told me some words of Italian
then he lend me a book
then he lend me a book
then he lend me……
I read few lines, but I don't understand any word

门前那片石榴树静默在浓雾中,端午不敢朝那边看。

晚饭后,端午简单地收拾了一下行李,把正在做作业的儿子叫到餐桌前,尽力装出轻松的样子。他平静地告诉儿子,自己要出去几天,问他能不能一个人在家。他把刚刚配好的两把钥匙装在他的自行车钥匙链上。

“要很久吗？”儿子警觉地望着他。

“现在还说不好。也许两三天，也许要久一些。”

“出什么事了吗？”

“没什么事。”端午把手放在他的后脖颈子上，“其实你也不是一个人。从明天开始，会有一个姐姐过来陪你，每天晚上都来。”

“我认识她吗？”

“你不认识。她人很好。”

“是你女朋友吗？”

“胡说八道！”

“你是去开会吗？”

“我去把妈妈接回来。”

“那你告诉她我当上代理班长的事了吗？”

“当然。她已经知道了。”

“她怎么说？”儿子的眼睛里突然沁出了一缕清亮的光，“她一定哈哈地傻笑了吧？”

“她笑——”端午略微停顿了一下，试图稳住自己发颤的嗓音。

“你现在就要走吗？”

“对，待会儿就走。”

“今晚我得一个人睡觉，是不是？我有点害怕。”

“你可以开着灯睡。”

“那好吧。不过，你也要答应我一个条件。”

“什么条件？”

“你先答应我。”

“我答应你。”

“别跟妈妈离婚。”

“好。不离婚。”

“那我要去做家庭作业了。”儿子长长地松了口气，光着脚，回自己屋里去了。

端午从厕所的柜子里拿出了一把黑伞，犹豫了一下，又换了一把花伞。他的眼泪即刻涌出了眼眶。

端午还是去了一次儿子的房间。在他的脸颊上亲了一口。十点钟,他出了门。钥匙在锁孔里转了两圈。

10

小时候，端午特别喜欢雾。当时，他还住在梅城，西津渡附近的一条老街上。老街的后面就是大片的芦苇滩，再后面，就是浩浩汤汤的长江了。江边，钢青色的石峰，耸立在茂密的山林之表。山上有一个无人居住的道观。墙壁是红色的。

春末或夏初，每当端午清晨醒来，他就会看见那飞絮般的云雾，罩住了正在返青的芦丛，使得道观、石壁和蓊郁的树木模糊了刚劲的轮廓。若是在雨后，山石和长江的帆影之间，会浮出一缕缕丝绵般的云霭。白白的，淡淡的，久久地流连不去。像棉花糖那般蓬松柔软，像兔毛般洁白。

正在上中学的王元庆告诉他，那不是雾，也不是云。它有一个很特别的名字，叫做“岚”。他在上海读大学的时候，正是“朦胧诗”大行其道的年月。在端午的笔下，“雾”总是和“岚”一起组成双音节词：雾岚。这是哥哥的馈赠。这个他所珍爱的词，给那个喧阗的时代赋予了浓烈的抒情和感伤的氛围。

那时，文学社的社员们时常聚在电教大楼一个秘密的设备间，通过一台二十九寸的索尼监视器，欣赏被查禁的外国电影的录像带。

阿伦·雷奈拍摄于1956年的那部名闻遐迩的短片，第一次将雾与罪恶连接在了一起。端午开始朦朦胧胧地与自己的青春期告别。雾或者雾岚，在他的作品中一度绝迹。他不再喜欢朦胧诗那过于甜腻的格调。

如今，当雾这个意象再次出现在他的诗歌中时，完全变成了一种无意识的物理反应。只要他提起笔来，想去描写一下周遭的风景，第一个想到的词总是“雾”，就像患了强迫症一样。与此同时，雾的组词方式也已悄然改变。对于生活在鹤浦这个地区的人来说，“岚”这个词的意思，被禁锢在了字典里，正如“安贫乐道”这个成语变成了一种可疑的传说一样。

雾，有了一个更合适的搭档，一个更为亲密无间的伙伴。它被叫做霾。雾霾。它成了不时滚动在气象预报员舌尖上的专业词汇。雾霾,是这个时代最为典型的风景之一。

在无风的日子里，地面上蒸腾着水汽，裹挟着尘土、煤灰、二氧化碳、看不见的有毒颗粒、铅分子，有时还有农民们焚烧麦秸秆产生的灰烟，织成一条厚厚的毯子。日复一日，罩在所有人头上，也压在他心里。雾霾,在滋养着他诗情的同时,也在向他提出疑问。

他的疑惑，倒不是源于这种被称作雾霾的东西如何有毒，而是所有的人对它安之若素。仿佛它不是近年来才出现的新生事物；仿佛它不是对自然的一种凌辱，而就是自然本身；仿佛它未曾与暗夜共生合谋，沆瀣一气，未曾让阳光衰老，让时间停止;仿佛，它既非警告，亦非寓言。

现在，端午拉着行李，正在穿过灯火暧昧的街道，穿过这个城市引以为傲的俗艳的广场。即便是在这样的雾霾之中，健身的人还是随处可见。他们“吭哧、吭哧”地跑步，偶尔像巫祝一般疯狂地捶打自己的胸脯、肾区和胰胆。更多的人围在刚刚落成的音乐喷泉边上，等待着突然奏响的瓦格纳的《女武神之骑》,等待一泻冲天的高潮。

那灰灰的、毛茸茸的脏雾，在他的心里一刻不停地繁殖着罪恶与羞耻，在昏黄的灯光下铺向黑暗深处。而在他眼前，一条少见人迹的乱糟糟的街巷里,浓雾正在酝酿一个不可告人的阴谋。

它所阻断的，不仅仅是想象中正点起飞的航班与渴望抵达的目的地。它顺便也隔开了生与死。

11

绿珠在英皇大酒店的大厅里等他。这是鹤浦为数不多的五星级酒店之一，离端午居住的那个街区不远。绿珠穿着一件半新旧的黑色外套，白色的棉质衬衣。大概是龙孜的日照较为强烈，她比以前更黑了一些。不过,人看上去,却沉稳了许多。

她默默地从端午手中接过拉杆箱，带他去了商务中心边上的一家茶室,找了个位子坐了下来。

窗外是下沉式的庭院，对面就是宾馆的别墅区，亮着灯。端午把钥匙交给她,并让她记下了自己家的楼号和房间号码。

一段时间不见,两个人都有点生分。

“我可不会做饭呀。”绿珠打开一个红色的夹子，将钥匙别在铜扣上。“带他到外面去吃饭行吗？他叫什么名字？”

“若若。你随便对付一下就行了。他还算能够将就。”端午黑着脸低声道。

他又嘱咐了一些别的事：早上六点一刻之前，必须叫醒若若。六点四十五分之前，必须离开家门。如果早自习迟到的话，他将会被罚站。面包在冰箱里，牛奶是刚买的，得给他煮一个鸡蛋。还有，得看着他把鸡蛋吃完。否则，他会趁人不备，将它偷偷地塞进衣兜，拿到外面去扔掉。

“你现在就要走吗？”

“就算是去了机场，恐怕也得挨到明天早晨。”端午狠狠地吸了几口烟，又道：“明知道去了也没用，只是让自己心里好受一点。”

“我给常州的机场也打了电话。同样是大雾，航班取消。上海的浦东机场，飞机倒是能正常起降，不过你现在赶过去恐怕也来不及了。”绿珠给他倒了一杯冰啤酒。“随便你。你现在走也可以。我替你叫了一辆车去机场。师傅姓杨，车就在门外的停车场等着。机场那边。现在一定也乱得很。”

端午没做声。茶室里只有他们两个人。六角形的吧台里，一个脖子上扎着领结的侍者，正在把台面上的一排酒杯擦干。顶灯柔和的光线投射在木格子酒架上，照亮了侍者那白皙的手。吧台的其他地方，都浸没在灰暗之中。

绿珠说，她姨妈还在泰州。两个月来，小顾一直在琢磨着，把江边的那座房子卖掉。由于是凶宅，在交易所挂出后，一直无人问津。绿珠这几天还回去看了一下，到处都是尘土。花园也早荒掉了。

“天气预报说，后半夜有雨，鬼知道会不会下！”绿珠偷偷地打了个呵欠，看了一下手腕上的表。“我本来也是今天下午飞昆明。如果不是这场大雾的话，这一次我们就见不上了。”

“不会耽误你什么事吧？”

“你说什么事？”

“云南那边，你的工作。”

“放心吧。家里的事，你就别管了。我会尽可能地照顾好他。虽说我不喜欢孩子。一直等你回来为止。在龙孜的那份工作，现在已经有点让我厌烦了。”

“怎么一回事？”

“一时半会儿也说不清。再说吧。”绿珠看上去又有点抑郁。“你去了成都，又不知道你妻子在哪家医院，怎么办？总不能一家医院一家医院地去找吧？”

“她说离植物园不远。我现在也顾不了那许多，只是想早一点赶到成都。”端午喝干了杯中的啤酒，用手背碰了碰嘴唇。“我反而有点担心，担心知道她在哪儿。”

“不明白。”绿珠皱着眉头望着他。

“一旦我知道她住在哪儿，这说明她多半已经不在人世了。”

绿珠还是一脸疑惑的表情。她没有再去追问这件事。侍者拿着一个托盘过来，弯下腰，轻声地问绿珠还要点什么，他就要下班了。绿珠让他给茶壶续上水，又要了两瓶冰啤酒，一个坚果拼盘。

很快，吧台上的灯灭了。一个身穿制服的矮胖保安，手执一根警棍，在空荡荡的大厅里来回逡巡。

“如果你想安静一段时间，可以来龙孜住一段。就当散散心。”

“你不是说已经有点厌烦了吗？”

“我说的是那个项目。挺没劲的。不过那儿的风景倒是没得说。第一期工程还没有竣工，我们现在只能暂时住在山上，一个看林人的小院里。坐在门口就可以望得见梅里雪山。就是中日联合登山队被雪崩埋掉的那座神山。海拔倒是有点高，刚去的时候老是倒不上气来，过个两三天就好了。除了山风呼呼地从山顶上吹过，你听不到一丁点声音。真正的远离尘嚣。也不知道那对孪生兄弟，是怎么找到这个地方的。山下的村庄里住着彝族人，也有汉人。破破烂烂的印章房。山下还有一条小溪，当地的居民叫它翡翠河。时常可以看到野鹿和狍子到溪边来喝水。天蓝得像染料，星星像金箔一样。

“当地人说，七八月份去最好。山野里、溪边上、草甸子上的花，都开了。漫山遍野，到处都是。远远看过去，像是给山包和草坡铺上了一层红毡子。如果你偶尔看见一大片白色的花,多半是土豆……”

见绿珠说起来就没完,端午只得打断她：

“具体说来,你们搞的是一个什么样的计划？”

“说穿了，就是给那些半山腰上的十几户人家，那些猎户，很少的一点钱，打发他们走人，然后把整个山都占下来，自己在山上重新盖房子。有五十年的使用权。”

“什么样的房子？是别墅吗？”

“没那么简单。第一期规划主要是生活区。那房子修得像碉堡似的，一半在地下，一半在地上，怪里怪气的，一点也不好看，也有点像窑洞。可兄弟俩都说那是后现代建筑。这么设计，主要是为了不破坏山林的原始状态。尽可能不砍树。朝南的一面采光。兄弟俩对环保的要求很苛刻。第二期规划是一座现代化的博物馆，建筑完全在地面上，用来展览兄弟俩收藏多年的艺术品。大多是一些汉画的拓本，还有一些铜镜、石雕、古器什么的。另外，他们还想在山上建一座全日制的小学。这次去上海,就是为了开论证会。”

“那些山上的猎户愿意搬走吗？”

“我们不和他们直接发生关系。”

绿珠的口中第一次出现了“我们”这个词，紧接着又出现了第二次：

“我们只和当地政府谈判。嗨，说句不好听的话，那些农民，和动物没什么区别。既木讷又深不可测，既狡诈又可怜。你根本弄不清他们的木鱼脑袋里成天想什么。和鹤浦的拆迁户一样，他们一听说要拆迁，就开始没日没夜地在山上种茶树；在房前屋后种果树；搭建厢房，扩大庭院；无非是在计算林地损失和房屋面积时，向政府和出资方多讹点钱。

“到了谈判的那一天，两名精干的猎户代表，一会儿说这个多少钱，那个多少钱；一会儿说牛圈多少面积，马棚多少面积；刚商定的赔偿数额，一眨眼的工夫就反悔。从早晨一直折腾到天黑，把兄弟俩都搞晕了。

“最后，兄弟俩一合计，给那两个猎户布置了一道简单的算术题。让他们别一根椽子、一颗钉子地算账了，干脆出个价。就是说，十几户人家，在一个月内搬到山下，总共要多少钱。那两个代表你看我，我看你，用当地的土话叽里咕噜地商量了好半天。最后他们犹犹豫豫地说出了一个数目。他们壮起天大的胆子，红着脸，咬着牙，最后说出的那个数额，让兄弟俩目瞪口呆。因为，那个数额，竟然还不到孪生兄弟原本打算赔给他们的四分之一。你说可笑不可笑？”

“你打算在那儿一直待下去吗？”

“听你的口气，好像不希望我在那儿待下去似的！”

“我倒也没这个意思，不过随便问问。”

“我也不知道。”绿珠偷偷地瞥了他一眼，“怎么说呢，我当初是奔着香格里拉去的。有一种世外桃源的感觉。可龙孜这个地方，离迪庆还是挺远的，荒僻得很。当地人也管这个地方叫‘香格里拉’。你走到哪里，哪里就是‘香格里拉’。你去过迪庆吗？”

“没有。”端午依旧阴沉着脸，有点生硬地回答道。过了一会儿，他又解释说，他不喜欢那个带有殖民色彩，可人人趋之若鹜的地名。香巴拉，或者香格里拉。还有那个希尔顿。那本三流小说《消失的地平线》。香格里拉原本就不存在。它只是被杜撰出来的一个乏味的传说而已。

“正因为它不存在，所以才叫乌托邦啊。”

“别跟我提乌托邦这个词。很烦。”端午冷冷地道。

绿珠说，她最感到烦心的，是她弄不清兄弟俩的底细。她不知道他们的钱是从哪里来的，为何要在这么一个穷乡僻壤买上这么大一块山地。他们一会儿说要建立循环生态示范区，生产没有污染的瓜果、蔬菜和烟叶，一会儿又搬出梁漱溟和晏阳初来，说是要搞什么乡村建设，在物欲横流的末世，建造一个“诗意柄居”的孤岛。他们信奉斯多葛派的禁欲主义,却时不时喝得酩酊大醉,半夜发酒疯。

他们也很少在那里住。

在绿珠抵达龙孜后的三个月中，兄弟俩已经去过一次迪拜，两次尼泊尔。如果说他们实施这个乌托邦计划的最终日的只是巧立名目，为了替自己建造一个息影终老的私人居所，那么，绿珠和这个团队的另外七八个人,立刻就有了管家或杂役的嫌疑。

这是绿珠最不能接受的。

兄弟俩表情刻板，行为乖张，眉宇间时常含着忧愁，可彼此之间倒是十分亲昵。平常话很少，偶尔阴阴地笑一下，能把人吓个半死。他们时常宣布“禁语”。他们在的时候，一个星期中，总有一两天是禁语的。他们自己不说话，也不让别人说话。绿珠她们只能靠打哑谜的方式与兄弟俩交流。据说这是他们“领悟寂静和死亡”行为艺术的一部分。

绿珠抱怨说，她有时甚至有些暗暗怀疑，这两个人到底是不是孪生兄弟。会不会是假扮成兄弟的同性恋？因为刚队里的人私下里议论,都说他们长得一点都不像。

绿珠一直在滔滔不绝。可是，当端午问她，是如何认识这两个“妖人”的时候，绿珠却三缄其口：“这是我的秘密。至少现在还不能告诉你。忧郁的人,总是能够互相吸引的。”

端午只是静静地听着，不再随便发表什么意见和评论。无论是兄弟俩，还是龙孜，在他看来，都没有什么新鲜的东西。所有的地方，都在被复制成同一个地方。当然，所有的人也都在变成同一个人。新人。尽管他对龙孜的这个项目了解得还不是很多，可他总觉得，它不过是另一个变了味的花家舍而已。

但他没有把这个看法告诉绿珠。

两点刚过,等待已久的一场大雨终于来了。

突然刮起的大风吹翻了桌布。终于下雨了。

重重叠叠的闷雷,犹如交响乐队中密集的低音鼓。终于下雨了。

雷声余音未消,窗外的庭院里早已是如泼如泻。终于下雨了。

在等待大雨过去的静谧之中,绿珠没怎么说话。仿佛远在龙孜的兄弟俩,向她下达了封口令。不过,端午喜欢她这种静默的样子。喜欢与她两个人静静地坐着,不说话。

一个小时过去了,雨还没停,端午只得决定在雨中上路。

绿珠说,待会儿等雨停了,就去给若若做早饭。她嘱咐他,到了成都之后,给她发个短信。

她没有送他到门口,一个人独自上了楼。

在通往机场的高速公路上,端午从漆黑一片的雨幕中再次看到了二十年前的自己。

差不多也是在同样的时刻,他蹑手蹑脚地离开了招隐寺池塘边的那个小院,赶往东郊的火车站。当时,秀蓉正在高烧中昏睡。在离车站不远处的广场附近,他让拉客的三轮车停了下来。马路边有一个卖馄饨的摊位。他在那儿吃了一碗小馄饨,用的还是秀蓉的钱。他的脑子里一刻不停地盘算着这样一个问题:要不要回去?

在清晨的凉风中,他感觉到自己的脸颊有点发烫。车站古老的钟楼沐浴在一片暗红色的晨曦之中。天空彤云密布,曙河欲晓。

由于旅客的积压,端午乘坐的那个航班直到早上八点才获准起飞。登机后,他一直在昏昏欲睡。飞机抵达成都双流机场的时间,是上午十点零二分。

他在排队等候出租车时,手机上一下出现了好几条短信。

欢迎您来到成都!中国移动成都分公司祝您一切顺利!

若若已去上学,诸事安好。勿念。随时联络。珠。

关注民生,共创和谐。河畔生态人文景观,凸显价值洼地。南郊水墨庭院震撼面世!独栋仅售200万,新贵首选。送超大山地庭院果林,露台车位。

速来成都普济医院或致电黄振胜医师。

12

家玉是在这天凌晨离开的。院方所推测死产的时间，是在三点到五点之间。

护工小夏夜里起来上厕所。她坐在马桶上，无意间发现，卫生间上方吊顶的铝扣板，掉下来两根，露出了里面的铁柱水管。她没觉得这事有什么蹊跷。回到钢丝折叠床上,继续睡觉。

黑暗中，她听见家玉重重地叹了一口气，小夏就问她想不想喝水？是不是很难受？要不要叫大夫？家玉只回答了一个字：

闷。

当小夏再度从床上醒过来，特需病房已经挤满了大夫和护士。她看见卫生间铁管上悬着丝带，地面上有一摊黄黄的尿迹。已经太晚了。

由于长途奔波的疲惫和缺乏睡眠，端午显得格外的平静。倦怠。麻木。轻若无物的平静。他的泪腺分泌不出任何东西。他在心里反复盘算着这样一件事：如果医生的推测是准确的话，家玉踮着脚，站在浴缸的边沿，试图把轻若无物的丝巾绕上铁管的时候，正是在他赶往机场的途中。

他来到妻子生前住过的那个病房。由于床位紧缺，那里已经住进了一个干瘦的老头。他是邮电局的离休干部。目光已是相当的微弱和胆怯，可仍在床上和护士、家人大发脾气。强行注射的镇静药，显然也没能让他安静下来。骂人的话从他那衰败的声道中发出来，带着嘶嘶的痰音，听上去反而像温柔的耳语。原来，他不喜欢这个房间号。514的谐音，就是“我要死”。他坚决要求更换房间。一辈子烂熟于心的唯物主义，拿他的恐惧没有办法。住院部的一位主任赶到了现场。他想出了一个“人性化”的处理办法，当即命人更换门上的铁牌，把514换成了555。老头这才心满意足地进入了梦乡。

小夏仍然留在那个房间，不过是换了一个伺候的对象罢了。见到端午，她只是默默地流泪，让端午既惊讶又感动。端午给了她五百块钱，她怎么也不肯收。

黄振胜大夫上午有两台手术。直到下午三点，他们才在住院部对面的一家“上岛咖啡”见了面。

黄大夫是一个直率的年轻人，说话有点啰嗦。他向端午表示，病人在他们医院自缢身亡，院方和他本人都是有责任的。这一点，他很清楚。他告诉端午，既然他当初决定收治这样一位没有亲属陪伴，且户籍又不在本市的危重病人，就没想到过逃避什么责任。如果遇到蛮不讲理的家属，和院方大吵大闹，甚至于为此提起诉讼，也并非没有理由。

但他希望端午不要这样做。

“如果我们当初拒绝收留她的话，她很可能在一个月前就已告别人世了。你恐怕也知道，作为一个医疗机构，院方首先考虑的第一个问题，并不是救人，而是法律上的免责。这是公开的秘密。全世界都是如此。如果在美国，你即便想做一个小小的阑尾炎手术，医患之间的协议，可能会长达五十多页。也就是说，我们当时完全有理由拒绝她，让120急救车带着四十度高烧的病人，去下一家医院碰运气。”

黄振胜劝端午换个角度，站在病人的立场上来思考这个问题。所谓的换个角度，即便黄大夫不说，端午也能想象出来：

病人身上的癌细胞已经转移。至少有两个不同的类型，三到四个不同的部位。她留在这个世界上的日子，按最为乐观的估计，也不过半年。抛开代价高昂且难以承受的医疗费不说，作为大夫，他当然知道，这最后的半年，对病人来说到底意味着什么。尤其是家玉这样一个希望保留自己最后一点做人的尊严的病患……

“也许作为大夫，我不该说这样的话。眼下的这个事情，显然让家属难以接受，但作为病人来讲的话呢，却并不是一个很坏的结果。”

端午一脸麻木地听他说完，中间没有插一句嘴。似乎黄大夫正在谈论的，是一个与自己毫无关系的陌生人。最后，端午感谢黄大夫在最近一个月中，对妻子给予的救治和照顾。至于说追究院方的责任，他从未有过这样的念头。何况，他也从来不认为院方在处理这件事的过程中存在任何过错。

听他这么说，年轻人一激动，就把脸凑了上来，压低了声音，用十分欧化的句子提醒他，在听到自己下面的一段话时，不要感到吃惊：

“我也许在三天前，就已察觉到她自杀的迹象。当时，她已经开始向我询问，倘若在网上购买氰化钾一类的药物，是否可靠。我所能做的，只是尽可能地说服她，打消这个念头。不过我还是暗示她，到了最后的时刻，我可能会在医生的职业道德许可的范围内，给她加大吗啡的剂量。今天凌晨，我在家中被特需病房的电话惊醒了。我当然知道发生了什么事。”

在和他告别时，黄大夫告诉端午，他已经嘱咐院方，在为她开具死亡证明时，忽略掉“非正常死亡”这样一个事实。这样，端午在办理异地火化的相关手续时，也许会省掉一些不必要的麻烦。

对此，端午没有表示异议。他还向黄大夫透露了这样一个令人悲哀的事实：他和家玉实际上已经离婚。从法律的意义上来说，他其实也无权处理她的遗体。

黄大夫笑了一下，道：“这个不碍事。火葬场的人，是不会提出来查验你们的结婚证书的。”

家玉在医院留下的物品包括：一台笔记本电脑，一个仿蛇皮的GUCCI包，一枚成色不太好的和田玉手镯，一个苹果IPOD。还有两本书。这是她临走前，从自己的书架上随手取下，准备带在路上看的。一本是《海子诗选》，另一本则是索甲仁波切写的《西藏生死书》。

端午没能找到她留给自己的那封信。

她的遗体在第二天傍晚火化。那时的殡仪馆已经没什么人了。工作人员正把一个个用过的花篮往垃圾车上扔。

在空荡荡的骨灰领取处，在已经有点变了味的浓郁的百合的香气中，他忽然想起唐代诗人江为的两句诗：

> 黄泉无旅店。
> 今夜宿谁家？

端午回到鹤浦的家中时，绿珠正在洗澡。她从卫生间里跳出来，光着脚替他开了门，并嘱咐他数到十，再推门进屋。

端午就在门外抽了一支烟。

当他推门进去的时候，卫生间里已经传来了吹风机的声音。

绿珠告诉他，从早上起来，她就在替若若整理房间。出了一身臭汗，头发都湿了。她希望若若在接下来几天中，看到漂亮的房间，心情会好一些。

“你的书架，我昨天也帮你整理了一遍。”绿珠拢了拢湿漉漉的头发，看上去有些疲倦。“昨天晚上，我在你家看了一宿的书。不好意思，也看了一些不该看的东西。”

端午不知道她所指的不该看的东西，是不是自己的日记，也没有心思去问。她身上那件白色的浴衣是家玉平常穿的，也许她不知道；也许她知道，却并不忌讳。

那个枣红色的骨灰盒，就搁在客厅的茶几上。绿珠蹲在茶几边上，对着它端详了半天，用手摸了摸，然后转过身来，对端午吐了吐舌头：“我能不能打开看看？”

不过，她终于还是没敢看，只是随手在上面盖了一块蜡染布。

“我简直有点爱上你儿子了！”绿珠说。

昨天晚上，她带他去餐馆吃饭。在等候上菜的那段空隙，若若还趴在桌前做数学题。她问他为什么这么用功，小家伙就吸了吸鼻涕，对她说，每次考出好成绩，妈妈都会像疯子一样地狂笑；就算是当着同学的面，她都会毫不犹豫地将他揽入怀中，在他的脸上亲个没完。

“简直就是蹂躏。”若若笑道。

他刚当上代理班长。他很在乎这件事。他对绿珠解释说，代理班长，实际上就是班长。“妈妈明天就回来了。她知道我当上了班长，还不知道高兴成什么样子呢！”

他的眼神里充满了骄傲。

那时，绿珠已经从端午打来的电话中，知道家玉不在了。听若若这么说，绿珠赶紧起身，装出上厕所的样子，找了个没人的角落，大哭了一场。

“你打算怎么跟孩子说这件事？”

“我还没想好。”端午重重地叹了口气，忽然仰起脸来问她：“或者先不跟他说……不行，他早晚会知道的。等会儿他放了学，一进门，就会问。第一句话，就会问。”

两个人把接下来要发生的场景模拟了好几遍。

绿珠一直在流泪。

不到四点，绿珠就早早地离开了。她说，她实在不忍心看到若若放学回家时那兴冲冲的样子。

可是，他们预先准备好的台词，一句也没用上。儿子放学回家后的实际情形，完全出乎端午的预料。

“我回来啦！”若若仍像往常那样跟端午打招呼。他在门边脱鞋，把书包随手扔在地上。也许感觉到了端午严峻的表情有点不同往常，他又转过身来，飞快地看了他父亲一眼。他的目光甚至掠过了茶几上的骨灰盒，但又迅速地弹了回去。那是一种目光先于心灵的直觉。他似乎本能地意识到，那是一个不祥之物。

他进了厕所。他待在厕所里的时间要比平常长得多。

随后，赤着脚，咚咚咚地走到餐桌边喝水。

“老屁妈呢？”他故意不去看那骨灰盒，故作轻松地问了一句。

“有一个不好的消息，要告诉你……”

“我知道是什么。你别说了。”儿子立刻严厉地制止住他。“好吧，我要去做作业了。今天的作业巨多！要背《滕王阁序》。还有两张启东的数学卷子，一篇作文。”

他居然快步离开了餐桌,回到自己的房间里去了。

端午的头皮有点发胀。他坐在餐桌前，对儿子怪异的举动，一时不知如何是好。不一会儿的工夫，儿子眼泪汪汪地从屋里奔了出来，赌气似的大声地向父亲宣布道：

“假如你们一定要离婚的话,我还是会选择跟妈妈一起过。”

端午从餐桌边站起身来，朝他走过去。将他的头用力按在自己的胸前，贪婪地吮吸着他头发的汗骚味，轻轻地对他说，他刚才所说的那个“坏消息”,比离婚还要糟。

还要糟上一百倍。一千倍。

儿子推开了他，目光再次掠过他的脸，掠过沙发边的落地灯，最后,落在茶几上的那个骨灰盒上,终于不动了。

端午知道,自己无须再说任何多余的话。

因为若若目光最终停留的地方,就是全部答案。

确凿无疑。

无可更改。

直到凌晨一点半，若若才迷迷糊糊地在小床上睡着。一阵阵袭来的困倦,让端午睁不开眼睛。可端午仍然不能上床睡觉。

得知了消息的母亲和小魏,正在连夜赶往鹤浦的途中。

稍后,他从自己的邮箱中,看到了家玉发给他的那封 Email。

它写于一个半月前。唐宁湾的家中。那是她准备出发去西藏的前夜。端午在阅读这封电子邮件时，时间上的小小混乱，给他带来这样一种错觉：就像时钟可以拨回，就像家玉还活着——就在这个世界的某个角落,以她充满哀怨的口吻,跟他说话。

13

去年元旦的前一天，在南郊的宴春园，我们请小秋他们吃饭。守仁也来作陪。席间，不知为什么，守仁向小史问了一个奇怪的问题。他问她，是否曾在梦中见过下雪的情景。小史认真地想了想，说没有。守仁又挨个地询问了在场的每一个人，都说没有。轮到我的时候，我只能说实话。因为我不仅时常梦见下雪，盖了三床被子，都觉得冷，而且在梦中，雪下起来就没完。我不知道他为什么要问这个问题。可我隐约感觉到，梦见下雪，也许并不是什么好事。

十二月中旬的时候，我在第一人民医院做了第二次胸部的穿刺。一直没敢去询问结果。可医院还是给我打来了电话。我问他们，是好结果，还是坏结果。对方迟疑了一下，说，他也不清楚。只是嘱咐我尽快去医院。我知道有点不太好。

那天晚上，当守仁端起酒杯，站起来，要跟我一个人喝一杯，并开玩笑地说，我和他同病相怜的时候，我的心里其实充满了感激。也多少有了点安慰。可没想到，他竟然死得比我还要早。

元旦后上班的第一天，我在律师事务所一直熬到下午三点。最后还是决定去医院撞撞运气。其实，我也知道，答案几乎是铁板一块了。接待我的，是一个姓吴的老大夫。是个主任，看上去慈眉善目的。她问我家属怎么没有来。我的心就不由得往下一沉。为了早一点知道结果，我就骗她说，父母早已不在，而且没有成家。大夫又问我多大年纪，在哪儿上班，随后犹豫了一下，将 CT 的光片，一共四张，依次贴在隔断的玻璃上。她耐心地告诉我，肺部的那些浸润性的斑影，在医学上可能意味着什么。她说的是可能，但又不无忧虑地告诉我，她担心肺部的病灶并不是原发的。我就壮着胆子问她,这么说,是不是就意味着细胞已经转移。吴主任再次强调了“可能”这个词。她的结论是:有点麻烦。她嘱咐我尽快办理入院手续。越快越好。

我已经记不清自己是如何从医生的办公室走到电梯口的。我只知道,电梯上上下下,在六楼停了七八次,我都忘了上去。尽管在去医院的路上,我已经做好了接受最坏结果的准备,可当时心里还是很害怕。害怕极了。最后,电梯再次停了下来,从里边走出一个人来。是春霞。

她怀里抱着一大摞病历,一见到我,似乎也被吓了一跳。很快,她定了定神,冷冷地笑了一下,用地道的北方话对我说:

“呦,庞大律师,怎么了这是?怎么有空亲自来敝院指导工作?”

春霞站在电梯口,足足看了我半分钟,然后轻轻推了推我,笑道:“你到底是怎么了?傻啦?”

又过了好一阵子。她问我,愿不愿意去二楼她的办公室坐坐。我答应了她,甚至心中还生出了些许暖意。我对人的邪恶总是估计过低,由此犯下了一生中可能是最严重的过失。她让我稍等她一下。她要去办点事,一会儿就回来。

我真的在楼梯口等了她十分钟。随后,我跟她下到二楼,走进了护士站旁边的一个值班室。

她让我把大夫的诊断书给她看。很快,她就仰天大笑起来:“呦,恭喜你呀,你这是中了大奖了呀!”

她问我是哪个大夫给瞧的病。我告诉了她。纯粹是一种不假思索的条件反射。她立刻就给吴主任打了电话,嘴角一直挂着笑。等到她放下电话,就装模作样地问我是什么时候发现胸部不适的,肋间的疼痛感,一般持续多长时间。那是一种什么样的感觉?我当时已经明确地察觉到她说话时语调中所隐藏的喜悦与快意,认识到自己作为一个猎物任人摆布的事实,可我还是对她最终的悲悯抱有希望。

另外,我也本能地意识到,既然在接下来的一个时间段中,我还得在她的势力范围内接受治疗,必须尽一切可能马上与她和解。所以,我还是认真地回答了她的所有问题。毕竟,第一人民医院是鹤浦最好的医院,也是我的合同医院。我怎么都无法逃过她的掌握。

软弱和幻想,当然也有恐惧,让我乱了方寸。春霞把一包打开的话梅递给我,问我要不要吃,我正有点迟疑,她的脸突然又变得狰狞起来。

她说,真是苍天有眼!

她说,她的预言从来都丝毫不爽!

她说,一报还一报。不是不报,时候未到!

她还说了别的。可我这会儿。已经记不清了。她见我呆呆地坐在那里,不说话,就把椅子拉近了一些,笑着对我道:"不管你的病有多严重,你都无须担忧。"

"为什么?"她的话又让我感到了一丝希望。我像个傻瓜一样地问她。

"你多牛啊!有的是办法!有的是路子!对不对?上帝也怕你!找你的刑警姘头去啊,实在不行了,你还可以让黑社会老大出面,直接解决问题嘛!"

即便在这个时候,我仍然把她的冷嘲热讽,理解为房产纠纷的一种自然反应。我当即决定,忘掉这个世界上还有羞耻二字,忘掉她所有令人发指的卑劣,腆着脸,向她道歉。把在房产纠纷中所有的过错,都全部承担下来,并乞求她的谅解。

"这话你就不用说了。那是不可能的!"春霞鼻子里吭吭了两声，道："鲁迅先生写过一篇文章，叫《风筝》，我们上学时都读过，对不对？无所谓原谅。你算是个什么东西？你不配！不过，你尽管可以放心，虽说我永远不会原谅你，你在入院治疗的过程中，我仍然会以一个医生神圣的道德，给你提供悉心的护理。我也很乐意亲自为你服务。假如有一天，我不得不遗憾地合上你的眼帘，请你一定要相信我，我会尽可能让自己温柔一些。"

正好有人敲门进来，病人的家属送来了两箱水果。还有茶叶。春霞笑嘻嘻地让他们把礼品搁在桌上，同时暗示我可以走了。

我就像是被人扒得一丝不挂一样，离开了她的值班室。

临走之前，我问了她最后一个问题：

我还有多长时间。

我想这个问题，一定是春霞很乐意回答的。

"你这种情况，快的话，两三个月吧。拖得长一点，也不会超过六个月。"春霞道，"这是吴主任刚才在电话中说的。按医院的规定，我不该告诉你，可谁叫咱俩是老朋友呢？就算给你开个后门吧。接下来，你可以扳着指头过日子了。"

从医院出来，我看见太阳已在落山。一个淡黄色的火球，挂在高压电线的上端。像是我正在溃烂的胰脏。一个穿着皮夹克的黑车司机，手里托着一只保温杯，朝我走了过来。我说，我有车。他就走开了。

可我到了车上，怎么也打不着火。不是平常那样打着了会歇火，而是钥匙插进去，根本没反应。我机械地重复着同一个动作。把钥匙拔出来，再插进去，顺时针转动，它还是没反应。

过了好长时间，那个穿皮夹克的小伙子，再次朝我走了过来。他在敲我的车窗玻璃。我想把窗玻璃退下来，由于失去了动力，它纹丝不动。我只得打开了车门。

小伙子笑着问我，出了什么状况。我说汽车发动不了。小伙子犹豫了一下，就把手里的保温杯放在地上，将整个身体压在我身上，转动了几下钥匙。然后他问我，刚才停车拔钥匙的时候，有没有听见“嘭”的一声？我说，我脑子里很乱，什么都记不起来了。他有些吃惊地看着我，推断说，可能是汽车的电瓶爆了。为了证明自己的判断，他蹲下身子，在我的脚边寻找打开汽车引擎盖的连动杆的拉环。

他的嘴和鼻子都挤在我大腿上。就算他是故意的，我也只得由他去。引擎盖打开之后，果然跟他说的一模一样。我看见原先包在电瓶上的塑料套都被炸成了碎片。一股刺鼻的硫酸味。我问他该怎么办。他就转动着手里的保温杯，再次用奇怪的眼神直勾勾地看了我好半天，对我说，得更换一个新的电瓶。可以找人来救援，也可以给4S店打电话。

他问我需不需要送我回家，我明知道他的笑容不怀好意，可脑子木木的，糊里糊涂地上了他的车。

起先还好。当汽车进入车流稀少的环城公路的时候，就开始下雪了。他的话越来越不着边际。可我一点不怕他。他胆大妄为地将右手搭在了我的腿上。我依旧坐在那儿，一动不动。那只手先是哆哆嗦嗦，迟疑不决，见我没反应，马上就变本加厉。我倒是希望他的胆子更大一些。至少在那一刻，唯有那只手，可以帮我忘掉春霞那张脸，忘掉这个世界上所有的邪恶、算计、倾轧和背叛，忘掉像山一样压下来的恐惧。我觉得自己的身体某些方面还算正常，还足以对他的冒犯做出反应，心里竟然松快了一些。至少，在那一刻，对于一个素不相识的年轻人来说，我那已被宣布无用的身体，居然还能派上用场。假如他要把我带到他的住处,我也不会有任何的反抗。可是这个小伙子的要求其实很简单。他把车开到天文台附近的一个松树林里,蛮横地把我的手放在了他的腿间。那儿离招隐寺不远。环城公路上空无一人。当年我就是在那儿遇见燕升的。旺堆说得没错。所有的事,都会发生两次。

三五分钟就结束了。

他可能刚过二十岁。

他把我送到小区的门口,目光就变得躲躲闪闪的,不敢看我。下车的时候,他忽然问我,能不能把车钥匙给他,他会负责把我那辆车的电瓶换好,然后再给我送回来。我想都没想,就把车钥匙交到了他手上,并且告诉了他家里的门牌号码。

“你不担心我把你的车开跑了啊?”他趴在打开的车门上,歪着脑袋对我喊了一句。

“随你便。”我头也不回地走了。

接下来的事情,你都知道了。

我原本打算等孩子熟睡之后,再把去医院的事原原本本地告诉你。可没想到,我们打了一架。你把我按在地上,骑在我身上,向我的脸上吐痰。我在卫生间的洗脸池边对着镜子,擦去痰迹,与此同时,脑子里就闪现出一个念头来。我想起了你曾经跟我说过的一句话。你说,自打我们结婚的那天起,你就一直梦想着跟我离婚。我知道你不是随便说的。对,我开始有了一个念头。在那一瞬间,它突然变得清晰了。它照亮了我前面阴云密布的道路,并让我感到如释重负。

后来,守仁的死,终于使它变得异常清晰,坚不可摧。

明天一早,我就要离开鹤浦了。趁着我现在头脑清楚,还有力气,给你写下这封信,我不会告诉你我去哪儿。我是在忧愁中死去的，不值得在这个世界上留下什么痕迹。好在我最终抵达的那个地方，你是知道的。

顺便说一句，春节过后，我不记得是初九还是初十，春霞一连给我发来了好几条短信。她说，她很后悔那天在医院里对我说那样的话。整个春节，她都是在悔恨交加之中度过的。没有得到一分钟的平静。她解释说，那天之所以会如此恶劣地对待我，主要原因，是对我们请来黑社会的人帮忙而耿耿于怀。她说她这辈子，没对任何人低过头。

她的道歉没有什么诚意。因为她说了半天，仅仅是因为担心我做了鬼以后，也许不会放过她。

这个人，在给我道歉的时候，也还是邪恶的。那些短信仅仅表明，她无力承受作恶的后果。她同样虚弱。她说她一连几天都做着同样的梦，梦见一个披头散发的女鬼叫她姐姐。

不管她是出于什么动机，我都假装相信她的诚意。为了让她安心，我立刻就给她回了信，并且毫无保留地原谅了她。

不过，她的道歉，已经不足以让我改变现在的决定了。

孩子就交给你了。我曾经很可笑地希望他出人头地。现在已经不这么想了。平平安安的，就好。

你也一样。平平安安。

现在，我已经不后悔当初跟你相识。如果你仍然希望我在临别之前，跟你说上最后一句话，我会选择说：

我爱你。一直。

假如你还能相信它的话。

14

通常，有许多迹象可以让人清楚地感觉到春天的消逝。杏子单衫，丽人脱袄；梨院多风，梧桐成荫。或者，一场突如其来的暴风雨，使刺目的繁华，一旦落尽。可是此刻，即便地处四季分明的江南腹地，岁时的变化也已变得呆钝而暧昧。几乎就在一夜之间，天气已变得燠热难耐了。从蒙古国刮来的黄沙，一度完全遮蔽了天空。端午站在卧室的窗前，眺望着节日的伯先公园，就如观看一张年代久远的发黄相片。

在母亲的极力劝阻下，端午没能按照家玉的临终嘱托，把她的遗骨，葬在门口的石榴树下。母亲说，即便不考虑邻居们的感受，将尸骨埋在自己家门口，也是一件很晦气的事。他们在城东的一个空旷的山谷里，为她挑了一块墓地。价格高得离谱。

让人破产的法子有很多，其中连根拔起的最新发明，是无法拒绝的墓地。

落葬那天，吉士、小秋和小史他们都来了。几天不见，吉士已经有了新的烦恼。他在为应该选择进市人大还是政协，委决不下。小秋倒还是老样子。他已经找到了新的“合作伙伴”，并注册了一家属于自己的公司。

早已宣布怀孕的小史，腹部依然平坦如砥。这当然不正常。她举止木讷、神情黯淡，一个人躲得远远的。或许是因为她在窦庄的饭馆经营得不太成功，或许是因为别的什么烦心事。她称她的丈夫为“狗日的”。

小顾也特意从老家泰州赶了来。让她感到宽慰的是，在那片荒凉的山谷里，守仁总算是有了一个伴。

他们也顺便去祭奠了守仁。

“五一”期间，端午再次前往南山哥哥的住处，劝说他搬回到唐宁湾，和母亲她们一块住。在哥哥手上建造的这个精神病防治中心，很快就要拆迁了。哥哥仍在给他邮寄那些自创或抄来的警句格言。最近的一则让端午过目难忘：

如果粪便很值钱,穷人一定没屁眼。

哥哥还像以前一样自负。他夸张地将自己视为这个世界上唯一的正常人。细细一想，倒也没什么大错。当天下午，他们就替他办理了出院手续。周主任笑呵呵地答应,会随时来家中探望他的病况。

那时，母亲已经有了一个异想天开的念头：说服保姆小魏嫁给元庆。用的还是老办法。讲故事。

她的故事既雄辩，又富于哲理的光辉。如滔滔江河，奔涌不息，又如西风骤起，飞沙走石。老实巴交的小魏很快就被她搞晕了。她根本无法抵御母亲那些故事的魔力,到最后,只能由她摆布。

这件事，也多少强化了端午的某种直觉：这个世界上，已无任何真理可言。所谓的真理,不过就是一种依时而变的说法而已。

不管怎么说,他很快就改了口,亲热地称保姆小魏为“嫂子”。

他戒了烟。

他终于读完了欧阳修的那本《新五代史》。这是一本衰世之书，义正而词严。钱穆说它“论赞不苟作”。赵瓯北在《廿二史札记》中推许说：“欧公寓春秋书法于纪传之中，虽《史记》亦不及。”陈寅恪则甚至说,欧阳修几乎是用一本书的力量,使时代的风尚重返淳正。

这些都是史家之言。

端午在阅读这本书的过程中，有两个地方让他时常感到触目惊心。书中提到人物的死亡，大多用“以忧卒”三个字一笔带过。虽然只是三个字，却不免让人对那个乱世中的芸芸众生的命运，生出无穷的遐想。再有，每当作者要为那个时代发点议论，总是以“呜呼”二字开始。“呜呼”一出，什么话都说完了。或者，他什么话都还没说，先要酝酿一下情绪,为那个时代长叹一声。

呜呼!

端午已经开始写小说。因为家玉是在成都的普济医院去世的，他就让小说中的故事发生在一个名叫普济的江南小村里。

两天前，绿珠从云南的龙孜给他发来了一封短信。她在信中问她，如果布法或白居榭厌倦了庄园的隐居生活，希望重返巴黎，去当一名抄写员,是否可行?

端午当然明白其中的弦外之音。

她已经联系了沈家巷一家街道办的幼儿园。他们欢迎她去那儿当一名老师。绿珠告诉他，几年来的漂泊和寄居生活，让她感到羞愧和疲惫。她希望在鹤浦定居下来，过一种踏实而朴素的生活。她还强调说,在当今时代,只有简单、朴素的心灵才是符合道德的。

对此,端午没有理由提出反对。

若若已经开始变声。他时常还会从梦中惊醒。每逢周末或节假日，他从不忘记去唐宁湾看望奶奶。元庆的病情时好时坏，他总是用同一种魔术逗若若笑。若若为了不让他的“精神病伯伯”感到难堪，每次都会笑。

在父子俩不多的交谈中，如果不得不提及他的母亲，若若还是愿意称她为“老屁妈”。

在整理家玉的遗物时，端午从妻子那本船舶工程学院的毕业纪念册中,发现了自己写于二十年前的几行诗,题为《祭台上的月亮》。

它写在“招隐寺公园管理处”的红栏信笺上。纸质发脆，字迹漫漶。时隔多年，星移物换之中，陌生的诗句，就像是命运故意留下的谜面，诱使他重返招隐寺的夜晚，在记忆的深处，再次打量当年的自己。

他把这首诗的题目换成了《睡莲》，并将它续写至六十行，发表在《现代汉诗》的秋季号上。

附录：

睡　莲

十月中旬，在鹤浦
夜晚过去了一半
广场的飓风，刮向青萍之末的祭台
在花萼闭合的最深处
当浮云织出肮脏的亵衣
唯有月光在场

它照亮过终南山巅的积雪
也曾照亮德彪西的贝加莫斯卡
前世的梦中，我无限接近这星辰
今夜依旧遥不可及

何不在原地划一个圈，用松枝和木槿
给自己造一个囚笼？
风霜雪的刑期，虽说没有尽头
下雨时，偶尔
也会感到自在
大半个冬夜读《春秋》
夏天就去不必抵达的西藏

我大声地朝你呼喊
在梦的对岸,睡莲
你听不见
离开或居留
赶的是同一趟可疑的早班车
盲目的蝙蝠,上上下下
说服我穿越空无一人的站台

祭台上的睡眠起了波浪
我栖息在刀锋之上,等待卷刃
有什么东西从心底里一闪而过
而涟漪依旧锋利
令这片上了釉的月光陡然寒彻

假如注定了不再相遇
就让紫色的睡莲
封存在你波光潋滟的梦中
就当莫奈还未降生
席芬尼的庭院还为海水所覆盖
记忆中倒背如流的周敦颐
本无爱莲一说
就算在半夜里醒来,杯中鳞纹斑驳的蛇影
也不会让我惊心

唉,假如我们还要重逢
我希望在一面镜子里

看着自己一天天衰老
烟霞褪尽的岁月,亮出时间的底牌
白蚁蛀空了莲心
喧嚣和厌倦,一浪高过一浪
我注视着镜中的自己
就像败局已定的将军检阅他溃散的部队
幸好,除了空旷的荒原
你也总是在场

每一个月圆之夜,我任意拨出一组号码
都能听见招隐寺的一声鹤唳
我说,亲爱的,你在吗?
在或者不在,
都像月光一样确凿无疑

这就足够了。仿佛
这天地仍如史前一般清新
事物尚未命名,横暴尚未染指
化石般的寂静
开放在秘密的水塘
呼吸的重量
与这个世界相等,不多也不少

图书在版编目（CIP）数据

春尽江南/格非著. -上海：上海文艺出版社.2012.4
(江南三部曲)
ISBN 978-7-5321-4417-4
Ⅰ.①春… Ⅱ.①格… Ⅲ.①长篇小说-中国-当代
Ⅳ.①I247.5
中国版本图书馆 CIP 数据核字（2012）第 057038 号

出品人：陈　征
策　　划：曹元勇
责任编辑：曹元勇 陈　蕾
封面设计：王志伟

春尽江南
(江南三部曲 之三)
格　非　著
上海文艺出版社出版、发行
上海绍兴路 74 号
新华书店经销　上海交大印务有限公司印刷
开本 650×958　1/16　印张 24　插页 2　字数 301,000
2012 年 4 月第 1 版　2012 年 4 月第 1 次印刷
ISBN 978-7-5321-4417-4/I·3425　　定价：35.00 元